Petra Durst-Benning

Die Salzbaronin

Roman

Ullstein

Besuchen Sie uns im Internet:
www.ullstein-taschenbuch.de

Anmerkung der Autorin:
Sämtliche Personen meines Romans sind frei erfunden. Auch die Saline Rehbach hat es nicht gegeben. Als Inspiration für meine Geschichte diente mir das Steinsalzbergwerk »Wilhelmsglück« südlich von Schwäbisch Hall. Dort wurde 1824 das erste Steinsalzbergwerk Mitteleuropas in Betrieb genommen.

Umwelthinweis:
Dieses Buch wurde auf chlor- und säurefreiem Papier gedruckt.

Ullstein Verlag
Ullstein ist ein Verlag des Verlagshauses
Ullstein Heyne List GmbH & Co. KG.
Originalausgabe
4. Auflage 2003
© 2003 by Ullstein Heyne List GmbH & Co. KG
© 2000 by Econ Ullstein List Verlag GmbH & Co. KG, München
Lektorat: Gisela Klemt
Umschlagkonzept: Lohmüller Werbeagentur GmbH & Co. KG, Berlin
Umschlaggestaltung: DYADEsign, Düsseldorf
Titelabbildung: AKG, Berlin
Gesetzt aus der Sabon, Linotype
Satz: Josefine Urban – KompetenzCenter, Düsseldorf
Druck und Bindearbeiten: Ebner & Spiegel, Ulm
Printed in Germany
ISBN 3-548-24908-6

Dieses Buch ist allen Frauen in meinem Leben gewidmet: meiner Mutter, Bettina und Inge, außerdem meinen Freundinnen und den Frauen, die mir tagtäglich mit soviel Sympathie und Begeisterung begegnen.

Vieles hat sich seit Dorothea von Graauws Zeit geändert – manches wird wohl immer beim alten bleiben. Wir gehen trotzdem unseren eigenen Weg!

1

»Wer wie ein Tölpel dem Leben hinterherrennt, kann nicht erwarten, daß das Leben in ihm selbst stattfindet.« Völlig unvermittelt fielen Rosa die Worte ihrer Mutter ein. Sie stand im Rahmen der Tür ihrer kleinen Hütte am Waldrand, und das erste, was sie an diesem Morgen hörte, waren die Stimmen der Salinenkinder, die jenseits der dichtgewachsenen Hecke spielten – ihr Schreien und Kreischen, wenn das Spiel, das sie gerade beschäftigte, zu wild werden drohte, vereinzelt ein Heulen, wenn einer sich im Eifer verletzte. Von den Eltern schaute niemand nach ihnen, die Erwachsenen hatten dafür keine Zeit. Zwischendurch sangen und tanzten die Kinder auch. Einfache Weisen, deren Texte jedoch von fröhlichem Inhalt sein mußten, denn immer wieder unterbrach glucksendes Lachen den Gesang.

Genauso unvermittelt wie die Worte ihrer Mutter war auf einmal auch die alte Sehnsucht wieder da. Dabeisein. Dazugehören. Nichts anderes hatte sie sich von Kindesbeinen an gewünscht. Wie in einem Spiegel sah sie das kleine Mädchen von früher vor sich, das so gern zu den anderen hinübergegangen wäre, sich in den Kreis eingereiht und mitgespielt hätte, was immer gerade gefragt war! Es hätte ihr nichts ausgemacht, die schönsten Kiesel, die knorrigsten Wurzeltierchen – die, welche am unheimlichsten aussahen, hatte sie am liebsten gehabt – herzugeben; auch hätte sie sich bereitwillig immer ans Ende einer Spielrunde eingereiht. Hauptsache, sie wäre dabeigewesen. Doch Harriet hatte nicht gewollt, daß sie – die Tochter einer Heilerin – mehr als das Nötigste mit den Kindern aus der Rehbacher Siedlung zu tun hatte. »Eine Heilerin braucht Ruhe«, hatte sie immer wieder gemurmelt. »Hätte ich Lärm gewollt, wäre ich nicht von Schwäbisch Hall hierher gezogen.« Und Rosa hatte sich mehr als einmal gefragt, wie ihr Leben wohl ausgesehen hätte, wäre sie tatsächlich in der dreißig Meilen entfernten Stadt aufgewachsen und nicht hier, am Rand der kleinen Salinensiedlung, die man nicht einmal als Dorf bezeichnen konnte.

Harriet war nun schon fünf Jahre tot – doch noch immer, wenn Rosa an ihre Mutter dachte, brodelte die alte Einsamkeit in ihr hoch wie eine aufgewärmte Suppe. Damals waren sie wenigstens zu zweit gewesen. Heute war *sie* die Kräuterfrau, zu der die Dorfbewohner kamen, wenn sie ein Zipperlein plagte. Heute mußte sie sich nicht mehr auf Zehenspitzen auf eine hölzerne Kiste stellen, um einen Blick über die Hecke zu erhaschen. Doch genau wie damals wehte ihr der Duft der erblühten Rosenhecke in die Nase – süß, verführerisch. Sehnsüchtig sog sie das Aroma der Blüten ein.

»Was hast du heute nur für seltsame Laune!« schalt sie sich. Daß Rosa mit sich selbst redete, war nichts Ungewöhnliches, zumindest nicht für sie. Manchmal jedoch, wenn sie es in der Gegenwart anderer tat, merkte sie an deren hochgezogenen Brauen, daß die es wohl komisch fanden. Nun, das war ja wohl nicht das einzige, was die Rehbacher an ihr komisch fanden. Oft verbrachte sie halbe Tage im Wald, andere Male saß sie stundenlang in der Hecke, um dort mit den Vögeln zu sprechen, mit Käfern oder dem Fuchs, der – das hatte ihre Mutter sie gelehrt – wie die anderen Tiere ein Geistwesen war, welches ihr Geheimnisse zuraunte und Wissen verlieh.

Sie wußte, daß die Salinenarbeiter sie Hagezusse, also Hekkenweib nannten und sie deswegen verspotteten. Dennoch kamen sie zu ihr und vertrauten ihrem Kräuterwissen bei allen Leiden, die sie plagten. Aber darauf beschränkte sich auch der einzige Kontakt, der zwischen ihr und den Dorfbewohnern stattfand. Natürlich redeten sie mit ihr, doch sie waren zu verschieden, als daß sie mehr als ein paar unverbindliche Worte über das Wetter und die Arbeit in der Saline gewechselt hätten.

Mit Mühe zwang Rosa ihren Blick weg vom Dorf, wo sich nun Türen öffneten und Männer und Frauen aus den Hütten traten und in Richtung der fünf Sudhäuser gingen. Ohne daß Rosa hinschauen mußte, wußte sie, daß kurze Zeit später andere Rehbacher denselben Weg zurückkommen und ihre Türen erschöpft hinter sich schließen würden.

Schichtwechsel in der Saline. Die einen kamen, die anderen gingen, damit die fünf Öfen, auf denen Sole so lange gesiedet wurde, bis sich die Salzkristalle vom Wasser trennten, nur ja nicht stillstanden.

Mit einer Resolutheit, die sie an diesem Morgen beinahe selbst überraschte, drehte sich Rosa um und trat an ihre eigene Feuerstelle. Bald hatte sie ein kleines Feuer entfacht und begann, grobflockiges Fett zu schmelzen, indem sie es fortwährend glattrührte. Wie bei allem, was sie tat, waren ihre Bewegungen von konzentrierter Bestimmtheit erfüllt. Sie warf drei Handvoll gelbe Blüten in das Fett und sah zu, wie dieses sich augenblicklich orange färbte. Ihre Arme brannten, und sie mußte sich zwingen weiterzurühren. Normalerweise lenkte sie nichts, nicht die geringste Kleinigkeit, ab von dem, was sie gerade tat, doch heute flog ihr Blick immer wieder in Richtung Dorf. Gerade bog Götz Rauber, einer der fünf Sudhausvorsteher, zusammen mit seinen Leuten um eine Ecke. Während die andern nach acht Stunden Holzschleppen,

Feuermachen, Solewasser nachkippen und Salzabstreichen krumm und bucklig daherkamen, war Rauber die Müdigkeit zumindest nicht anzusehen. Fast leichtfüßig lief er, mit breiteren Schultern als jeder andere, und Beinen so kräftig wie kleine Baumstämme. Er war ein guter Vorsteher, behandelte die Leute ordentlich. Kein Menschenschinder. Trotzdem wurde unter seiner Aufsicht mehr Salz gesiedet als in den anderen vier Sudhäusern. Es war nicht verwunderlich, daß die Leute, deren Lohn sich nach dem Salzertrag richtete, ihn wohl zu schätzen wußten.

Und dann sah Rosa *sie* den staubigen Weg zwischen den Hütten entlangkommen. Dorothea von Graauw, die Tochter des Landgrafen. Sie war auf den Tag genau so alt wie Rosa, doch ihr Leben hätte nicht verschiedener sein können. Als Rosa sah, wie selbstverständlich die Salinenleute stehenblieben, um ein paar Worte mit Dorothea zu wechseln, spürte sie plötzlich einen Kloß in ihrer Kehle. Manche Dinge änderten sich wirklich nie: Sie auf der einen, Dorothea auf der anderen Seite der Hecke. Einer mußte wohl einen Scherz gemacht haben, den Dorothea von Graauw so erheiternd fand, daß sie aus voller Kehle lachte. Die anderen stimmten ein. So fröhlich war von den Rehbachern mit ihr noch keiner gewesen, schoß es Rosa bitter durch den Kopf. Doch als sie beobachtete, wie Götz Rauber sich von der jungen Gräfin abwandte und ohne das Gesicht zu verziehen in Richtung seiner Hütte ging, fühlte sie sich augenblicklich besser. Wenigstens einen gab es, der vor lauter Ehrfurcht und Begeisterung für die Junge nicht in Ohnmacht fiel!

Was hatte Harriet über das Mädchen aus dem Herrenhaus zu sagen gehabt? »Gleich und gleich gesellt sich gern – die Regel darf nicht durchbrochen werden.« Und: »'s ist nicht gut, daß die Junge sich in der Saline aalt wie eine Forelle im Bach.«

Rosa klang noch heute ihre Sehnsucht von damals in ihren Ohren, als sie ihrer Mutter mit kleiner Stimme geantwortet hatte: »Wahrscheinlich hat die junge Gräfin zu Hause niemanden, der mit ihr spielt.«

»Dorothea ist nicht zum Spielen da!« Harriets Gesicht, verächtlich und abweisend, tauchte jetzt aus der Vergangenheit vor ihren Augen auf. »Das Kind ist besessen vom Salz«, hatte sie in einem Ton gesagt, den sie ansonsten nur benutzte, wenn sie von einem Todgeweihten redete. »Milena wird diesen Winter noch sterben« oder »Der alte Sepp wird die heutige Nacht nicht überleben« – den gleichen Ton, den Harriet für solche Nachrichten benutzte, kühl, ohne innere Regung, aber mit Bestimmtheit, den hatte sie damals verwendet. Obwohl Harriet ihre Tochter immer wieder mit ihren präzisen Vorhersagen verblüfft hatte – sei es nun das Wetter betreffend, oder Dinge, die die Leute aus der Siedlung betrafen –, hatte Rosa ihr gerade in diesem Fall nicht glauben wollen. »Mutter hat die Tochter des Grafen von Graauw vom Tag ihrer Geburt an nicht leiden können!« Rosa schüttelte den Kopf. Sie merkte gar nicht, daß sie laut sprach, so tief war sie in der Erinnerung an die alten Zeiten versunken.

Mehr als einmal hatte Harriet ihr die unselige Geschichte erzählt: Zur gleichen Zeit, am selben Tag, an dem Lili von Graauw versucht hatte, einen weiteren Sohn für den Grafen aus ihren Körper hinauszupressen, hatte auch Rosas Mutter in den Wehen gelegen und deshalb der Gräfin nicht beistehen können. Doch während in der Hütte am Waldrand Rosa wie ein junges Kätzchen herausschlüpfte, war das große Herrenhaus von Todesschreien erfüllt gewesen: Noch während der Kopf des Säuglings sichtbar wurde, hatte Lili den letzten Atemzug getan. Nachdem die hilflose Köchin und das Kammermädchen das Kind vollends herausgezogen hatten und sahen, daß es ein Mädchen war, war es totenstill geworden:

Wie sollten sie dem Grafen, der vor der Tür wartete, das und den Tod der Gräfin erklären?

Jeder hatte damals angenommen, daß der Graf seine Tochter ablehnen würde, ja, daß sie ihm nicht einmal unter die Augen kommen dürfte. Daß er den Rest seines Lebens vor Trauer und Gram vergehen würde. Doch alle hatten sich getäuscht: Frederick von Graauw verkürzte das Trauerjahr auf sechs Monate und heiratete Viola, die ältere Schwester seiner verstorbenen Gattin, die eiligst aus Stuttgart angereist war, um sich ihres verwitweten Schwagers und der beiden Waisen anzunehmen. Mit viel gutem Willen versuchte Viola von Graauw, den Kindern die Mutter zu ersetzen, doch bei Dorothea reichte guter Wille einfach nicht aus: Statt sich Feinstickereien und anderen weiblichen Fertigkeiten zu widmen, wie dies in Violas Sinne gewesen wäre, verbrachte Dorothea die meiste Zeit ihrer Kindheit in der Saline, die ihrer Familie gehörte. Und wenn der Graf zu seinem täglichen Rundgang durch die fünf Sudhäuser aufbrach, dann war nicht Georg, sein erstgeborener Sohn, sondern stets Dorothea an seiner Hand dabei. Seltsamerweise dachten sich die Leute nie etwas dabei, sie waren es einfach nicht anders gewöhnt. Trat Frederick von Graauw nach einem kurzen Kontrollgang den Heimweg an, um sich seiner geliebten Jagd oder anderen Dingen zu widmen, blieb seine Tochter oftmals allein zurück, um mit den Salzkindern zu spielen oder im warmen Solewasser zu planschen. Meist hielt sie sich jedoch in einem der Sudhäuser auf, wo ihre Anwesenheit von den Arbeitern nicht nur toleriert, sondern fast schon gern gesehen wurde. Aus der Art, in der die Leute von Dorothea sprachen, hatte Rosa schon als Kind herausgehört, wie stolz sie auf die Tatsache waren, daß die kleine Grafentochter sich nicht zu fein war, sich mit Solenachfüllern, Abziehern und Zwieseldirnen abzugeben. Als irgend jemand anfing, Dorothea scherzhaft »Die Salzbaronin« zu nennen, ahmten andere dies bald nach, und so hieß es »Schaut, hier kommt unsere Salzbaronin!« oder »Wie geht es unserem Fräulein Salzbaronin heute?«. Und die Leute winkten Dorothea von Graauw dabei zu.

Rosa kniff die Augen zusammen, um gegen das gleisende Sommerlicht etwas sehen zu können. Auch das hatte sich bis heute nicht geändert. Noch immer war es Dorothea, die tagtäglich in der Saline auftauchte – ihren Bruder dagegen hatte man seit zwei Jahren nicht mehr gesehen. Aber es hieß, daß Georg von Graauw nun mit seinem Studium fertig sei und daß seine Hochzeit mit einer feinen Dame bevorstünde. Georg von Graauw – Rosa konnte sich nicht mehr richtig an ihn erinnern, er war …

Ein ranziger Geruch stieg aus dem Kessel hoch und in Rosas Nase. Sie schaute nach unten und sah, wie sich auf dem Boden des Kessels ein dunkelbrauner Kreis bildete. Hastig rührte sie das siedende Fett um, doch vergeblich. Die Salbe war angebrannt, ihre Heilkräfte mit den grauen Schwaden, die aus dem Topf aufstiegen, verpufft. Verdammt! Rosa biß sich auf die Lippen. Nun konnte sie das gute Fett gerade noch dazu benutzen, rissig gewordene Hände einzusalben – für mehr taugte es nicht mehr. Das hatte sie nun davon, Dingen nachzusinnen, die sie nichts angingen!

2

Als Dorothea durch das Portal ins kühle Innere des Hauses trat, spürte sie, wie im selben Moment drei kleine Schweißtropfen hintereinander zwischen ihren Brüsten hinabrannen und unangenehm kitzelten. Zu gern hätte sie sich die juckende Haut gerieben, doch das hätte nur einen dunklen Fleck auf ihrem grünen Kleid hinterlassen. So winkelte sie wenigstens die Arme etwas ab und genoß den kühlen Luftzug, der jedesmal, wenn sie an einer weit geöffneten Zimmertür vorbeiging, ihren Leib umspielte. Einen heißeren Tag zum Heiraten hätte sich Georg nicht aussuchen können!

Das Kaminzimmer lag am Ende des Ganges auf der linken Seite. Sie konnte sich nicht vorstellen, warum ihr Vater sie unter den Hunderten von Gästen hatte suchen lassen. Heute war Georgs Tag – der von Elisabeth natürlich auch –, und das war auch gut so. Was also wollte er da von ihr? Um die Saline würde es gerade heute doch sicher nicht gehen, oder?

Mit feuchter Hand fuhr sie sich über ihre hochgesteckten Haare, deren Nervenenden schmerzten, als würde Dorothea mit tausend Nadeln gepiekst, und tastete ab, ob noch jede Locke an ihrem Platz war. Sie hätte auch vor einen der vielen Spiegel treten können, die abwechselnd mit den Portraits verblichener Grafen von Graauws den Gang zierten, doch dazu war Dorothea zu uneitel.

Ihr Vater war nicht allein.

»Da bist du ja endlich!« Mit weit ausgestreckten Armen kam er ihr entgegen, und sein Grinsen zog sich von einem Ohr zum andern.

Es mußte wohl um Rehbach gehen, beschloß Dorothea, als sie Fredericks Gegenüber erkannte. Alexander, der Baron von Hohenweihe, war nicht nur ihr Nachbar, sondern lieferte auch das Holz für die Rehbacher Siedehäuser. Sie nickte ihm kurz zu, wandte sich dann aber an ihren Vater. »Du hast mich rufen lassen?« Im gleichen Atemzug ärgerte sie sich über die fehlende Festigkeit in ihrer Stimme. Sie hörte sich ja fast an wie Georgs Angetraute, als diese ihr »Ja« dahingehaucht hatte. Wütend räusperte sie sich.

»Komm näher, liebes Kind! Alexander und ich freuen uns über deine Gesellschaft.« Frederick von Graauw winkte sie zu sich her. »Ich hoffe, ich habe dich nicht beim Verspeisen eines Stückes der Hochzeitstorte gestört? Oder gehört meine Tochter neuerdings auch zu den Damen, deren Taillen so schlank sein sollen wie Hungerhaken?« Seine Fröhlichkeit wirkte aufgesetzt.

Etwas ging hier vor sich, das spürte Dorothea. Diese Überschwenglichkeit, das zu laute Lachen hätten eher zu einem Kaffeekränzchen gepaßt – aber unter Jagdkumpanen? Leises Mißtrauen stieg in ihr hoch. Es war nicht so, daß ihr Vater sonst unfreundlich zu ihr wäre, ganz im Gegenteil: Dorothea genoß bei ihm eine Art Narrenfreiheit, die für sie längst zur Gewohnheit geworden war. Lediglich wenn Viola sich bei ihm über ihre Widerspenstigkeit beklagte und er auf ihr Drängen hin »ein ernstes Wörtchen« mit ihr redete, ahnte sie, wie groß die Freiheiten wirklich waren, die sie sich täglich herausnahm.

Unter Alexanders amüsiertem Blick wurde sie von ihrem Vater durch das Zimmer dirigiert. Der Druck seiner Hand auf ihren Arm ließ erst nach, als sie die Sessel, die kreisförmig vor dem Kamin plaziert waren, erreicht hatten. Dorothea zog die Augenbrauen in die Höhe. Ohne besondere Grazie ließ sie sich auf dem Sessel, der dem Fenster am nächsten stand, nieder – man war schließlich unter sich. »Was ist denn so wichtig, daß du mich bei dieser Hitze durch den ganzen Garten hast jagen lassen?« Dorotheas Stimme verriet nichts von ihrer inneren Anspannung, sondern klang eher gelangweilt.

Das Lächeln des Grafen verschwand. »Ma chère«, er holte tief Luft. Sein Blick wechselte zwischen ihr und Alexander hin und her.

Dorothea verzog den Mund. Sie haßte es, wenn ihr Vater französisch sprach! Dieses Getändel paßte so gar nicht zu ihm, er war doch ansonsten so ... ihre Gedanken wurden so jäh unterbrochen, daß sie zuerst gar nicht richtig aufnahm, was er sagte.

»... jedenfalls ist es an der Zeit, daß auch du endlich heiratest!«

Dorothea schaute sich um. Wohin? Violas liebevoll gepflanzte Blütenmeere aus Hortensien, Rosen und anderem Blumenzeugs wie auch die Wege waren zwischen den dichtgedrängten Menschenleibern kaum mehr auszumachen. Am liebsten hätte sie ihre Ellenbogen benutzt, um sich ihren Weg zu bahnen. Die schneeweißen Blumenrabatten, welche die einzelnen Gartenabteile voneinander trennten, wurden unter Spitzenpantoffeln und feinstem Gerbleder niedergetrampelt. Wie Hummeln flatterten die Gäste umher, um nur ja keinen Punkt im Programmheft von Georgs und Elisabeths Hochzeit zu verpassen. Nach der Hochzeitszeremonie am Vormittag, bei der sich der Pfarrer weiß Gott genug Zeit gelassen hatte, war nun Amüsement angesagt! Zurück blieben verschmierte Blütenleichen, deren austretender Saft gierig vom ausgedörrten

Sommerboden aufgesaugt wurde. Wie mußte Violas Herz angesichts dieses Frevels bluten! Sonst hätte Dorothea für ihre Stiefmutter Mitleid empfunden, statt dessen ging sie heute wie betäubt durch die Menge. Die Mittagshitze kam ihr nach der Kühle des Hauses um so unerträglicher vor. Der Schweiß rann ihr in Bächen den Leib hinab, aber um nichts in der Welt hätte sie im Haus bleiben wollen!

Das Kinn fast auf die Brust gedrückt, den Blick tief aufs Programmheft gesenkt, damit sie ja keine Menschenseele zuviel grüßen mußte, schlängelte sich Dorothea quer durch den Garten zum Ufer des Flusses. Wenn ihr der Sinn gerade nach etwas *nicht* stand, dann war es das ewige Lächeln und Parlieren.

Trotzdem kam sie nur langsam voran, mußte alle paar Schritte stehenbleiben und Luft holen. Ihr war so schwindlig, daß sie Angst hatte, auf der Stelle umzufallen und sich vor allen Gästen zu blamieren. Immer wieder mußte sie Spucke hinunterschlucken, aber die aufsteigende Übelkeit verging nicht. Langsam hatte sie das Gefühl, als würde die Wut in ihr überkochen.

Endlich wurde es stiller, wurde das Stimmengemurmel der Gäste vom trägen Gezwitscher der Vogel verdrängt, die in den Baumkronen der riesigen Pappeln ausharrten. Hin und wieder trug ein schwacher Windhauch ein paar Takte Musik des herzöglichen Kammerorchesters, das im Rosenpavillon aufspielte, zu ihr hinüber. Wie eine Marionette von unsichtbaren Fäden gezogen, ging Dorothea ein Stück den Kocher entlang, dessen sonst so tiefes Dunkelblau einem schlammigen Braun gewichen war. Wo normalerweise Strudel und Stromschnellen das Holztriften zu einer lebensgefährlichen Angelegenheit machten, entblößten nun beide Seiten des Flußufers in Dutzenden von Schichten bröckeliges Erdreich. Dorothea konnte sich nicht daran erinnern, jemals einen so niedrigen Wasserstand gesehen zu haben.

Je weiter sie lief, desto spärlicher wurden Violas Blumenbeete. Hier und da stand ein vereinzelter Rosenbusch in Blüte, oder klammerten sich ein paar dunkelviolette Hortensien an einen aus der Erde ragenden Findling, der den wachsamen Augen der Gärtner bisher entgangen war. Ansonsten beherrschten riesige Brombeerhecken, die jedem Rodungsversuch getrotzt hatten, das Bild. Die überreifen, tiefschwarzen Beeren waren bis in Kniehöhe abgefressen – ein Zeichen dafür, daß wilde Tiere dieses Stück Garten aufsuchten. Es roch nach getrockneten Algen und letztjährigem Laub. Hierher verirrte sich selten jemand, gleich dahinter begann das offene Land. Dorothea spürte, wie sich ihr zugeschnürter Hals ein wenig weitete.

An der Stelle, wo der Fluß einen Schlenker nach links machte und hinter einer Brombeerhecke verschwand, stand eine winzige Gartenbank. Das verwitterte Holz ihrer Rückenlehne war vor vielen Jahren von kundigen Händen auf kunstvolle Weise gedrechselt und geschnitzt worden, doch niemand hatte sich die Mühe gemacht, das gute Stück vor den Unbilden des Wetters zu schützen, und so war es dem Zerfall nahe. Schon beim Hinsetzen spürte Dorothea, wie sich die feinen Fasern ihres Kleides an dem rauhen Holz rieben, aber das war ihr gleich.

Eine Zeitlang schaffte sie es, jeden Gedanken aus ihrem Kopf zu verbannen. Sie beobachtete einen Reiher, der innerhalb kürzester Zeit drei Fische aus dem träge dahinfließenden Kocher holte – zumindest für ihn schien der niedrige Wasserstand etwas Gutes zu haben!

»Es ist eine Schande, daß ein so hübsches Kind wie du nicht längst verheiratet ist.« Frederick von Graauws Worte wurden jetzt wie ein Echo von ihren Schädelwänden zurückgeworfen. »Viola hat vollkommen recht mit ihrem Vorwurf, ich hätte dich wie eine Wilde erwachsen werden lassen. Schau dich doch um: All deine Cousinen sind längst verheiratet, bald giltst du als alte Jungfer!« Ratlos hatte er den Kopf geschüttelt, so, als habe er erwartet, daß sich die Frage von Dorotheas Zukunft mit der Zeit von selbst lösen würde.

Schon bei der Erinnerung wurden Dorotheas Wangen wieder heiß. »Aber Vater«, hatte sie geantwortet, »ich bin doch erst neunzehn Jahre alt!« Frederick von Graauws Behauptungen waren ebenso abwegig wie peinlich! Warum mußte er gerade heute dieses Thema anschneiden? Und dann noch vor ihrem Nachbarn? Sie kannte Alexander von Kindesbeinen an, gemeinsam waren sie durch die Hohenweih'schen Wälder getobt, bis Viola dem einen Riegel vorgeschoben hatte. Eine Zeitlang war Alexander sogar mit ihnen zusammen unterrichtet worden. Jeden Tag hatte eine Kutsche ihn morgens zum Unterricht ins Haus der Graauws gebracht und nachmittags wieder abgeholt. Alexander war für sie wie ein zweiter Bruder – vielleicht lag es an dieser Vertrautheit, daß Dorothea die Worte ihres Vaters so peinlich waren.

Alexanders Miene war undurchsichtig gewesen, der Wortwechsel zwischen Vater und Tochter schien ihn weder zu amüsieren noch schien er ihm unangenehm zu sein. Vergeblich hatte sie darauf gewartet, daß er ihr zur Hilfe kam. Und was ihre Cousinen anging: Wer wollte schon wie Klara ins ferne Rußland verheiratet werden? Oder wie Anna-Maria nach Bayern? Sie jedenfalls nicht! Während Dorothea über deren trauriges Schicksal als politische Pfänder nachsann, hatte Frederick begonnen, über sie zu reden, als sei sie eine hochdotierte Zuchtstute. »Für ein Weib bist du im besten Alter. Ich sag immer: Alt werden sie von selbst! Bei uns Jägern heißt es ›Alte Gems und alter Has‹ geben einen Teufelsfraß!«« Er mußte über seinen eigenen Scherz lachen. »Und ansehnlich bist du. Und gesund. Für eine Frau vielleicht eine Spur zu schlau, jedenfalls meistens ...«, hier war sein Blick augenzwinkernd zu Alexander gewandert. »Aber ich sag' immer: Nichts ist schlimmer zu ertragen als ein dummes Weib.« Er hatte kurz auf Alexanders Zustimmung gewartet, doch der hatte weiterhin geschwiegen.

Und dann war Dorothea auf einmal alles klar gewesen. Wie durch ein Vergrößerungsglas hatte sie die Intention ihres Vaters erkennen können. Als ob dazu viel Schläue nötig gewesen wäre! Wie hatte sie nur so schwer von Begriff sein können...

Stocksteif hatte sie sich im Sessel aufgerichtet, ihre entspannte Haltung zusammen mit der Trägheit ihres Geistes aufgegeben. »Ich soll Alexander heiraten?« hatte sie sich entsetzt fragen hören, ohne Rücksicht auf den Betreffenden. »Ich kann doch jetzt nicht ans Heiraten denken! Gerade jetzt, wo Georg wieder zurück ist!«

Fredericks Miene hatte sich verfinstert. Irritiert hatte er von Dorothea zu Alexander und wieder zurückgeblickt. »Aber genau das ist der richtige Zeitpunkt! Jetzt, wo Georg die Leitung der Saline übernehmen wird, habe ich endlich den Kopf frei, mich auch um dich zu kümmern. Das ist auch der Grund dafür, daß Alexander und ich solange gewartet haben, dir die frohe Kunde mitzuteilen.«

»Um mich kümmern?« hatte Dorothea fassunglos gefragt. »Um mich braucht sich niemand zu kümmern. Aber Georg ... *der* braucht mich! Ich bin es doch, die in den letzten Jahren die Bücher von Rehbach geführt hat. Ich habe ...«

»Was redest du daher?« hatte der Vater sie barsch unterbrochen, und angefügt: »Georg ist mein Sohn.« Als ob das alles erklären würde.

Ein eisiger Schauer war über ihren Rücken gekrochen. Eine Angst, wie sie noch keine gekannt hatte. »Du willst wirklich Georg allein die Saline leiten lassen? Das ist doch nicht dein Ernst! Studium hin oder her – er weiß doch noch nicht einmal, wo es die besten Siedepfannen gibt!« Eindringlich hatte sie ihn angeschaut und begonnen, die Finger ihrer rechten Hand abzuzählen: »Er kennt weder die Namen der Sudhausvorsteher, noch weiß er, wieviel Klafter Holz fürs Befeuern notwendig sind. Er weiß nicht, daß es nicht schaden kann, Johann Merkle beim Befeuern am Sonntag auf die Finger zu schauen. Oder daß man Helene Grasbinder und das Weib vom Lochmüller nicht in eine Nachtschicht einteilen darf, weil ...« Sie winkte ab. »Er weiß ...«

»Es reicht«, hatte Frederick sie ungewohnt eisig unterbrochen. »Daß du dich jahrein, jahraus eingemischt hast ins Tagesgeschäft, hätte ich schon längst unterbinden sollen! Und außerdem ...« Er verstummte. Ob es der Ärger über sein eigenes Versäumnis Dorothea betreffend war oder der Ärger über den unerwarteten Gesprächsverlauf, der ihn den Faden hatte verlieren lassen, wußte man nicht. Jedenfalls hatte er sich zwingen müssen, tief durchzuatmen. »... außerdem kann Georg sich immer noch an mich wenden. Oder an Josef Gerber.«

Als ob ihr Vater und der Salzamtsmaier wußten, wie es in der Saline zuging!

Dorothea preßte die Lippen aufeinander. Die Erinnerung an die letzte Stunde bereitete ihr fast körperliche Schmerzen. *Wie konnte sie ihren Vater davon überzeugen, daß er wirres Zeug daherredete?* Wie eine lästige Mücke hatte diese Frage sie umkreist, während Frederick von Graauw weiter gedröhnt hatte. Darüber, wie entscheidend es für das Gelingen einer Ehe war, den geeigneten Partner zu finden, und daß dies in ihrem Fall Alexander sei. Und wie wichtig ihm Dorotheas Glück war. So sanftmütig er einerseits zu klingen versucht hatte, so bestimmt waren seine Worte gewesen. Von der Saline war keine Rede mehr gewesen.

Scheinheiliger Bastard! war es Dorothea durch den Kopf

geschossen. Was hatte er seinem Gegenüber versprochen? Um welche Mitgift ging es, von der sie nichts ahnte?

Sie konnte sich nicht erinnern, sich jemals so hilflos gefühlt zu haben. Vielleicht hätte ihr der Gedanke an eine Heirat nicht gar so fremd sein dürfen, doch Tatsache war, daß sie bisher noch keinen einzigen Augenblick damit verschwendet hatte. Vielmehr hatte sie Pläne geschmiedet, wie sie nach Georgs Rückkehr mit ihm gemeinsam Verbesserungen herbeiführen konnte, die Frederick in vielen Jahren versäumt hatte. Und nun sollte das alles nicht mehr gelten? Bildete sich ihr Vater wirklich ein, sie wegjagen zu können wie einen räudigen Hund?

Schließlich hatte sich »ihr Zukünftiger« zum ersten Mal zu Wort gemeldet. »Verehrter Frederick, verzeihen Sie mir meine Offenheit, aber ...« Ein Grinsen huschte über sein Gesicht, angesichts der hilflosen Miene seines Gegenübers.

Haßerfüllt hatte Dorothea von einem Mann zum andern geschaut. Verdammt, warum hatte ihr Vater sie in so eine Lage bringen müssen? Diesmal waren es Alexanders Worte, von denen sie die Hälfte nicht mitbekam. »... wollen wir Ihre verehrte Tochter nicht mit romantischen Platitüden langweilen. Dorothea ist dafür viel zu intelligent.«

Einen Augenblick lang war Hoffnung in ihr aufgekeimt. Hatte Alexander erkannt, daß eine Heirat zwischen ihnen nicht möglich war? Daß sie hierher gehörte?

»Warum sprechen wir nicht in der Art der Kaufleute miteinander?« hatte Alexander von Frederick wissen wollen, der daraufhin fast einen Hustenanfall bekommen hatte. Trotz ihrer Wut hatte Dorothea grinsen müssen. Und dann hatte Alexander zu rechnen begonnen.

Dorothea zog den Rock und Unterrock ihres Kleides hoch bis zu ihren Schenkeln und genoß die Sonne auf ihrer blassen Haut. Sie seufzte. Das Leben konnte so einfach sein, wenn man sie nur machen ließe! Oder wenn sie ein Mann wäre. Nein, das würde ihr nicht weiterhelfen. Dann wäre sie ja nur Georgs jüngerer Bruder, schoß es ihr im selben Moment durch den Kopf, und Haß legte sich wie eine stählerne Rüstung um sie. Sie setzte sich aufrecht hin.

»Doro! Was machst du hier in der hintersten Ecke? Und überhaupt, wie siehst du eigentlich aus? Was, wenn dich einer der Gäste so entblößt sehen sollte?« Der Vorwurf in Violas Stimme war laut und deutlich. Ihr Gesicht war gerötet, einige Haarsträhnen klebten an ihrer Stirn, und unter ihren Achseln hatte sich der silberne Satin ihres Kleides zu einem Dunkelgrau verwandelt.

Dafür, daß Viola den ganzen Vormittag mit einer extra aus Stuttgart angereisten Coiffeuse verbracht hatte, sah sie ordentlich mitgenommen aus! »Was willst du?« fragte Dorothea ungnädig und ohne eine Spur von Charme. Langsam schob sie ihre Röcke wieder nach unten.

Viola, an das ruppige Verhalten ihrer Stieftochter gewohnt, ignorierte deren Tonfall. »Du könntest dich ruhig ein wenig um die Gäste kümmern. Es kommt schließlich nicht alle Tage vor, daß wir so hohen Besuch haben.« Sie deutete mit ihrem Kinn in Richtung Haus, in das sich Herzog Friedrich zu seiner Nachmittagsruhe zurückgezogen hatte.

»Was erwartest du von mir? Soll ich mich etwa zum Herzog ins Bett legen?« gab Dorothea herausfordernd zurück.

Viola zischte erschrocken wie eine Gans, die nicht gemerkt hatte, daß sich ihr jemand nähert.

»Als ob der Herzog sich auch nur einen Deut um dieses Landpomeranzenfest scherte! Wo es auf Gut Rehbach nicht einmal ein paar Pferde zu bestaunen gibt, die der Rede wert wären«, fuhr Dorothea genußvoll fort, bevor Viola einen Ton herausbrachte. »Wahrscheinlich ist er nur gekommen, um eigenhändig nachzuprüfen, ob Vater ihn auch ja nicht um seinen Salzzins betrügt!« Daß Elisabeths Mutter eine nahe Cousine des Herzogs war, beachtete sie nicht weiter. Wen interessierte das schon außer Viola? Die Gräfin und der Graf Löwenstein – Titel hin oder her – waren in Dorotheas Augen nicht mehr als peinlicher Familienzuwachs – das laute Lachen von Elisabeths Mutter, die dümmlichen Scherze ihres Vaters – armer Georg!

»Du und dein Schandmaul! Laß das nicht deinen Vater hören!«

»Vater!« gab Dorothea bitter zurück. »Der Mohr hat seine Schuldigkeit getan, der Mohr kann gehen, ist es nicht so? Jetzt, wo Georg zurück ist, will er mich davonjagen.«

Viola schaute sie an. »So siehst du also alle Bemühungen, die Frederick in deinem Sinne unternimmt! Wie kannst du nur so undankbar sein.«

Dorothea schwieg. Von ihr würde ihre Stiefmutter kein weiteres Wort über das demütigende Gespräch erfahren!

Viola seufzte. Ihr Blick fiel auf ihren Ehering, den Frederick von Graauw ihr kurze Zeit nach dem Tod von Dorotheas Mutter übergestreift hatte. Ihre Schwester hatte elendig sterben müssen, damit ihr eigenes Glück möglich wurde. *Sie* war nur die zweite Wahl gewesen, Alexander von Hohenweihe hingegen zeigte echtes Interesse an ihrer Stieftochter. Auf einmal begann ihr unterdrückter Ärger wie Brennesseln auf der Haut zu kratzen. »Was willst du eigentlich? Alexander von Hohenweihe ist eine der besten Partien, die du machen kannst. Seine Wälder und die Saline Rehbach – kann es eine bessere Verbindung geben? Du solltest dich glücklich schätzen!«

Dorothea gähnte demonstrativ. Sie hatte keine Lust, nochmals sämtliche Argumente vorgekaut zu bekommen, die für eine Heirat zwischen ihr und Alexander sprachen – mochten sie auch noch so wahr sein! Doch lange hielt sie ihre aufgesetzte Nonchalance nicht durch. »Für das Wohl der Saline heiraten, das soll ich!« spie sie Viola entgegen. »Aber das Sagen hat Georg!« Wie sie ihren Bruder in dem Moment haßte!

Viola drehte sich auf dem Absatz um. Ihr Rücken war stocksteif, als sie noch einmal stehenblieb. »Es war ein Fehler, dich auch nur in die Nähe der Saline zu lassen. Ganz tief drinnen habe ich es immer gewußt. Aber Frederick ...« Sie winkte verärgert ab. »Ob es dir paßt oder nicht: Du kannst nicht bis in alle Ewigkeit auf Gut Rehbach leben, jetzt, wo Georg und Elisabeth verheiratet sind. Statt dessen solltest du deinem Vater ruhig ein wenig dankbar dafür sein, daß er sich so für dich einsetzt!« Sie holte nochmals Luft, behielt dann aber für sich, daß *sie* selbst es gewesen war, die Frederick in nächtelangen Diskussionen davon überzeugen mußte, wie sinnvoll eine Verbindung der Graauws mit den Hohenweihes war. Von selbst wäre er wahrscheinlich in den nächsten hundert Jahren nicht darauf gekommen, seine einzige Tochter unter die Haube zu bringen! Zu ihrem Ärger über Dorothea gesellte sich ein weiterer über Frederick. Bevor er jedoch größer werden konnte, beschloß sie, sich den Tag nicht verderben zu lassen. Sie hob ihren Rocksaum an und ging langsam zurück zu den Feiernden. Dorotheas Nörgeleien konnten ihr heute gestohlen bleiben!

Pikiert schaute Dorothea ihr nach. So bissig kannte sie ihre Stiefmutter gar nicht! Die Feierlichkeiten setzten ihr anscheinend stärker zu, als sie jemals zugeben würde. Und das, wo sie doch immer danach lechzte, Gut Rehbach zum Austragungsort für große Feste zu machen!

Kaum war Dorothea wieder allein, setzte sie sich abermals nachlässiger hin. Nur mühselig hob sich ihre düstere Stimmung. Im Grunde genommen ... Fredericks Gerede mußte man nicht zwingend für bare Münze nehmen. Heiraten, pah! Niemand konnte sie schließlich zum Jasagen zwingen, oder? Und vom Hof jagen wie eine diebische Elster ließ sie sich auch nicht! Natürlich würde sie heiraten müssen, das wußte sie. Irgendwann. Und Alexander wäre dann sicher nicht die schlechteste Wahl, vor allem nicht für die Saline. Aber das hieß doch nicht, daß unnötige Eile angesagt war, oder? Zuerst einmal gehörte sie hierher, nach Rehbach. Und sonst nirgendwohin! Hatte Georg erst eingesehen, wie unentbehrlich ihr Wissen für die Saline war, würde er der erste sein, der gegen ihr Fortgehen protestierte!

Sie stand auf und strich sich die Holzfasern vom Kleid. Ja, alles würde gut werden. Wenn sie darüber nachdachte ... es war recht unhöflich von ihr gewesen, so einfach aus dem Zimmer zu stürmen und den beiden Männern jede Antwort schuldig zu bleiben. Gleich morgen würde sie ihrem Vater mitteilen, daß sie mit seiner Entscheidung einverstanden war. Und dann ... dann würde sie sich Zeit lassen. Halt! Sie korrigierte sich. Sie würde die Zeit nutzen, das traf es besser. Genug zu tun gab es. Wenn es nach ihr ging, würde die Hochzeit frühestens in einem Jahr stattfinden. Oder in zwei oder drei ...

Als sie Richtung Haus zurücklief, waren ihre Schritte zielstrebig und sicher. Violas Ermahnungen die Hochzeit betreffend waren an ihr abgeperlt wie Wasser an den Schwimmflossen der Schwäne, die im Teich hinterm Herrenhaus residierten. Sie hatte nicht im geringsten vor, wieder zur Hochzeitsgesellschaft zurückzukehren. Sie würde jetzt das tun, was sie jeden Sonntag tat!

Wie ein Dieb schlich sich Dorothea zu einem Seitentor des Gartens hinaus. Sie eilte an den Stallungen vorbei und quer durch den Gemüsegarten in Richtung der fünf Sudhäuser. Einfach die lange, bequeme Birkenallee zu nehmen, die direkt auf den Solebrunnen zuführte, traute sie sich nicht – dort hätte sie jederzeit einem der Hochzeitsgäste über den Weg laufen können und wäre unangenehme Erklärungen schuldig geblieben.

Es war nicht so, daß Dorothea Festlichkeiten gegenüber grundsätzlich abgeneigt war. Aber daß *dieses* Fest an einem Sonntag stattfand, störte sie.

Sonntags begann die Siedewoche. Und Dorothea konnte sich an keinen Sonntag erinnern, an dem sie nicht in der Saline gewesen war, um beim Befüllen der gußeisernen Siedepfannen mit dem angereicherten Solewasser dabeizusein.

3

»Hörst du die Musik?« Ellen strich sich eine Haarsträhne aus der Stirn. Sie machte ein paar Schritte nach vorn, den Klängen von Violinen entgegen. »Hörst du sie?« Auf Zehenspitzen stehend blickte sie in Richtung des Herrenhauses.

Rosa schaute zu der Salinenarbeiterin hinüber. Mehr als ein Seufzen der Saiten hörte sie nicht, und schon dafür mußte sie sich anstrengen. »Ja, ich höre etwas.«

Ellen hatte ihre Augen geschlossen, ihr Leib wiegte sich zu einer stillen Melodie.

Am liebsten hätte Rosa die Frau aus ihrer Träumerei geschüttelt. Zuerst hatte Ellen es so eilig gehabt, eine Medizin für ihr geschwollenes Handgelenk zu bekommen, und nun schien sie alle Zeit der Welt zu haben! Rosa konnte es kaum erwarten, wieder allein zu sein und weiterarbeiten zu können.

Aus der Sicht eines Vogels lag Gut Rehbach höchstens eine halbe Meile von der kleinen Hütte am Waldrand entfernt. Würde man über die mannshohe Hecke klettern, welche den äußersten Teil des gräflichen Gartens einfaßte, wäre es bis zum Herrenhaus nur ein kurzer Fußmarsch. Doch was Rosa betraf, hätte es auf dem Mond sein können! Vorsichtig pustete sie zwischen die Buchenscheite, die sie auf der runden Feuerstelle vor ihrer Hütte gestapelt hatte. Der Tag war so heiß, und die Luft drückte mit derartiger Macht vom Himmel herab, daß es fast unmöglich war, ein Feuer zu entfachen. Soeben war es endlich gelungen, und Ellen stahl ihr die Zeit! »Wenn du ausgeträumt hast, darf ich mir vielleicht einmal deine Hand anschauen«, sagte sie nicht übermäßig freundlich.

Am Tag zuvor war Sankt Veit gewesen, der Tag, an dem die Sonne am höchsten stand. Ein guter – oder der beste? – Zeitpunkt, um viele der Kräuter zu sammeln, die sie für ihre Salben, Tinkturen und Teemischungen im Laufe des Jahres brauchen würde. Jeder Winkel, jedes bißchen Platz in der Hütte war voll mit Büscheln vom Johanniskraut, der Niewelkblume und der Wolfsblume. Auch am Morgen war Rosa schon draußen gewesen und hatte gegraben: Ein Korb voller Kraut mitsamt seinen hellen Wurzeln stand vor ihr. Wenn sie daran dachte, was noch alles an Arbeit vor ihr lag... Heute hätte sie liebend gern auf Besuch aus der Saline verzichtet!

Ellen hatte sich inzwischen auf eine Bank gesetzt. Rosa warf ihr einen mißmutigen Blick zu und füllte das Schmalz in einen kupfernen Kessel um, der sich auf dem zögerlichen Feuer nur langsam erwärmte.

»Wie so eine Hochzeit wohl vonstatten geht?« fragte Ellen. »Wahrscheinlich haben die Weiber alle die feinsten Kleider an, und die Herren stolzieren herum wie eitle Pfauen.« Sie lachte. »Und die Mägde müssen springen und ein Faß Wein nach dem andern herbeiholen. Und als Lohn dafür müssen sie sich noch von den feinen Herren an die Brüste und Hinterteile greifen lassen! Brr!« Sie schüttelte sich übertrieben. »Dem Himmel sei Dank, daß wir uns den Buckel für so etwas nicht krumm machen müssen!«

Rosa trat ans Feuer. Aus einer Schüssel nahm sie je zwei Handvoll zerquetschte Kamillen- und Ringelblumenblüten und warf sie in die sämige Schmalzmasse. »Dafür mußt du dir den Buckel auf andere Art krumm machen! Außerdem, was kümmert's dich, wie die feinen Herren und Damen feiern? Die Leut' aus der Saline sind schließlich nicht eingeladen worden. Nicht einmal eine Stunde Arbeit haben sie euch anläßlich des freudigen Ereignisses erlassen.« Jeder, der in den letzten Tagen zu ihr in die Hütte gekomen war, hatte sich darüber beklagt.

Bitter verzog Ellen den Mund. »Da müßte schon der Himmel auf die Erde herabfallen, bevor die uns erlauben würden, die Siedewoche auch nur einen Tag später zu beginnen. Oder gar ausfallen zu lassen!« Sie schüttelte den Kopf. »Und wart's ab. Jetzt, wo der Georg vom Studieren zurück ist, da wird bald ein ganz anderer Wind wehen, sagt mein Hermann. Um nicht zu sagen, ein eisiger Wind!« Ihre schwarzen Augen glänzten wie runde Kohlestückchen.

Rosa zog die Augenbrauen hoch. Was Hermann, der alte Nörgler, zu sagen hatte, mußte man nicht unbedingt für bare Münze nehmen. »Der junge Graf ... eine Ewigkeit hab' ich den schon nicht mehr gesehen. Früher, da sind er und sein Vater öfter hier vorbeigeritten.« Sie wies mit dem Kinn in Richtung Waldrand und lachte. »Jedesmal hat Georg seinen Gaul um die große, umgefallene Eiche herumgeritten, statt überzusetzen wie sein Vater. Was hat der sich darüber geärgert – bis hierher hab' ich seine Beschimpfungen hören können!« Rosa schüttelte den Kopf. »Des Herrgotts bester Reiter ist er jedenfalls gewiß nicht! Und der soll jetzt die Leitung der Saline übernehmen?« Es versetzte ihr einen kleinen Stich, daß sie wieder einmal als letzte von dieser Veränderung erfahren hatte.

Ellen nickte.

Rosa konnte ihr ansehen, daß sie krampfhaft nach etwas suchte, mit dem sie ihre Neuigkeit ausschmücken konnte. »Und die Salzbaronin? Was wird aus der?« tat Rosa ihr den Gefallen, nachzufragen.

»Dorothea? Was soll schon aus ihr werden?« gab Ellen zurück. »Die wird ihrem Bruder helfen, nehme ich an. Der Junge weiß doch allein nicht eine Krucke von einer Mistgabel zu unterscheiden.« Sie zuckte mit den Schultern. »Ob er das auf seinen feinen Schulen gelernt hat? Andererseits weißt du ja, wie man sagt: Neue Besen kehren gut.«

»Und ihr seid den alten Grafen los, das ist doch auch etwas«, fügte Rosa mit unbeteiligter Stimme hinzu. Was kümmerte es sie, an wen sie ihre Pacht zahlte? Und mehr hatte sie mit denen aus dem Herrenhaus nicht zu tun, Gott sei Dank. Ihr fiel etwas ein, was sie am Tag zuvor gehört hatte. »Stimmt es, daß Frederick von Graauw gerade da in der Nachtschicht aufgetaucht ist, als Elfriede ...«

»Der Graf!« fiel Ellen ihr ins Wort. Ihre Lippen kräuselten sich. »So unrecht ist der gar nicht, wenn du *meine* Meinung hören willst.« Sie sagte das in einem Ton, als stünde sie mit ihrer Meinung allein da. »Kommt alle Schaltjahre mal vorbei. Elfriede, das faule Luder, hätte halt besser aufpassen müssen, statt sich von ihm erwischen zu lassen!« Schräg blickte Ellen Rosa an.

Die Heilerin begutachtete ihr rechtes Handgelenk, das deutlich angeschwollen war. Einen Teufel würde sie tun und sich in die Streitereien zwischen den Arbeiterinnen einmischen! Am Ende tratschten die Weiber nämlich untereinander darüber, und sie war wieder einmal die Dumme! Auch ihr hatte Elfriede die Ohren über ihren gekürzten Lohn vollgejammert. Zugegeben, die Arbeit der Nachtdirnen, deren Aufgabe es war, die mit Salz gefüllten Fudern in die Trockenhäuser zu bringen, war schwer. Andererseits wurden sie nicht dafür bezahlt, sich auf dem Weg zwischen dem Sud- und dem Trockenhaus auf ein Stündchen hinzulegen. Kein Wunder, daß der Alte getobt hatte, als er Elfriede dabei erwischte!

»Ach, im Grunde genommen ist es mir auch egal, ob der

alte oder der junge Graf das Sagen in der Saline hat!« bemerkte Ellen endlich. »Was kümmert's uns? Eine Krucke Salz bleibt schwer wie eine Krucke Salz, egal, für wen wir sie durch die Gegend tragen!«

Rosa wickelte einen in gelber Flüssigkeit getränkten Leinenlappen um Ellens Handgelenk. »Die Arnikatinktur wird dir guttun. Einige Tage ohne Arbeit würden dir allerdings auch guttun«, fügte sie hinzu, obwohl sie wußte, daß sie sich die Bemerkung hätte sparen können.

Ellen lachte bitter auf. »Das erzähl mal meinem Hermann! Zur Arbeit prügeln tät' der mich, wenn ich nicht von selber ginge!« Das Lachen verschwand. »Und recht hat er – 's Geld reicht so kaum aus, um die Blagen durchzukriegen.« Ruckartig stand sie auf. »Was bin ich dir schuldig?« Sie wies mit ihrem Kinn auf ihren verbundenen Arm.

Rosa seufzte. »Gib mir einen Kreuzer.«

Kurz darauf war Ellen verschwunden. Vom Herrenhaus wehten nun lautere Musiktöne herüber, und Rosa fragte sich, wie es den Musikern überhaupt gelang, ihren Instrumenten in der Gluthitze auch nur einen Ton abzutrotzen. Achtlos legte sie ein armdickes Bündel Holunderzweige zur Seite und rührte den Inhalt des Kupferkessels durch. Manchmal hatte sie das Gefühl, als lebte sie auf der einen Seite eines breiten Flusses, während das Dorf der Salinenarbeiter auf der anderen Seite lag. Rehbach – eigentlich war es nicht einmal ein Dorf, sondern mehr eine Siedlung, deren Bewohner alle bei den Graauws in Arbeit standen. Und mochten die Salinenarbeiter unter sich zerstritten sein wie junge Hunde; nach außen hin waren sie doch eine verschworene Gemeinschaft – zu der sie noch nie gehört hatte! Das war schon immer gewesen, auch als ihre Mutter selig noch gelebt hatte. Nicht, daß sie sich über zuwenig Arbeit beklagen konnte! Die Leute kamen in Scharen, und das, obwohl sie für ihre Tees und Tinkturen bei Rosa bezahlen mußten. Dabei gab es sogar einen Salinenarzt – Friedrich Neuborn –, der sie umsonst behandeln mußte. Er wurde von den Graauws bezahlt. Ständig beschwor Rosa die Rehbacher, für sich zu behalten, daß sie zu ihr kamen. Vor allem, wenn es um besondere Dienste ging, die sie jemandem erwies ... Sie hatte Angst, daß es dem Arzt eines Tages zu dumm werden würde, in ihr eine Konkurrentin seiner Heilkünste zu haben. Dann wär's aus mit den einträglichen Geschäften! Dann würde sie sich davon ernähren müssen, was der mickrige Garten hinter dem Haus samt den drei Ziegen und sieben Hühnern hergab. Im schlimmsten Fall würde der Arzt dafür sorgen, daß man sie davonjagte. Nein, daran wollte sie nicht einmal denken!

Das Schmalz hatte inzwischen eine gelbliche Färbung angenommen, und Rosa hob den Kessel vom Feuer. Dann widmete sie sich einem Büschel Hartheu, aus dessen gelblichen Blüten Saft austrat, so rot wie Blut. In Öl eingelegt, würde aus ihnen in wenigen Wochen eines der wirksamsten Heilmittel entstehen, das sie kannte.

Dumpf hörte sie aus dem Garten des Herrenhauses Stimmen herüberklingen, ohne die einzelnen Worte oder deren Sinn zu verstehen. Sie schüttelte sich, als flattere eine lästige Mücke um sie herum. Nachdem sie die gelben Blüten in eine Flasche gestopft und mit Öl übergossen hatte, trat sie an den Korb, den sie erst am heutigen Morgen gefüllt hatte. Endlich. »Hexechrut«, hörte sie sich flüstern. Ihre Fingerkuppen schoben einige der Blätter des Christophkrauts auseinander, um die dunkelroten Beeren, die an den verzweigten Ästen wie Perlen in einer Muschel wuchsen, zu berühren. Sofort spürte sie, wie die Kraft des Giftes, das in jeder dieser Perlen lauerte, in ihre Finger floß. Sie spürte ihr Herz gegen die Innenwand ihrer Brust schlagen, ihr Puls trommelte in ihren Ohren, und sie hatte das Gefühl, als bekäme sie keine Luft mehr. Ihre

Finger wanderten die Pflanze hinab zur Wurzel, die sich rauh und rillig anfühlte. Sie war so eisig wie gefrorener Schnee und genauso geruchslos. Richtig dosiert vermochte sie sogar das Gift der Pest auszutreiben. Zuviel davon aber brachte den sicheren Tod.

Rosa schauerte es auf einmal, als würde sie von einem kalten Windhauch erfaßt. »Was ist los mit dir, Weib?« schalt sie sich. Wahrscheinlich lenkte die Musik sie zu sehr ab. Sie seufzte.

Als sie nach oben schaute, sah sie fünf einzelne, bräunliche Wolken in den trockenen, sonnenheißen Himmel aufsteigen: In allen fünf Sudhäusern waren die Feuerstellen angeworfen worden. Die letzte Sudwoche vor der Sonnwende hatte begonnen.

Die Sonnwende! Hastig ging sie zu einem der Körbe, die an der Hauswand abgestellt waren, und wühlte ihn suchend durch. Würde der Bärlapp reichen, den sie gesammelt hatte? Unwillkürlich mußte sie grinsen, als sie daran dachte, welch große Augen die Leute machen würden, wenn sie am nächsten Wochenende das Hexenmehl ins Sonnwendfeuer warf! Ihr »Aaahh!« und »Ohhh!« hatte Rosa noch vom letzten Jahr in den Ohren, und auch an das verzückte Staunen der Leute angesichts des im Feuer explodierenden Sporenstaubs der Pflanze konnte sie sich gut erinnern. »Ein bißchen Zauber zur rechten Zeit hat dem Ruf einer Kräuterfrau noch nie geschadet!« Rosa lachte leise. Schließlich mußte sie gucken, wo sie blieb.

4

Immer noch war es drückend heiß. Elisabeth konnte sich nicht daran erinnern, je einen so heißen Juni erlebt zu haben. Die Luft in ihrem Schlafzimmer war stickig, obwohl die Fenster weit geöffnet waren. Kein Windhauch wölbte die schweren Brokatvorhänge, die links und rechts davon zurückgeschoben waren. Sie starrte auf die leere Bettseite neben sich. Wie jeden Tag seit ihrer Hochzeit vor einer Woche war Georg in aller Frühe aufgestanden, um sich seiner Arbeit zu widmen. Der Abdruck seines Kopfes im Kissen war noch sichtbar. Elisabeth fuhr die Konturen mit ihrer linken Hand nach.

Sie ließ ihren Blick durch den großen, quadratischen Raum wandern. Violas Handschrift war überall zu entdecken, angefangen bei den dunkelgrünen chinesischen Teppichen über die Sitzmöbel in gelblichem Birnenholz, deren düster gestreifte Bezüge das gleiche Grün aufwiesen, bis hin zu den Tapeten. »Die kommen direkt aus Brüssel und sind handgeschöpft«, hatte Maman ihr zugeflüstert und ehrfürchtig über die Struktur gestrichen. Der Raum hatte etwas Stilles, fast Beklemmendes an sich, so daß sich Elisabeth fragte, ob es wohl daran lag, daß sie so gar keine Lust zum Aufstehen verspürte. Sie hätte längst aufstehen sollen, das wußte sie. Es gab niemandem im Haus, der so spät aus den Federn kam wie sie. Nicht, daß irgend jemand deswegen auch nur einen Ton zu ihr gesagt hätte – warum auch? Aber die andern taten alle so geschäftig, gerade so, als ob der Tag nicht genügend Stunden hätte! Das konnte sie nicht behaupten. Irgendwie war ihr Leben auf Gut Rehbach nicht so, wie sie es sich vorgestellt hatte. Genaue Vorstellungen davon, wie ihr Leben als junge Gräfin und Frau des Salinenbesitzers aussehen würde, hatte sie vor der Heirat allerdings nicht gehabt, eher eine vage Erwartung, eine Sehnsucht. Die war bis heute geblieben: Jeden neuen Morgen begrüßte sie voller Spannung, nur um abends festzustellen, daß ihre Erwartungen wieder einmal enttäuscht worden waren.

Langsam setzte sie sich aufrecht hin und schob einen Fuß nach dem andern aus dem Bett, wobei sie darauf achtete, mit dem rechten Fuß zuerst aufzutreten – sie wollte den Tag doch nicht gleich falsch beginnen!

Eine Zeitlang blieb sie am Fenster stehen, das auf den parkähnlichen Garten hinaus ging. Die Sonne stand schon über den Pappeln und war nur ein einziger, riesiger, glitzernder Ball, dessen Konturen nirgendwo anfingen und aufhörten. Elisabeth mußte blinzeln, so grell war ihr Schein. Unten im Garten sah sie Viola vor einer Rosenhecke stehen, wo sie Blüte für Blüte inspizierte, bevor sie ihre Schere aus einem Korb nahm und einzelne Stengel abzwickte. Wahrscheinlich würde sie die Rosen für eines ihrer Blumenarrangements benötigen, bei denen sie es sich nicht nehmen ließ, sie selbst zu gestalten, und die im ganzen Haus ihre betörenden Düfte verströmten. Elisabeth streckte sich ein wenig und versuchte, tief Luft zu holen. Sofort brachen kleine Schweißperlen auf ihrer Stirn aus, und sie machte hastig einen Schritt zurück ins Zimmer.

Sie setzte sich vor ihre Kommode und starrte auf ihr Spiegelbild. Gedankenverloren suchte ihre Hand rechts vom Spiegel nach dem Glockenzug, der ihre Zofe rufen sollte, als ihr einfiel, daß sie auf Gut Rehbach ohne Suzanne auskommen mußte. Suzanne, die nach dem Hochzeitsfest tränenüberströmt mit Maman hatte abreisen müssen. Elisabeth hatte nicht schlecht gestaunt, als Viola ihr in einem Gespräch ganz beiläufig eröffnete, daß weder sie noch Dorothea über eine eigene Zofe verfügten, sie jedoch selbstverständlich nichts dagegen einzuwenden hätte, wenn Elisabeth die ihre behielt, sollte sie das für nötig halten. Nun, was war nötig und was nicht? Wenn Viola und Dorothea ohne Kammerzofe auskamen, dann mußte sie das auch! Jedenfalls wollte sie nicht gleich zu Beginn neue Sitten auf Gut Rehbach einführen und sich damit das Getuschel der Leute einhandeln. Doch schon am nächsten Tag hatte sie ihren Entschluß bereut. Es waren nicht so sehr Suzannes Frisierkünste, die sie vermißte. Es war Suzanne selbst und ihr Frohsinn, ihre Art, über die sie lachen mußte, ob sie wollte oder nicht.

Seufzend entschloß sie sich, erst einmal nach unten zu gehen, um sich mit einem Morgenmahl zu stärken. Danach würde sie Zeit genug haben, über den weiteren Verlauf des Tages nachzudenken.

Dorothea schaute kaum auf, als ihre Schwägerin eintrat. Sie hatte sich immer noch nicht daran gewöhnt, daß außer ihrem Vater, Viola, Georg und ihr nun noch jemand im Haus wohnte. Das dreigeschossige Gebäude war so weitläufig, daß es gut vorkommen konnte, daß sich die Familienmitglieder einen ganzen Tag lang nicht über den Weg liefen und sich höchstens zum gemeinsamen Abendmahl trafen. So vergaß sie Elisabeth oft für Stunden und erschrak dann jedesmal regelrecht, wenn diese plötzlich wie ein Geist vor ihr stand. So wie jetzt.

»Guten Morgen«, hauchte Elisabeth und blieb ihm Türrahmen stehen.

Dorothea spürte, daß sich Stacheln in ihr aufrichteten wie die eines Igels. »Was ist? Willst du da Wurzeln schlagen oder was?« fragte sie unfreundlicher, als sie beabsichtigte. Sie winkte Elisabeth ins Zimmer als sei sie eine Dienstbotin. Ihre Schwägerin hatte immer noch ihr Nachtkleid an, stellte sie mit einem mißbilligenden Blick auf das wasserblaue, mit Spitzen umsäumte Gewand fest. Gleichzeitig erschrak sie, als sie sah, wie knochig Elisabeths Glieder unter dem dünnen Stoff hervorragten. Ein Windhauch würde genügen, um das Weib umzuwerfen!

Elisabeth schaute sich derweil im Raum um, als suche sie etwas Bestimmtes. Am liebsten hätte Dorothea wieder zu ihrer Feder gegriffen und wäre weiter die langen Zahlenreihen durchgegangen, die vor ihr lagen. Statt dessen beobachtete sie Georgs junge Frau. Sie war ziemlich attraktiv, das mußte man ihr lassen. Ihr Gesicht hatte etwas Vollkommenes – mit seinen großen, dunklen Augen, dem hellen Teint und dem vollen Mund, der sich herzförmig unter einer kleinen Nase wölbte. Ein Künstler hätte sicher Ewigkeiten damit verbringen können, über die Gleichmäßigkeit ihrer Züge nachzusinnen. Selbst ungekämmt glänzte Elisabeths Haar wie versilbert, weiche Wellen fielen ihr ins Gesicht und wurden mit einer eleganten Bewegung nach hinten geworfen. Verschämt griff Dorothea an den schlichten, geflochtenen Zopf, der ihr den Rücken hinabhing. »Suchst du etwas?« fragte sie kurz darauf.

Elisabeth schaute sie an und lächelte. »Das Morgenmahl?« Sie wies auf die große Anrichte an der Längswand des Raumes.

»Die Speisen wurden schon abgeräumt. Freitag ist immer der Tag, an dem ich die Abrechnung des Salzmaiers überprüfe, und diese Arbeit erledige ich hier an diesem Tisch.« Dorotheas Handbewegung umfaßte den sonnendurchfluteten Raum, in dem die Familienmitglieder – meist jeder für sich, da alle zu unterschiedlichen Zeiten aufstanden – ihr

Morgenmahl einnahmen. *Du mußt nur nach Luise klingeln, und dir wird alles serviert, was dein Herz begehrt*, hätte sie hinzufügen können.

Das Wissen, nicht wie Georg oder ihr Vater ein eigenes Schreibzimmer für sich zu haben, wurmte Dorothea nicht zum ersten Mal. Um die Abrechnungen durfte sie sich kümmern – sie hatte dabei schon mehr als einmal Unregelmäßigkeiten festgestellt – damit waren die Herrschaften einverstanden! Ihr jedoch einen eigenen Raum für diese Arbeit zu geben, davon hatte ihr Vater nie etwas hören wollen. Die Sache mit einem eigenen Arbeitszimmer war einer der ersten Punkte, die sie dringend mit Georg zu klären hatte.

»Und? Wie ist es nun, verheiratet zu sein?« fragte sie mit einem Unterton in der Stimme, der andeutete, daß sie sich kaum etwas Schlimmeres vorstellen konnte. Sie machte immer noch keine Anstalten, sich um Elisabeths Morgenmahlzeit zu kümmern. Wenn diese es nicht fertigbrachte, sich etwas zu essen und frischen Kaffee bringen zu lassen, dann mußte sie halt hungern – das schien sie ja gewohnt zu sein. Ein bißchen schämte sich Dorothea für ihre Boshaftigkeit.

Elisabeth zuckte mit den Schultern. Es war ihr anzusehen, daß sie ernsthaft über Dorotheas Frage nachdachte. »Als ich noch in Vaihingen war, habe ich viel darüber nachgedacht, wie es wohl sein wird, verheiratet zu sein. Es gibt da einen Dichter – sein Name ist mir leider entfallen –, er hat wundervolle Worte über die Liebe geschrieben.« Elisabeths Wangen zeigten nun zum ersten Mal ein wenig Farbe. Sie schloß die Augen und zögerte kurz, als müsse sie Mut fassen. Als sie zu sprechen begann, klang sie fast ehrfürchtig.

»Welche Farbe hat die Liebe nun?
Ist sie rot wie züngelnde Flammen,
oder kühl wie Morgentau?
Sag', ist sie nicht hell und düster zugleich?

Zerfließendes Glück
Auf der Palette der Seligkeit.«
Sie lachte leise. »So muß es sein, habe ich mir vorgestellt. Doch wie ist es nun wirklich?« Nochmals ein Schulterzukken. Danach schweigen die beiden Frauen sich wieder an.

Dorothea beugte sich tief über ihre Liste. Dieses Gedicht war wieder einmal typisch für diese sogenannten Poeten, die ihre ureigenen Sorgen der Welt aufdrängten! War dies nicht einer dieser sogenannten modernen Poeten, die ihre ureigenen Sorgen der Welt aufdrängten? Hätte sie gewußt, was sie mit ihrer Frage auslösen würde, hätte sie weiß Gott aufs Fragen verzichtet!

»Was machst du da eigentlich?« fragte Elisabeth nach einer Weile.

Dorothea schaute auf. Hatte sie das nicht schon vorher erklärt?

»Ich ...« – »Ich ...«, fingen beide gleichzeitig zu reden an. Mit einer gnädigen Handbewegung wies Dorothea ihre Schwägerin an, weiterzureden. Elisabeth hatte sich inzwischen gesetzt und stützte die Ellenbogen auf den Tisch. »Was ich gern wissen wollte: Wie kommt es eigentlich, daß die von Graauws eine eigene Saline besitzen? Ich dachte immer, das dürfe nur der Herzog oder die Städte und Klöster?«

Du lieber Himmel! Wußte Elisabeth denn nicht einmal *das* über ihre neue Familie? Wollte sie nur höfliche Konversation treiben, oder hatte sie ehrliches Interesse an einer Antwort? Für ersteres hatte Dorothea nämlich weiß Gott keine Zeit! »Das ist eine lange Geschichte!« Sie warf einen prüfenden Blick zu Elisabeth, doch diese schien ganz Ohr zu sein. »Das kommt so. Die Saline Rehbach ist schon seit dreihundert Jahren in der Hand unserer Familie. Und du hast recht – im ganzen Land sind wir wirklich die einzige Familie, die eine Saline besitzt.« Der Stolz in ihrer Stimme war nicht zu überhören.

»Aber wie kam's dazu?« kam es fast ungeduldig von Elisabeth.

Über was redeten Georg und seine Braut eigentlich miteinander, fragte sich Dorothea. Aber tief drinnen war sie hocherfreut, endlich wieder einmal einen Grund zu haben, über das zu reden, was ihr am wichtigsten war: die Saline. »Wie gesagt, dreihundert Jahre ist es her, daß der damalige Graf Eugen von Graauw – sein Bild hängt übrigens am äußersten Ende des Ganges zum Kaminzimmer – das Salz entdeckt hat. Durch puren Zufall, wie ich sagen möchte! Wie alle von Graauws war auch er ein leidenschaftlicher Jäger. Bei seinen Jagdausflügen konnte er beobachten, daß die Rehe sich immer an einer ganz bestimmten Stelle aufhielten, um dort aus einer Pfütze zu trinken. Eines Tages kostete er selbst das Wasser und stellte dabei fest, daß es salzig war. Danach ließ er auf eigene Rechnung einen Schacht graben und förderte bald danach die erste Sole.«

»Aber – darf denn nicht nur der Landesherr allein nach Salz suchen?«

Dorothea grinste. Soviel wußte ihre Schwägerin also! »Das stimmt schon. Aber der damalige Graf berief sich darauf, gar nicht nach Salz gesucht, sondern es durch puren Zufall gefunden zu haben! Von der Bohrung sagte er natürlich nichts, als er beim damaligen Herzog wegen der Salzrechte vorsprach. Jedenfalls …« Sie winkte ab. Sie durfte sich nicht in Details verlieren, soviel Zeit hatte sie heute nicht. Dabei hätte sie Stunden erzählen können! Von den langwierigen Verhandlungen, die ihr Vorfahre mit dem damaligen Landesherrn hatte führen müssen. Von dem Vertrag, der ein gutes Dutzend Mal nachgebessert worden war, bis er endlich die Zustimmung des Herzogs fand. Von Siederechten, die ein späterer, untüchtiger Vorfahr an seine Arbeiter verkauft hatte und die erst nach Generationen mit viel Mühe hatten zurückerworben werden können. Was noch gar nicht allzu viele Jahre zurücklag. Und davon, daß die Besitzverhältnisse der Saline dadurch zeitweise verworrener gewesen waren als bei den staatlichen Salinen. Und von vielen anderen Dingen, die sich Dorothea seit ihrer Kindheit immer wieder vom Vater hatte erzählen lassen. Wie Würmer hatte sie ihm die Geschichten aus der Nase gezogen, die er stets nur widerstrebend zum Besten gab. Heute aber blieb sie bei den notwendigsten Fakten. »Jedenfalls haben die beiden eine Art Kuhhandel abgeschlossen: Die von Graauws wurden als Besitzer der Saline eingeschrieben, mußten dafür jedoch einen horrenden Salzzins ans Land entrichten und außerdem für die Instandhaltung der Saline sorgen, sowie sich um die Arbeiter und deren Renten kümmern. Zu Beginn sah es gar nicht so aus, als würde das weiße Gold unserer Familie wirklichen Wohlstand bringen – das Solewasser, das aus dem Schacht nach oben befördert wurde, wies nur einen geringen Salzgehalt auf. Zudem mußte sich der Graf dauernd Spottreden der Leute anhören darüber, wieviel ertragreicher der große Solebrunnen von Hall war und wie wenig Sinn seine Bemühungen doch machten. Wo Hall das Salz doch im Überfluß hatte! Doch die Graauws waren schon damals für ihre Sturheit bekannt, und im Laufe der Zeit verbesserten sich nicht nur die Fördermethoden der Sole, sondern es wuchsen auch die Geschäftsbeziehungen unserer Familie zu Salzaufkäufern in ganz Europa. Und heute...« Sie zuckte mit den Schultern. Daß die Grafen von Graauw nicht gerade am Hungertuch litten, war wahrscheinlich der Hauptgrund, daß Elisabeths Vater einer Verheiratung seiner Tochter mit Georg so hastig zugestimmt hatte. Daß die Familie Löwenstein keine zehn Heller mehr zusammenbrachte und außer ihrem wohlklingenden Titel nichts mehr besaß, wußte schließlich jeder im Land!

»Daher kommt auch der kupferne Rehkopf über dem Portal – er ist eine Hommage unserer Familie an die Tiere, die das Salz gefunden haben ...«

Elisabeth schien von Dorotheas Geschichte beeindruckt zu sein. Ihre Wangen hatten sich etwas gerötet, was sie noch hübscher machte. »Und es hat nie jemand versucht, eurer Familie das Salz streitig zu machen?«

Um Dorotheas Lippen spielte ein Lächeln, das jedoch ihre Augen nicht erreichte. »Versucht haben sie es schon ...«

5

Als Georg seine Schwester auf sich zukommen sah, wußte er nicht, ob er sich freuen oder verärgert sein sollte. Wie sollte er sich jemals in alles einarbeiten, wenn er immer wieder gestört wurde? Er strich sich eine widerspenstige Haarsträhne aus der Stirn und streckte seine Beine von sich wie nach einem langen Marsch durch unwegsames Gelände.

»Bringst du mir etwa noch mehr Papierkram?« Er wies mit dem Kinn auf die Unterlagen in Dorotheas Hand.

Ungefragt zog diese einen Stuhl heran und ließ sich ebenso lässig darauf fallen wie Georg. Die Geschwister grinsten. Von klein auf war dies eines ihrer wenigen gemeinsamen Rituale gewesen: Kaum hatte ihr jeweiliger Hauslehrer für einen Augenblick den Raum verlassen, hatten sie sich in liederlicher Manier auf ihre Stühle gelümmelt und Fratzen gezogen.

»Und? Wie kommst du voran?« fragte Dorothea.

»Mehr recht als schlecht«, seufzte Georg. Seit seiner Rückkehr aus Stuttgart hatte er es sich angewöhnt, die Stunden bis zum Mittagsmahl am Schreibtisch seines Vaters zu verbringen. Großzügig hatte Frederick von Graauw ihm sein eigenes Schreibzimmer angeboten. »Du wirst von nun an standesgemäß deinen Aufgaben nachgehen«, hatte er schulterklopfend festgestellt und war verschwunden, bevor Georg auch nur einen Ton dazu sagen konnte. Ihm wäre die kleinere Dienstkammer, die er bisher genutzt hatte, genauso recht gewesen. Es ging schließlich nicht darum, wo man seine Zeit verbrachte, sondern mit was! Doch genau daran haperte es im Augenblick. In seinem Kopf herrschte mindestens so ein Durcheinander wie auf seinem Schreibtisch. Er wußte nicht einmal, wie er seine Verwirrung und vielen Fragen Dorothea gegenüber in Worte kleiden sollte. Und ob überhaupt – wie würde er dabei dastehen? Statt dessen sagte er: »Hast du Elisabeth schon gesehen?« Seine Gesichtszüge verspannten sich bei der Nennung ihres Namens. Wenn er daran dachte, wie wenig er sich um sie kümmerte, bekam er ein schlechtes Gewissen. Von heute auf morgen für einen anderen Menschen verantwortlich zu sein, daran hatte er sich noch nicht gewöhnt.

»Deine Elfe sitzt im Frühstückszimmer, im Nachtkleid, wie ich anmerken darf.« Dorothea klang gelangweilt.

»Kannst du dich nicht ein wenig um sie kümmern? Elisabeth sagt zwar nichts, aber ich befürchte, daß sie den Trubel von Schloß Leutbronn ein wenig vermißt.«

Dorothea lachte. »Daß es hier auf Gut Rehbach nicht so kurzweilig werden würde wie in Vaihingen, hat sie doch wohl gewußt, oder?«

Georg verzog den Mund. »Darum geht es doch gar nicht. Natürlich hat sie das gewußt. Aber wie etwas schließlich *ist,* weiß man immer erst, wenn man mitten drinnen steckt.« Ging es ihm nicht ebenso? Schon bereute er, überhaupt etwas gesagt zu haben! Dorothea nahm immer alles so wörtlich! Daß sie sich einmal leichtem Geplänkel hingab, kam nur selten vor. In seiner zweijährigen Abwesenheit hatte Georg fast vergessen, wie verbissen seine Schwester sein konnte. Und wie wenig Humor sie hatte. Als sein Studienkollege Martin Richtvogel ihm gegenüber einmal angemerkt hatte, er fände es erstaunlich, daß Georg von allen Familienmitgliedern erzählte, nur von seiner Schwester nicht, war Georg erst aufgefallen, wie wenig er mit Dorothea gemeinsam hatte. Dabei war das schon immer so gewesen: Während er – kaum daß er lesen konnte – Buch für Buch aus der gut gefüllten Bibliothek verschlungen, von fremden Ländern, Abenteuern und einem aufregenden Leben geträumt hatte, war Dorothea auf ihren Kinderbeinen von Sudhaus zu Sudhaus gestapft. Während er auf Fredericks sanften Druck hin das Reiten und Jagen erlernt hatte, war Dorothea mit den Salinenkindern unterwegs gewesen. Wie um diese hatte sich auch um Dorothea von den Erwachsenen niemand sehr viel gekümmert – von Violas hilflosen Versuchen, Dorothea weibliche Fertigkeiten beizubringen, einmal abgesehen, hatte sie tun und lassen können, was sie wollte. Nicht so Georg. Als der Sohn und spätere Nachfolger seines Vaters war jeder seiner Schritte von klein auf mit Argusaugen bewacht worden, so daß er mehr als einmal Dorothea um ihre Freiheit beneidet hatte.

»Was ist, willst du den Tag damit verbringen, über deine Braut zu sinieren?« fragte sie nun mit unüberhörbarer Ungeduld in der Stimme.

Daß Dorothea ihm gleichzeitig immer ein wenig das Gefühl vermittelte, er müsse sich in ihrer Gegenwart besonders anstrengen, hatte Georg auch vergessen gehabt. Jetzt kam diese Empfindung wieder unangenehm in ihm hoch. Wie anders war da doch Elisabeth! So still, und vornehm, und ... Er setzte sich wieder aufrecht hin. Dann würde er eben Viola bitten, sich um seine Braut zu kümmern!

Dorothea lehnte sich zu ihm über den Tisch. »Ich habe Unregelmäßigkeiten in der Abrechnung der letzten Woche festgestellt.« Sie legte einen Stapel Papiere vor ihm auf den Tisch und zeigte mit ihrem Finger auf eine der Ziffern. »Hier: Die Holzkosten sind für die letzte Sudwoche mit 480 Gulden angegeben. Das kann aber gar nicht sein, denn am Dienstag konnte nicht getriftet werden. Das bedeutet, daß eigentlich

65 Gulden weniger dort stehen müßten.« Sie klopfte mit ihrem Zeigefinger auf das Papier. »Diese Schlampigkeiten häufen sich in letzter Zeit! Es kann doch nicht angehen, daß Josef Gerber fast jede Woche...«

Ein Wort reihte sich ans vorige, doch Georg nahm nur ein Dröhnen war. Ihm war, als wäre in seinem Kopf ein Hebel umgestellt worden. Er schüttelte sich. Holz triften, neue Krucken kaufen, die Aufhängungen der Siedpfannen wechseln – Dorothea redete die Sprache der Salzleute, als wäre sie eine von ihnen. »Was die zu hohen Holzkosten betrifft – bald bleiben solche Unregelmäßigkeiten ja in der Familie«, versuchte Georg einen Scherz in Anspielung auf die geplante Hochzeit mit Alexander von Hohenweihe. Würde der Salzmaier sich dann verrechnen und ein paar Heller zuviel zahlen, profitierten Dorothea und Alexander davon, denn alles Holz, welches in den Sudhäusern verbrannt wurde, kam aus Hohenweihschen Beständen. Im gleichen Moment schoß ihm siedendheiß durch den Kopf, daß er sich dringend um das Problem mit dem niedrigen Wasserstand des Flusses kümmern mußte: Weitere ein, zwei Tage von dieser Hitze, und es würde unmöglich werden, auf dem Kocher auch nur noch ein Klafter Holz zu schwemmen. Das war ihm schon gestern von Alexander mitgeteilt worden. Was erwartete dieser eigentlich, fragte sich Georg. Sollte er eigenhändig Wasser in den Kocher schütten? War es nicht Aufgabe des Waldbesitzers, sich um andere Anfahrtswege zu kümmern, wenn der Wasserweg ausfiel? Ihm fiel auf, daß es im Zimmer auf einmal sehr ruhig war.

»Entwickelst du dich etwa zum gleichen Scherzbold wie Vater?« preßte Dorothea endlich heraus. »Sicher, solche Rechenfehler sind nicht das Ende der Welt, aber zum Lachen finde ich sie ebenfalls nicht!« Sie stand auf, doch als sie um den Schreibtisch herumhasten wollte, blieb ein Zipfel ihres Rockes daran hängen. Ein unangenehmes Geräusch ertönte.

»Verdammt!« Anklagend schaute sie von dem Riß zu ihrem Bruder. Ihre Augen glitzerten. »Ich hab' gedacht, jetzt, wo du wieder zurück bist, wird alles anders, besser. Ich hab' gedacht, daß ich wenigstens bei dir auf offene Ohren stoße. Ach, ich könnte dir Dutzende Dinge aufzählen, die im argen liegen: Seit Jahr und Tag plätschern die Salzerträge vor sich hin, ohne daß auch nur der geringste Zuwachs zu vermelden ist. Dafür steigt der Holzverbrauch stetig an, weil keiner mehr in der Lage scheint, ein ordentliches Feuer zu machen und zu halten! Die letzten Pfannen, die aus dem Schwarzwald geliefert wurden, waren minderwertig, und ...« Sie winkte ab. »Was rede ich mir den Mund fusselig, wo du ja scheinbar vorhast, es Vater gleich zu tun und dich keinen Deut um die Saline zu kümmern! Nur frage ich mich, warum dann *ich* um der Saline willen heiraten soll!« Ihre Stimme klang tränenerstickt.

»Eins nach dem andern, ja?« Beschwichtigend drückte Georg sie mit sanfter Gewalt wieder auf den Stuhl. Du meine Güte, er hatte doch nur einen Scherz machen wollen! Statt dessen hatte er Dorothea fast zum Weinen gebracht! Wahrscheinlich waren Vaters Hochzeitspläne für sie eine größere Überraschung gewesen, als sie alle angenommen hatten. Er dachte daran zurück, daß er selbst von Anfang an in die Verhandlungen über seine Heirat mit Elisabeth von Löwenstein involviert gewesen war, und schalt sich für sein mangelndes Taktgefühl. »Ich bin doch froh, daß du dich um die Abrechnungen kümmerst«, sagte er mit bemüht engagierter Stimme. »Wenn ich die auch noch hier liegen hätte ...« Er machte eine hilflose Geste in Richtung des papiernen Durcheinanders. »Und außerdem mußt du mir meine Unwissenheit verzeihen – ich war schließlich mehr als zwei Jahre weg!« Zudem bekam er langsam das Gefühl, als würden ihm die ganzen Lehren der Wirtschaftswissenschaften hier rein gar nichts nutzen ... Georg zog eine Grimasse.

Doch Dorothea blieb von seinem Charme unbeeindruckt. Stumm ordnete sie ihre Listen, die bei ihrem hastigen Aufspringen vom Tisch gefallen waren.

Georg seufzte. Er beneidete Alexander von Hohenweihe nicht um seine Aufgabe, Dorotheas Launenhaftigkeit zu zähmen. Er selbst schien diese Gabe jedenfalls nicht zu haben. Einen letzten Versuch war ihm die Sache jedoch wert, obwohl er nicht wußte, worüber sie sich eigentlich so erzürnte. In der Saline lief alles seinen Gang, hatte er von Vater und auch vom Salzmaier zu hören bekommen. Ihm war zwar noch nicht ganz klar, wieweit Frederick von Graauw überhaupt ins Tagesgeschäft der Saline involviert war – seine Bemerkungen waren immer recht vage gehalten –, aber zumindest der Salzmaier Josef Gerber wußte, worüber er sprach. »Warum setzen wir uns von nun an nicht täglich für einige Stunden zusammen – vorausgesetzt, du hast Zeit – und gehen diese ganzen Unterlagen gemeinsam durch? Mir drängt sich nämlich langsam der Eindruck auf, daß sich niemand so gut auskennt mit der ganzen Salzgewinnung wie du. Und Vater ...« Er zuckte mit den Schultern.

»*Mir* brauchst du nichts zu erzählen«, kam es nun schon weniger vorwurfsvoll. »Aber natürlich helfe ich dir, wenn ich kann.« Dorothea versuchte ein Lächeln, das jedoch nicht so recht auf ihrem Gesicht zu Hause zu sein schien. »Außerdem gäbe es da schon das eine oder andere, worüber ich gern mit dir reden wollte.« Die Sehnsucht in Dorotheas Stimme war nicht zu überhören, und Georg fragte sich, worauf diese sich bezog: Wollte Dorothea über Alexander mit ihr reden? Oder ging es doch nur wieder einmal um Salz?

6

»Sie wollen uns die Mittsommerfeier verbieten!« Wie ein Lauffeuer ging die Nachricht von Sudhaus zu Sudhaus, in die Pfieselhäuser und schließlich bis ins Magazin. »Die Mittsommerfeier?« »Aber warum denn?« »Das geht doch nicht!«

Als Götz ins Sudhaus trat, registrierte er als erstes die immer dicker werdenden Salzkristalle auf dem Boden der linken Pfanne. Darunter bildete sich eine dunkle Kruste. »Zieh ab! Verdammt noch mal, zieh ab!« schrie er Richard zu, der unmittelbar neben der Pfanne stand. Doch bevor dieser zur Krucke greifen konnte, hatte Götz selbst das lange Gerät gepackt und begonnen, das Salz, das sich aus der Sole herauskristallisiert hatte, abzuschöpfen. Bald schmerzten seine Arme, so hastig schaufelte er die feuchte Masse auf die Perstatt, die Abtropfvorrichtung, wo der weiße Berg immer höher wurde. Inzwischen war das Getuschel der andern leiser geworden, auch die Aufgebrachtheit war – zumindest für den Augenblick – erloschen. Jeder hatte plötzlich wieder zu tun, keiner durfte Zeit verschenken. Auch Hermann, der für das Abziehen des Salzes zuständig war, rührte nun mit seiner Krucke in der Pfanne herum, um das letzte Körnchen Salz herauszuholen.

Götz schüttelte den Kopf. Er war nur für einen kurzen Moment nach draußen gegangen, um sich hinter den großen

Holzstapeln zu erleichtern. Davor hatte er Hermann ausdrücklich ermahnt, daran zu denken, das Salz abzuziehen – und nun? Fast wär's zu spät gewesen! Hätte die Pfanne Schaden genommen, wäre das schon die zweite gewesen, die unter seiner Aufsicht kaputtging. Erst als er mit Abziehen fertig und in der Siedepfanne nichts übrig war außer einem jämmerlichen Rest trüben Wassers, erlaubte er sich, die Schweißbäche aus dem Gesicht zu wischen. Er schaute Richard zu, wie dieser Eimer für Eimer frisches Solewasser nachgoß. Wie ein riesiger Drache sog die Pfanne den Nachschub auf, weiße Dämpfe stiegen aus ihrem Schlund empor und hüllten den ganzen Raum in Nebelschwaden. Magda und Ellen, als Nachtdirnen für den Abtransport des nassen Salzes ins Trockenlager zuständig, begannen zu husten. »Nicht so hastig! Jetzt reicht's erst einmal«, wies Götz daraufhin Richard an. Würde sich das Wasser zu sehr abkühlen, mußten sie nachfeuern. Und das wollte Götz auf keinen Fall.

»Die wollen uns die Mittsommerfeier verbieten, hast du schon gehört?« fragte Josef, neben Richard der zweite Solenachfüller.

Götz winkte nur ab. Sein Blick war auf Hermann gerichtet, der sich an der anderen Seite der Pfanne zu schaffen machte. »Was ist? Sind deine drei Stunden länger als meine? Oder was ist der Grund dafür, daß du nicht abgezogen hast?« wollte er wissen.

Hermanns Antwort bestand nur aus einem Brummen.

»Wir haben alle nicht aufgepaßt, und plötzlich waren die drei Stunden um«, entschuldigte sich Magda an seiner Stelle. Sie klang zerknirscht, dabei hatte sie mit Hermanns Mißgeschick nichts zu tun. Doch wie die meisten war sie es leid, tagtäglich miterleben zu müssen, wie Hermann und Götz aneinandergerieten. Die Stimmung danach war meist wie vergiftet. »Gerade war der Salzmaier da – du hättest ihn eigentlich noch sehen müssen – und hat uns die *frohe Botschaft* überbracht!« Sie stopfte einen ihrer Zöpfe zurück unter die Kappe, die an manchen Stellen dunkel vom Schweiß war. »Das können die doch nicht machen, oder?« Sie klang so ungläubig, als hätte ihr jemand erzählt, Weihnachten fiele in diesem Jahr mitten in den Sommer.

»Wer will die Feier verbieten, und warum?«

»Na, der junge Herr! Der Georg!« Hermann verdrehte die Augen. »Jetzt bist du aber begriffsstutzig!« Ellen legte besänftigend eine Hand auf den Arm ihres Mannes, doch der schüttelte sie ab wie eine Fliege.

»*Warum* hat er nicht gesagt. Als ob uns einer seine Gründe erklären würde...« Magda seufzte. »Unser schönstes Fest! Der Tanz, die Musik, das Hexenfeuer...«

»... und mitten drin die Adelsblas'!« Hermann spuckte vor sich auf den Boden.

Josef schaute erschrocken zur Tür. Wenn das nun einer von denen gehört hätte!

Ungerührt fuhr Hermann fort: »Wahrscheinlich ist sich der junge Graf zu fein dafür, mit uns zu feiern.« Er machte eine abfällige Handbewegung. »Dann feiern wir eben ohne die Baggage. Verbieten können sie uns das Fest nicht! Was wir in unserer freien Zeit machen, ist doch unsere Sache!«

»Welche freie Zeit? Hast du vergessen, daß wir die nächsten zwei Monate im Zweiwochentakt sieden?« sagte Götz und klang dabei selbst in seinen Ohren wenig überzeugend. Die Sonnwendfeier fiel seit Jahr und Tag in die anstrengendste Zeit des Siedejahres, die Verlängerung der Siededauer von einer auf zwei Wochen konnte also nicht der alleinige Grund für das Verbot sein.

»Na und? Auch wenn's die Graauws nicht gern sehen: Von Samstag mittag bis Sonntag früh ist immer noch frei!«

»Hermann hat recht!« pflichtete Marga ihm bei. »Dann

können sie uns die Sonnwendfeier also doch nicht verbieten!« Sie grinste, hob den Rock und deutete mit ihren Füßen ein paar Tanzschritte an. Ihre Augen forderten Götz zum Mitmachen heraus. Kleine Funken sprühten in seine Richtung.

»Da wär ich mir nicht so sicher!« Götz blickte von einem zum andern. »Wißt ihr nicht mehr, was letztes Jahr, nach der Sonnwendfeier los war?« Sein Blick blieb an Hermann kleben.

Hermann stellte sich dumm.

»Da hat der Merkle im Vollsuff beim Befeuern der Pfanne geschlampt, und sie ist in der Mitte gesprungen!«

»Aber das war doch nicht bei uns!« empörte sich Magda. »Das war doch im dritten Haus!«

»Na und? Bei uns ging zwar keine Pfanne zu Bruch, dafür hat eine gewisse Person« – sein Blick wanderte bedeutungsvoll zu Richard hinüber – »vor lauter Trunkenheit vergessen, die Soleleitung zuzumachen, so daß wir alle bis zu den Knöcheln im Wasser standen. Statt Salz zu machen, durften wir den halben Sonntagvormittag putzen.«

»Dafür haben wir am darauffolgenden Samstag länger gesiedet, von der Siedewoche hat am Ende kein Stündchen gefehlt!« Richard winkte ab. Wer wollte so eine alte Suppe nochmals aufgewärmt haben!

»Und überhaupt«, fügte Hermann hinzu. »wir werden doch eh nur nach dem Salz bezahlt, das wir machen, und nicht nach den Stunden. Also möchte ich wissen, was sich die feinen Herrschaften aufzuregen haben.«

»Genau! Wenn wir in unserer freien Zeit einen über den Durst trinken, dann brummt halt der Schädel auch am nächsten Tag noch«, grinste Josef. »Aber das ist dann höchstens unser Schaden!«

Die andern lachten.

Götz schwieg. Er ging zur Perstatt und hob mit einem Spatel einen Teil der Salzmasse hoch, um deren Feuchtigkeitsgehalt zu prüfen. Das Wasser tropfte nur noch spärlich in die bereitgestellten Wannen, doch zum Umfüllen in die Perkufen, in denen das Salz ins Trockenlager gebracht wurde, war es noch zu früh. Magda und die andern Weiber hatten noch einen Augenblick Zeit, bevor sie mit ihrer Arbeit an der Reihe waren.

»Kannst du nicht mit dem jungen Grafen reden?« Magdas blaue Augen flehten ihn an. Das linke war entzündet, kein Weiß war mehr zu sehen, die Pupille schien in einem rosafarbenen See zu schwimmen. »Dir fallen die richtigen Worte leichter als jedem von uns. Dir hören die Grauuws zu und ...«

Hermann murmelte etwas in seinen salzverklebten Bart. Ellen gab ihm einen groben Stoß.

Götz wandte sich zu ihm um. »Was hast du gesagt?« Doch Hermann blieb seine Antwort schuldig.

Götz dachte kurz nach. Wenn sich die Leute weiterhin über das ausgesprochene Verbot aufregten, dann waren sie nur mit halbem Kopf bei der Arbeit. Dann konnte er sein Vorhaben vergessen, mit seinen Leuten den besten Ertrag aller fünf Pfannhäuser zu erzielen. Verdammt noch mal, er brauchte jeden Heller, den er verdienen konnte! Sonst würde nie etwas aus seinen Plänen werden ... Er verbot sich jeden weiteren Gedanken. »Also gut. Ich versuch' mein Bestes. Aber nur, wenn so etwas wie eben« – er wies mit dem Kopf in Richtung Siedepfanne – »heute nicht mehr vorkommt. Und den Rest der Woche auch nicht mehr. Und du«, sagte er zu Magda, »gehst nach der Arbeit zum Arzt.«

Magda grinste und nickte mit dem Kopf.

Im stillen glaubte Götz von beiden Vorhaben nicht, daß viel dabei herauskommen würde: Der Salinenarzt Friedrich Neuborn würde sich Magdas Auge anschauen und verkünden, daß es sich lediglich um eine kleine Reizung handelte.

Daß das Weib schon halb blind war, würde er geflissentlich übersehen, womöglich mußte er sie sonst für ein paar Tage von der Arbeit befreien! Und was sein Gespräch anging – um etwas ausrichten zu können, würde er nicht mit dem jungen Grafen, sondern mit jemand ganz anderem reden müssen. Götz biß sich auf die Lippe.

Mit einem Weib verhandeln – das war das letzte, was er wollte. Aber so weit war es gekommen mit Rehbach. Und niemanden außer ihn schien das zu kümmern!

Den anderen fiel es vielleicht nicht auf, aber es war eine Tatsache: Die Kindertage, in denen das kleine Mädchen aus dem Herrenhaus mit ihnen zusammen um den Solebrunnen gerannt war, waren vorbei. Sie und Dorothea waren nicht mehr die Salzkinder, von den Salinenleuten geduldet, manchmal auch weggejagt, je nach deren Stimmungslage. Heute waren die Eltern begraben, viel zu früh – mit salzzerfressenen Lungen und löchrig gewordenen Knochen lagen sie einer neben dem andern auf dem kleinen Friedhof hinter der Saline –, und *sie* waren die Arbeiter. Und Dorothea? Stolzierte tagtäglich wie der liebe Gott durch die Saline, mit Augen, denen nichts entging. Kommandierte die Leute herum, die sich das gutmütig mit einem Schulterzucken gefallen ließen. Götz schüttelte sich. Nein, das war zuviel von ihm verlangt.

Irgendwie war bei den Graauws alles verkehrt: Von kleinauf war Georg nur hinter seiner Schwester hergetrottet, und das, obwohl er der Ältere *und* der männliche Erbe war. Während er sich im Herrenhaus mit wer weiß was beschäftigt hatte, war Dorothea draußen herumgetobt, hatte jeden Winkel der Saline erobert und zu ihrem Eigentum erklärt. Anstatt die Junge wegzuschicken, um irgendwo mit anderen Adelsziegen die Kunst des Blumenbindens oder Kissenstickens zu erlernen, war *Georg* zum Studieren weggegangen. Als ob das der Saline etwas genutzt hätte!

Götz verzog den Mund. Die Adligen waren manchmal noch dümmer, als man ihnen nachsagte. Jetzt, wo das Weib wie tausend Kletten an der Saline klebte, glaubten der alte Graf und sein Sohn allen Ernstes, sie würden Dorothea so einfach abschütteln können. Man munkelte, daß der Graf seine Tochter demnächst verheiraten wollte. Götz konnte sich jedoch nicht vorstellen, daß eine Heirat Dorothea von der Saline fernhalten würde. So, wie er die Junge einschätzte, würde man sie zu diesem Zweck in ein Nonnenkloster verbannen müssen, Hunderte von Meilen von Rehbach entfernt. Ha! Er würde jede Wette eingehen, daß sich das Weib weiterhin in die Angelegenheiten der Saline einmischte. Was sollte Georg schon dagegen tun können ... Womöglich war er sogar froh darüber, daß jemand da war – und sei es auch nur ein Weib –, das für ihn die Entscheidungen traf. Eines stand für Götz felsenfest: Der Beschluß, den Leuten die Sonnwendfeier zu verbieten, war mit Sicherheit nicht Georgs Idee gewesen!

7

Nachdem die erste Mannschaft abgelöst worden war, übergab Götz einem der beiden Solenachfüller der zweiten Schicht die Aufsicht. Eilig erklärte Martin Mäul, nach dem Rechten zu schauen, die andern nickten heftig mit dem Kopf. Götz bräuchte sich keine Gedanken machen, sie würden *alle* nach dem Rechten sehen. Wie die Nachricht vom Festverbot – wie jede Nachricht, wie jedes bißchen Tratsch – hatte sich auch der Vorfall vom frühen Mittag im ersten Sudhaus wie ein Lauffeuer unter den Salinenleuten herumgesprochen. Nachdem Götz sich trotzdem bereit erklärt hatte, ein gutes Wort für sie einzulegen, schien es den Leuten angeraten, ihn nicht gegen sie aufzubringen. Womöglich würde er sonst seine Meinung wieder ändern.

Die Muskeln zwischen Götz' Schulterknochen waren bis aufs äußerste angespannt, als er im Portal des Herrenhauses auf Georg von Graauw wartete. Vom Inneren des Hauses war Luises schlürfender Schritt zu hören, die Zimmer für Zimmer nach dem jungen Grafen absuchte. Mit beiden Händen strich Götz sich die Haare aus der Stirn nach hinten, doch die einzelnen Strähnen waren vom Salz so starr, daß sie sogleich wieder in die Augen fielen.

Im Geiste ging er noch die Sätze durch, die er zu Georg sagen wollte, als er hinter sich einen lauen Luftzug spürte, und dann einen herben Duft, der ihn an rote Rüben und geräucherten Schinken erinnerte. Um so erstaunter war er, als er Dorothea auf sich zukommen sah.

»Mein Bruder ist nicht da und mein Vater auch nicht. Was willst du?«

Götz spürte, wie sich seine Nackenhaare aufstellten. Irgendwann, vor ein paar Jahren – ohne, daß es ihnen jemand hätte sagen müssen –, waren er und die anderen dazu übergegangen, die formelle Anrede zu verwenden, wenn sie mit Dorothea sprachen. Sie waren nicht mehr die Salzkinder. Dorothea duzte sie jedoch weiterhin.

Er überlegte hastig, was er machen sollte. Nur den Kopf schütteln und verschwinden? Das wäre rüde und würde nur Ärger einbringen. Erklären, daß er später wiederkommen wollte? Das wäre eine Möglichkeit, aber mit Aufwand verbunden. Wer wußte schon, was im Sudhaus geschehen würde, wenn er es abermals unbeaufsichtigt ließe? »Ich bin hier, um mit dem jungen Grafen über das neue Verbot zu reden.« Zufrieden stellte er fest, daß er ohne direkte Anrede ausgekommen war.

»Was gibt es da zu reden?« Dorotheas Augen funkelten. Sie sah aus, als hätte sie gern mehr gesagt. Statt dessen schaute sie ihn nur an. Seine solenassen Schuhe, unter denen kleine Pfützen den polierten Marmor beschmutzten. Seine Leinenhose, vom Salz löchrig, seine aufgerissenen Hände, denen eines alten Mannes gleich, seine verklebten Haare.

Götz biß seine Zähne so fest aufeinander, daß sein Kiefer schmerzte. Wie sie dastand! So unbeteiligt, so ... hochmütig in ihrem beigefarbenen Leinenkleid, das trotz seiner Schlichtheit sicherlich mehr gekostet hatte, als was er in vier Siedewochen zusammen verdiente! »Die Leute sind nicht gerade begeistert von dem Verbot«, sagte er endlich unverbindlich. Was sie konnte, konnte er auch!

Dorotheas Lippen kräuselten sich, als amüsiere sie sich über einen geheimen Scherz. Sie hob bedauernd die Schultern. »Nun, da mein Bruder die Saline leitet, solltet ihr euch am besten gleich mit dem Gedanken vertraut machen, daß sich einiges ändern wird. Lange genug sind all die kleinen Nachlässigkeiten toleriert worden. Daß diese wüste Feierei ein Ende hat, ist nur der Anfang!«

Nun, da mein Bruder – glaubte Dorothea allen Ernstes, er würde darauf hereinfallen? Daß sie hinter der Sache steckte, daran gab es für ihn nicht den geringsten Zweifel. Nur, was änderte das an der Tatsache? Auf einmal wünschte sich Götz, sein Vater würde neben ihm stehen. Wie geschickt hatte es dieser verstanden, mit dem alten Grafen zu verhandeln!

Als könne Dorothea Gedanken lesen, sagte sie: »Es ist doch seltsam, wie sich alles wiederholt. Es ist noch gar nicht so lange her, da stand dein Vater hier als Bittsteller vor meinem Vater. Und heute ...«

Heute stehst du hier vor mir! Der Satz stand so laut im Raum, als hätte sie ihn ausgesprochen. Götz' Wut und Hilflosigkeit waren derart groß, daß er einen Augenblick lang nicht zu sprechen wagte. Was mußten die Grafen für Memmen sein, daß sie einem Weib solche Dreistigkeiten erlaubten!

Er entschied sich, nicht länger wie die Katze um den Sahnetopf zu schleichen. »Ob das Verbot ein guter Anfang ist, wage ich zu bezweifeln.« Seine Augen waren stahlgrau und kalt. Ohne ihrem Blick auszuweichen, fuhr er fort: »Das, was Sie *wüste Feierei* nennen, ist die einzige Unterbrechung für die Leute während des ganzen Sommers. Wie anstrengend die doppelten Siedewochen für alle sind, brauche ich Ihnen wohl nicht zu sagen. Es ...«

»Das ist auch so ein Punkt, an dem ich – an dem sich noch etwas ändern muß. Diese ewigen Krankenbesuche bei Friedrich Neuborn, gerade mitten im Sommer! So geht das nicht weiter.« Eine leichte Rötung huschte über Dorotheas Wangen, sie schien sich warmzureden.

»Ich bin nicht gekommen, um über die Krankenfälle zu reden.« Götz hob beschwichtigend die Hand, als wolle er einen Streit zwischen zweien seiner Arbeiter schlichten. Er fuhr fort, die Ansichten der Leute wiederzugeben, und endete mit den Worten: »Außerdem ... die Sonnwende ist das einzige Fest im Jahr, bei dem die von Graauws uns mit ihrer Anwesenheit beehren. Zeugt es nicht von besonderer Verbundenheit zwischen Ihrer Familie und Ihren Arbeitern? Wollen Sie die erste Generation sein, die mit dieser Tradition bricht?« Ha, das hätte sein Vater auch nicht besser sagen können. Vielleicht ein wenig gewandter, vielleicht weniger doppeldeutig.

Dorothea ging zur Tür, und für einen Augenblick befürchtete Götz, von ihr hinausgeworfen zu werden wie ein Bettler. Doch nichts dergleichen geschah. Anscheinend hatten seine Worte doch überzeugend und ehrlich geklungen. Er hörte, wie sich von draußen Stimmen näherten – das helle Lachen einer Frau, gefolgt von Georgs nicht sehr viel tieferer Stimme. Auch das noch! Dem jungen Grafen jetzt nochmals alles zu erklären – dazu hatte Götz keine große Lust.

Dorothea und er standen sich gegenüber wie zwei Figuren in einem Scherenschnitt. »Gesetzt den Fall, ich würde nochmals mit meinem Bruder reden ...«, kam es atemlos von ihr, als wolle auch sie das Gespräch beenden, bevor Georg dazukam. Ihre Silhouette hob sich dunkel gegen das grelle Licht des Tages ab. Sie war nicht gerade zierlich, für eine Frau sogar eher groß. Aber ihre Maße waren gleichmäßig, das Gewicht gut verteilt. Alles schien am richtigen Platz zu sitzen. Amüsiert über seine Gedanken, bekam Götz ihre letzten Worte nicht mit. Was hatte sie gesagt? Konnte es so etwas wie *Was würde dabei für mich herausspringen* gewesen sein?

Götz schaute ihr gerade in die Augen. »Ich würde dafür sorgen, daß alle am Sonntag nach dem Fest pünktlich und mit klarem Kopf bei der Arbeit sind.«

Die Stimmen draußen waren wieder verschwunden, wahrscheinlich lustwandelte Georg weiterhin mit seiner Gattin.

Dorothea legte den Kopf etwas schräg. »Hast du die Leute so gut im Griff, daß du mir das versprechen kannst?« Zum ersten Mal während des ganzen Gesprächs klang etwas an, das Götz fast *Interesse* genannt hätte.

Die Arbeiter hatten ihn hergeschickt, also würden sie auch auf ihn hören müssen. Er nickte beinahe unmerklich. Er wußte, daß er sie überredet hatte. Mit Mühe unterdrückte er ein Grinsen. Da sprang Dorothea nun Tag für Tag in der Saline herum, aber ihr Einfluß reichte nicht aus, um die Arbeiter so im Zaum zu halten, wie ihm das gelang.

»Gut. Ich werd's mir überlegen.« Dorothea gab sich einen Ruck, als hätte sie urplötzlich keine Zeit mehr zu verlieren. Sie machte ein paar Schritte und blieb nur eine Handbreit von Götz entfernt stehen. »Du bist der Sohn deines Vaters. Deine Familie kennt die unsere seit Ewigkeiten. *Wir* kennen uns seit Ewigkeiten. Das Sprichwort *Eine Hand wäscht die andere* kennst du doch auch, oder?«

Wieder nickte Götz. Was sollte das Gerede von Gemeinsamkeiten, während sie ihn gleichzeitig behandelte wie einen Depp? Seine Backenknochen mahlten schmerzhaft aufeinander.

Dorothea lächelte. »Das ist gut. Vielleicht … werde ich zu gegebener Zeit darauf zurückkommen.« Mehr sagte sie nicht. Keine Bedingungen, kein Abschiedsgruß, erst recht kein Scherz. Sie verschwand einfach.

Für einen Moment blieb Götz noch stehen und schaute ihr nach. Er atmete langsam aus. Immerhin hatte er erreicht, weswegen er gekommen war. Während er zurück zum Sudhaus ging, spürte er ein seltsames Drücken in der Magengegend, das bis nach oben in seine Kehle drängte. Richtig freuen konnte er sich seines Erfolges nicht. Warum hatte er das Gefühl, daß es am Ende doch sie gewesen war, die den besseren Handel abgeschlossen hatte?

8

»Ein Sud aus Schafgarbe, Eibisch und Salbei wird deinem Auge guttun.« Kritisch betrachtete Rosa im untergehenden Sonnenlicht vor ihrer Hütte das blutunterlaufene Auge von Magda. »Das sieht nicht gut aus ...« Warum kam das Weib erst jetzt zu ihr? Ob ihre Kräuter bei dieser fortgeschrittenen Entzündung noch helfen würden, wußte sie nicht. »Wieso gehst du damit nicht zu eurem Arzt?« fragte sie ärgerlich und ging ins Haus.

»Da war ich doch!« rief Magda ihr nach. Vom In-die-Sonne-Blinzeln tränte nun auch noch ihr gesundes Auge. Sie zuckte mit den Schultern. »So was kommt und so was geht, hat er gemeint. Und hat gesagt, ich soll aufpassen, daß kein Salz reinkommt.« Sie lachte, doch es klang kein bißchen amüsiert. »Wie ich das hinkriegen soll, hat er mir allerdings nicht verraten.«

»So ein Scherzbold! Der hat gut reden in seiner trockenen Stube!« empörte sich Rosa und trat mit einem Kräuterbeutel aus dem Haus. »Hier, du kannst es mit diesen Kräutern versuchen. Davon nimmst du soviel, wie du mit drei Fingern greifen kannst, überbrühst es mit einem Becher kochendem Wasser und läßt alles kaltwerden. Dann seihst du ab, gibst ein bißchen der Flüssigkeit auf einen Lappen und wäschst drei Mal am Tag dein Auge damit aus.« Sie ratterte ihre Anweisungen nur so herunter.

Magda schaute ihr Gegenüber mit zusammengekniffenen Augen an und verzog den Mund. »Und kannst du mir bitte schön sagen, wann und wie ich *das* machen soll? Du bist ja fast genauso schlimm wie der Neuborn!«

Rosa hob die Hände. »Da darfst du mich nicht fragen! Frag doch deinen Aufseher...«

Magda seufzte, als trüge sie eine schwere Last auf den Schultern.

Die Heilerin schaute auf. Götz Rauber war der manierlichste unter den fünf Sudhausaufsehern. Wie sein Vater vor ihm gehörte er nicht zu den Menschenschindern, sondern behandelte seine Leute ordentlich. Und ein gutaussehender Kerl war er obendrein! Sie konnte sich nicht vorstellen, daß er etwas dagegen hätte, wenn Magda ihre Arbeit kurz unterbräche, um ihr Auge zu pflegen.

»Der Götz ...«

Als Rosa hörte, *wie* Magda den Namen aussprach, wußte sie, was als nächstes kommen würde. Sie trat so nahe an das Weib heran, daß es von der Sitzbank aufgescheucht wurde. »Die Kräuter kosten dich drei Kreuzer.« Sie hielt ihr die offene Hand hin. Das Weib mußte weg, bevor eine längere Angelegenheit daraus wurde.

Zu spät.

»Ich hätte da noch eine Frage ...«

Sie hatte es gewußt! Statt zu zahlen, druckste das verliebte Weib herum und stahl ihre Zeit.

»Es ist nämlich so ...«, begann Magda verlegen, »jetzt, wo die Sonnwendfeier doch stattfindet, da ...«

Als sie die Arbeit für diesen Tag endlich beenden konnte, war Rosa todmüde. Den ganzen Abend hatte sie damit verbracht, aus einem alten Sack kleine Beutel zu nähen, damit sie den Leuten kleine Mengen getrockneter Kräuter mitgeben konnte.

So, wie sie auch Magda eines ihrer Beutelchen gegeben hatte. Zweimal hatte sie sich im schwindenden Licht in den Finger gestochen. Ihre Schultern und Arme schmerzten von der Stichelarbeit, die sie haßte!

Während sie ihre verspannten Glieder mit einer Tinktur einrieb, fiel ihr erneut Magda mit ihrer Bitte ein. Wieder einmal hatte sie sich breitschlagen lassen. Wider besseres Wissen!

Natürlich hatte Magda wissen wollen, ob ihre Liebe zu Götz erwidert werden würde. Und ob das womöglich schon während der Sonnwende in zwei Tagen der Fall sein würde.

Und Rosa hatte zugestimmt, mit ihr die Liebesgöttin zu befragen. Sie war ins Haus gegangen, um einige Stengel Johanniskraut zu holen. Und ihren letzten kleinen Leinenbeutel!

Den Beutel mit dem Kraut fest an ihre Brust gedrückt, hatte Magda ihre geflüsterten Worte nachgesprochen:

»Ist mein Schatz gut, kommt rotes Blut.

Ist mein Schatz mir gram, gibt's nur Scham.«

Natürlich hatten die goldgelben Blüten des Krautes beim Zerquetschtwerden ihren roten Saft abgegeben. Und Magda hatte gestrahlt, soweit das mit ihrem Auge möglich gewesen war.

Im Grunde genommen war das Liebesorakel völlig harmlos. »*Ein bißchen Aberglaube hat noch niemandem geschadet* – nach diesem Grundsatz behandelte Rosa alle, die zu ihr kamen. Die meisten gingen glücklicher weg, als sie gekommen waren. Manchmal plagten Rosa deswegen jedoch Zweifel, so wie jetzt. Denn tief in ihrem Innersten wußte sie, daß Götz Magdas Liebe nicht erwiderte. Würde also das Herz der Nachtdirne nach enttäuschter Hoffnung nicht noch viel stärker bluten? Harriet, ihre Mutter, hätte sich auf so etwas nie eingelassen, das wuße Rosa.

Ruckartig setzte sie sich auf. Sie wollte nicht an Harriet denken. »Wie es sich wohl anfühlt, wenn das Herz wegen eines Mannes wild pocht?« fragte sie in die Stille ihrer Hütte hinein und hörte sich seufzen wie zuvor die Nachtdirne. Wie Magda geschwärmt hatte von Götz und seiner männlichen Art! Und wie offen sie über ihre Sehnsüchte gesprochen hatte! Daß sie es kaum abwarten könne, seine Manneskraft am eigenen Leib zu erfahren. Und daß es schon viel zu lang her sei, daß sie einen Burschen zwischen den Beinen gespürt habe. »Was macht ihr Weiber nur für ein Aufhebens wegen dieser Sache?« hatte Rosa ihre Besucherin gefragt, ohne genau zu wissen, worum es bei dieser »Sache« eigentlich ging. In Magdas Blick hatte sich daraufhin etwas Gieriges geschlichen. »Warte nur ab, bis einer kommt, der deine Brüste knetet und deine Schenkel öffnet, dann weißt du, wovon ich rede.« Sie hatte lange und tief geseufzt. »Du ahnungsloses Ding hast ja keine Vorstellung davon, welche Wonnen eine Frau durch einen Mann erfahren kann! Und mit irgend etwas muß man sich doch schließlich die wenige freie Zeit versüßen, oder?« Bei diesen Worten hatte sie übers ganze Gesicht gegrinst.

Rosa war sich wieder einmal vorgekommen wie eine, die nicht dazugehörte. Was ja auch stimmte. Für sie hatte sich noch nie einer interessiert. »Und wenn ihr dann schwanger seid, dann kommt ihr zu mir, und ich kann schauen, daß meine Kräuter die Brut wieder aus euch hinausschwemmen!« hatte sie giftig erwidert, doch Magda hatte nur abgewinkt. »Dafür haben wir dich doch, oder?« hatte sie mit schräg gelegtem Kopf gesagt.

Rosas Lider begannen zu brennen, und sie genoß das langsame Hinübergleiten in den Schlaf. Sie schob ihre Hände unter das dünne Leinentuch, das ihren Körper bedeckte, und ließ sie über ihre Brüste hinabgleiten. Über ihren Bauch und den struppigen Busch, der zwischen ihren Beinen saß wie eine Distel. Sie schauerte. Ein wenig weiter ließ sie ihre Hand noch wandern, doch als ein Zittern durch ihren Leib fuhr, zog sie sie zurück. Es war nicht rechtens, daß sich eine Heilerin körperlichen Freuden hingab. Fast war es, als würde ihr Harriets vorwurfvoller Blick aus der Dunkelheit entgegenstarren.

Ihr letzter Gedanke, bevor sie einschlief, lautete: Eigentlich war es völlig gleich, ob sie das Liebesorakel angewendet hatte oder nicht – die Sonnwendfeier würde jedenfalls keinen Aufschluß darüber geben, wen Götz Rauber nun liebte und wen nicht!

Als das Fest zwei Tage später sprichwörtlich ins Wasser fiel, war Rosa am wenigsten davon überrascht. Tief drinnen hatte sie gewußt, daß aus dem Fest nichts werden würde.

Der Regen prasselte auf die staubtrockenen Gassen und machte aus dem festgetretenen Boden zwischen den Hütten innerhalb kurzer Zeit einen knöcheltiefen Sumpf. Statt abzufließen, wurde das Wasser vom Erdreich aufgesaugt wie von einem Schwamm, der dadurch immer mehr aufquoll. Die Rehbacher fluchten, was das Zeug hielt. Da hatte Götz das Fest für sie erstritten, und statt diesen Erfolg feiern und das verdammte Salz für ein paar Stunden vergessen zu können, saßen sie in ihren Stuben und glotzten aus den Fenstern! Kein Tanz ums Sonnwendfeuer, kein roter Beerenwein, kein Bier, kein Gucken nach den Mädchen, kein Kichern wegen der Burschen. Statt dessen darauf warten, daß die nächste Schicht anfing.

Auch Rosa saß in ihrer Hütte am Tisch und starrte in den dunklen Wald, der hinter der Hecke anfing. Versonnen ließ sie die Bärlappsamen durch ihre Finger rinnen, wo sie eine dunkelgelbe Staubschicht hinterließen. Keine Funken, kein Geprassel im Sonnwendfeuer, keine großen Augen der Leute, wenn sie ihre Kunst vorführte! Wieder ein einsamer Abend mehr.

Trotz der beharrlichen Regenflut hielt sie es gegen Abend nicht länger in der Hütte aus. Eine Unruhe war in ihr gewachsen, wie ein ungewolltes Kraut in einem Blumengarten. Sie beschloß, in den Wald zu gehen. Kräuter konnte sie bei dem Wetter zwar keine sammeln, aber vielleicht würde sie ein paar Pilze finden? Und wenn sie bis auf die Knochen durchnäßt zurückkommen würde – sie mußte hinaus!

Im Vorübergehen tippte sie mit den Fingern immer wieder an tiefhängende Äste und beobachtete, wie die Regentropfen herabfielen. Kleine Welten, die zerplatzten.

Mit dem Regen war es kühl geworden. Statt dies nach der ewigen Hitze als Wohltat zu empfinden, fröstelte es Rosa, und sie wickelte ihren Schal fester um die Schultern. Als sie an einer kleinen Birkenlichtung angekommen war, ging sie in die Mitte und ließ sich auf dem regendunklen Moosteppich nieder. Sie schloß die Augen und begann, sich hin- und herzuwiegen. Bald fühlte sie, daß Licht und Wärme sie wie eine weiche Decke einhüllten. Die Kälte verflog so schnell, wie sie gekommen war. Rosa atmete so tief, daß sich ihre Nasenflügel blähten und ihr Bauch sich hob und senkte. Die Unruhe in ihrem Kopf ließ nach. Im Geiste sah sie, wie sich Knoten für Knoten entwirrte. So schüttelte sie alles von sich ab, was sie an Last mit sich trug. »Wie seltsam sind mir als Kind die Gänge der Mutter in den Wald vorgekommen!« sagte sie, während sie beim Aufstehen das feuchte Laub von ihrem Rock abstreifte. Nun war sie diejenige, die hier draußen ihren Frieden fand.

Doch als sie nach Hause aufbrach, blieb ein Gedanke bei ihr. Hartnäckig wie eine Klette im Haar hatte er sich an sie geheftet und trommelte leise in ihren Ohren, ungewollt und stet: Das Gewitter zur Sonnwende war keine Laune der Natur. Es war ein Anfang. Etwas würde geschehen. Vieles würde passieren. Und diese Dinge hatten mit ihr zu tun, das spürte sie mit jeder Faser ihres Seins. Vielleicht war es ein Wink von Freya, der Liebesgöttin, den sie inmitten der Birken erfahren hatte. Vielleicht wollte Freya sie auf etwas gefaßt machen. Freya, die immer für sie da war. Die ihre Einsamkeit teilte. Ihre Traurigkeit stillte. Die ihr kleine Zeichen schickte. Blätter mit besonderen Musterungen zum Beispiel. Oder Tannenzapfen, die ihr vom Baum direkt in den Schoß fielen. Harriet war nie müde geworden, von der großen Macht der Liebesgöttin zu erzählen. Aber etwas Größeres, etwas, was das ganze Leben veränderte, hatte Rosa von Freya noch nie erfahren. »Wer sollte mich schon lieben?« fragte sie schließlich die Bäume, die ihr die Antwort schuldig blieben.

9

Als Elisabeth die Nachricht vom ausgefallenen Fest erreichte, wußte sie nicht, ob sie enttäuscht oder erleichtert sein sollte. Sie saß allein im Kaminzimmer und schaute hinaus auf Violas Rosen, die sich unter dem Regen bogen, bis ihre Köpfe fast auf dem Boden lagen. Violas Garten hatte sich in eine Seenlandschaft verwandelt. So sah also ihre erste Sonnwendfeier auf Gut Rehbach aus. Wo sie sich so darauf gefreut hatte!

Laut Georg war die Feier zwar in erster Linie ein Fest der Salinenarbeiter, doch war es Tradition, daß die Familie eine kurze Visite machte. Dabei würden der Graf und Georg hier ein paar Hände schütteln, da ein paar wohlwollende Worte wechseln, während die Frauen der Graauws danebenstanden. Der Graf sollte dann zusammen mit dem Salzmaier das Feuer entfachen, und aus allen Kehlen würde ein lautes Hallo ertönen. Von Viola war das Fest jedoch abgetan worden. »Erwarte nicht zuviel! Das Feuer ist eine rauchige Angelegenheit, die im Halse kratzt und in den Augen brennt. Außerdem – mit den Arbeitern kann man nicht reden, meine Liebe!« hatte sie gesagt und Elisabeths Schulter getäschelt. »Die Weiber sind frech und aufsässig und drehen dir jedes freundlich gemeinte Wort im Munde herum. Wenn sie sich überhaupt dazu herablassen, mit dir zu reden!« Daraufhin hatte sie bitter gelacht, so, als ob sie selbst mit den Rehbachern nicht gerade die besten Erfahrungen gemacht hätte. Und Elisabeth hatte dem Fest plötzlich mit gemischten Gefühlen gegenübergestanden. Doch als sie nun hinausstarrte in die regennasse Landschaft, wurde sie von unglücklichen Gedanken überwältigt. Warum nur war alles so anders, als sie gedacht hatte?

Von Mitte Juni bis Mitte Juli regnete es Tag für Tag. Blickte man morgens aus dem Fenster, mußte man zweimal hinschauen, um den Sommer zu erkennen. Die Wolkenbrüche hatten einen Teil der Blätter von Bäumen und Büschen hinabgepeitscht. Das sattgrüne Gras war mit Laub übersät wie sonst nur im Herbst. War es zuvor unerträglich heiß für die Jahreszeit gewesen, so mußten Mensch und Tier nun dafür büßen. Den Pferden im herrschaftlichen Stall wuchs mitten im Sommer ein dichtes Fell, unlustig lugten sie aus ihren Stallfenstern heraus. Selbst die Schwäne in Violas Seerosenteich schienen unter der kalten Witterung zu leiden: Statt mit hocherhobenen Häuptern durch den Garten zu stolzieren, rotteten sie sich in dem geschmiedeten Pavillon zusammen, der Viola im Hochsommer als Teehaus diente. Immer wieder wies sie den Gärtner und seinen Helfer an, die Viecher von dort zu verjagen, doch kaum waren die beiden Männer wieder im Gesindehaus verschwunden, wackelten die Vögel unverdrossen erneut in den begehrten Unterschlupf.

Im Herrenhaus brannte zumindest in den Morgenstunden ein Feuer im Frühstückszimmer, wobei täglich mindestens ein Familienmitglied betonte, wie ungewöhnlich dies für die Jahreszeit doch sei.

Elisabeth hätte zu einem Feuer in ihrem Schlafgemach auch nicht nein gesagt, wagte es aber nicht, Georg ihre Bitte vorzutragen. Sie galt wahrscheinlich sowieso schon als zimperlich. Daß um die Frauen im Hause Graauw nicht viel Aufsehen gemacht wurde, hatte sie inzwischen erkennen müssen. Nicht, daß Viola, Dorothea oder sie irgendeinen Mangel leiden mußten, Gott behüte! Aber es war alles so ... nüchtern! Sie wagte es kaum mehr, nur den kleinsten Wunsch zu äußern, weil die beiden anderen Frauen dies auch nicht taten. Zu Hause, auf Schloß Leutbronn, war alles anders gewesen! Daß ihr wie einer Prinzessin jeder Wunsch von den Augen abgelesen worden war, wußte sie erst jetzt zu schätzen. Hatte sie wirklich Mamans tägliche Einladungen zur Kaffestunde, zu denen alle möglichen Damen aus der näheren und weiteren Umgebung Vaihingens gekommen waren, für unsäglich langweilig gehalten? Heute sehnte sie sich danach zurück. Und erst nach den Abenden! Fast täglich waren sie Einladungen gefolgt oder hatten selbst welche gegeben. Theaterabende, die Oper, Dichterlesungen, kleine Diners und große Tafeln – die Löwensteins waren gern gesehene Gäste und vielbesuchte Gastgeber. Papa verstand es, ganze Runden zu erheitern, und Mamans Charme ... Elisabeth seufzte. Von dem hätten Viola und ihre Schwägerin auch etwas nötig gehabt! Viola betonte zwar immer, wie gern Gut Rehbach besucht wurde und was für eine hochgeschätzte Gastgeberin sie sei. Doch es tat sich nichts, was Elisabeth zu Hause auf den Stapel »nennenswerte Einladungen« gelegt hätte. Ein Kaffeekränzchen mit zwei verwitweten Freifrauen? Eine sonntägliche Matinee, zu der gerade einmal eine Handvoll Gäste erschien, die sich das Gähnen angesichts der unsäglich langweiligen Lyrik eines Dorfpoeten nicht verkneifen konnten? Durch Zufall war Elisabeth einmal ein Schreiben Violas in die Hände gefallen, mit dem sie in blumigsten Worten eine der besseren Familien aus Schwäbisch Hall zu einem Sommerfest eingeladen hatte – gekommen war jedoch keiner. Entweder war den Hallern der Weg hierher zu weit, oder – die Einladung war ihnen die Reise über die holprigen Straße nicht wert! Elisabeth kniff den Mund zusammen. Ein bißchen konnte sie die Leute verstehen. Wenn doch nur ...

Sie griff nach ihrem Gedichtband und zwang sich, weiterzulesen.

»Was sitzt du hier und grübelst? Hast du nichts Besseres zu tun?« Georg war so leise an sie herangetreten, daß sie erschrocken das Buch fallen ließ, als er ihre Wange küßte.

»Bist du für heute etwa schon fertig mit deiner Arbeit?« Elisabeth stand auf und ergriff Georgs kalte Hände. Sie mußte sich zu einem Lächeln zwingen.

»Leider nicht.« Er erzählte ihr etwas von einem Buch, das Dorothea und er benötigten. Während er ihr über die Wange strich, suchten seine Augen schon den Raum hinter ihr danach ab.

Dorothea. Elisabeth spürte, wie sich erneut der Unmut in ihr regte. »Kannst du mir einmal sagen, was *ich* den lieben langen Tag machen soll?« Ihre Stimme klang schrill, und Elisabeth zwang sich, die nächsten Worte leiser auszusprechen. »Dorothea sitzt den ganzen Tag mit dir in der Amtsstube, Viola gräbt den Garten um wie eine gewöhnliche Bauernfrau, oder sie konferiert Stunde um Stunde mit ihrem Gärtner – wahrscheinlich wächst ihr selbst bald Gras aus den Ohren. Und du hast auch keine Zeit für mich!«

»Eli! Liebes! Was sind denn das für Töne?« Georg lachte, doch es klang eher hilflos als erheitert.

Elisabeth schüttelte seine Hand von ihrem Arm und trat ans Fenster. »Das ist doch unnatürlich für eine Frau! Dieses ewige Rechnen und Denken und Listenüberprüfen! Wozu gibt es den Salzmeister? Warum muß sie seine Arbeit tun?« nörgelte sie. »Sollte sie sich nicht lieber um ihre Hochzeitspläne kümmern?«

»Der Salzamtsmaier«, korrigierte Georg sie mechanisch. Er versuchte, einen unauffälligen Blick auf die Kaminuhr zu werfen, der Elisabeth jedoch nicht entging.

»Ich weiß, daß ich nur deine Zeit stehle wie ein Tagdieb!

Geh! Geh zu deiner Dorothea!« Sie setzte sich in einen der Sessel am Fenster und starrte hinaus.

»So kenne ich mein Weib ja gar nicht.« Georg war in die Hocke gegangen und schaute ihr von unten ins Gesicht. »Vielleicht solltest du deiner Maman einen Brief schreiben. Oder sie hierher einladen! Ein bißchen Abwechslung könnte dir guttun.«

Ein bißchen *Leben* könnte mir guttun – Elisabeth schluckte die Bemerkung im letzten Moment hinunter. »Wenn ich wenigstens schon guter Hoffnung wäre! Dann wüßte ich, daß diese ewigen, langen Tage bald ein Ende hätten. Ich könnte das Kleine morgens und mittags besuchen, und zusammen mit dem Kindermädchen ...«

Georg trat zu ihr und legte von hinten seine Arme über ihre Schultern. »Ein Stammhalter würde mich ebenfalls zum glücklichsten Menschen dieser Welt machen!« Sein Lachen klang bitter. »Dann wüßte ich wenigstens, für wen ich mich tagein, tagaus über die verstaubten Bücher beugen muß!«

Elisabeths Augen glänzten feucht. »Ist in deinem Herzen überhaupt noch Platz für etwas anderes als die Saline?«

Georg drehte sich zu ihr um. »Glaubst du, es macht mir Spaß, nur über Akten zu hocken? Aber das Salz ernährt unsere Familie nun einmal seit Jahrhunderten. In den letzten Jahren war Dorothea die einzige, die nach dem Rechten geschaut hat, was verschiedene Dinge angeht. Frederick, mein Vater – du weißt ja selbst!« fügte er mit einer ebenso entschuldigenden wie hilflosen Geste hinzu, in Anspielung auf Fredericks einzige Passion, das Jagen. »Nun bin ich an der Reihe. Ich muß mich einarbeiten, und Dorothea ist dabei von großer Hilfe. Wir versuchen, viele der täglichen Arbeiten zu vereinfachen.«

Elisabeth schaute ihn an. Ihre Augen waren dunkel und groß. Sie wollte nicht über die Saline reden. Sie wollte ... Als sie das Buch aufhob, das immer noch auf dem Boden lag, spürte sie Georgs Blick im Nacken. Sie wußte, daß sie etwas hätte sagen sollen. Etwas Tröstendes, etwas Erheiterndes vielleicht. Erschrocken stellte sie fest, daß ihr nichts einfiel.

Georg seufzte. »Ob du's glaubst oder nicht: Die ewige Hockerei über Zahlenreihen und Aufstellungen ist nichts für mich. So sehr ich mich bemühe, alle Informationen zu sammeln und auszuwerten – manchmal habe ich das Gefühl, daß dadurch alles noch komplizierter wird! Salz hier, Salz da. Mich würd's nicht wundern, wenn abends auch noch die Suppe versalzen wäre!« Müde stand er auf und streckte sich. Er wollte Elisabeth auf die Stirn küssen, doch im selben Moment drehte sie ihren Kopf, und seine Lippen landeten irgendwo im Geflecht ihrer Hochsteckfrisur.

Als er kurz darauf gegangen war, erschien ihr die Stille noch bedrückender als zuvor. Sie schaute an ihrem schlanken Leib hinab, fuhr mit den Händen ihre Taille nach. Dort, wo der Stoff in die breiten Bahnen des Rockes überging, schmiegte er sich eng an ihren Bauch. Auf ihre grazile Figur war sie immer stolz gewesen. Manchmal, wenn sie ganz sicher war, daß niemand in der Nähe war, machte sie gymnastische Übungen, bei denen sie ihren Oberkörper streckte und dann wieder beugte. Sie hatte das Gefühl, durch diese Anstrengung ihre schmale Taille zu bewahren, denn keinesfalls wollte sie so breit werden wie Viola oder auch ihre Maman. Doch nun hätte sie alles dafür gegeben, wenn unter dem enganliegenden Stoff die Frucht der Liebe in ihr wachsen würde. Wie sehnsüchtig Georg geklungen hatte, als er von einem Stammhalter gesprochen hatte! Entmutigt ließ sie die Hände seitlich fallen. Wenn es doch nur für alles im Leben Turnübungen gäbe!

10

Georg war gerade dabei, die Unterlagen für das nächste Gespräch mit Dorothea zusammenzusuchen, als sein Blick zum wiederholten Male an diesem Mittag auf den Brief seines Freundes fiel. Er ließ die Zahlenliste sinken und lehnte sich in seinem Stuhl zurück. Martin Richtvogel auf dem Weg nach Rehbach!

Seit ein Depeschenreiter die frohe Botschaft am Vormittag gebracht hatte, war die Last auf Georgs Brust ein wenig leichter geworden. Er konnte es kaum erwarten, den Studienkameraden wiederzusehen.

In Martins Gegenwart schien das Leben irgendwie leichter zu sein. Aufregender! Kein Wunder allerdings, wenn man bedachte, mit welch interessanten Menschen Martin tagtäglich in Berührung kam – seine Briefe handelten von den Begegnungen mit Adligen, Künstlern, hohen Beamten – wichtigen Leuten eben. Und alle suchten sie Martins Rat, hörten auf das, was er ihnen zu sagen hatte. Daß es dem Freund in derart kurzer Zeit gelungen war, so viele seiner ehrgeizigen Pläne umzusetzen, führte Georg die eigene Unzulänglichkeit nur um so mehr vor Augen. Er seufzte. Aber dann fiel ihm der letzte Passus von Richtvogels Brief wieder ein: Er habe Georg einen sehr interessanten Vorschlag zu unterbreiten, hieß es da. »Vielleicht wird sich dein Leben für immer verändern«, hatte Martin angefügt. Leichte Übertreibungen waren schon immer Richtvogels Art gewesen, also versuchte Georg, die in ihm aufkeimende Aufregung kleinzuhalten. Er konnte sich partout nicht vorstellen, was sein Freund von ihm wollte.

Wie auf ein geheimes Stichwort hin erschien Dorothea im Türrahmen. Sie sah erhitzt aus. »Du lieber Himmel! Ich kann es nicht glauben, daß du wieder nichts zu Rauber gesagt hast! Es kann doch nicht angehen, daß unter seiner Aufsicht mehr Holz verfeuert wird als bei allen andern Aufsehern!« Keine Begrüßung kam über ihre Lippen, als sie sich einen Stuhl gegenüber von Georg herbeizog. »Wahrscheinlich bildet er sich ein, irgendwelche Sonderrechte innezuhaben, nur weil seine Vorfahren einmal ein paar Siederechte besaßen!« Sie preßte die Worte zwischen ihren Lippen hervor, so daß sich ihre Rede anhörte wie das Zischeln eines aufgebrachten Schwans.

Über den Schreibtisch schoß sie ihm einen bösen Blick zu. »Hättest du mir das überlassen, wäre die Sache längst erledigt. Aber nein – du willst ja die Leute besser kennenlernen«, sagte sie ironisch. »Dann tu's doch auch!«

Georg biß sich von innen auf die Lippen. Er suchte nach einer Antwort, die seiner Schwester gefallen könnte. »Ich habe einfach noch nicht die Zeit gefunden, mit Götz Rauber zu sprechen«, sagte er schließlich lahm. Genauso lahm erschien ihm die Geste, mit der er auf die Unterlagen auf seinem Schreibtisch deutete.

Dorothea schnaubte. Mit gespitzter Feder in der Hand begann sie, weitere Zahlenreihen auf einen Bogen Papier zu kratzen. »Da haben wir das genaue Ergebnis: Die Holzkosten im ersten Sudhaus lagen um ganze vierzig Heller höher als in den andern.« Triumphierend schaute sie Georg an, als hätte er selbst mit dem Holz gezündelt. »Habe ich dir das nicht schon letzte Woche gesagt? Und? Was gedenkst du nun zu unternehmen?«

Georg rutschte auf seinem Stuhl hin und her. Die Luft im Raum war alt und verbraucht. Draußen begann es gerade erst zu dämmern, und er dachte schon sehnsüchtig an den Zeitpunkt, wenn er sich auf seinem Bett ausstrecken konnte. Er kam sich vor, als säße er einem seiner Hauslehrer aus früheren Zeiten gegenüber, verdammt zu einer Strafarbeit. »Sudhaus eins erzielt dafür auch die besten Salzerträge! Das scheinst du bei deiner Rechnung zu vergessen!« entgegnete er in ungewohnt barschem Ton. Wenn es nach Dorothea ginge, würde er sich täglich mit einem der Leute anlegen müssen!

»Die sollen gute Erträge erzielen *und* sparsam mit Holz wirtschaften!« brachte Dorothea zwischen schmalen Lippen hervor. »Wenn du sie gewähren läßt, wie es ihnen gefällt, dann kannst du das Holz bald nicht mehr so schnell herbeischaffen, wie es durch den Kamin wegfliegt! Aber das wirst du auch noch lernen, lieber Bruder.«

Georg seufzte. So würde das nun ewig weitergehen. Auf Dorotheas Anregung hin hatten sie vor einigen Wochen begonnen, sich zusätzlich zu den Stunden am Vormittag am späten Nachmittag noch einmal im Büro einzufinden. Am Anfang war er von der Idee angetan gewesen. Er wollte die Gelegenheit nutzen, von ihrem Wissen über die Saline zu profitieren. Doch inzwischen konnte er ihren Umzug aufs nachbarliche Gut der Hohenweihes kaum noch erwarten. War sie erst einmal Baronin von Hohenweihe, würde er von ihren Lehrstunden verschont bleiben. Obwohl. Bei Dorothea war er sich nie sicher.

Inzwischen haßte er jede Stunde, die er gemeinsam mit ihr am Schreibtisch ihres Vaters verbrachte. Fast täglich überschüttete sie ihn mit neuen Vorschlägen, Ideen und Gedanken, die allesamt um die Saline kreisten. *Was soll der ganze Unfug?* hätte er ihr am liebsten bei mehr als einer Gelegenheit ins Gesicht geschrien. Und: *Als Vater die Saline geleitet hat, ist die Sole doch auch geflossen. Und zwar mit wesentlich weniger Aufwand!* Zumindest konnte er sich nicht vorstellen, daß Frederick von Graauw Tage damit verbracht hatte, über neue Methoden der Soleförderung nachzugrübeln – so wie Dorothea es tat. So wie sie es von ihm forderte. Er erinnerte sich an Elisabeths Worte vor einigen Wochen. *Das ist doch unnatürlich für eine Frau!* hatte sie über Dorotheas Gebaren gesagt. Und hatte sie nicht recht damit?

Warum er es nicht wagte, ihr ganz einfach seine Meinung zu sagen, wußte er selbst nicht. Schließlich war *er* der Graf. *Er* leitete Rehbach.

Dorothea schaute von ihren Zahlenreihen auf. »Soll ich mir den Rauber vornehmen?« fragte sie.

Wie sich das anhörte, aus dem Mund eines Mädchens! Unfähig zu einer Antwort, schaute Georg auf die wippende Feder in Dorotheas Hand. Er haßte solche Gespräche, die dauernd Entscheidungen von ihm forderten. In seinem Kopf herrschte dabei immer ein solcher Tumult, daß er am Ende meist nicht wußte, was sich am besten als Antwort eignete. So schwieg er oft. Wütend über sich selbst stand er auf, ging einfach aus dem Zimmer und ließ eine sprachlose Dorothea zurück. Für heute konnte sie ihm mit ihren ganzen Fragen gestohlen bleiben!

Ohne sich noch einmal umzudrehen oder eine Erklärung abzugeben, ging er in Richtung Stall. Doch statt sich ein Pferd geben zu lassen, lief er um den Stall herum in Richtung Wald. Er wollte nichts sehnlicher, als einige Zeit allein sein. Sobald er außer Sichtweite war, ließ er sich auf dem weichen, hellgrünen Moosboden nieder. Er atmete tief durch, doch eine Entspannung wollte sich nicht einstellen. Statt dessen spürte er, wie tausend kleine Ängste ihn piksten wie Nadelholz.

Zu seinem Ärger mit Dorothea gesellte sich die Sorge um Elisabeth. Sie war so still, so in sich gekehrt, daß er an manchen Tagen das Gefühl hatte, nicht ihr, sondern einem besonders fein gezeichneten Portrait gegenüberzusitzen. Wenn es überhaupt möglich war, dann war sie in Georgs Augen noch schöner geworden: Ihre Taille war so schlank, daß er sie mit beiden Händen umfassen konnte. Ihre Haut war so weiß und durchsichtig, daß er unter ihren Augen ein feines Geäst blauer Äderchen sehen konnte. Ihre Augen glänzten, und doch fehlte ihrem Blick etwas, was er nicht benennen konnte. Ihre Zartheit machte ihm angst. Genau wie ihre Tatenlosigkeit, die er fast schon Apathie nennen mußte. *Was* eine Dame im einzelnen mit ihrer Zeit anfing, wußte er nicht, doch nun zerbrach er sich den Kopf darüber. Warum sie nicht Viola bei der Gartenplanung helfen mochte, hatte er sie gefragt und nur ein harsches Lachen geerntet. Bei der Frage, warum sie nicht ihre Maman zu einem Besuch einladen wollte, war es ihm gleich ergangen. Als er ihr vorgeschlagen hatte, Feinstickereien oder die Portraitmalerei zu studieren, hatte sie abgewinkt, ohne ein Wort der Begründung. Er hatte nicht weiter nachgehakt. Er wußte, was Elisabeth beschäftigte – er selbst fragte sich schließlich auch immer wieder, warum sie noch nicht schwanger war. Georg seufzte und stand mit schweren Gliedern wieder auf. Er würde Martin Richtvogels Besuch nutzen, seinem Freund einige Fragen über »Frauenangelegenheiten« zu stellen. Vielleicht wußte Martin eine Antwort? Zu Friedrich Neuborn wollte er Elisabeth nicht schicken. Er war für die Gesundheit der Salinenarbeiter zuständig, die Familie behandelte er nicht. Und so dringend war Elisabeths Problem schließlich nicht, versuchte Georg sich zu beruhigen. Vielleicht würde sich alles noch von selbst geben.

Von der gepflasterten Hofeinfahrt klang Hufgeklapper zu ihm herüber. Es war Frederick, der von seiner Jagd zurückkam. Er hörte, wie sein Vater seinen Jagdgehilfen, einen drahtigen, jungen Burschen, anschrie, er möge sich zum Teufel scheren. Georgs Laune verschlechterte sich nochmals. Wenn nur Martin schon hier wäre! Er konnte es kaum erwarten, seinen Freund wiederzusehen. Zu viele Fragen surrten inzwischen um ihn herum, wie lästige Insekten, die sich nicht abschütteln ließen. Martin mit seiner Weltgewandtheit würde ihm sicher weiterhelfen können. Und wozu waren Freunde schließlich da?

11

Statt des Lachses im Spargelbett, der Ochsenbrust in Madeirawein und auch der in Sahne ertränkten Erdbeeren hätte der Koch an diesem Abend ebensogut trockenes Brot auf den Tisch bringen können. Niemand würdigte die Köstlichkeiten, die wie jeden Tag mit Sorgfalt zubereitet worden waren, jeder war zu sehr mit sich selbst beschäftigt.

Dorothea schob mit ihrer Gabel kleine Fleischstücke in der Rotweinsoße hin und her. Sie kostete das zarte Fleisch nicht einmal. Jeder Bissen würde ihr im Halse steckenbleiben! Wieder einmal war Georg zu keinem Entschluß gekommen. Weder war er zu Rauber gegangen, noch hatte er sie damit beauftragt. Statt dessen war er unvermittelt aufgestanden und hatte das Amtszimmer verlassen, ohne sich zu verabschieden. Sie mußte zugeben, daß sie es sich leichter vorgestellt hatte, ihren Bruder von ihren Vorstellungen zu überzeugen. Statt ihren guten Argumenten zu folgen, verhielt er sich stur wie ein Ochse und genauso schwer lenkbar. Etwas mußte sich ändern, soviel stand fest.

Frederick von Graauws Blick war so düster, wie man ihn selten gesehen hatte. Nachdem er sich beim Fisch lang und breit über seine mißlungene Hirschjagd ausgelassen hatte, stopfte er nun Bissen für Bissen der Ochsenbrust in sich hinein, als gälte es, in kürzester Zeit die größtmögliche Menge zu verzehren. Niemand am Tisch sprach, eine Zeitlang war nur das Klirren von aneinanderschlagendem Tafelsilber zu hören. Dann hatte Frederick damit begonnen, seine schlechte Laune an einem nach dem andern auszulassen: Viola warf er vor, den falschen Wein ausgesucht zu haben. Georg und Elisabeth gegenüber machte er den recht taktlosen Vorwurf, die frohe Kunde schuldig zu bleiben, daß er demnächst Großvater würde, woraufhin Elisabeth feuerrot anlief.

Als Luise die Teller abräumte und Kristallschalen für das Dessert auftrug, war die Luft im Raum zum Schneiden dick. Jede von Violas Gesten drückte ihren Mißmut aus, beleidigt hingen ihre Mundwinkel nach unten, während sie wortlos die Erdbeeren weiterreichte. Georg sah aus, als würde er an etwas Ungesagtem fast ersticken. Elisabeths Miene war verschlossen wie die eines trotzigen Kindes. Furcht oder Erschrecken konnte Dorothea darauf jedoch zu ihrem Erstaunen nicht feststellen. Sie hätte damit gerechnet, daß ihre Schwägerin spätestens nach zwei, drei von Fredericks Angriffen in Tränen aufgelöst aus dem Zimmer laufen und so seinen Zorn erneut entfachen würde. Statt dessen saß sie da und führte wie eine Marionette Gabel für Gabel kleingeschnittener Erdbeeren zum Mund, scheinbar völlig unbeeindruckt. Manchmal kam es Dorothea so vor, als würde Elisabeth nur die Hälfte von dem mitbekommen, was um sie herum geschah. Sie machte immer ein wenig den Eindruck, als verlöre sie sich in ihrer eigenen Welt.

Dann war Dorothea an der Reihe.

Frederick hob sein Glas gegen das Licht des dreiflammigen Kerzenleuchters und bewunderte die bernsteingelbe Flüssigkeit darin, die beim Hin- und Herschwenken dicke Schlieren an der Glaswand hinterließ. »Nächstes Wochenende kommt Alexander. Dann gehen wir gemeinsam auf die Hirschjagd. Vielleicht ist sein Gehilfe begabter als der meinige, was das

Nachahmen von Brunftschreien angeht«, sagte er zu niemand Bestimmtem.

Der belanglose Ton seiner Stimme ließ Dorothea aufhorchen. Als sie zu ihm hinüberschaute, trafen sich ihre Blicke. »Für eines werde ich sorgen: daß die Einzelheiten eurer Hochzeit geklärt werden. Du scheinst ja diesbezüglich nicht die geringsten Anstalten zu machen. Dafür kümmerst du dich zu gern um andere Dinge, nicht wahr?« Er nahm einen Schluck Sherry. »Lange genug habe ich Esel zugeschaut, wie du deine Nase in Angelegenheiten der Saline gesteckt hast, die dich nichts angehen!« Er war mit jedem Wort lauter geworden und warf jetzt jedem am Tisch böse Blicke zu.

Viola sah inzwischen aus, als würde sie bald platzen. Hatte sie nicht seit Jahren in genau dieses Horn geblasen? Und jetzt schaute er sie an, als sei *sie* schuld daran, daß es seiner Tochter an weiblichem Gehorsam mangelte!

»Was soll denn das heißen?« empörte sich Dorothea. »Ich habe doch nichts anderes getan, als Georg ein wenig zu helfen! Und was die Hochzeit mit Alexander angeht, so habe ich mit ihm vereinbart, daß ...«

Frederick prustete in sein Glas. »Georg helfen!« äffte er sie nach. »Dein Bruder braucht keine Hilfe, zumindest nicht von seiner Schwester. Er ist mein Nachfolger, und er wird die Saline leiten wie ich und seine Großväter vor ihm. Und was deine Heirat angeht, hast *du nichts zu vereinbaren*, laß dir das gesagt sein!«

Dorothea starrte in das rote Gesicht ihres Vaters. Wie konnte er so ungerecht und gemein sein! Alles, was ihr an Erwiderungen einfiel, hätte ihr nur seinen weiteren Zorn eingebracht. Wieso echauffierte er sich überhaupt so, wo es doch *nur* um die Saline und nicht um seine heißgeliebte Jagd ging? War womöglich Georg zu ihm gerannt und hatte sich beschwert? Das würde dem Jammerlappen ähnlich sehen!

»Noch in diesem Jahr will ich die Hochzeit unter Dach und Fach bringen.« Er schlug sich mit der flachen Hand an die Stirn. »Was für eine Dummheit, daß ich mich nicht schon viel früher darum gekümmert habe! Ein ordentliches Mannsbild hätte dir die Flausen längst ausgetrieben.« Als er merkte, daß er damit aussagte, daß sein Sohn auch kein *ordentliches Mannsbild* sein konnte, fügte er hastig hinzu: »... zumindest hat es dann ein Ende mit deiner ewigen Vorwitzigkeit, was Rehbach angeht. Ich kann mir nicht vorstellen, daß Alexander es wünschenswert findet, wenn du dich in seine Angelegenheiten ebenso einmischen würdest wie in die unsrigen. *Du, als Weib!*« Großer Vorwurf hallte in seinen letzten Worten mit.

Dorothea spürte, wie ihr die Hitze in die Wangen schoß. Sie hätte laut schreien können! Was war aus ihrem gutmütigen Papa geworden?

Der Graf schaute zu Georg, als erwarte er von ihm Unterstützung oder zumindest eine Bestätigung seiner Ansichten. Vergeblich. Kein Nicken, keine Zustimmung kam über Georgs Lippen. Statt dessen räusperte er sich.

»Du sagst, Alexander kommt nächstes Wochenende?« Georg klang, als würden sie belanglose Tischkonversation betreiben.

Verräter! schoß es Dorothea ungerechterweise durch den Kopf.

Frederick nickte und nahm noch einen Schluck Sherry. »Wenn es nach mir ginge, könnte er sich ruhig öfter sehen lassen. Geschäfte, Geschäfte – etwas anderes hat der Bursche nicht im Sinn«, brummte er. »Dennoch – ein guter Jäger ist Hohenweihe allemal!«

»Dann wird die Tischrunde groß werden. Ich habe nämlich ebenfalls einen Gast anzukündigen.« Georg verzog sein Gesicht zu einem breiten Grinsen, doch gleich darauf glätteten sich seine Züge wieder. »Martin Richtvogel, mein ehemaliger Studienkollege aus Stuttgart, möchte uns besuchen kommen. Von ihm ist das Schreiben, das uns heute morgen erreichte.«

»Martin Richtvogel ... ist das nicht der Student, der deine Hochzeit versäumt hatte?« Violas Lippen wurden schmal. Daß es ein *Student* gewagt hatte, einer solch grandiosen Einladung nicht nachzukommen, war in ihren Augen unverzeihlich.

Georg ignorierte ihren Tonfall. »Genau der. Er ist inzwischen jedoch Arzt, und zwar ein berühmter. Die besten Familien suchen ihn auf, er geht in den vornehmsten Häusern ein und aus. Er schreibt, daß sein Zeitplan zwar äußerst eng sei, daß er jedoch auf der Heimreise aus Polen ist und einen Abstecher nach Rehbach machen möchte. Er will endlich meine Familie kennenlernen.«

Violas Mundwinkel wanderten zusammen mit ihren Brauen wieder nach oben. Ein berühmter Arzt.

Dorothea hingegen verdrehte – zumindest in Gedanken – die Augen. Enger Terminplan, pah! Dieser Richtvogel hörte sich an wie einer, der den Leuten gern nach dem Mund redete. Wahrscheinlich brauchte er lediglich für ein paar Tage ein warmes Nest, und da kam ihm Gut Rehbach gerade recht.

»Und was hat dein Freund in Polen zu schaffen gehabt?« Viola reckte ihren Hals in Georgs Richtung, als wolle sie kein Wort versäumen.

Georg lachte. »So genau weiß ich das gar nicht! Sicherlich war es seine Arbeit, die ihn nach Polen geführt hatte. Vielleicht die Anfrage einer Comtesse oder die Einladung eines Prinzen. So gefragt, wie er ist ...« Er zuckte die Achseln. Dabei grinste er Viola an.

Ein Hungerleider. Ein Modearzt. Einer, der vor den Reichen dieser Welt buckelte. So einer war dieser Richtvogel also! Woher Georgs Bewunderung für den Freund kam, konnte

Dorothea sich nicht vorstellen. Wahrscheinlich hatte dieser Martin ihren Bruder auf diesselbe Art eingewickelt, wie er das bei allen tat, die ein paar Heller in der Tasche hatten.

»Von mir aus kann er kommen, dieser Richtvogel. Für Gäste steht unser Haus immer offen, solange sie sich zu benehmen wissen!« Frederick von Graauw schaute von einem zum andern, als wolle er damit ausdrücken, daß letztendlich *alle* nur zu Gast waren, und damit war das Thema für ihn beendet.

12

Eine neue Siedewoche hatte begonnen.

Kaum hatten sie das noch kalte Sudhaus betreten, begannen Hermann und Richard über den Ausgang eines Würfelspiels zu streiten, von dem Hermann behauptete, es wäre von Anfang an getürkt gewesen. Auch Magda hatte sich mit Ellen und Elfriede etwas zu erzählen. Die Weiber kicherten dabei unentwegt.

Götz Rauber versuchte, das Stimmengewirr aus seinem Kopf zu verbannen. Das Gerede war ihm lästig, am liebsten hätte er alle zum Schweigen verdonnert. Es gab etwas, worüber er nachdenken wollte.

Als er am Morgen im Holzlager gewesen war, um den Bestand zu kontrollieren, war ihm der Graf über den Weg gelaufen. Was wie zufällig aussah, war Götz jedoch wie beabsichtigt vorgekommen. Nach ein paar Sätzen darüber, wie erleichtert Georg war, daß das Holztraufen auf dem Kocher endlich wieder möglich war, hatte er sein Erstaunen darüber geäußert, wie sehr die Bestände im Lagerschuppen zusammengeschrumpft waren. »Du meine Güte – habt ihr einen Holzwurm?« Das hatte wohl scherzhaft klingen sollen. Danach hatte Georg begonnen, die einzelnen Klafter durchzuzählen. Götz hatte Mühe gehabt, nicht die Augen gen Himmel zu verdrehen. Der Junge war ja noch dämlicher als sein

Vater! Als er sich stammelnd darüber ausließ, daß Sudhaus eins zuviel Holz verbrauche, war ihm dabei zudem noch unwohler gewesen als Götz, dem die Beschwerde schließlich galt! Noch während er Georg zugehört hatte, war vor Götz' Augen Dorotheas Bild aufgetaucht, wie sie ihn spöttisch anlachte. Daß sie dahintersteckte, darüber hatte Götz keinen Zweifel. Wenn er Georg fragte, welcher Holzverbrauch denn als normal anzusehen sei, würde dieser wahrscheinlich nicht einmal eine Antwort wissen!

Tatsächlich brauchte er mit seinen Leuten gerade einmal ein halbes Klafter pro Woche mehr als die Mannschaft von Sudhaus zwei. Die andern drei Häuser benötigten zwar alle weniger Holz, ihre Erträge konnten jedoch auch nicht mit denen der ersten beiden Häuser mithalten. Georgs Klage war somit völlig aus der Luft gegriffen, ihr einziger Zweck konnte also nur sein, die Leute zu schinden. Daß sich Georg von Dorothea vor diesen Wagen spannen ließ, zeigte Götz wieder einmal, wie wenig der junge Graf vom Salinengeschäft verstand.

Elfriedes schrilles Lachen riß ihn aus seinen düsteren Gedanken. Prüfend schaute er von einem zum andern, doch alle waren bei der Arbeit. Fast bedauerte er, keinen beim Herumlungern erwischt zu haben – dann hätte er wenigstens seiner schlechten Laune Luft machen können.

»Na, Rauber – träumst du wieder vom Reichtum deiner Vorfahren?« fragte Hermann zwischen zwei Zügen mit seinem Rechen. Sein Gesicht war von der Hitze rot angelaufen. Als Götz nicht sofort antwortete, nahm Hermann den Faden wieder auf. »Es ist doch jammerschade, daß einer wie du ...«

»Halt doch einfach dein Maul, Hermann!« fuhr Götz sein Gegenüber scharf an. Genau dasselbe hätte er zuvor am liebsten auch dem jungen Grafen ins Gesicht gesagt.

Hermann ließ seinen Rechen sinken. »Ach, ist sich der

Herr wieder einmal zu fein für unsresgleichen?« Er kniff die Augen zusammen.

»Hermann«, kam es mahnend von Ellen. Von den anderen sagte niemand etwas. Josef, der zweite Solenachfüller, schüttelte lediglich den Kopf.

»Was heißt hier ›*Hermann*‹?« herrschte der Angesprochene seine Frau an. »Wer benimmt sich denn wie ein Ochs? Wer tut denn so, als sei er etwas Besseres?« Angriffslust funkelte in seinen Augen. Ohne mit seiner Arbeit innezuhalten und Götz dadurch eine Angriffsfläche zu bieten, fixierte er ihn mit einem stechenden Blick. »Vielleicht solltest du dich endlich daran gewöhnen, daß dir nichts gehört von dem allem hier!« Er machte eine weite Handbewegung. »Die Zeiten, in denen einer deiner Vorfahren einen einzigen glücklichen Zug in seinem Leben machte und seinem dem Irrsinn verfallenen Herrn ein paar Siederechte abkaufen konnte, sind leider vorbei.« Beifallheischend schaute er die andern an, doch die hielten sich mit Äußerungen oder Gesten zurück. Genußvoll sprach Hermann weiter, kaute auf jedem Wort herum wie auf einer fetten Wurst. »Auf lange Sicht gesehen waren die Raubers auch nicht schlauer als wir alle! Sonst hätten sie sich die Siederechte doch nicht wieder abknöpfen lassen, oder?« Er lachte spöttisch auf.

Götz glaubte, ein leises, zustimmendes Murmeln zu hören. Er zwang sich, nicht in die Runde zu blicken, nicht zu prüfen, wer Hermann recht gab. Seine Brust schmerzte, als stecke ein spitzer Holzpfahl darin. Um sich abzulenken, atmete er tief ein, doch die salzgetränkte Feuchtigkeit reizte seine Lungen, und er mußte husten. Wie leicht wäre es, Hermann eine Faust in den Bauch zu rammen, so daß dieser zusammensackte wie ein umfallendes Fuder! Wie leicht wäre es, spöttisch zu antworten, daß Hermanns Vorfahren bis vor ein paar Jahren noch zu den Unständigen gehört hatten, die jedes Jahr aufs neue dankbar für eine Anstellung hatten sein müssen. Noch heute mußten er und die Seinen die schlechteste aller Hütten bewohnen. Aber Götz hatte sich vorgenommen, sich mit dem alten Streitmichel nicht mehr anzulegen. Großmütig hatte er über Hermanns herausfordernde Art hinweggehen wollen, wie es die Art seines Vaters gewesen war. Dem wäre so ein Ausrutscher wie gerade eben sicher nicht passiert.

»Du siehst, was du sehen willst. Und du hörst, was du hören willst«, sagte er. Dabei legte er sich beide Hände wie Scheuklappen vors Gesicht, denn für so beschränkt hielt er Hermanns Sichtweise. Bevor der etwas sagen konnte, wandte Götz sich an die andern. »Daß mich jedoch Sachen beschäftigen, die uns alle angehen, das kommt dir nicht in den Sinn!« Die letzten Worte richtete er wieder ausschließlich an Hermann. Sein Blick war geringschätzig. »Erst vorhin hat mich der junge Graf abgefangen. Wir sollen weniger Holz verbrauchen, meint er. Und daß er uns zukünftig die Mehrkosten vom Lohn abziehen wird.« Er zog die Augenbrauen in die Höhe und wartete.

Seine Mitteilung verfehlte ihre Wirkung nicht. Schlagartig fingen alle gleichzeitig an zu reden. Ihre Empörung sprudelte mit dem kochenden Solewasser um die Wette, Elfriedes Jammern übertönte dabei das der andern, Josefs aufgerissene Augen schauten noch ängstlicher drein als sonst.

Götz nutzte den Augenblick, um sich das Gespräch mit Georg von Graauw nochmals ins Gedächtnis zu rufen. Hatte der Graf sein Schweigen als stilles Eingeständnis einer Schuld angesehen? Hätte er besser etwas gegen die unberechtigten Vorwürfe sagen sollen? Vielleicht. Vielleicht aber auch nicht. Denn genausogut hätte er mit dem lieben Gott reden können. Der hatte nämlich genauso wenig in der Saline zu sagen.

»Schluß jetzt mit dem ganzen Palaver!« Mit einem Kopfnicken auf die schwächer werdende Glut unter der Siedepfanne wandte Götz sich an Richard. »Feuere nach! Wenn Josef Sole nachgießt, braucht die Siede ihre ganze Hitze!« Er hob einen der Perkufen hoch, um zu prüfen, ob aus den unteren Löchern noch Wasser ablief. Die Salzkristalle glänzten durchsichtig – ein Zeichen dafür, daß nicht mehr viel Wasser darin war. Er suchte mit den Augen den Raum nach den drei Nachtdirnen ab. »Stellt euch die Fuder zurecht, gleich seid ihr an der Reihe«, sagte er zu ihnen, woraufhin Magda und Elfriede sich stöhnend vom Boden erhoben, während Ellen die hölzernen Gefäße, in denen das Salz weggebracht wurde, aus der Ecke holte. Magdas Auge war wieder klar, kein Eiter lief mehr aus dem Winkel heraus. Daß Neuborn ihr tatsächlich hatte helfen können, hatte Götz nicht geglaubt. Von ihrem Besuch bei Rosa wußte er nichts.

Richard ging zu dem Stapel Holz, den er sich für seine Schicht zurechtgelegt hatte. Doch statt nach einem Scheit zu greifen, drehte er sich um und sagte zögernd. »Wenn der Graf ernst macht, dann krieg' ich meine Familie nicht mehr satt. Dann kann ich mir gleich einen Strick nehmen.«

»Bei uns ist's nicht anders.« Josefs Stimme war nur ein Flüstern.

Magda zog tief Luft ein und bekreuzigte sich. »So etwas darfst du nicht sagen! Und auch nicht denken. Irgendwie wird's schon weitergehen, nicht wahr, Götz?«

Das kindliche Vertrauen in ihrem Gesicht erschreckte ihn für einen Augenblick. »Es *muß* weitergehen«, antwortete er knapp.

»Was hast du dem Grafenbürschelchen eigentlich geantwortet?« Die Frage kam von Hermann, doch es lag weder Streitsucht noch etwas Herausforderndes in seiner Stimme, höchstens Anspannung. Als er seine Krucke übers Salz zog, wirkte seine Bewegung starr. Nach der ersten Aufregung schien Hermann, der zusammen mit Ellen acht Mäuler zu stopfen hatte, die Bedeutung der gräflichen Drohung erst klar geworden zu sein. Während er auf Götz' Antwort wartete, war sein Blick so erwartungsvoll wie der aller anderen.

Götz schaute seine Leute an. Er seufzte. Auf der einen Seite waren alle froh über den hohen Salzertrag von Sudhaus eins. Daß sie ihre zusätzliche Entlohnung vor allem Götz' Fleiß und seiner Geschicklichkeit beim Befeuern und Nachgießen der Sole zu verdanken hatten, wußten sie – der geringfügig höhere Holzverbrauch war nur in zweiter Linie für ihr gutes Ergebnis verantwortlich. Auf der anderen Seite waren sie jedoch immer schnell dabei, gegen ihren Sudhausvorsteher zu hetzen, ihn als Menschenschinder zu beschimpfen. Seine Verschlossenheit machte sie mißtrauisch. Seine Vermutungen darüber, wer im Herrenhaus in Wahrheit das Sagen über die Salinenangelegenheiten hatte, behielt er schließlich für sich. Daß es die Salzbaronin bei weitem nicht so gut mit ihnen meinte, wie die Leute immer annahmen, davon würde er sie sowieso nicht überzeugen können. So sagte er lediglich: »Wie ich's anstelle, braucht euch nicht zu kümmern. Aber eins kann ich euch versprechen: Egal, wieviel Holz wir verbrauchen – von unserem Lohn werden sie uns keinen Pfennig abziehen!«

13

Als Frederick und Alexander von der Hirschjagd zurückkamen, war die Essenszeit eigentlich längst vorbeigewesen. In der Hoffnung, Georgs Besuch würde in der Zwischenzeit ebenfalls erscheinen, hatte Viola mit dem Mittagsmahl warten wollen, bis die Tafelrunde vollzählig war. Doch als von Martin Richtvogel auch dann noch keine Spur zu sehen war, als die beiden Jagdkumpanen frisch gekleidet und jeder mit einem Glas kühlen Weißwein in der Hand im Speisesalon erschienen waren, hatte Viola auftragen lassen: eine Gemüseterrine, gebackene Felchen, Fasan in Gelee und als Abschluß eine dreistöckige Torte, für deren Herstellung sie eigens einen Zuckerbäcker aus Hall hatte kommen lassen. Über die Kosten dieser Frivoliät würde Frederick sicher nicht glücklich sein, doch Viola war die Angelegenheit ein wenig Ärger wert. Sie wollte schließlich Alexander von Hohenweihe beeindrucken. Nachdem dieser zwei Stücke des mit Mandellikör getränkten und mit grünem Zuckerguß verzierten Kunststückes verputzt hatte, sah Viola dies als Bestätigung dafür, daß ihr Einfall mit der Torte ein Erfolg gewesen war.

Nach fast drei Stunden hatte sich die Tischrunde schließlich aufgelöst. Obwohl Dorothea nach dem ungewohnt reichlichen Essen eher nach einem kleinen Schläfchen zumute gewesen wäre, ging sie mit Alexander ein Stück spazieren. Viola hatte sie ja regelrecht hinauskomplementiert! »Warum zeigst du Alexander nicht die wunderschönen englischen Teerosen, die am Rande des Teiches gerade blühen?« waren ihre Worte gewesen, begleitet von bedeutungsvollen Blicken, die Dorothea mit Augenverdrehen kommentiert hatte.

Wie plump sich Viola und ihr Vater anstellten! Immer wieder, während des ganzen durchaus anregenden Tischgesprächs hatte einer von beiden Bemerkungen fallenlassen, die auf das »junge Glück« anspielten. Dorothea hätte sich am liebsten geschüttelt wie ein junger Hund. Herrgott noch mal – Alexander war ihr Nachbar! Daß seine Besuche auf Gut Graauw plötzlich etwas derart Besonderes darstellen sollten, war lachhaft! Statt jedoch die Plänkeleien mit einem Scherz oder Lächeln ihrerseits zu beantworten, hatte sie jedem eisige Blicke zugeworfen, der es wagte, sie direkt anzuschauen. Alexander war souveräner gewesen, das mußte sie zugeben. Oder hatte er sich im stillen womöglich lustig über sie gemacht? Jedenfalls hatte seine ganze Aufmerksamkeit ihr gehört, ja, er hatte sich in fast schon übertriebener Art um sie gekümmert. Hatte ihr Wein nachgeschenkt, kaum, daß sie einen Schluck gekostet hatte, Brot gereicht, obwohl sie gar nicht darum gebeten hatte. Und natürlich hatte er dafür wohlwollende Blicke von Viola und Frederick geerntet!

Nun war er dabei, einen Sonnenschirm, den Viola ihm noch hastig in die Hand gedrückt hatte, aufzuspannen.

»Du meine Güte, laß das!« antwortete Dorothea barscher, als sie vorhatte. »Ich werde schon nicht gleich in der Sonne schmelzen, oder was glaubst du?« fügte sie in betont fröhlichem Ton hinzu, der in ihren Ohren jedoch albern klang. Sie wollte Alexander nicht verärgern, doch weibisches Geplänkel, wie Elisabeth oder Viola es zustande brachten, fiel ihr nun einmal schwer. Vielleicht lernte man so etwas in der Stadt, am herzöglichen Hof zu Stuttgart, aber auf keinen Fall auf Gut

Rehbach. Daß plötzlich die ganze Welt von ihr zu verlangen schien, sich wie ein zartes Weib zu verhalten, daran hatte sich Dorothea noch nicht gewöhnt – bisher hatte sich doch auch niemand dafür interessiert, *was* sie tat und *wie* sie es tat!

Alexander zuckte mit den Schultern, klappte den Schirm wieder zu und stellte ihn an der Hauswand ab. »Das hätte ich mir eigentlich denken können.«

Was bedeutete sein sarkastischer Ton? Dorothea schaute ihn von der Seite an. Sein Profil war kräftig und kantig, nicht weich wie bei Georg, bei dem jede Wölbung sanft in die nächste überging. Auf der rechten Wange hatte er einen langen Kratzer, aus dem vor noch nicht langer Zeit Blut geflossen sein mußte. Dort, wo die Haut aufgerissen worden war, sah sie noch feucht aus. Wahrscheinlich war er beim Ritt durch den Wald an einem Ast hängengeblieben.

Eine peinliche Stille entstand, während beide wie angewurzelt auf derselben Stelle verharrten. Dann holte Dorothea tief Luft. »Du weißt doch, daß ich nicht so bin wie andere junge Damen.« Hatte sich das scherzhaft genug angehört? Oder eher vorwurfsvoll? Sie wollte Alexander dazu bringen, die Hochzeit nochmals hinauszuschieben, und dazu brauchte sie ihn gutgelaunt und ihr gegenüber wohlgesonnen. Seit Wochen wartete sie darauf, daß sich die Gelegenheit für ein solches Gespräch bot, doch Alexanders Visiten waren entweder zu kurz gewesen, oder es war immer jemand von der Familie dabei. »Komm, laß uns ein Stück gehen. Nach dem giftgrünen Ungeheuer aus Zucker habe ich das Gefühl, ich müßte platzen!« Sie knuffte ihn freundschaftlich in die Seite und ging in Richtung Gartenteich voran.

Nach ein paar Schritten hielt sie an. »Ist es nicht wunderschön hier draußen?« Sie machte eine weite Handbewegung, die Violas Gartenkünste einschloß. Das war nun wirklich damenhaft gewesen, oder? Ein bißchen dämlich kam sie sich dennoch dabei vor – Alexander kannte Violas Garten von unzähligen früheren Besuchen schließlich in- und auswendig.

»Und so still nach all dem Geschnatter ...« Alexander grinste sie an.

»Wie meinst du ...« Gerade noch hielt Dorothea mitten im Satz inne. Sicher sollte das ein freundlicher Scherz sein, gemünzt auf Elisabeths Plaudereien. Sie würde sich abgewöhnen müssen, alles so wörtlich zu nehmen. Erst vor ein paar Tagen hatte Georg ihr vorgeworfen, daß sie humorlos sei und jedes Wort auf die Goldwaage legen würde. Nun, man konnte es schließlich nicht jedem recht machen.

»Und da heißt es doch immer, Männern gefiele solch weibisches *Geschnatter*«, konnte sie sich nicht verkneifen, anzumerken, wobei die Ironie in ihrer Stimme nicht zu überhören war.

»Männer – ist denn für dich einer wie der andere? Wie groß ist wohl deine Erfahrung diesbezüglich?« In Alexanders neckende Worte hatte sich ein Ton gemischt, den Dorothea nicht ganz einordnen konnte. »Bin ich für dich wie jeder x-beliebige?«

»Das war nur so eine Redewendung.« Sie verzog entschuldigend den Mund, doch im stillen schalt sie sich für ihre Vorwitzigkeit. So würde sie ihn garantiert nicht überreden können! »Ich bin halt nicht so redegewandt wie eine aus Hall oder Stuttgart.«

»Aber du mußt doch ein Bild von mir haben. Wer bin ich in deinen Augen, abgesehen von deinem zukünftigen Gatten?«

Gatte – hörte sich das nicht schrecklich nach *Begattung* an? Nach dem, was Fredericks Pferde auf der Weide miteinander trieben? Diesen Aspekt der Ehe hatte sie bisher erfolgreich aus ihren Gedanken verdrängen können. Wenn sie überhaupt an Alexander dachte, dann an sein Holz, das die fünf Rehbacher Siedeöfen speiste.

Alexander ging auf den geschmiedeten Pavillon zu. Nach einem Blick auf die Eisenbank, die bestückt mit dicken Kissen zum Verweilen einlud, trat er hinein. Er schob ein paar Kissen zur Seite und setzte sich. »Also, was ist jetzt? Kann es sein, daß es Dorothea von Graauw die Sprache verschlagen hat?« forderte er sie heraus. Als Dorothea zu ihm hinüberschaute, winkte er sie zu sich.

Ungern folgte Dorothea ihm in den Pavillon. Sie war froh gewesen, an der Luft zu sein. Mit ihm allein unter der halbrunden Kuppel fühlte sie sich wie in einem Käfig eingesperrt. »Was soll das ganze Gerede?« ließ ihre Unsicherheit sie brüsk fragen. »Es war nicht meine Idee, dich zu heiraten! Das habt allein ihr – du und mein Vater – ausgehandelt.« Es war ihr mittlerweile gleichgültig, daß sie sich ungefällig anhörte. Vielleicht war es sowieso besser, sich von ihrer wahren Seite zu zeigen. Vielleicht würde Alexander dann von sich aus darauf verzichten, sie zur Frau zu nehmen? Andererseits würde mit dieser Schmach auch nicht gut zu leben sein, von Fredericks Groll einmal ganz abgesehen.

Alexander langte zu ihr hinüber und ergriff ihre Hand, bevor Dorothea sie zurückziehen konnte. Seine Augen waren dunkel, und jedes Lächeln war verschwunden. »Ich gebe zu: Anfangs war da wirklich nur der rein geschäftliche Aspekt. Natürlich würde ich mein Holz auch anderswo loswerden – aber ein Garantievertrag mit der Saline würde den Holzverkauf für mich natürlich deutlich vereinfachen.«

»Garantieverkauf!« prustete Dorothea. »Du garantierst uns zwar, halbjährlich eine bestimmte Menge zu liefern, aber einen festen Preis willst du uns nicht garantieren!«

Alexander runzelte die Stirn. »Daß das nicht geht, habe ich deinem Vater längst erklärt. Ich kann den Preis einfach nicht auf lange Sicht festlegen. Was weiß ich, ob nicht schon morgen ein Unwetter meinen halben Wald wegfegt? Oder ob meine Nachforstungen so weiterwachsen wie vorgesehen?«

Warum soll ich dich dann überhaupt heiraten, schoß es Dorothea ungnädig durch den Kopf. »Das bedeutet, daß der Preis für unser Holz im schlimmsten Fall stetig nach oben gehen kann? Auch nach unserer Hochzeit?«

Alexander lachte. »Was hat das eine mit dem anderen zu tun? Rehbach kann doch froh sein, überhaupt eine so regelmäßige Holzversorgung zu haben! Von anderen Salinen hört man da ganz andere Geschichten... Da bleiben die Sudhäuser kalt, weil nirgendwo mehr Holz aufzutreiben ist.«

Dorothea schaute ihn wütend an. Gegen seine Argumente kam sie nicht an! Bisher war es ihr weder gelungen, ihn zu überreden, die Hochzeit hinauszuschieben, noch hatte sie bessere Konditionen für Rehbach herausschlagen können. Sie deutete dies als kein besonders gutes Zeichen für eine gemeinsame Zukunft. Als die Spannung zwischen ihnen zu groß zu werden schien, überwand sie sich und sagte das erstbeste, was ihr auf der Zunge lag. »Warum willst eigentlich *du mich* heiraten?«

Alexander lachte kurz auf. »Ich sagte ja: Anfangs war es nur der geschäftliche Aspekt...« Er schaute sie herausfordernd an. »Inzwischen gefällt mir jedoch der Gedanke, mit dir zusammenzusein, ganz außerordentlich.«

Wie er das sagte – Dorothea schauerte es. Er hatte noch immer ihre Hand in seiner, und sie merkte, wie ihre Handinnenseiten feucht wurden. Nun schwitzte sie auch noch!

Wieder entstand eine Stille zwischen ihnen, nur diesmal versuchten weder Alexander noch Dorothea sie mit Belanglosigkeiten zu füllen. Ein Lufthauch trug plötzlich Elisabeths helles Lachen vom Haus zu ihnen herüber, gefolgt von einem schrillen Kreischen.

»Elisabeth – manchmal könnte man glauben, sie hätte ihre

Kinderjahre noch nicht beendet.« Dorothea verzog abfällig den Mund. Was war ihre Schwägerin nur für eine dumme Gans!

»Weißt du noch, wie wir früher im Wald Verstecken gespielt haben?« Alexander lächelte. »Das war nicht leicht, denn deine Schlupfwinkel wurden von Mal zu Mal komplizierter. Georg und ich mußten uns ziemlich anstrengen, um mithalten zu können.« Er schaute Dorothea mit hochgezogenen Brauen an. »Vielleicht ist es auch das, was mich am Gedanken an unsere gemeinsame Zukunft reizt?«

Der Gedanke, daß er in ihr eine Art Zeitvertreib sah, gefiel Dorothea nicht sonderlich. Doch dann mußte sie grinsen. »Wie hat Viola sich immer geärgert, wenn ich nach so einem Ausflug nach Hause kam! Ich würde aufwachsen wie ein Bauernkind und sie müsse dabei zusehen, hat sie Vater immer wieder vorgeworfen. Aber einsperren hab' ich mich nicht lassen.« In der Art, wie sie ihre Stirn kräuselte, spiegelte sich der kindliche Trotz vergangener Zeiten. Doch ihr Blick hatte seine Verspieltheit verloren – was harmlos klingen sollte, hörte sich fest entschlossen an. »Manche Dinge im Leben ändern sich nicht.«

Es war früher Abend, als ein müde und alt aussehendes Paar Rösser, das vor ein ebenso altes Gefährt gespannt war, in die Auffahrt einbog. Als Martin Richtvogel ausstieg, war Dorotheas erster Gedanke: Was für ein eleganter Mann! Doch sofort schob ein kleiner Teufel in ihrem Geist den Zusatz nach: … kein Wunder, daß so einer nichts taugt.

14

Kaum war Viola der Neuankömmling vorgestellt worden, ließ sie ihn und Georg wieder allein und rannte in die Küche. Einem Mann dieses Formats konnte sie nicht einfach nur kalte Speisen vorsetzen! Also mußte sie das Diner für den Abend noch einmal umwerfen. Statt geräuchertem Schinken und getrüffelter Pastete mußte der Koch samt seiner Magd nun ein vollständiges, mindestens dreigängiges Menü aus dem Handgelenk schütteln, was ihm nur fluchend und auf die letzte Minute gelang.

Glückselig saß Viola später an Fredericks Seite. Die Kerzen in den dreiflammigen Leuchtern warfen kleine Lichtkegel in den Raum, von draußen wehte hin und wieder der süße Duft der Rosen zu ihnen, und der Wein in den Kristallkelchen war von einem besonders tiefen Rot. Während die anderen an ihren Gläsern nippten und sich über das Reisen im allgemeinen und das Reisen in Württemberg im besonderen unterhielten, genoß Viola einfach den Augenblick. So stellte sie sich eine Tafelrunde vor! Geistreiche Herren, elegante Damen, dazu das beste Kristall und handgemaltes Porzellan – so wurde auf Gut Rehbach für ihren Geschmack viel zu selten gefeiert!

Sie selbst trug eines ihrer besten Kleider, dazu eine dreireihige Perlenkette, die sie seit Jahren nicht mehr angelegt hatte – wozu brauchte man auf Gut Rehbach eine dreireihige Perlenkette? Elisabeth sah ebenfalls bezaubernd aus, auch wenn Viola im stillen anmerken mußte, daß der Goldton ihres Gewands sie etwas farblos erscheinen ließ. Elisabeths Frisur machte jedoch jede Schlichtheit wett: Sie hatte sich ein Diadem aufgesetzt, auf dem kleine Perlen und Diamanten um die Wette funkelten. Wenn sie nur etwas weniger ernst dreinschauen würde!

Nur Dorothea kam wie üblich in einem ihrer Leinenkleider daher. Am liebsten hätte Viola ihre Mißbilligung kundgetan, als ihr Blick auf Dorotheas Dekolleté fiel: War es Einbildung, oder saß ihr Ausschnitt ein wenig tiefer als sonst? Und sah sie nicht sogar eine zarte Goldkette darin glänzen? Ha, ihre Stieftochter schien endlich erkannt zu haben, welch fetten Fisch sie mit Alexander von Hohenweihe an der Angel hatte! Oder hatte womöglich das weltmännische Auftreten des Arztes Dorothea zu diesem für sie ungewöhnlichen Putz veranlaßt?

Als hätte Elisabeth Violas stillen Wunsch erhört, lachte sie nun über etwas, das Georg ihr ins Ohr geflüstert hatte. Die gurrenden Laute perlten über ihre Lippen und zeigten dabei ebenmäßige, schneeweiße Zähne.

Georg konnte sich wirklich glücklich schätzen, eine so reizende Frau gefunden zu haben! Viola gratulierte sich zum unzähligsten Male zu ihrer Beharrlichkeit, mit der sie die Verheiratung ihres Stiefsohnes mit der Tochter einer der besten Familien des Landes vorangetrieben und zu einem glücklichen Abschluß gebracht hatte. Zudem schien Elisabeth sich gut eingelebt zu haben, man hörte und sah fast den ganzen Tag lang nichts von ihr. Daß Georgs Frau noch nicht guter Hoffnung war, verwunderte Viola ein wenig. Andererseits hatte sie selbst nicht allzuviel Erfahrung, was das Austragen von Nachfolgern anging. Frederick hatte ihr von Anfang an klargemacht, daß sie vor allem für seinen Erstgeborenen und seine Tochter dazusein hatte. Als ihrer Ehe keine weiteren Kinder entwuchsen, war dies zumindest für ihn kein Verlust gewesen.

Schluß damit! Zeit, über das Glück von Georg und Elisabeth nachzudenken, hatte sie noch genug – eine so inspirierende Tischrunde wie heute dagegen nur sehr selten!

Während Luise die Teller des Fleischganges abräumte, nutzte Viola die entstandene Pause, um sich wieder ins Gespräch einzumischen. »Wir freuen uns sehr, Sie endlich als unseren Gast begrüßen zu dürfen«, sagte sie zu Martin Richtvogel. »Georg hat Sie uns als solch brillanten Zeitgenossen geschildert, daß wir es kaum abwarten können, mehr von Ihrem aufregenden Leben zu erfahren.«

Richtvogel ließ sein Dessertbesteck sinken. »Die Freude ist ganz auf meiner Seite, das können Sie mir glauben! Ein wenig ländliche Ruhe kann ich gut gebrauchen, vor allem, nachdem ich fast eine ganze Woche lang im Schacht einer polnischen Saline gesessen habe!«

»Ach, Sie sind auch Salinenarzt?« Mit einem Mal hatte Violas Stimme ihren Schmelz verloren. Sie dachte an Friedrich Neuborn, den kleinen, gebeugten Mann, der tagtäglich nichts anderes tat, als hustende und bucklige Kranke zu behandeln. Und daß er wegen der »ländlichen Ruhe« nach Rehbach gekommen war, traf sie ebenfalls in ihrer Ehre als Gastgeberin.

Richtvogel schüttelt den Kopf. »Wenn man die Zeit betrachtet, die ich in den letzten Monaten unter Tage verbracht habe, könnte man das zwar glauben, aber dem ist nicht so. Ich führe lediglich medizinische Untersuchungen durch, die mit Sole und dem Abbau von Salz zu tun haben.«

»Medizinische Untersuchungen, die mit Salz zu tun haben?« Viola runzelte die Stirn. Mit jedem Satz erschien ihr Georgs Freund gewöhnlicher. Dabei hatte sie sich gerade erst in den Gedanken verliebt, eine berühmte medizinische Kapazität als Tischnachbarn zu haben!

»Warum waren Sie drei Tage in einem Soleschacht? Was haben Sie dort getan?« Martin Richtvogels Bemerkung schien auch Dorothea stutzig gemacht zu haben.

Erschrocken sah Viola zu, wie Dorothea sich sich mit beiden Ellenbogen auf den Tisch stützte.

»Ich war nicht im Soleschacht. Von einem Bergwerksschacht redete ich. Derzeit führe ich eine Untersuchung durch, ob Steinsalz bei Hautkrankheiten ebenso einzusetzen ist wie Salzwasser. Ein befreundeter polnischer Graf, dessen beide Kinder von Geburt an unter blutiger Krätze leiden, finanziert das Ganze.« Martin Richtvogel schnitt ein Stück seines Pfirsichs ab. Als er aufschaute, trafen ihn lauter fragende Blicke. Er stutzte. »Wißt Ihr das denn nicht?« fragte er dann ungläubig. »Daß in Polen das Salz bergmännisch abgebaut wird? Und zwar in solch großen Mengen, daß es wirklich unglaublich ist.«

Dorothea, die gerade angesetzt hatte, einen Schluck Wein zu trinken, prustete diesen wieder zurück in ihr Glas.

Viola schloß die Augen und schickte ein Stoßgebet gen Himmel.

Auch Richtvogel schaute konsterniert in Dorotheas Richtung. Nach einer kurzen Pause sprach er jedoch weiter. »Das ist im Grunde nichts Neues: In Tirol soll das weiße Gold schon in vorgeschichtlicher Zeit direkt aus dem Berg geholt worden sein.« Er spießte ein neues Stück Pfirsich auf seine Gabel und betrachtete es wohlwollend, bevor er es in den Mund schob.

»Das glaube ich Ihnen nicht! Welchen Bären wollen Sie uns denn hier aufbinden?« fragte Dorothea heftig, ohne sich um Viola oder jemand anderen zu kümmern. Ein kleiner roter Tropfen des Weines war von ihrem Mundwinkel hängengeblieben und sah aus wie verschmiertes Blut.

Richtvogel schien es für den Augenblick die Sprache verschlagen zu haben.

»Martin lügt nicht. In Polen gibt es schon seit etlichen Jahren Steinsalzbergwerke«, antwortete Georg aufbrausend, bevor sein Gast etwas sagen konnte. Sein Adamsapfel hüpfte auf und ab. »Er versteht vom Salz vielleicht mehr als wir alle zusammen!« Er suchte Richtvogels Blick, doch dieser weigerte sich, etwas in eigener Sache zu sagen.

Jetzt reichte es! Nicht nur, daß Dorothea bei Alexander den schlechtmöglichsten Eindruck hinterließ – nun hatte sie auch noch Georg verärgert! Viola stieß Frederick unter dem Tisch an, der sich gerade erneut sein Glas mit Portwein füllte. Doch er schaute sie lediglich verständnislos an.

»Vielleicht sollten wir Damen uns jetzt zurückziehen.« Viola bemühte sich um einen mütterlichen Ton, der die aufgeregten Gemüter beruhigen sollte. Was war aus ihrer reizenden Tischrunde geworden? »Was haltet ihr davon, wenn Luise für jeden ein Glas Branntwein ...«

»Aber wie?« fragte Dorothea in drängendem Ton und ließ ihre flache Hand auf den Tisch fallen. »Wie kann das gehen? Salz direkt aus dem Berg zu holen?« wiederholte sie ihre Frage und hängte gleich noch eine weitere an. »Und was ist mit der Sole?«

»Es funktioniert, und zwar manierlich. Sonst wäre der Salzabbau in Wieliczka längst zu Grabe getragen worden. Wo kein Wald ist, kann keine Sole gefördert und Salz ausgekocht werden. Die Polen haben also nur aus der Not eine Tugend gemacht, eine Kunst, die diesem Volk übrigens sehr zu eigen ist.« Obwohl er sichtlich bemüht war, ein Grinsen zu unterdrücken, wurden die Grübchen um Martins Mund herum tiefer. Er schien über Dorotheas Fragerei amüsiert zu sein! Viola atmete auf. Einen Augenblick lang hatte sie damit gerechnet, Georgs Gast würde die Tafel verlassen.

Schweigen. Gläserklirren. Im Türrahmen erschien Luise. Viola überlegte, ob sie ihren Vorschlag, die Damen mögen sich erheben, wiederholen sollte.

Doch Dorothea kam ihr zuvor. Langsam drehte sie ihren Kopf zu Georg hin. »Und – du – weißt – das – schon – lange?« Jedes Wort kam ihr schwerfällig über die Lippen. »Daß es neben der unsrigen noch andere Arten gibt, Salz zu gewinnen?«

»Ja!« Georg lachte und zuckte mit den Schultern. »Was interessiert dich das überhaupt? Und was hat Polen mit uns zu tun?« Er schaute fragend in die Runde und erntete von Frederick dafür ein schallendes Lachen.

»In Polen soll es eine sehr gute Bärenjagd geben, habe ich gehört. In dieser Hinsicht wäre ich froh, wenn Rehbach mit Polen Gemeinsamkeiten hätte!« Frederick lachte erneut. »Wie halten Sie es mit der Jagd, verehrter Freund?« wollte er von Richtvogel wissen, während sein Blick von einem zum andern schweifte und jedem bedeutete, daß nun genug über Salz, Bergwerke und medizinische Untersuchungen geredet worden war. Neumodische Launen – allesamt! Damit konnte man ihm gestohlen bleiben.

Als Viola mit den beiden anderen Frauen den Raum verließ, bemerkte niemand, wie hölzern Dorotheas Schritte waren, wie verkniffen die Längsfalte ihrer Stirn.

15

Dorothea griff in ihren Nacken, um den Verschluß ihrer goldenen Kette zu öffnen. Nachlässig ließ sie das Schmuckstück auf die Konsole vor ihrem Spiegel fallen. Dann hoben sich ihre Hände hoch zu den Haaren. Mechanisch, wie durch die seidenen Fäden eines Puppenspielers geführt, entfernten sie erst ein gutes Dutzend Nadeln, danach vier Kämme. Als sie nach dem groben Hornkamm griff, mit dem sie allabendlich die Stränge ihrer Zöpfe entwirrte, hielt sie in ihrer Bewegung inne. *Salz bergmännisch abbauen.* So wie Kohle abgebaut wurde. Oder Metalle wie Gold oder Silber. *Wie sollte das gehen?*

Seit sie das Speisezimmer verlassen hatte, schwirrte dieselbe Frage durch ihren Kopf. Von Violas und Elisabeths Geplänkel hatte sie kein Wort mitbekommen, nur mit größter Selbstbeherrschung hatte sie sich zu ihnen an den Kamin gesetzt und an ihrem Sherry genippt. Ihre Ohren waren auf das Gespräch im Nebenraum gerichtet gewesen, doch außer einem gelegentlichen lauten Lachen von Georg oder ihrem Vater hatte sie nichts gehört. Wahrscheinlich hatte sich die Konversation der Männer längst anderen Themen zugewandt, doch dieses Wissen trug nichts dazu bei, ihre innere Verzweiflung abzubauen. Sie war sich vorgekommen wie jemand, der als einziger ein alles verschlingendes Feuer entdeckt, und dem der Mund so gefesselt war, daß Hilferufe unmöglich waren. Nur daß es sich in ihrem Fall nicht um ein tödliches Feuer handelte, sondern um die größte, die aufregendste, die wichtigste Nachricht ihres Lebens: Salz konnte bergmännisch abgebaut werden! Warum erkannte niemand außer ihr die unglaublichen Möglichkeiten, die hinter Richtvogels so harmlos dahingeworfenen Worten steckten? Wenn dieses Verfahren in anderen Ländern funktionierte, warum hatte es dann in Schwäbisch Hall bisher keine Nachahmer gefunden? Allein dieser Gedanke ließ sie nicht mehr zur Ruhe kommen, sie fühlte sich einsam, isoliert von allen, unverstanden. Dazu schossen ihr unentwegt Bilder durch den Kopf: sie sah Männer, die über eine Leiter einen tiefen Schacht hinabstiegen und dort mit Schaufeln einen Abfluß gruben, Elle um Elle, damit das Wasser im Erdreich abfließen konnte. Und Männer, die mit einer Spitzhacke ausgerüstet große, weiße Klumpen Salz von irdenen Wänden schlugen. Das alles sah sie hier, auf ihrem eigenen Grund und Boden, in der Saline Rehbach! Warum auch nicht, hätte sie jeden gefragt, der es gewagt hätte, ihre Vision anzuzweifeln. Sie zog undamenhaft die Nase hoch. Ha, man würde sie für verrückt erklären, würde sie auch nur einen Ton in dieser Richtung äußern!

Wie gern hätte sie diesen Richtvogel gefragt, ob in dieser polnischen Saline denn überhaupt Sole floß! Aber niemand hatte mehr über das Salz reden wollen. *Wehe, du fängst wieder damit an!* hatte ihr Viola mit zusammengekniffenen Augen signalisiert, und statt dessen auf einer ausführlichen Beschreibung des Heilungsprozesses der polnischen Adelsblasen bestanden. Woraufhin das Gespräch zu den Geschichten anderer Adelshäuser abgedriftet war.

Womöglich handelte es sich in Polen um einen Berg, in dem das Salz trocken wuchs, ohne verwässert zu sein, spann Dorothea ihren Faden weiter. Das konnte nicht sein, widersprach sie sich im selben Moment, Salz gab es doch nur in Verbindung mit Wasser. Oder?

Sie griff nach den silbernen Kämmen, die sie ihrer Frisur entnommen hatte, und schleuderte sie quer durch den Raum. Warum hatte Georg nicht die Gelegenheit genutzt, seinen Freund nach Strich und Faden auszufragen? Warum, warum, warum? Dorothea stand auf und ging zum Fenster.

Violas Garten wurde durch das Licht von einem guten halben Dutzend Öllaternen erleuchtet. Die Schönheit von Licht und Schatten, von weichen Linien, wie denen des Seerosenteichs, und harten Kanten, wie denen der streng geschnittenen Buchsbaumhecken, verschwammen zu einer Symphonie, die etwas in Dorothea anrührte. Urplötzlich sehnte sie sich danach, eine solche Einigkeit in sich zu fühlen. Statt dessen kam sie sich vor wie eine Puppe, an deren Armen in zwei verschiedenen Richtungen gleichzeitig gezerrt wurde: Auf der einen Seite waren die Saline und das weiße Gold, das tagtäglich aus ihrem Schlund gefördert wurde. Auf der anderen Seite stand der Wunsch der Familie, sie möge mit Alexander eine gute Partie heiraten und das stille Leben einer ländlichen Baronin führen. Doch ein Leben ohne den bissigen Geruch des zum Trocknen ausgebreiteten Salzes konnte sie sich nicht vorstellen, allein der Gedanke bereitete ihr körperliche Schmerzen. Warum das so war, wußte sie nicht. Sie wußte nur, daß sie schon immer, schon von Kindesbeinen an, eine tiefe Verbundenheit mit der Saline und allem, was mit ihr zusammenhing, verspürt hatte. Hätte sie selbst mit der Krucke in der Hand an einer der Siedepfannen stehen müssen – es wäre ihr gleich gewesen! Daß Georg nicht so fühlte, stand wie eine unsichtbare Wand zwischen ihnen. Manchmal fühlte sich Dorothea nicht nur einsam, sondern irgendwie ausgegrenzt. Wie jemand, der für eine besondere Marotte bekannt war, die man ihm aus lauter Gutmütigkeit nachsah.

Warum war das Leben so ungerecht, fragte sie sich verdrossen. Warum durfte nicht sie, die *alles* für Rehbach geben würde, das Geschick der Saline bestimmen? Warum mußte es Georg tun, der genausogut einem Dutzend anderer Beschäftigungen nachgehen konnte, ohne dadurch glücklicher oder unglücklicher zu werden? Die Antwort war so einfach wie ernüchternd: weil sie das falsche Geschlecht besaß. Einzig und allein darum. Wie eine Schlange mußte sie sich winden, Schlupflöcher finden, um Entscheidungen treffen zu können, die für Rehbach gut waren.

Abrupt wandte sie sich vom Fenster ab. Sie konnte Violas Garten und seine Vollendung keinen Augenblick länger ertragen.

Mitten in der Nacht verließ Dorothea ihr Bett. Die Lichter im Garten waren längst erloschen, nur der Mond funkelte wie die Hälfte einer Goldmünze. Sein Schein warf einen breiten Lichtstrahl ins Fenster, als sie hellwach die Augen öffnete. Ohne eine Kerze anzuzünden, setzte sich Dorothea mit nackten Füßen an ihren Sekretär und kramte nach Papier und Feder. Doch als sie beides vor sich liegen hatte, wußte sie plötzlich nicht mehr, was sie so eilig hatte aufschreiben wollen. Sie schob den steifen Papierbogen derart heftig von sich weg, daß er das Tintenfaß ins Wanken brachte und einige Tröpfchen der schwarzen Farbe über den Rand schwappten. Sofort sog das polierte Birnbaumholz wie ein Schwamm die Tinte auf. Na wunderbar! Dorothea konnte schon jetzt Violas Gezeter wegen der ruinierten Tischplatte hören. Erfolglos wischte sie mit einem Taschentuch über die sich ausbreitenden Flecken. Sie spürte, wie ihr Hals enger wurde. Ihre Augen begannen zu brennen, und ihre Lippen zitterten. Als hätte sie nach etwas Unappetitlichem gegriffen, warf sie das Taschentuch von sich. Das fehlte noch, wegen solch eines lächerlichen Malheurs zu heulen!

Mit eiskalten Beinen stieg sie wieder ins Bett. Was brauchte sie Papier und Feder – ihre Gedanken konnte sie auch so ordnen. Seufzend warf sie sich auf ihre linke Seite, drückte ihr Gesicht tief ins Kissen und schloß die Augen. Im Schlaf würde die Zeit sicherlich am schnellsten vergehen. Und am nächsten Morgen wollte sie einen geschickten Moment abpassen, um Martin Richtvogel weiter auszufragen – sollte er doch seine Augenbrauen hochziehen, soviel er wollte! Zur Not würde sie ihm irgendwelchen Honig ums Maul schmieren, bis er ihr erzählte, was sie hören wollte.

Als Dorothea aufwachte, war es schon fast zehn Uhr am Morgen. Ihre Unruhe, ihre Träume, die vielen Bilder, die sich ihr im Halbschlaf aufgedrängt hatten – dies alles hatte sie schließlich so ermüdet, daß sie noch einmal tief und fest eingeschlafen war. Sie konnte sich nicht erinnern, jemals so lange im Bett geblieben zu sein! Doch statt hektisch aufzuspringen und sich mit dem von Luise bereitgestellten Wasser, das sicher nur noch lauwarm war, zu waschen, streckte sie sich wie eine Katze. Dann setzte sie sich auf. Ihr Gesicht verzog sich zu einem Grinsen. Manche Probleme lösen sich im Schlaf, hieß es. Wie weggeblasen waren ihre Ängste, ihre Unsicherheiten der letzten Nacht. Voller Energie schwang sie beide Füße gleichzeitig auf den Boden.

Sie zog ein weinrotes Kleid aus dem Schrank, warf es sich über den Kopf und flocht ihren Zopf. Als sie prüfend in den Spiegel schaute, erschrak sie für einen Moment: Unter ihren Augen lagen violettfarbene Schatten, unter denen die Haut transparent wirkte. Sie sah blaß und kränklich aus, obwohl sich ihre Kopfschmerzen in Luft aufgelöst hatten und sie sich großartig fühlte.

Am liebsten hätte Dorothea zwei Stufen auf einmal genommen, doch sie zügelte sich. Sorgfältig ging sie nochmals die

Fragen durch, die sie Martin Richtvogel am dringendsten stellen wollte. Hoffentlich war er noch im Haus und nicht auf der Jagd! Informationen zu sammeln war im Augenblick das wichtigste. Und danach würde sie alles daran setzen, Georg zu überzeugen. Ha! Was die Polen konnten, das sollten sie in Rehbach doch wohl auch können!

Schon im Flur nahm sie Stimmen und Gelächter wahr, beides kam aus dem Frühstückszimmer. Als sie näherkam, hörte sie, wie Georg über »Baden in warmem Salzwasser« sprach, in einem ungewohnt animierten Ton. Sie runzelte die Stirn. Wovon, um alles in der Welt, redete ihr Bruder?

16

»Stell dir vor, Dorothea, was Doktor Richtvogel uns gerade erzählt hat.« Als ihre Schwägerin nicht gleich mit einer Gegenfrage reagierte, platzte Elisabeth heraus: »Es gibt Leute, die gehen in eine Saline, um dort zu baden!«

Dorothea nickte zur Begrüßung in die Runde, zog sich den freien Stuhl zwischen Alexander und Viola heran und setzte sich. Als Luise ihr eine Platte mit Ei anbot, winkte sie ab und blickte Elisabeth irritiert an. »Was redest du da?«

Elisabeths Lachen gefror. »Ich ...«

»Ich habe Ihrer verehrten Familie gerade von sogenannten Sole-Heilbädern berichtet. Diese sind inzwischen in ganz Europa *en mode*.« Martin Richtvogel nahm einen geräuschvollen Schluck Kaffee. »Woraufhin mich Ihr verehrter Bruder gefragt hat, ob die Menschen ihr Bad in einer Siedepfanne nehmen.« Er grinste Georg an. Die andern lachten. Selbst Elisabeth fiel wieder mit ein.

Mit regungsloser Miene schnitt Dorothea sich ein Stück von dem Hefegebäck ab, das in der Mitte des Tisches lag.

»Daß es Menschen gibt, die ins Meer gehen, um ihre Körper zu baden, davon habe ich übrigens schon gehört.« Triumphierend schaute Elisabeth in die Runde. »Meine Maman bekam erst letztes Jahr wieder eine Einladung nach Mecklenburg-Schwerin, wo der Herzog in Doberan ein Seebad hat einrichten lassen. Leider war es ihr nicht möglich, der herzöglichen Einladung zu folgen, aber es wurde ihr berichtet, daß es Hunderte von Badegäste nach Doberan zog und daß alle die vorzügliche Wirkung des salzigen Badewassers genossen haben.«

»Wenn es *en mode* wäre, würden manche Leute in Kuhdung baden!« antwortete Dorothea verächtlich und keine Spur beeindruckt.

Frederick brummte etwas Zustimmendes, woraufhin Viola ihn tadelnd anschaute.

Unwillkürlich zuckte Elisabeth zusammen. An Dorotheas direkte Art hatte sie sich noch immer nicht gewöhnt.

Martin Richtvogel räusperte sich. »Es mag sich vielleicht ungewohnt anhören, aber der gesundheitliche Nutzen von Salzwasser ist in der Tat nicht zu unterschätzen!« Die Nachsichtigkeit in seiner Stimme war nicht zu überhören, er klang wie jemand, der sich herabließ, einem Kind etwas zu erklären. Seine Miene war dabei ein wenig überheblich, was Elisabeth im stillen freute. Verwundert registrierte sie, daß Dorothea schwieg, statt dem Gast sofort über den Mund zu fahren.

»Schon im antiken Griechenland wußte man, daß ein Bad in Salzwasser besonders bei Hautkrankheiten zu empfehlen ist. Und auch Paracelsus berichtet in einer langen Abhandlung von der großartigen Wirkung der *Sulzen des Salzes*.«

Georg winkte ab. »Das ist ja alles schön und gut, verehrter Freund, aber im Grunde genommen mußt du weder die Griechen noch den großen Arzt des Mittelalters zitieren – unsere eigenen Siedeknechte reichen völlig aus!« Er knuffte Richtvogel in die Seite, dann schaute er Dorothea an. »Ist es nicht so, daß die Leute am Ende ihrer Schicht gern ein Bad in der warmen Sole nehmen?« Er zuckte mit den Schultern. »Schaden tut es ihnen scheinbar nicht. Aber ob's was hilft?«

Wie unweiblich Dorothea aussah, wenn sie ihre Lippen zu zwei schmalen Strichen zusammenkniff! Wenn ihre Schwägerin sich nur einmal die Zeit nehmen würde, vor ihrem Toilettenspiegel ein paar feminine Gesten und Posen einzustudieren! Warum Alexander von Hohenweihe Dorotheas Gehabe nicht abschreckend fand, war Elisabeth ein Rätsel. Statt sich an dem Gespräch zu beteiligen, saß er nur stumm da. Seiner Miene nach schien er sich jedoch ganz wohl zu fühlen. Er konnte doch unmöglich das Verhalten seiner zukünftigen Gattin amüsant finden, oder?

»Und mit solchen Beobachtungen verbringen Sie Ihre Zeit? Dafür gehen Sie auf Reisen?« Ruckartig warf Dorothea ihren Zopf nach hinten. In dieser Geste lag so viel Verächtlichkeit, daß Elisabeth nicht wußte, wofür sie sich mehr schämen sollte: für Dorotheas höhnischen Ton oder für ihr ganzes Verhalten. Mit ihrer Fußspitze suchte sie Georgs Wade.

»Nein, Dorothea. *Damit allein* verbringt Martin nicht seine Zeit.« Georgs Stimme klang blechern, fast böse, so daß Elisabeth im selben Moment bereute, ihn unter dem Tisch angestoßen zu haben. Wenn es um seinen Freund ging, reagierte Georg ungewohnt heftig, das war ihr schon mehr als einmal aufgefallen. »Hättest du Martin gestern nicht dauernd mit deinen unhöflichen Fragen unterbrochen, würdest du längst wissen, worin seine Arbeit zum größten Teil besteht! Er berät nämlich die Betreiber von Salinen in ganz Europa. Und zwar diejenigen, die ihre Saline in ein Heilbad umbauen wollen!«

17

Wie es Dorothea gelungen war, den Entschluß zu fassen, aufzustehen und aus dem Haus zu rennen, konnte sie später nicht mehr sagen. Sie hatte es einfach getan. Während Elisabeth kindisch kicherte, hatte sie mit einem Ruck ihren Stuhl nach hinten geschoben und ohne ein Wort der Erklärung das Zimmer verlassen. Sie hatte Alexander ihren Namen rufen hören, hatte gehört, wie er ebenfalls seinen Stuhl zurückschob, sanfter natürlich, um ihr zu folgen. Ihre Füße waren daraufhin schneller geworden, ihre Schritte länger.

Ohne sich umzuschauen oder auf Alexander zu warten, war sie vom Haus weggerannt, in Richtung Saline.

Erst als sie am fünften Siedehaus vorbei war und auf Nummer vier zusteuerte, hielt sie inne. Ihr Speichel schmeckte metallisch. In ihrem Hals pochte es, und sie zwang sich, tief Luft zu holen. Dann drehte sie sich um und lief in Richtung Kocher. Einem der Salinenarbeiter zu begegnen hätte sie nicht ertragen. Zuzusehen, wie die jungfräuliche Sole aus den Erdleitungen gepumpt wurde, aus den Leitungen schäumte und wie jeden Sonntag eimerweise in die Siedepfannen gegossen wurde, ebenfalls nicht.

Sie eilte zügig an Violas Parklandschaft entlang, hinab zum Kocherufer, zum wilden Teil des Gartens. Zu einem klaren Gedanken war sie noch immer nicht fähig, dafür war sie so voller Empfindungen, daß sie glaubte, ihre Brust müßte bersten, wenn sie nicht einen Teil davon sofort loswurde. Sie war fuchsteufelswild!

Langsamer als zuvor ging sie weiter, zwang sich endlich, das Tischgespräch noch einmal Satz für Satz zu durchleben. Erinnerte sich an ihre Fassungslosigkeit, als Georg ihr eröffnet hatte, daß auch er erwäge, aus Rehbach ein Kurbad zu machen. Es war Zeit, sich der Realität zu stellen!

Die Saline Rehbach – ein Kurbad!

Auf den ersten Schreckmoment war Amüsement gefolgt, dann Ungläubigkeit. Sie hatte laut herausgelacht, im Glauben, daß es Scherze dieser Art gewesen waren, welche die Tischrunde vor ihrem Eintreffen so erheitert hatten. Auch angesichts von Elisabeths verklärtem Blick und deren Gefasel von Badegästen, von Tanzveranstaltungen und einem Teehaus neben dem Heilbad, hatte sie nachsichtig gelächelt. Als Viola dann in Elisabeths Geschnatter eingestimmt hatte, war ihr das Gerede von Salzwasser, das aus geschliffenen Kristallpokalen getrunken werden sollte, lästig geworden. Krampfhaft hatte sie nach einer Möglichkeit gesucht, das Gespräch in eine andere Richtung zu wenden, doch vergeblich.

Dann hatte Georg begonnen, diesen Richtvogel nach Einzelheiten auszufragen, und Dorothea war das Lachen vergangen.

Als sie sich endlich unter einer Eiche niederließ, merkte sie erst, wie erschöpft sie war. Kleine Schweißperlen standen auf ihrer Stirn, im Rücken klebte der Leinenstoff auf ihrer feuchten Haut. Sie setzte sich so hin, daß ihr der rauhe Stamm als Rückenlehne diente. Dann zwang sie sich, tief durchzuatmen. Doch statt sich dadurch besser zu fühlen, wurde ihr übel. Sie begann zu würgen. Kurz darauf mußte sie nicht nur Kaffee und Hefekuchen von sich geben, sondern eine gelbliche, zähe

Flüssigkeit, vor der es ihr so grauste, daß sie erneut zu würgen begann. Was war das für Gift, das aus ihrem Inneren kam? Das Gesicht ihres Vaters vor Augen, übergab sie sich ein zweites Mal. »Rehbach ein Heilbad!« Mit roten Backen hatte er darüber gelacht, war sich nicht im geringsten bewußt gewesen, daß es dieser Richtvogel bitter ernst meinte. War Rehbach so unwichtig für ihn?

Kniend hockte Dorothea im Gras, den Zopf aus dem Gesicht haltend, als sie einen Schatten im Gebüsch links von ihr zu erkennen glaubte.

Alexander! Der Schreck ließ sie die Augen weit aufreißen. Mit dem Handrücken fuhr sie sich über den Mund und hoffte, daß nichts daran klebte. Doch niemand kam. Sie sackte zusammen wie ein Blasebalg, der seine Luft verlor. Gott sei Dank! Alexander hätte ihr jetzt gerade noch gefehlt. Keinen Ton hatte er zu Georgs aberwitzigen Plänen gesagt – aus Feigheit, Desinteresse oder womöglich einfach deshalb, weil er sie guthieß?

Dann hörte sie ein Knacken.

»Ist da wer?«

Zwei dunkle Hände schoben die holzigen Äste eines Holunderbusches und einer Berberitze zur Seite.

Dorothea hielt den Atem an.

Als vor ihr Rosa mit einem Korb über dem rechten Arm erschien, wußte sie nicht, was sie dazu sagen sollte.

»Tut mir leid, wenn ich Sie erschreckt habe.« Mit einer hastigen Bewegung warf die Heilerin ihre offenen Haare nach hinten, die sich wie eine pechschwarze Flut den Rücken hinab ergossen.

Obwohl ihre Worte wohl entschuldigend klingen sollten, sah das Weib eher so aus, als fühlte sie sich selbst gestört. »Was machst du hier im Garten? Hier hast du nichts verloren!« fauchte Dorothea die Frau an. Gleichzeitig konnte sie ihren Blick nicht von ihr wenden. Wie lange war es her, daß sie Rosa, die Hagezusse, zum letzten Mal gesehen hatte?

»Ich war dabei, Kräuter zu pflücken, die nur im Schutz der Hecke wachsen. Und die Haselnüsse sind auch schon reif.« Rosa zeigte mit dem Kinn auf die braun glänzenden Früchte in ihrem Korb. Statt sich für ihre Anwesenheit zu entschuldigen, sich mit eingezogenem Kopf hastig zu entfernen, machte sie einen Schritt auf ihr Gegenüber zu, bis sie nur noch wenige Handbreit von Dorothea entfernt war. Der Stoff über ihren Brüsten spannte sich in einer herausfordernden Art, und ihr Körper strömte einen starken Duft nach an der Sonne getrocknetem Heu aus.

Unwillkürlich wich Dorothea zurück. Rosa war auf den Tag genauso alt wie sie, aber das war nichts, was die beiden Frauen verbunden hätte. Ganz im Gegenteil. Als Dorothea noch ein kleines Mädchen gewesen war, hatten ihr die Weiber aus der Saline irgendwann einmal – auf ihr ewiges Quängeln hin – vom Tag ihrer Geburt erzählt. Dem Tag, an dem Harriet, die Heilerin, zur gleichen Zeit niedergekommen war wie Dorotheas Mutter und ihr deshalb nicht helfen konnte. »Ein Unglück, ein Unglück«, hatten sie immer wieder kopfschüttelnd gemurmelt, und Dorothea hatte geglaubt, einen Vorwurf herauszuhören. Sicher hatte Rosas Mutter wegen dieses Unglücks ein schlechtes Gewissen, hatte sie sich daraufhin zusammengereimt und dies auch als Grund dafür betrachtet, daß Harriet ihre Tochter Rosa nicht mit den anderen Kindern hatte spielen lassen. Dorothea selbst hatte keinen Groll gehegt, weder gegen Rosa noch gegen ihre Mutter. Irgendwie hatte das ganze »Unglück« nichts mit ihr zu tun – zu Hause war jedenfalls nie darüber geredet worden. Weder sie noch die Salzkinder hatten sich um den schwarzhaarigen Schopf gekümmert, der fast täglich über die dichte Hecke hinweg vom Haus am Waldrand zu ihnen herübergestarrt hatte.

Als Harriet dann vor ein paar Jahren gestorben war, war Rosa einfach in die Fußstapfen ihrer Mutter getreten. Die Leute aus der Saline gingen nun zu ihr. Dorothea riß sich aus ihren Erinnerungen. »Du bist auf meinem Land«, sagte sie heftig. »Pflück deine Kräuter sonstwo!«

Rosas Miene war verschlossen, nicht gerade feindselig, aber auch keine Spur furchtsam. »Das hier ist Almende.* Mit eurem Garten hat der Boden nichts mehr zu tun.«

Das Weib hatte etwas so Elementares an sich, als sei es gerade erst sattem, fruchtbarem Erdreich entstiegen! Dorothea schaute sich um und erkannte, daß tatsächlich sie es war, die sich auf fremdem Gebiet befand! Ohne es zu merken, hatte sie den Grund von Rehbach verlassen. Als sie sich nun umdrehte, erkannte sie die schmale Öffnung in der Hecke, die das Graauwsche Land einfaßte. Blind vor Wut und außer Atem mußte sie durch dieses grüne Portal gerannt sein!

Rosa drehte sich wortlos um und ging weiter.

»Halt! Warte!« Dorothea wunderte sich, kaum daß sie die Worte ausgesprochen hatte. Was wollte sie noch von dem dunklen Wesen, das ihr fast ein bißchen unheimlich war?

Unwillig drehte sich Rosa wieder zu ihr um. »Was gibt es noch? Kann ich Ihnen helfen? Benötigen Sie meine Hilfe?« fragte sie in einem Ton, der andeutete, daß ihr nichts ferner lag, als der Tochter des Landgrafen zu Hilfe zu kommen.

War ihr zu helfen? Dorotheas Blick verschleierte sich, als plötzlich alles wiederkam. Sie schüttelte fast unmerklich den Kopf.

Die beiden Frauen standen nur wenige Ellen voneinander entfernt. Rosas Gesichtszüge waren gleichmäßig, ihre Augen waren dunkel, ihr Mund war ruhig, aber nicht schlaff. Die

---

* Ein Stück Boden, das der Allgemeinheit gehört und von ihr genutzt werden kann.

Augen, der Mund, das Kinn – alles sah aus, als sei es mit ihrem Inneren im Einklang. Daß ein Weib so stark sein konnte! Gebannt starrte Dorothea die Fremde an, und ein warmer Schauer durchlief sie. Für einen Augenblick war ihr, als hätte sie in ihre eigene Seele geschaut.

Rosa stand einfach nur da und ließ sich die Begutachtung gefallen, ohne in irgendeiner Art und Weise von ihr betroffen zu sein. Keine Ungeduld, keine Verlegenheit zeigte sich auf ihrem Gesicht, lediglich ein kleines, wissendes Lächeln. Fast unmerklich nickte sie Dorothea zu und ging ohne ein weiteres Wort davon.

Dorothea wußte nicht, wie lange sie der Heilerin nachschaute. Langsam fühlte sie sich ein wenig besser. Geradeso, als hätte das Weib ihr neue Kraft eingehaucht. Weggeblasen war das Durcheinander, weg auch die Wut. An ihre Stelle war eine Gewißheit getreten, die sich gut anfühlte. Nie und nimmer würde sie Rehbach im Stich lassen. Nie und nimmer würde sie zulassen, daß Georg das zerstörte, was Generationen von Graauws über Jahrhunderte aufgebaut hatten. Wenn schon Vater, der gutmütige Tölpel, Georg nicht in seine Schranken wies – ihr würde etwas einfallen!

Vor der Hecke, die ihr Land umschloß, blieb sie stehen. Auf einmal hatte der Augenblick etwas so Erhabenes, daß Dorotheas Atem nur noch in kurzen Stößen kam. »Und wenn's mich alles kostet...«, flüsterte sie rauh, ihr Gesicht in die gleisende Sonne haltend. Sie würde sich nichts wegnehmen lassen. Nie und nimmer.

Mit dem unbeschwerten Schritt eines jungen Mädchens auf dem Weg zu seinem Angebeteten lief sie nach Hause. Es war an der Zeit, Informationen zu sammeln.

18

Dorothea fand das Haus leer vor. Wo sich Viola und Elisabeth aufhielten, interessierte sie nicht. Die Männer waren wohl allem Anschein nach gemeinsam auf die Jagd gegangen, was Dorothea als ein gutes Zeichen wertete: So wichtig konnte Georg seine neueste *folie* also nicht sein! Hätte er nicht sonst jede freie Minute genutzt, um mit diesem Richtvogel seine Pläne zu besprechen? Ha, was ihm an Zielstrebigkeit fehlte, würde sie durch doppelt soviel davon wettmachen!

Mit zusammengerafften Röcken ging sie auf Zehenspitzen die Treppe zu den Schlafzimmern hinauf. Im Gegensatz zu Georg hatte sie keine Zeit zu verlieren! Unter den geschlossenen Türen blinzelte schmal das Sonnenlicht durch. Alles war still. Weder Luise noch ihre beiden Töchter, die immer dann aushalfen, wenn sich Gäste auf Rehbach angesagt hatten, waren zu hören oder zu sehen. Dorothea warf einen Blick auf die Wanduhr, die am Treppenaufgang hing. Es war kurz vor zwölf Uhr, die Zimmermädchen sollten also mit ihren Säuberungsarbeiten fertig sein und nun in der Küche helfen. Hätte sie eine getroffen, sie hätte sie davongejagt! Vorsichtig, als handele es sich um glühendes Eisen, drückte Dorothea den Türgriff nach unten. Offen! Ein gutes Omen! Gott sei Dank hatte dieser Richtvogel seine Zimmertür nicht abgeschlossen.

Dorothea zog die Tür hinter sich zu und blieb für einen Augenblick stehen. Das Zimmer glich den anderen Gästezimmern – von den dunkelroten Samtvorhängen über die rotgrün gestreiften Sessel bis hin zu dem schweren Bettüberwurf, der ebenfalls in dunklem Rot gehalten war. Im Winter waren die Schlafzimmer heimelig, die dichten Vorhänge hielten Zugluft und Kälte ab, und die dick gepolsterten Sessel luden zum Verweilen ein. Jetzt aber, im Sommer, drohte einem das Rot die Luft zu nehmen, und über den Sesseln tanzten im Sonnenlicht dichte Staubwolken. Martin Richtvogel schien die Einrichtung jedoch alles andere als erdrückend zu empfinden, ganz im Gegenteil: Er hatte sich so häuslich eingerichtet, daß Dorothea das Schlimmste zu befürchten begann. Hatte er vor, sich wie eine Made im Speck auf Gut Rehbach niederzulassen und dabei das Ende der Saline einzuläuten? Seine beiden Koffer waren nirgends zu sehen. Erst als sie hinter den Schrank schaute, entdeckte sie die beiden Ungetüme, weggesperrt wie für alle Ewigkeit. Seine Kleidung hing fein säuberlich in dem schmalen Schrank und füllte diesen fast völlig aus. Nachlässig streifte sie mit der Hand an den Westen aus feinem Zwirn entlang. Was für ein eitler Gockel! Eine Menge technischer Geräte stapelte sich auf der Vitrine, über der drei ausgestopfte Eberköpfe die Wand zierten. Dorothea nahm einen der schwarzen Apparate in die Hand, doch selbst bei näherem Hinschauen konnte sie seine Bestimmung nicht erahnen. Sie ging weiter zum Bett. Auf dem kleinen Schränkchen daneben hatte Richtvogel eine Reiseuhr aufgestellt, dazu eine Öllampe – du meine Güte, der Mann war wirklich für jede Lage ausgestattet! –, Augengläser und ein Stapel Bücher. Noch mehr Bücher und mindestens zwei Dutzend in festen Karton gebundene Akten hatte er in vier Stapeln auf dem Salontisch zwischen den beiden Sesseln aufgebaut. Für einen Reisenden erstaunlich viel Gepäck! Dorothea spürte, wie ein

Anflug von Panik sie überfiel. Wo sollte sie anfangen? Sie konnte doch nicht Buch für Buch und Akte für Akte durchsuchen, bis sie endlich auf die Information stieß, die sie sich erhoffte? Wenn jemand sie hier erwischte – sie würde für alle Zeiten eine Erklärung schuldig bleiben! Dorothea spürte, daß sich ihr Kiefer verkrampfte. Sie biß ihre Zähne aufeinander, daß sie knirschten.

Sie ging zu einem der Sessel, setzte sich und griff nach dem obersten Buch des einen Stapels. Sie schlug die erste Seite auf. *Nun wisset weiter vom Salz, daß das Salz ein irdischer Balsam des Menschen und aller Dinge ist. Denn wo nicht Salz ist, da beginnt die Fäulnis.* Eine Abhandlung von Paracelsus, dem großen Arzt des Mittelalters. Achtlos blätterte Dorothea das Werk durch, bevor sie es schnell wieder aus der Hand legte. Rezepturen mit Salz, die bei Verstopfung und Wurmerkrankungen helfen sollten? Die würden ihr gewiß nicht helfen!

Auch das nächste Buch im Stapel schien ihr wenig hilfreich zu sein, es war ein Nachdruck des hippokratischen Heilsystems. Darin wurde dem Leser empfohlen, zur Behandlung von Milzerkrankungen eine Mischung aus zwei Dritteln Kuhmilch und einem Drittel Salzwasser täglich, und zwar auf nüchternen Magen, zu trinken. Des weiteren wurde ein Gebräu aus Honig, Regen und Salzwasser als ausgezeichnetes Brechmittel angeraten. Mit spitzen Fingern legte Dorothea auch das zweite Buch aus der Hand. Als sie nach dem dritten griff, stutzte sie. »*Die Dreckapotheke*« war in großen, goldenen, geschwungenen Lettern, die so gar nicht zu dem unappetitlichen Titel passen wollten, in den dicken Ledereinband graviert. Obwohl sie wußte, daß sie darin unmöglich für ihre Zwecke fündig werden würde, mußte sie einen Blick hineinwerfen. Der Verfasser war ein gewisser Kristian Frantz Paulini, angegeben war außerdem die Jahreszahl 1734. Dorothea schüttelte den Kopf. Wenn Richtvogel nichts Aktuelleres vorzuweisen hatte als über siebzig Jahre alte Unterlagen, dann konnte es mit seiner Expertise nicht weit her sein, oder? Der Inhalt des Buches schnürte ihr den Hals zu. Eine grausige Mixtur nach der anderen war aufgeführt. Als Zutaten, die der Gesundung aller möglicher Krankheiten dienen sollten, waren nicht nur Salz und Essig genannt, sondern auch Knabenurin, Wolfs-, Tauben- und Ziegenkot! Dorothea schauderte es. *Das* sollten Viola und Elisabeth einmal lesen, bevor sie in glorreichen Vorstellungen eines Sole-Heilbades zu schwelgen begannen!

Danach warf sie nur noch einen Blick auf die jeweils erste Seite der Bücher – alle hatten mit ärztlichen Abhandlungen zu tun, und alle beschäftigten sich in irgendeiner Form mit Salz. Neben den alten Schriften waren auch Werke zeitgenössischer Ärzte und Wissenschaftler darunter. Im vierten und letzten Stapel fand Dorothea sogar ein Buch, das Richtvogel selbst geschrieben hatte. Auch darin ging es um Heilbehandlungen mit Salz. Richtvogel hatte sich allerdings auf Hautkrankheiten spezialisiert. Dorothea wühlte weiter. Verflucht! Nichts, aber auch gar nichts war über den bergmännischen Abbau von Salz zu finden! Ohne besondere Aufmerksamkeit blätterte sie schließlich Richtvogels handschriftliche Aufzeichnungen durch, die zum größten Teil aus Listen mit Namen und Zahlen bestanden. Was die Reihen zu bedeuten hatten, interessierte sie nicht. Dafür konnte sie das beklemmende Gefühl, das sich wie zäher Honig in ihr ausdehnte, nicht länger ignorieren. Dieser Richtvogel schien von dem Gedanken, daß Salz ein Heilmittel für Krankheiten jeder Art war, geradezu besessen zu sein! Mit Georg allein würde sie es ja noch aufnehmen können. Aber Richtvogel an Georgs Seite – das mußte sie mit allen Mitteln verhindern!

Dorothea lehnte sich gerade im Sessel zurück, als sie von der Kiesauffahrt her ein Knirschen vernahm. Hastig sprang sie auf, warf einen Blick hinaus und stellte fest, daß vier Männer in Reitermontur auf das Haus zugingen. Im nächsten Moment hörte sie Viola, die die Ankömmlinge begrüßte. Dann Poltern – die Männer befreiten sich von ihren Stiefeln. Dorotheas Herz begann zu klopfen, und ihr Blick raste wie wild durch den Raum. Sie mußte raus! Im letzten Moment nahm sie aus dem Augenwinkel ein Buch wahr, das sie bisher übersehen hatte. SALZBERGBAU stand in schlichten schwarzen Lettern auf seinem Buchrücken, und Dorothea glaubte, ihr bliebe bei diesem Anblick die Luft weg. Sie atmete tief durch, griff mit zitternder Hand nach dem schmalen Bändchen und rannte aus dem Zimmer, ihren Schatz an die Brust gepreßt.

Als sie in ihrem Zimmer ankam, lockerte sie zuerst die Schnürung ihres Mieders. Sobald ihr Atem ruhiger wurde, setzte sie sich an ihren Schreibtisch. Der Tintenfleck, den sie in der letzten Nacht vergossen hatte, starrte ihr entgegen. Triumphierend blickte sie erst ihn, dann das Buch an. Im Salz baden – ha! Georg würde sich bald im eigenen Unglück suhlen können, in mehr aber auch nicht! Dorotheas Kiefer schmerzte, und sie zwang sich, ihre Backenknochen zu entspannen. Mit steifen Fingern öffnete sie das Buch und überflog das Inhaltsverzeichnis: die Zusammensetzung des Salzes, der Stollenbau, der Salzbergabbau. Ein ganzes Kapitel war dem Salzbergwerk gewidmet, von dem Richtvogel erzählt hatte – Wieliczka. Es diente wohl ganz Europa als Vorbild, was den Salzabbau anging. Sie warf einen Blick auf die kleine Uhr auf ihrem Schreibtisch. Eigentlich hätte sie sich für das Mittagsmahl umkleiden müssen. Statt dessen ging sie zur Tür und drehte den Schlüssel im Schloß um. Eine passende Ausrede für ihre Abwesenheit würde ihr schon einfallen. Wer konnte jetzt schon ans Essen denken?

19

Als Georg am Montag morgen die Treppe herunterkam, hörte er die Stimme seines Vaters aus dem Amtszimmer schallen. Abgehakte Worte, laut und ungehalten, drangen durch die Tür. Was um alles in der Welt hatte Frederick am hellichten Morgen hierher verschlagen? Noch während er überlegte, ob er angesichts der schlechten Laune seines Vaters nicht besser auf eine Unterredung mit ihm verzichten sollte, wurde die Tür geöffnet, und Dorothea prallte fast mit ihm zusammen. Ihre Lippen waren zu zwei schmalen Strichen zusammengepreßt, ihr Blick mehr als feindselig. Georg machte einen Schritt nach hinten, doch bevor er »Guten Morgen« sagen konnte, war sie an ihm vorbeigerannt. Mit einem lauten Knall schlug eine Tür hinter ihr zu.

»Was stehst du da und hältst Maulaffen feil?« Unwirsch winkte Frederick ihn ins Zimmer. Er hatte seine Arme vor der Brust verschränkt. Vor ihm auf dem Schreibtisch lagen Listen und Aufzeichnungen, die allesamt Dorotheas Handschrift trugen.

Georg setzte sich wie ein Besucher auf den Stuhl vor den Schreibtisch und stellte fest, daß er sich auf dieser Seite ebenso unwohl fühlte wie hinter der großen Eichenplatte. »Was wollte Dorothea?« Er zeigte mit der Hand in Richtung Tür.

»Dieses ... Frauenzimmer!« Frederick sah aus, als wüßte er nicht, was er zuerst loswerden wollte. Er schüttelte den Kopf. »Ich weiß gar nicht, von wem sie dieses ... Benehmen hat! Von ihrer Mutter selig kann es nicht sein. Dieser Starrsinn, diese Dickköpfigkeit – ich ...«

»Vater – um was geht es?« Erstaunt registrierte Georg den ungeduldigen Unterton in seiner Stimme und wollte sofort ein paar besänftigende Worte hinzufügen, als Frederick ihn zum ersten Mal seit seinem Eintreten richtig wahrzunehmen schien. Er nickte mit dem Kopf. »Da siehst du, was das Weibsbild angerichtet hat – hat mich völlig aus der Fassung gebracht mit ihren Rechnungen und schlauen Ideen!« Mit einem Wisch fegte er die Unterlagen vom Tisch, so daß sie ringsum auf dem Boden landeten. »Der Himmel weiß, wie sie auf diese Idee gekommen ist!«

Georg überfiel auf einmal das fast unwiderstehliche Bedürfnis, einfach aufzustehen und wegzugehen. Noch immer wußte er nicht, worüber sein Vater so aufgebracht war, und er wollte es eigentlich auch gar nicht wissen. Er war gekommen, weil er Fredericks Zustimmung benötigte, und nicht, um sich fremden Ärger anzuhören. Davon hatte er weiß Gott selbst genug. Elisabeths blasses Antlitz huschte durch sein Bewußtsein, und eine düstere Schwere legte sich auf seine Seele. Als er sich vorhin am Bettrand von ihr verabschiedet hatte – er hatte dabei auf eine lange Umarmung gehofft –, war ihre Miene so freudlos gewesen, daß er auf einmal nicht schnell genug aus dem Zimmer kommen konnte.

Frederick lachte kurz auf. »Einen Schacht graben will sie! Salz bergmännisch abbauen. Diesen Floh hat dein verehrter Freund ihr ins Ohr gesetzt!« fügte er vorwurfsvoll hinzu.

»Einen Schacht? Salz bergmännisch abbauen?« Zuerst glaubte Georg, nicht richtig gehört zu haben. Was hatte Martin damit zu tun? »Davon hat sie mir gegenüber keinen Ton verlauten lassen. Wie kommt sie darauf?« Krampfhaft versuchte er, sich das Tischgespräch ins Gedächtnis zu rufen, in dem ein, zwei Sätze über die polnische Art, Salz abzubauen, gefallen waren. An Martins genauen Wortlaut konnte er sich nicht mehr erinnern. War das nicht alles völlig nebensächlich gewesen? Welche Fäden hatte Dorothea aufgenommen und heimlich weitergesponnen? Und wieso war sie damit nicht zu ihm gekommen? Er hatte das Gefühl, als würden seine eigenen Gedanken verschwimmen.

»Es wird höchste Zeit, daß das Weib unter die Haube kommt. Ein Jäger ohne Hund ist wie ein Faß ohne Spund, heißt es. Aber ein Weib ohne Ehegatten ist wie ... ach!« Er winkte verächtlich ab, unfähig, einen passenden Vergleich zu finden. »Dann kann Alexander ihr die Flausen austreiben!« Frederick starrte wütend er auf die Tür, durch die seine Tochter wutentbrannt verschwunden war.

Georg schaute auf. Nun war es also aus mit Dorotheas Narrenfreiheit! Sie mußte Vater sehr geärgert haben, daß es soweit gekommen war. »Was bezweckt sie mit ihrer Eigenmächtigkeit? Habe ich denn nicht deutlich genug mein Interesse klargemacht, die Saline Rehbach in ein Heilbad umzubauen?« Seine Stimme überschlug sich fast.

»Jetzt komm du mir auch noch mit neumodischem Firlefanz! Rehbach ein Heilbad – die Weinlaune von gestern kann doch nicht dein Ernst gewesen sein!« Frederick schüttelte den Kopf, sein Blick noch verärgerter als zuvor. »Du meine Güte, soweit ist es gekommen, daß ich mir von meinen Kindern Geschichten erzählen lassen muß!« Er blickte Georg direkt in die Augen. »Du bist mein Nachfolger. Du bist der nächste in unserer langen Tradition. Also verhalte dich auch entsprechend!«

Georgs Lachen klang bitter. Was sollte das heißen? Sollte er sich vielleicht genauso wenig um die Saline kümmern wie

Frederick? Sollte er sich ebenfalls einen kostspieligen Zeitvertreib suchen, dem er statt dessen seine ganze Aufmerksamkeit widmete? Am liebsten hätte er seinem Vater ins Gesicht gesagt, daß seine Art, die Saline zu führen, nichts mit Tradition zu tun hatte, sondern mit Faulheit und Gleichgültigkeit. Natürlich sagte er nichts dergleichen. Verdammt nochmal, das war nun einmal nicht seine Art! Georg mußte schlucken. Er mußte allerdings zumindest versuchen, Frederick von seiner Idee zu überzeugen!

»Ich weiß, daß es dir am liebsten wäre, wenn in Rehbach alles seinen alten Gang liefe – und das für alle Ewigkeit. Aber wie du sehr richtig bemerkt hast, bin *ich* nun derjenige, der für Rehbach verantwortlich ist.« Er mußte das Zittern in seiner Stimme loswerden! »Deshalb bitte ich dich, dir wenigstens anzuhören, was ich zu sagen habe.« Er machte eine Pause. »Martin ist der festen Überzeugung, daß sich Rehbach für ein Heilbad besonders eignet. Die Lage am Fluß, die Nähe zur Stadt, unsere Sole ... alles Pluspunkte, sagt er.«

»Wie stellst du dir das vor?« Frederick runzelte die Stirn. »Nach fünfhundert Jahren Salinenbetrieb willst du zumachen, weil ›*die Lage*‹ reizvoll für irgendwelche eingebildeten Kranken sein könnte?«

Georg seufzte. Genau das hatte er erwartet. Vielleicht hätte er doch Martin zu diesem Gespräch dazubitten sollen. Er hatte schließlich Erfahrung genug darin, Salinenbesitzer von einem Neuanfang zu überzeugen. Daß er seinem Vater dennoch allein gegenüber getreten war, lag einzig und allein an der Tatsache, daß er ihn gut genug kannte: Frederick würde nichts dabei finden, Georg in Anwesenheit seines Gastes abzukanzeln wie einen dummen Schulbuben! Und darauf hatte Georg weiß Gott keine Lust!

Frederick begann, an den Fingern seiner rechten Hand abzuzählen: »Was willst du mit den Arbeitern machen? Wer sagt ihnen, daß ihr Lebensunterhalt von einem Tag auf den andern nicht mehr existieren wird? Wird unser eigener Lebensunterhalt gesichert sein? Und wie könntest du damit leben, eine jahrhundertelange Tradition so einfach zu brechen?« Von Satz zu Satz wurde sein Gesicht röter. »Wenn Dorothea mit unausgegorenen Vorschlägen zu mir kommt – das kann ich zur Not noch hinnehmen. Aber du?!« Abfälligkeit und Fassungslosigkeit stritten in Fredericks Worten um den Vorrang.

Georg schüttelte den Kopf. »Du meine Güte, daß es mit der Saline so wie bisher nicht mehr weitergehen kann, muß dir doch einleuchten!« sagte er ärgerlich. »Sogar Dorothea hat längst erkannt, daß die Holzkosten uns auffressen! Sie wird nicht müde, mir das immer wieder aufzuzeigen. Von Jahr zu Jahr sind sie gestiegen – Alexander hin oder her.« Er zog die Nase hoch. »Du warst doch gestern abend dabei, als er wieder einmal von seinem *ewigen Wald* träumte! Natürlich forstet er nach, doch was er jährlich abholzt, braucht Jahrhunderte, um wieder nachzuwachsen. Nur soviel zu schlagen, wie nachwächst, ist nicht mehr als eine billige Illusion. Und wenn du Dorothea zehn Mal an Alexander verschacherst – die Hohenweihschen Wälder sind zum großen Teil kahl. Laß uns ehrlich sein – wie lange Alexander uns noch beliefern kann, steht doch in den Sternen! Sind es fünf Jahre? Zehn? Oder zwanzig? Und zu welchem Preis?« Georgs Blick war kühl, als bereite es ihm Freude, alle quälenden Wahrheiten loszuwerden, die er sich in den letzten Wochen so mühselig angeeignet hatte. »Wenn wir irgendwann Holz von weiter her kaufen müssen, wäre das sowieso das Ende der Saline. Welche Zukunft hat Rehbach also? Ich sehe keine große ... Und da faselst du davon, ich solle die Tradition hochhalten!« höhnte er. Plötzlich kannte er sich selbst nicht mehr. So war er seinem Vater noch nie gegenübergetreten!

»Wer faselt hier was?« Fredericks Augen waren schmal.

»Du willst ein Heilbad bauen? Bitte schön, aber sag, wo sind die Gelder dafür? Wo die Pläne? Welchen Zeitplan willst du einhalten? Ein so großes Unternehmen, ha! Dazu bist du nicht fähig, mein Junge! Glaub deinem alten Vater: Wenn ich dir rate, alles beim alten zu belassen, dann ist das nur zu deinem Besten!«

Georg spürte, wie seine Kehle eng wurde. Wieder einmal überkam ihn das Gefühl, der letzte Läufer eines Wettrennens zu sein. Derjenige, der mit Schimpf und Schande im Ziel eintraf, wenn alle andern längst ihre Erfolge feierten. Derjenige, dem die andern aufmunternd auf die Schulter klopften, ohne dabei zu merken, wie demütigend sie in ihrem Großmut waren. Traute Vater ihm wirklich so wenig zu? Was hätte er dafür gegeben, so souverän wie Martin Richtvogel zu klingen! Nicht einmal etwas von Dorotheas Trotz konnte er in seine Stimme legen. Er spürte, wie der Blick seines Vaters auf ihm ruhte – abwartend, prüfend. »Und wenn ich dir Geldgeber präsentiere? Und einen Zeitplan? Und alle anderen Pläne noch dazu?«

Frederick erwiderte nichts, sondern ging zum Fenster und schaute hinaus.

Eigentlich war Dorothea schuld an der ganzen Misere, schoß es Georg wütend durch den Sinn. Nur um sie ein wenig zu ärgern, sie aus ihrer ewigen Selbstgerechtigkeit zu locken, hatte er mit dem Heilbad angefangen. Als er merkte, wie sehr er damit einen Stachel in ihr Fleisch treiben konnte, hatte er die Idee ausgeschmückt. Richtig ernst hatte er das Ganze jedoch nicht genommen. Zumindest nicht gleich. Erst als Martin dann begonnen hatte, immer mehr Details über den Bau eines Heilbades mit ihm zu besprechen, hatte er gemerkt, welche Lawine er freigetreten hatte. Einfach zu sagen, daß alles nur ein Scherz gewesen war, hatte er angesichts Martins glühendem Eifer nicht mehr übers Herz gebracht. Außerdem – wie hätte er dagestanden? Wie ein Phrasendrescher, einer, den man nicht ernstnehmen konnte.

Martin war nicht müde geworden, zu betonen, daß es sich keine Salinenverwaltung mehr leisten konnte, sich den neuen Ideen gegenüber zu verschließen. Was Reichenhall, Kissingen und Aibling vorhatten, das würde auch auf Rehbach möglich sein, war seine Parole. Mit seiner Begeisterung hatte er Georg schließlich angesteckt.

Doch die Zweifel blieben. Die quälenden Fragen. Wie würde es ihm erst später gehen, wenn Entscheidungen ganz anderer Art zu treffen waren?

Vielleicht ... vielleicht hatte Vater doch recht, und es war wirklich das beste, wenn er ...

»Also gut!« Frederick fuhr so abrupt herum, daß Georg zusammenzuckte.

»Ich mache dir einen Vorschlag – aber der ist gleichzeitig auch mein letztes Wort in dieser Angelegenheit! Eine so große Sache will gut überlegt sein. Eile ist hier nicht geboten. Außerdem steht der Winter vor der Tür – warten wir daher erst einmal den Jahreswechsel ab.« Mit verschränkten Armen fixierte er seinen Sohn. »Dann aber, im neuen Jahr, gebe ich dir genau sechs Monate. In dieser Zeit wirst du mit diesem Richtvogel ein, zwei, von mir aus auch drei Heilbäder besuchen. »Schau dir an, was andere aus ihren Salinen gemacht haben. Sprich mit den Leuten, die mehr Erfahrung haben. Wenn du zurückkommst, kannst du mir deine Pläne erneut präsentieren. Und dann – sehen wir weiter!«

Georg konnte nur dümmlich nicken. Frederick gab ihm die Erlaubnis zu einer Forschungsreise! Diese Entwicklung hatte er in seinen kühnsten Träumen nicht zu hoffen gewagt. Georg stotterte seinen Dank und wartete auf weitere Anweisungen und Ratschläge, bis er erkannte, daß es die nicht geben würde. Nun war er an der Reihe.

20

»Im Himmel hoch, da möchte ich sein –
meinem Leiden und Hoffen ein End,
nur tanzende Elfe im glückseligen Schein,
eine Seele, die keiner mehr nennt.

Die stille ruht auf ew'gem Grund,
der Träume beraubt und doch so satt.
Sternenkuß auf trock'nem Mund
Ein Seufzer beglückt entspringt so matt.

Warum erst jetzt, erst hier, so spät
kam die Liebe zu mir?
Kein Feld bestellt, kein Same gesät,
ausgelöscht das Ich und das Wir.«

Elisabeth ließ den Gedichtsband sinken. Ein zitronengelber Falter setzte sich im nächsten Moment auf den abgegriffenen Lederband und begann graziös mit seinen Flügeln zu schlagen. Obwohl Elisabeths Blick direkt auf ihm ruhte, nahm sie weder seine Schönheit noch seine außergewöhnliche Farbe wahr. Ihr Körper wurde von Krämpfen geschüttelt, und heiße Tränen drängten sich hinter ihren Augen, doch ihre Wangen blieben trocken, kühl. Auch ihre Hände waren eiskalt, als sie beide über ihre Augen legte. Die Dunkelheit tat ihren brennenden Lidern gut, ihr Leib begann sich ein wenig zu beruhigen, sein Beben wurde schwächer. Dennoch blieben die Geräusche, die ihr Körper machte, unerträglich laut. Ihr Herzschlag, ihr Atem dröhnte in ihren Ohren.

Als sie *es* heute morgen entdeckt hatte, war sie aus dem Zimmer gerannt, fluchtartig, ohne Ziel. Mit letzter Kraft hatte sie sich auf die erstbeste Gartenbank geschleppt. Sie spürte das warme Gefühl zwischen ihren Beinen und sah die Flekken, welche ihr Monatsblut auf ihrer Unterwäsche hinterließ, wie Feuer vor ihren Augen tanzen. Einmal huschte kurz der Gedanke durch ihr Bewußtsein, daß jemand aus der Familie sie jederzeit hier entdecken konnte und daß sie das nicht wollte. Doch aufzustehen vermochte sie nicht. Sie wußte nicht, wie lange sie so saß. Irgendwann fielen ihre Hände in den Schoß. Das goldene Herbstlicht schmerzte sogleich in ihren Augen, und endlich kamen die Tränen. Heiß, erlösend. Das Buch fiel zu Boden.

Ein Schatten fiel über sie, und sie spürte, wie jemand nach dem Buch griff und dann ihren Arm drückte.

»Elisabeth!«

Ausgerechnet Dorothea mußte sie so antreffen. Mit tränennassen Augen starrte sie zu ihrer Schwägerin hoch. Sie war zu müde, um ihr Unglück zu verbergen.

»Was ist denn geschehen?« Dorothea überflog die Seite des Buches, welche Elisabeth mit einem seidenen Bändchen markiert hatte. »Du wünscht dir den Tod?« Dorotheas Stimme war so schrill, daß es in den Ohren schmerzte. Sie fuchtelte mit dem Gedichtsband herum.

Mechanisch griff Elisabeth danach und legte ihn an ihre rechte Seite. »Kein Feld bestellt, kein Same gesät, ausgelöscht das Ich und das Wir...« Sie schluckte und versuchte ein Lächeln, doch sie brachte keines zustande.

»Was liest du Gedichte dieser Art, wenn sie dich so betrüben?« Der Vorwurf in Dorotheas Stimme war nicht zu überhören. »Wäre es nicht sinnvoller, sich mit Dingen zu beschäftigen, die Freude bereiten und die dich fröhlich stimmen?«

Die fehlende Festigkeit in Dorotheas Stimme ließ Elisabeth aufschauen. Eigentlich sah Dorothea selbst sehr unglücklich aus. Obwohl sie schweigend auf eine Antwort wartete, wirkte ihr Gesicht seltsam bewegt, so, als würden sich hinter ihren Augen irgendwelche Dramen abspielen. Sie war außerdem sehr blaß.

»Es gibt nichts, was mich fröhlich stimmen könnte«, sagte Elisabeth endlich. Bei dem Gedanken, daß wieder ein Monat Hoffnung verloren war, schossen ihr erneut Tränen in die Augen. »Ich bin doch nur eine Enttäuschung für Georg!«

»Elisabeth! Jetzt beruhige dich halt wieder.«

Hörte sie da ein unterdrücktes Lachen? Sie schaute auf, doch ihre Schwägerin sah eher hilflos aus. »Was kann denn so schlimm sein?« machte Dorothea einen neuen Versuch.

»Ich bin wirklich ein brachliegendes Feld. Und wahrscheinlich werde ich das immer bleiben. Das ist so schlimm, daß ich am liebsten sterben möchte!« Elisabeth erschrak über die Heftigkeit in ihrer Stimme. Dorothea konnte ja weiß Gott nichts für ihr Unglück. Als diese schwieg, fuhr sie fort: »Georg wünscht sich so sehr einen Nachfolger. Und dein Vater läßt auch keine Gelegenheit aus, mich an meine *Pflichten* zu erinnern! Ein Kind wäre auch mein sehnlichster Wunsch. Aber schau mich an« – sie blickte verächtlich an ihrem schlanken Leib hinab, »nicht einmal zum Kinderkriegen taug' ich.«

»Ein Kind! Vielleicht braucht so etwas einfach Zeit?« antwortete Dorothea lahm.

Ja, für sie war das wahrscheinlich nur halb so schlimm, schoß es Elisabeth haßerfüllt durch den Kopf. Dorothea war ja nicht wie andere Frauen. Wie kam sie überhaupt dazu, ihr

Innerstes gerade gegenüber ihrer Schwägerin nach außen zu kehren? »Zeit, Zeit!« fuhr sie ihr Gegenüber an. »Wieviel Zeit soll denn noch vergehen, bis eine Frucht in meinem Leib aufgeht? Ich glaub' einfach nicht mehr dran. Erst heute morgen ...« Sie spürte, wie ihr das Blut in die Wangen schoß.

»Ich kann mir denken, was du sagen willst«, antwortete Dorothea hastig, um weiteren Intimitäten vorzubeugen. »Und ich kann mir auch denken, wie enttäuscht Georg ist. Ich kenne meinen Bruder schließlich!«

»Georg! *Sagen* tut er nicht viel, doch dafür sprechen seine Blicke Bände!« Elisabeth sprach mit ironischem Unterton. »Es ist doch nur natürlich für einen Mann, daß er sich ein Abbild seiner selbst wünscht«, fügte sie an, als müsse sie sein Verhalten Dorothea gegenüber entschuldigen. »Kein Wunder, daß er sich so in den Gedanken an ein Heilbad verliebt hat – dann hätte er wenigstens das geschaffen!«

Dorothea richtete sich auf. Sie wirkte angespannt wie eine Katze, die vor einem Mausloch lauert.

Elisabeth spürte, wie sich ihr Brustkorb ein wenig weitete. Es tat so gut, mit jemandem zu reden, auch wenn es nur Dorothea war. »Ich weiß wirklich nicht, was ich machen soll! In der Stadt, da könnte ich einen Arzt aufsuchen, aber hier? Hier bin ich meinem Schicksal doch auf Gedeih und Verderb ausgeliefert.« Sie starrte hilfesuchend zu ihrer Schwägerin auf. »Was, wenn ich nie ...«

Dorotheas Augen funkelten. »Sprich doch mal mit diesem Richtvogel! Er rühmt sich doch so sehr, ein Arzt für alle Fälle zu sein, und ...« Sie schüttelte den Kopf. »Was rede ich für einen Unsinn. Mein lieber Bruder würde es sicher gar nicht schätzen, wenn du seinen über alles verehrten Freund nach ärztlichem Rat fragst! Wo er doch selbst so viel Wichtigeres mit Richtvogel zu besprechen hat.« Sie zog die Nase hoch. »Das Palaver über Heilbäder ist ja auch viel unverbindlicher und weitaus weniger persönlich als die Unfruchtbarkeit der eigenen Frau!«

Elisabeth zuckte zusammen, als hätte ein spitzer Pfeil sie ins Fleisch getroffen. Wahrscheinlich fiel Dorothea gar nicht auf, wie unsensibel ihre Direktheit war.

»Andererseits ...« Dorothea runzelte die Stirn. »Es könnte ja auch an Georg liegen, daß ...«

Elisabeth gab einen zischen Laut von sich wie eine erschrockene Gans. »Dorothea! Wie kannst du so etwas sagen! Noch sind es die Frauen, die die Kinder bekommen, oder?« Wenn sie allerdings ehrlich war, hatte sie auch schon einmal in diese Richtung gedacht, aber das würde sie nie gegenüber Dorothea zugeben. So etwas gehörte sich einfach nicht. Ein tiefer Seufzer folgte. »Wenn ich so niedergeschlagen bin, dann habe ich das Gefühl, die einzigen, die mich verstehen, sind die Dichter.« Sie deutete auf das Buch neben sich. »Dieser Poet hat eine Art, Gefühle in Worte zu fassen, die mich ...«

»Unmöglich ist diese Art! Wahrscheinlich ist der Mensch an Schwermut gestorben – seinen Gedichten nach zu urteilen, würde mich das nicht wundern!« Dorothea rüttelte an Elisabeths Arm wie an einem Glockenzug. »Jetzt ist Schluß mit diesem ganzen Unfug! Mir wird schon etwas einfallen, damit du auf andere Gedanken kommst!«

Elisabeth mußte lächeln. Dorotheas Art zu trösten war so unbeholfen, daß sie darin fast schon wieder rührend wirkte. In dieser Rolle fand sich Georgs seltsame Schwester sicher nicht oft wieder. Wenn Elisabeth darüber nachdachte, fiel ihr eigentlich nicht ein einziges Mal ein, in der Dorothea schon einmal für jemanden ein paar freundliche Worte übrig gehabt hatte – zumindest hatte sie so eine Situation noch nicht erlebt!

»... und ich weiß auch schon jemanden, der dir helfen kann.«

Unter Dorotheas fixierendem Blick kam Elisabeth sich vor wie das Kaninchen mit der Schlange. Sie befreite ihren Arm aus Dorotheas fester Umklammerung. »Wer sollte mir schon helfen können?« Nicht nur ihre Miene war skeptisch.

Doch wenige Minuten später gingen die beiden Frauen gemeinsam zielstrebig auf das Ende des Gartens zu.

21

Als Rosa die beiden Frauen auf sich zukommen sah, wurde sie von zwiespältigen Gefühlen überfallen. Auf der einen Seite war da der Wunsch, ihren Korb mit Wasserminze stehenzulassen, ins Haus zu gehen und den Riegel vorzuschieben. Doch die beiden hatten sie längst gesehen. Außerdem spürte sie etwas wie Neugier aufflackern. Was wollten sie bei ihr? Immer wieder hatte Rosa nach dem zufälligen Zusammentreffen an der Hecke an Dorothea denken müssen: an deren Reaktion, als sie geglaubt hatte, Rosa hätte *ihren* Boden betreten. Als ob er dadurch zerstört würde!

Als Dorothea nun die letzten Schritte auf die Heilerin zukam, trug sie wieder denselben hochmütigen Gesichtsausdruck. Sie warf energisch ihren geflochtenen Zopf über die Schulter.

Rosa richtete sich unwillkürlich auf. Es kam nur alle Schaltjahre einmal vor, daß sie einem von der Grafenfamilie gegenüberstand. Das versprach interessant zu werden.

Nach einem kurzen Gruß stellte Dorothea die andere Frau als die Gattin ihres Bruders vor .

Rosa quittierte die Ansprache mit einem stillen Nicken.

»Ich weiß, daß du heilkundig bist und dich mit Kräutern aller Art auskennst.« Dorotheas Blick war herausfordernd.

Rosa schwieg weiter.

»Ich weiß auch, daß unsere Leute zu dir kommen, wenn sie etwas brauchen. Ein Mittelchen oder ein Pülverchen vielleicht.«

Rosa mußte ein Grinsen unterdrücken. Die gnädige Frau war bei weitem nicht so sicher, wie sie tat – mit den Salzleuten mochte sie ja lieb Kind sein, mit ihr jedoch nicht! Spöttisch sagte Rosa: »Und jetzt brauchen auch Sie ein Pülverchen? Wie kommt denn das, wo Sie doch bisher auch ohne mich ausgekommen sind?«

Dorothea lachte gekünstelt, ging jedoch nicht auf den herausfordernden Ton ein. »Ein Pülverchen? Eine Medizin?« Sie zuckte mit den Schultern. »Ein Zauber? Ich weiß es nicht. Ich weiß aber, daß du die Richtige bist für Elisabeths Misere.« Sie schob die andere nach vorn.

Ungeniert und gebannt starrte die Frau des jungen Grafen Rosa an, als würde sie von ihr die Erfüllung ihrer tiefsten Wünsche erhoffen.

Rosa erkannte das tiefe Unglück, das sich hinter der Verzückung der anderen verbarg. »Wie sollte ich Ihnen helfen können?« fragte sie Elisabeth und formulierte dabei unbewußt deren Zweifel. Bei jedem aus der Saline wäre sie wahrscheinlich freundlicher und zuvorkommender gewesen, aber in Dorotheas Gegenwart hatte sie das Gefühl, auf der Hut sein zu müssen.

Elisabeth ließ ihren Blick durch Rosas Hütte schweifen, über die Feuerstelle, um die wie immer Körbe voller Kräuter standen, über die Hühner, deren Gefieder in der Herbstsonne wie Kupfer glänzte.

Georgs Gattin war magerer als die meisten der Salinenarbeiterinnen, und ihr Aussehen war kränklicher als das der Frauen, die Tag für Tag in der salzfeuchten Luft der Sud- und Trockenhäuser verbringen mußten. Ein Zauber – pah! Eine kräftige Suppe, gekocht aus Wurzelgemüse und etwas Rosmarin – das würde Farbe auf die blassen Wangen zaubern! Natürlich sagte Rosa nichts Derartiges. Wer zu ihr kam, wollte nicht mit solch gewöhnlichen Mitteln kuriert werden. Schließlich hatte jeder ein einzigartiges Leiden, das in jener Form und Heftigkeit von keinem anderen nachvollzogen werden konnte.

Schließlich erbarmte sich Rosa. »Bist du krank? Welches Leiden plagt dich?« fragte sie Elisabeth. Leise Ungeduld klang dabei mit. Es war Mittag, und sie war seit dem frühen Morgen auf den Beinen und hatte wilde Weinbeeren gesammelt. Nun knurrte ihr Magen und verlangte nach einer dicken Scheibe Brot und einem Stück von dem Speck, den sie am Vortag für einen Topf Wundsalbe bekommen hatte.

Dorothea schob sich wieder nach vorn. »Es ist so ... Elisabeth wird nicht schwanger!«

Das also führte die beiden Adelsweiber zu ihr! Rosa mußte ein neuerliches Grinsen unterdrücken. Darin waren alle Frauen gleich: Diejenigen, deren Wanst leer blieb, sehnten sich die Plagen herbei. Die anderen, deren Leib Jahr für Jahr prall wurde, wollten sie wieder loshaben. Sollte sie der jungen Gräfin helfen? Mittel und Wege kannte sie natürlich ... Aber eigentlich wollte sie mit denen aus dem Herrenhaus nichts zu tun haben.

»Bitte!« kam es leise von Elisabeth, als wäre sie diejenige, die Gedanken lesen konnte.

Rosa erwog schnell das Für und Wider: Die Aussicht, daß eines ihrer Kräuter der Frau zu Nachwuchs verhelfen würde, war nicht schlecht – nur in den seltensten Fällen blieb ein Weiberwanst für immer leer. Aber wenn dies gerade bei der jungen Gräfin der Fall wäre? Dann würde sie als Heilerin dumm dastehen! Und dann war da noch die Frage der Bezahlung – konnte sie von der Gräfin überhaupt etwas verlangen?

»Rosa, bitte bedenke eines – deine Hilfe würde für unsere Familie viel bedeuten ...« Dorothea zog vielsagend die Brauen in die Höhe. »Fast könnte man sagen, es wäre eine Art Wiedergutmachung – *ein Kind für eine Mutter*.« Ihr Blick war kalt.

Für einen Moment blieb Rosa die Luft weg. Spielte Dorothea auf den Tod ihrer Mutter an? Wollte sie etwa sagen, sie, Rosa, sei schuld daran?

Elisabeth starrte von einer zur anderen. Sie verstand nichts von alledem. Dafür legte sie ihre eiskalten Händen auf Rosas Arm und wiederholte dabei flehentlich ihre Bitte: »Um alles in der Welt – hilf mir!« Es hätte nicht viel gefehlt, und sie hätte sich vor Rosa auf den Boden geworfen.

Das war's. Da mußte ein Weib nur recht unglücklich daherkommen, und schon warf sie all ihre guten Vorsätze um! Natürlich bemerkte sie Dorotheas triumphierenden Blick – indem Rosa ihre Hilfe zusicherte, tat sie schließlich genau das, weswegen die andere gekommen war. Zähneknirschend sagte sie zu Elisabeth: »Ich helfe dir. Aber dazu müssen wir allein sein! Es gibt Leute, in deren Gegenwart kein Zauber der Welt wirken kann ...« Sie schaute zu Dorothea hinüber. *Glaub ja nicht, daß ich dem Weib deinetwegen helfe*, bedeutete ihr Blick.

Doch über Dorotheas schmale Lippen huschte ein kleines Lächeln. *Solange ich meinen Willen kriege, sind mir deine Beweggründe gleich*, war die Antwort, die Rosa in den kühlen Augen der Salzbaronin las.

22

Kaum hatte Dorothea Elisabeth bei der Heilerin zurückgelassen, wurde sie erneut von den Wellen ihres eigenen, inneren Aufruhrs erfaßt. Daß die Heilerin trotz ihrer mehr als offensichtlichen Zögerlichkeit zugestimmt hatte, Elisabeth zu helfen, war nur ein kleiner, unbedeutender Triumph. Viel wichtiger war eine andere Erkenntnis: Elisabeths Problem hatte ihr den Weg für ihr weiteres Vorgehen gezeigt! Ja, so war das manchmal – auch Umwege führten ans Ziel. Wenn sie Rehbach retten wollte, durfte sie von nun an nicht mehr gedankenlos durch den Tag laufen. Sie mußte sich vielmehr Mittel und Wege – *Umwege* – überlegen, um Rehbachs Zukunft steuern zu können. Der Anfang war getan, frohlockte sie. Ob diese Rosa ihrer blutleeren, feengleichen Schwägerin helfen konnte oder nicht, interessierte Dorothea wenig. Wichtig war dabei nur, daß Elisabeth mit anderen Dingen beschäftigt war, statt Georg in punkto Heilbadpläne nach dem Maul zu reden. Nicht, daß Dorothea Elisabeths Einfluß auf Georg als besonders groß eingeschätzt hätte. Aber *einen* Fürsprecher dieser *folie* hatte sie immerhin schon ausgeschalten, wenn es auch der schwächste war.

An der Hecke angekommen, blieb Dorothea abrupt stehen. Sie hatte noch keine Lust, wieder ins Haus zurückzugehen. Statt dessen schlug sie den längeren Weg entlang des Kocherufers ein, der sie zu den Sudhäusern führen würde. Sie mußte nachdenken, und das gelang ihr am besten draußen und nicht eingesperrt in stickige Räume, in denen sie jederzeit gestört werden konnte.

Eine Zeitlang beobachte sie eine Bachstelze, die scheinbar in der Luft zu stehen schien. Doch bald drifteten ihre Gedanken zurück zu ihren eigenen Problemen.

Eine Weile darauf stellte sie erstaunt fest, daß sie fast am Salz-Magazin angelangt war. An seinen überdachten Wänden stapelten sich bis unter die Balken wagenradgroße Scheiben aus gepreßtem Salz. Dorothea wußte, daß das Lagerhaus selbst ebenfalls randvoll davon war. Und das alles sollte es bald nicht mehr geben? Eine heiße Flut der Leidenschaft ließ sie beim Anblick des weißen Goldes erschaudern. Morgen war der letzte Tag des Monats, da würden die zwölf Fuhrwerke des Salzhändlers kommen, der ihre gesamte Salzmenge – das Streeb und saure Fuder ausgenommen – abnahm. Das an den letzten Tagen der Sudwoche erzeugte Salz war von so minderer Qualität, daß es zum Verkauf nicht taugte. So nutzen sie das Streeb und das saure Fuder statt dessen, um die erste Solefüllung der neuen Siedewoche damit anzureichern. Womit der ewige Kreislauf aufs neue begann. Der Kreislauf, den Georg durchbrechen wollte, für immer.

Wie von magischer Kraft angezogen, ging sie zu dem Salz. Innig fuhr sie mit der Hand die Rundungen der einzelnen Scheiben hinab. »Und wenn's mich alles kostet, ich...«

Ein Räuspern schreckte sie auf. »Und? Konnten Sie feststellen, ob ein Körnchen Salz fehlt?«

Dorothea fuhr herum. Ausgerechnet Götz Rauber mußte sie hier finden! »Wenn's so wäre, dann hätte ich's bemerkt!« gab sie giftig zurück.

Der Sudhausvorsteher verzog das Gesicht. »Das glaub ich Ihnen aufs Wort«, sagte er ironisch.

Dorothea fühlte sich wie ein Dieb, der beim Lange-Finger-Machen ertappt worden war. »Was machst du hier?« herrschte sie ihn an.

Dieses breite Grinsen! Als ob er ihre Verunsicherung genießen würde! Mit einer fahrigen Geste strich sie eine lose Haarsträhne aus dem Gesicht. Hoffentlich würde man ihr die Tränen von zuvor nicht mehr ansehen.

»Ob Sie's glauben oder nicht, ich bin aus demselben Grund hier wie Sie. Zum Salzscheibenzählen.« Er wies mit dem Kinn auf die Stapel. Auf jede Salzscheibe war mit schwarzer Kohle eine Nummer gekritzelt, welche besagte, aus welchem Sudhaus das Salz stammte.

»Und? Fehlt etwas? Hat eines von den anderen Sudhäusern ein paar von euren Fudern abgezwackt?« fragte sie schnippisch. Etwas an dem Mann reizte sie, Worte zu kreuzen wie Speere.

Rauber hob beide Hände. »Alles in bester Ordnung. Wie immer hat unser Sudhaus die höchsten Erträge erzielt.« Er zeigte auf die Einser-Nummern, die auf der Mehrzahl der Salzscheiben angebracht war. »Und dieses Mal, ohne mehr Holz als die anderen verwendet zu haben.« Seine Augenbrauen hoben sich über seinem herausfordernden Blick.

»Wie ist dir das gelungen?« hörte Dorothea sich fragen. Eigentlich hätte sie ihn wegen seiner Frechheit rügen müssen, ihm vielleicht sogar mit dem Verlust seiner Stelle drohen, statt ihn nach seinen Siedemethoden auszufragen. Aber sie konnte sich nicht zurückhalten. Alles, was mit der Salzförderung zusammenhing, interessierte sie nun einmal brennend.

Einen langen Moment starrte Rauber sie an. Dann winkte er ab, als hielte er ihre Frage für das Unwichtigste von der Welt. Nachdenklichkeit war an die Stelle seines spöttischen Grinsens getreten. Er fuhr sich mit der rechten Hand durchs dunkelbraune Haar, das mit Salzkristallen überzogen war, und lehnte sich mit gepflegter Langsamkeit an einen der Balken, die zum Anbinden der Fuhrpferde dienten. »Kennen Sie eigentlich das Märchen von der Prinzessin und dem Salz?« fragte er unvermittelt.

Dorothea spürte, wie ihr Hals eng und ihr Atem kurz wurden. Sie faßte sich an die Schnürung ihres Bluse, um zu prüfen, ob diese zu fest geraten war. Eine seltsame Stimmung hatte sie überfallen, die sie nicht kannte. Dann erinnerte sie sich an seine Frage und schüttelte stumm den Kopf. Sie setzte sich auf eine schmale Bank, die den Fuhrleuten als Trittbrett diente, und wunderte sich über sich selbst.

Götz Rauber schien zu zögern. »Die Frauen in der Saline erzählen es ihren Kindern, und auch meine Mutter hat es mir erzählt, vor vielen Jahren.« Sein Blick ruhte auf ihr, und Dorothea fühlte sich nicht unwohl dabei. Sie registrierte plötzlich, wie männlich sein kantiges Gesicht mit der vom Salz gegerbten Haut, den dunklen Augen und der markanten Nase aussah. Gegen Rauber wirkten Georg und Alexander – und dieser Richtvogel sowieso – wie kleine Buben, dabei waren die Männer alle im selben Alter.

Unbeeindruckt von ihrer Musterung fing Götz an zu erzählen, leise, mit melodischer Stimme. »Es heißt, daß ein König einmal seine Tochter gefragt hat, wie sehr sie ihn liebe, worauf sie ihm zur Antwort gab: So sehr wie das Salz! Das war ihrem Vater jedoch nicht gut genug, er war böse mit ihr und verstieß sie. Das Mädchen suchte Unterschlupf in der königlichen Küche, wo sie vom Koch und der Köchin, die die Prinzessin liebten wie ihr eigenes Kind, versteckt wurde. Als wenige Zeit später der König viele Gäste von weit und fern zu einem Mahl einlud, sorgte die Prinzessin dafür, daß sämtliche Speisen ungesalzen auf den Tisch kamen.« Götz' Blick suchte Dorotheas, doch sie schaute in die Ferne, versunken in den warmen Klang seiner Stimme. Er fuhr fort: »Weder der König noch seine Gäste konnten das Festmahl genießen. Ohne Salz, so stellten sie fest, ließ sich die feinste Speise nicht essen. Als alle wieder abgereist waren, kam dem König die Erleuchtung: Ohne Salz ist das Leben nichts wert. Er ließ nach seiner Tochter suchen. Als sie zu ihm gebracht wurde, schloß er sie gerührt in die Arme, denn er hatte erkannt, wie tief ihre Liebe zu ihm wirklich war.« Götz lächelte. »An diese Prinzessin mußte ich denken, als ich Sie hier stehen sah.« Er nickte in Richtung Magazin. Eine Biene schwirrte an Dorotheas linkem Ohr vorbei, und er wischte sie mit einer Hand weg. Dabei strich er fast unmerklich über ihr straff nach hinten gebundenes Haar. »Salz ist heilig«, flüsterte er.

Dorothea erzitterte. Rauber hatte ausgesprochen, was sie ein Leben lang in sich getragen hatte, ohne es in Worte fassen zu können. *Salz ist heilig.* Dorothea hoffte inständig, daß nicht noch einmal Tränen in ihre Augen stiegen. »Woher wußtest du …?« fragte sie rauh.

»Was?« kam es zurückhaltend.

»Wie es in mir drinnen aussieht«, hörte Dorothea sich sagen. Am liebsten hätte sie ihn gebeten, die Geschichte noch einmal zu erzählen, aber das war natürlich kindisch.

Götz' Mundwinkel hoben sich unmerklich. »Sie haben zwar ausnahmsweise einmal keine Listen in der Hand, mit denen Sie mir wegen zu hoher Holzkosten, zu niedriger Erträge, zu großem Pfannenverschleiß oder sonstigen Klagen hättet drohen können, aber daß *die Salzbaronin* nur an das eine denkt, weiß doch jeder.« Er zuckte mit den Schultern, und seine Augen funkelten.

Abrupt stand Dorothea auf. Diese Frechheit! Diese Impertinenz! Das hatte sie davon, sich mit diesem … Burschen einzulassen! »Wenn dir der Sinn nach … wenn es dich nach Listen gelüstet« – hastig schluckte sie die Spucke herunter, bevor sie sich noch einmal verhaspelte –, »dem kann ich abhelfen!« Sie wandte sich ab. »In der nächsten Woche werde ich Sudhaus eins ganz besonders im Auge haben!« Ohne Abschiedsgruß rannte sie davon. Sie wollte sich einreden, daß die Hitze, die sie in sich verspürte, vom Ärger über Rauber herrührte. Doch tief drinnen wußte sie, daß ihre heißen Wangen und das Flattern in ihrer Brust einen anderen Grund hatten.

23

Richtvogels Koffer waren gepackt, das letzte gemeinsame Mittagsmahl mit der Familie war gerade zu Ende gegangen, und seine Droschke sollte in einer Stunde vorfahren. Die beiden Freunde brachen ein letztes Mal zu einem Spaziergang durch den Garten auf. Ihr Schweigen hatte etwas Vertrauliches, beide genossen den Umstand, daß zwischen ihnen nicht unbedingt Worte nötig waren.

Die Stimmung bei Tisch war zwiespältig gewesen. Viola konnte ihr Bedauern über Martins Abreise nicht oft genug äußern. Sie hatte den Gast bei jeder Gelegenheit in Beschlag genommen und ihn derart mit Fragen nach dieser oder jener Adelsfamilie gelöchert, daß es Georg oft peinlich gewesen war! Auch Frederick betonte, daß Georgs Freund jederzeit willkommen sei, seine Einladung kam jedoch ein wenig säuerlich daher. Georg jedenfalls bezweifelte ihre Ernsthaftigkeit – daß sein Freund der Jagd nicht das Geringste abgewinnen konnte, hätte schon ausgereicht, um Martin in den Augen seines Vaters unsympathisch werden zu lassen – ganz zu schweigen vom eigentlichen Grund von Martins Besuch.

Elisabeth war ungewöhnlich schweigsam gewesen. Wahrscheinlich bedauerte auch sie Martins Abreise. Sein Besuch hatte immerhin für etwas Abwechslung auf Gut Graauw gesorgt. Georg war aufgefallen, daß ihre Wangen fast fiebrig geglüht hatten, und er hoffte, daß sie nicht krank wurde, kaum daß Martin abgereist war! Mit schlechtem Gewissen dachte er an die ungenutzte Gelegenheit, Martin wegen Elisabeths Problems um ärztlichen Rat zu fragen.

Und Dorothea? Die hatte dem Mahl mit ungewohnt zufriedener Miene beigewohnt. Wahrscheinlich konnte Martin für ihren Geschmack nicht schnell genug verschwinden.

Beim Gedanken an seine Schwester überfiel Georg das Gefühl, einen zu engen Mantel abstreifen zu müssen. Bei jedem Essen hatte er innerlich gebangt, welche bissigen Kommentare über Modeärzte, Scharlatane und eingebildete Kranke von ihrer Seite wohl kommen würden. Um die Stimmung nicht weiter zu verschlechtern, hatte Georg darauf verzichtet, seine Heilbadpläne nochmals auf den Tisch zu bringen, doch auch bei völlig belanglosen Themen hatte Dorothea es verstanden, kleine, verbale Pfeilspitzen auf Richtvogel abzuschießen.

Martin selbst hatte sich nicht weiter um Dorothea gekümmert. Sein Blick, wenn er sie bei Tisch in einem vermeintlich unbeobachteten Moment angeschaut hatte, war jedoch befremdet gewesen, was Georg nicht weiter verwunderte. Martin war bei den Frauen sehr beliebt. Da kam es sicher selten vor, daß eine so offen ihre Abneigung zeigte. Daß Richtvogel sich überhaupt bereit erklärt hatte, im neuen Jahr wiederzukommen, um das Unternehmen »Heilbad Rehbach« anzugehen, schrieb Georg nur seinem großzügigen Charaker zu.

Anfang Oktober hatte sich Violas Garten in ein Meer von Rottönen, vermischt mit gelben, grünen und ockerfarbenen Tupfen verwandelt. Selbst das Binsengras am Teichufer glühte wie ein frisch angezündetes Feuer, und die Sonne, die sich im moosiggrünen Wasser spiegelte, wirkte dagegen fast leblos.

»Der Herbst ist wieder einmal über Nacht gekommen.« Fast verwundert schaute sich Georg im Garten um. Er hatte so viele Stunden an seinem Schreibtisch verbracht, daß ihm der Wandel der Jahreszeit gar nicht bewußt gewesen war! Ob sich das mit Rehbach als Heilbad ändern würde?

»Ja, und selbst jetzt zeigt sich dieser Park in prächtigem Gewand!« Martin atmete tief durch. »Ich kann die Kurgäste schon sehen, wie sie über die frisch geharkten Wege flanieren, um danach in ihrem Hotel Champagner zu trinken oder sich auf eine Tanzveranstaltung am Abend vorzubereiten. Eure Damen werden natürlich die begehrtesten Gastgeberinnen weit und breit sein, und dein Vater wird sich vor Jagdgästen nicht mehr zu retten wissen!« fügte er hinzu. Die Selbstgefälligkeit eines Visionärs, der seine Träume schon mehrmals hatte wahr werden sehen, lag in jedem Wort.

Wieder spürte Georg das Flattern in seinem Bauch. »Für dich mag das alles vielleicht schon greifbar sein, du hast schließlich Erfahrung und weißt, wie so ein Heilbad aussieht! Mir jedoch fehlt es nicht nur an der Vorstellungskraft, sondern...« Hilflos suchte er nach Worten, die seine Zweifel deutlich machen sollten. Er blieb stehen und zeigte auf den Garten. »Ein Park!« sagte er verächtlich. »Violas Garten ist doch nichts, was einen Besuch wert wäre! Die Städte, von denen du mir erzählt hast, die gibt es wenigstens schon! Die müssen nur noch ihr Heilbad planen. Bei uns auf Gut Rehbach jedoch müßte alles erschaffen werden: das Badehaus mit seinen Anlagen, Hotels, vielleicht noch Gasthöfe dazu und wer weiß was alles! Die Kosten ...« Er schüttelte den Kopf. »Manchmal frage ich mich, ob es nicht das beste wäre, alles beim alten zu belassen.« So, jetzt war es heraus!

»Die Kosten trägt doch nicht deine Familie allein! Geldgeber für ein Unternehmen dieser Größenordnung zu finden wird ein Hauptziel unserer gemeinsamen Anstrengungen im neuen Jahr sein!« Martin blieb stehen und blickte zu Georg. »Und außerdem: Habe ich dir nicht zugesichert, nur die

Hälfte meines sonstigen Beraterhonorars zu verlangen? Ich möchte mich ja nicht selbst loben, aber angesichts meiner Großzügigkeit hast du keinen Grund, über die Kosten zu jammern!«

Die Hälfte seines sonstigen Honorars belief sich immerhin auch noch auf zweitausend Gulden. Kein Pappenstiel, schoß es Georg durch den Kopf. »Es sind tausend Dinge, über die ich mir den Kopf zerbreche. Jetzt habe ich mich gerade eben erst ins Salinengeschäft eingearbeitet, und nun soll ich Rehbach für ein halbes Jahr allein lassen! Wie soll das gehen?«

»Ich dachte, du bist überglücklich darüber, daß dein Vater dir die Möglichkeit zu dieser Erkundungsreise bietet! Und daß ich mich bereit erklärt habe, dich zu begleiten, scheint bei dir auch auf Undank zu stoßen.« Martin sah verärgert aus.

»Du verstehst mich falsch!« versuchte Georg sich zu verteidigen. »Ich frage mich nur, ob meine Abwesenheit Rehbach nicht schaden wird.« Er dachte dabei an Dorothea und ihre ständige Einmischung ins Tagesgeschehen. Aber er konnte doch nicht gegenüber Richtvogel zugeben, daß er Angst hatte, Dorothea würde seine Abwesenheit für ihre Zwecke – für welche genau, hätte er nicht einmal sagen können – ausnutzen! »Du hast ja recht«, sagte er statt dessen. »Die Reise ist nicht das Problem, für die Zeit meiner Abwesenheit könnte ich auch einen der Sudhausvorsteher oder den Salzamtsmaier als meinen Vertreter einsetzen.«

»Was ist es dann?« fragte Martin verständnislos. Er holte seine Taschenuhr heraus und seufzte, als er sah, wie spät es schon war.

Georg konnte ihm seine Ungeduld nicht verübeln. Daß er und Martin im kommenden Jahr verschiedene Heilbäder bereisen würden, um sich Anregungen für Rehbach zu holen, war beschlossene Sache, genau wie der Umbau Rehbachs in ein Heilbad selbst. Kaum hatte er Fredericks Erlaubnis in der Tasche gehabt, hatten er und Martin sich hingesetzt und Pläne geschmiedet. Martin hatte sogar versprochen, auf seiner jetzigen Reise nach Kissingen in Bayern nachzuforschen, was dort mit den entlassenen Salinenarbeitern geschah, ob diese eine Rente von ihrem früheren Herrn erhielten oder ob ihnen Arbeit anderer Art angeboten wurde. Kein Wunder, daß er auf Georgs neuerlichen Anfall von Skepsis etwas brummig reagierte. Trotzdem hörte Georg sich sagen: »Es gibt schließlich auch Dinge, die kein Mensch beeinflussen kann! Was ist, wenn unsere Quelle irgendwann nichts mehr taugt? Man hört immer wieder von Salzquellen, deren Gehalt im Laufe der Zeit abnimmt, weil die im Gestein eingelagerten Salzmassen ausgelaugt sind. Und der Fall, daß ein Solebecken einfach erschöpft ist, ist leider auch schon vorgekommen.« Seine Hände wurden feucht. »Wenn ich mir vorstelle, daß wir für Tausende von Talern ein Heilbad bauen, um dann festzustellen, daß wir kein Salzwasser mehr haben!«

»Wäre jeder Mensch so zögerlich wie du, hätte jeder so wenig Zutrauen in sich selbst, in seine Kraft, Dinge in der Zukunft zu sehen und diese auch wahr werden zu lassen – dann wäre unsere Welt arm dran!« Kopfschüttelnd packte Martin Richtvogel seinen Freund an beiden Schultern und schüttelte ihn. »Wenn du erst einmal Karlsbad oder Marienbad besucht hast, wirst du schon wissen, wovon ich die ganze Zeit rede. Die eleganten Frauen, der süße Duft, der sie überzieht wie eine zuckrige Kruste … Die Herren, in beste italienische Seide gekleidet, mit Rosen im Knopfloch und schweren goldenen Uhren, die an einer Kette baumeln.« Seine Augen hatten einen verträumten Ausdruck angenommen. »Überall Musik. Kleine Kammerorchester, große Opern, Matinees, Soirees, dazwischen vielleicht eine Dichterlesung – ja, die schönen Künste gehören auch zum Heilungsprozeß, wie das Bad in der Sole oder der Schluck Heilwasser aus einem der vielen schönen Brunnen.«

Georg schluckte. »Und du meinst wirklich, so etwas wäre hier möglich?« fragte er kleinlaut.

»Das und noch viel mehr!« erwiderte Martin mit einem strahlenden Lachen.

24

Die nächsten Wochen vergingen in der gleichen Eintönigkeit, die das Leben auf Gut Rehbach vor Martin Richtvogels Besuch bestimmt hatte: Obwohl es Mitte Oktober schon die ersten Frostnächte gab, war Viola fast immer im Garten anzutreffen, wo sie ihre Gärtner dabei überwachte, wie sie Rosenbüsche mit Stroh umwickelten, um sie vor dem nahenden Winter zu schützen. Frederick war täglich mit einer anderen Jagdgesellschaft unterwegs, außerdem stand ihm das große Ereignis Fasanenjagd ins Haus. Georg verbrachte seine Vormittage in seinem Arbeitszimmer, nachmittags tat er sich nun häufiger in der Saline um. Elisabeth war so wenig wahrnehmbar wie eh und je, und außer Dorothea wußte niemand, daß sie viel Zeit bei Rosa, der Heilerin, verbrachte, statt sich in ihrem Zimmer aufzuhalten. Wenn überhaupt jemandem auffiel, daß Elisabeth des öfteren mit lehmverklebten Schuhen von draußen hereinkam, dann schien es niemanden zu interessieren.

Abends traf sich die Familie zum gemeinsamen Mahl, an dem häufig auch Jagdgäste teilnahmen. Dann drehte sich das Tischgespräch bevorzugt um Feldhühner, Eichelhäher und natürlich die bevorstehende Fasanenjagd. Ob im Kreise Fremder oder im Familienkreis – das Thema Heilbad wurde totgeschwiegen, als hätte es nie existiert.

Zu gern hätte Dorothea sich eingeredet, daß alles wieder beim alten war, daß all das Gerede über Salzbäder, Trinkkuren und Heilbehandlungen nicht mehr gewesen waren als launiges Tischgeplänkel. Und doch wußte sie es besser! Da war zum einen die Tatsache, daß ihre gemeinsame Arbeit mit Georg nicht mehr existierte. Nachdem Richtvogel abgereist war, hatte sie sich mit einer erzwungenen Selbstverständlichkeit am nächsten Morgen in Georgs Arbeitszimmer eingefunden. Doch daß ihr Bruder sie mehr oder weniger hinauswerfen würde – damit hatte sie weiß Gott nicht gerechnet! Und doch war es so gewesen: Mit unsteter Miene hatte er ihr verkündet, ihre Hilfe nicht weiter in Anspruch nehmen zu wollen. Dorothea war wie vor den Kopf geschlagen gewesen, ihr hatten regelrecht die Worte gefehlt. Das dünne Band der Geschwisterliebe zwischen ihnen war zerrissen, und sie hatte weder das Werkzeug noch den Willen, es zu flicken oder gar neu zu knüpfen. Ganz im Gegenteil: Sie spann einen anderen Faden.

Außerdem war da noch der Briefwechsel, der zwischen Gut Rehbach und den verschiedenen Aufenthaltsorten von Richtvogel stattfand – Beweis genug dafür, daß Georg noch immer seiner fixen Idee anhing. Seltsamerweise beunruhigten Dorothea diese blanken Fakten nicht, sie erzeugten keinen neuen Haß, nicht einmal eine tiefere innere Feindseligkeit. Georgs Gegenwart war ihr einfach nur lästig, von ihr aus hätte er lieber heute als morgen zu seiner Lustreise aufbrechen können! Sie wußte zwar noch nicht, wie, aber *daß* sie den Umbau Rehbachs in ein Heilbad verhindern würde, das war ihr klar!

Die Vormittage verbrachte Dorothea nun in der Bibliothek, Richtvogels Buch und einen dicken Stapel handschriftlicher Notizen vor sich. Hatte sie zu Beginn noch auf jeden Schritt im Gang gelauscht, war sie bei jedem Geräusch zusammengeschreckt und hatte eilig ihre Papiere versteckt, so fühlte sie sich inzwischen in »ihrem« Arbeitszimmer, wie sie die Bibliothek im stillen nannte, völlig ungestört. Kein Mensch suchte sie hier auf, jeder hatte mit sich selbst genug zu tun, hatte sie festgestellt. Nicht einmal, als sie die Dienstbotin angewiesen hatte, täglich ein Feuer zu schüren, hatte das jemanden interessiert.

Das kleine Feuer im Kamin wärmte ihren Rücken. Dorothea legte die Feder aus der Hand und fegte unmutig den Stapel Papiere vom Tisch. Nichts als blanke Theorie! Keinen Schritt kam sie dabei voran. Und in der Saline war sie auch schon seit Ewigkeiten nicht mehr gewesen! Sie war lediglich wie eine Diebin an den Sudhäusern vorbeigeschlichen. Welchen Grund hätte sie auch gehabt, dort einfach hereinzuschneien und nach dem Rechten zu sehen, nachdem Georg ihr offiziell die Mitarbeit verboten hatte?

Sie reckte sich und zwang sich, weiterzulesen. Martin Richtvogels Buch über den Salzbergbau war ihre Bibel geworden, das Buch der Bücher, ihr Lebensinhalt. Täglich verbrachte sie Stunden damit. Manche Passagen konnte sie inzwischen auswendig, und doch bereitete es ihr tiefes Vergnügen, das Buch immer wieder aufzublättern. Vieles von dem, was sie las, verstand sie nicht, und sie hätte sich sehnlichst jemanden gewünscht, der Antworten auf ihre Fragen hatte. Es hieß, daß fast alle Gesteine Steinsalz enthielten, das von der Verwitterung ausgewaschen und von Flüssen ins Meer geführt wurde. Nur: Hier gab es kein Meer! Salz gab es jedoch. An anderer Stelle stand geschrieben, daß der Salzgehalt von Steinsalz mit der Tiefe zunahm. Dorothea fiel dabei auf, daß sie nicht einmal wußte, wie tief der Rehbacher Solebrunnen war! Über Thüringen und Lothringen wußte der Verfasser zu berichten, daß riesige Steinsalzvorkommen abwechselnd mit dicken Gipsschichten unter der Erde lagen. Sie hätte gern gewußt, ob dies in ihrer Gegend auch der Fall war. Eine ganze Seite hatte sie vollgeschrieben mit Fragen, auf die sie keine Antwort wußte. Mutlos starrte sie nun darauf.

»Salz ist heilig«, hörte sie da plötzlich eine Stimme flüstern. Unwirsch versuchte sie die Erinnerung daran wegzufegen, was ihr nicht gelang. Statt dessen drängten sich Götz Raubers breite Schultern vor ihr geistiges Auge, sein durchdringender Blick unter buschigen Augenbrauen, seine Hände, die vom Salz rauh, von der Arbeit abgenutzt waren. Eine Welle der Erregung überspülte sie. Wie dreist sich der Bursche bei ihrer letzten Begegnung benommen hatte! *Rauber weiß sicher, wie tief der Brunnen ist.* Bevor sie sich dagegen wappnen konnte, hatte der Gedanke Form angenommen. »Zum Teufel mit Rauber!« preßte sie zwischen schmalen Lippen hervor. Für ihren Geschmack dachte sie viel zu oft an den Sudhausvorsteher! Und warum? Weil er ihr ein *Märchen* erzählt hatte, verspottete sie sich selbst. Doch im selben Moment wußte sie, daß es nicht nur seine Erzählung war, die sie so beschäftigte.

Von draußen drangen die Stimmen der Gärtner durchs Fenster. Ihre Rechen kratzten auf dem Kiesbett. Wie hatte heute morgen der Vater angemerkt? »Fällt im Wald das Laub sehr schnell, ist der Winter früh zur Stell.« Dorotheas Miene verdüsterte sich. Und nach dem Winter kommt das Frühjahr, und eh' man sich's versieht, auch der Sommer. Und damit die Hochzeit. Frederick hatte gemeinsam mit Alexander den Termin so gelegt, daß Georg nach Beendigung seiner Bäderreise dem »freudigen Ereignis« würde beiwohnen können. Ihre Zeit in Rehbach lief ab.

Dorothea spürte, wie ihre Kehle eng wurde. Sie schaute auf ihre Unterlagen und sah darin auf einmal nichts als Sinnlosigkeit: Da verschenkte sie Tage und Wochen mit ihren Berechnungen, Gedankengängen und Planungen. Niemand außer ihr wollte die unendlichen Möglichkeiten erkennen, die sich unter der bröckeligen Erde Rehbachs auftun konnten, die Welt der Schächte und Salzstöcke würde für immer verschlossen bleiben. Mehr noch, bald würde es gar keine Salzförderung mehr geben! Wenn – ja, wenn ihr nicht noch Mittel und Wege einfielen, Georgs Pläne zu durchkreuzen. Darüber sollte sie nachdenken, nicht über Wunschträume! Oder hing das eine etwa mit dem anderen zusammen?

Der Gedanke an den herannahenden Winter ließ sie frösteln. Ihre Zukunft erschien ihr wie ein tiefes Loch, das mit jedem Tag, der verging, näher auf sie zukam und drohte, sie in die ewige Leere hinabzuziehen. Sollte sie vielleicht abwarten, bis es soweit war? Auf ein Wunder hoffen? Sie schnaubte verächtlich. Wunder waren für andere da. Für Leute wie Elisabeth.

Zum ersten Mal in ihrem Leben sah sich Dorothea einer Situation gegenüber, an der nicht einmal ihr eiserner Wille etwas ändern konnte.

25

Mit einem Lächeln ließ Elisabeth Handvoll für Handvoll Rosenblätter in den Badezuber fallen. Kaum berührten die zarten Blätter die Wasseroberfläche, verfärbten sie sich tiefrot und strömten einen intensiven, süßen Duft aus. Fröstelnd entledigte Elisabeth sich ihrer Kleider, legte sie auf einen Schemel und stieg ins Wasser. Sofort klebten Rosenblätter an ihren Beinen. Sie tauchte unter, bis ihr ganzer Leib von den roten Sprenkeln bedeckt war. Sie schloß die Augen und lehnte sich so weit wie möglich zurück. Wie warm und schmeichlerisch das Wasser ihren Körper umschloß! Wie verführerisch der Duft in ihre Nase stieg! Ein Lächeln tanzte auf ihren Lippen, als ihre Glieder schwerelos wurden. »Ein Kräuterbad sollte Ihnen zur täglichen Pflicht werden!« hörte sie Rosas strenge Stimme aus der Ferne. Bei einem ihrer ersten Besuche hatte die Heilerin ihr die wohltuende Wirkung von Kräutern, die in warmem Wasser schwammen, ans Herz gelegt. »Soll Ihr Körper ein Kind aufnehmen, so muß er dazu bereit sein. Noch ist er das nicht, und Ihr Ansinnen muß es nun sein, ihn auf diese große Aufgabe vorzubereiten.« Dabei hatte sie Elisabeth so angeschaut, als traue sie ihr dies nicht zu. Pflicht! Wieder huschte ein Lächeln über Elisabeths inzwischen gerötete Wangen. Wenn Rosa wüßte, wie sehr sie diese Pflicht genoß! Und wie beharrlich sie ihr täglich nachkam. Zu Hause, auf Schloß

Leutbronn, hatte es mehrere Badezimmer gegeben, manche davon sehr extravagant mit bodenhohen Fenstern, Palmenschmuck und schneeweißem Marmor. Wann immer ihr der Sinn nach einem Bad gestanden hatte, war dieses eiligst gerichtet worden. Auf Rehbach gab es keine Badezimmer. Daß sich in ihrem Schlafzimmer hinter einem seidenen Paravent ein Badezuber befand, war Luxus genug, hatte Viola befunden, als Elisabeth sie am Tag ihrer Hochzeit auf das Thema angesprochen hatte. Und sie hatte hinzugefügt, daß Luise, das Dienstmädchen, jedem Familienmitglied eine Schüssel warmes Wasser für die tägliche Morgentoilette brachte – von regelmäßigen Bädern war nicht die Rede gewesen.

Es war natürlich nicht ausgeblieben, daß die Familie von ihrer neuen Angewohnheit erfahren hatte. Kaum hatte sie Luise entsprechende Anweisungen gegeben, war diese sofort zu Viola gerannt, um sich mißmutig über die zusätzliche Arbeit, die das Wassererhitzen und -hochtragen bereitete, zu beschweren. Woraufhin Viola *zufällig* am nächsten Morgen während ihres Baderituals in ihr Zimmer geplatzt war, angeblich, um am Fenster entlangkriechende Efeuranken zu kürzen. »Du nimmst ein Bad, mitten unter der Woche?« hatte sie mit großen Augen gefragt, als handle es sich um die abwegigste Angelegenheit der Welt. Noch verständnisloser hatte sie auf die grünen Blätter – Guntermann hieß das Kraut – gestarrt, die Elisabeths Badewasser wie einen Teich bedeckten. Gesagt hatte sie jedoch nichts dazu. Offiziell war Elisabeth nun die Hausherrin und nicht mehr sie, auch wenn sich das unter dem Personal noch nicht herumgesprochen zu haben schien. Elisabeth staunte noch heute über ihren Mut und über die plötzliche Eingebung, mit der sie Viola lässig aus der Wanne zugewunken hatte. »Die eine steht gern im Kräuterbeet, und die andere badet darin – so hat halt jeder seine wunderlichen Gewohnheiten.« Viola war daraufhin mit einem gezwungenen Lächeln aus dem Zimmer gerauscht. Doch Elisabeths Triumph hatte nicht lange angehalten. Viola hatte es geschafft, daß sie sich in dem Kräuterbad lächerlich vorgekommen war.

Als sie Rosa davon erzählt hatte, hatte diese aus voller Kehle gelacht. Elisabeth hatte fasziniert auf die schneeweißen Zähne gestarrt, zwischen denen Rosas dunkelrote Zunge auf und ab tanzte. Rosa, die ließ sich von niemandem etwas sagen! Die konnte tun und lassen, was sie wollte. Als ihre Erheiterung wieder abgeebbt war, hatte sie Elisabeth die Zubereitung eines Kräutertees erklärt, den sie sich ebenfalls täglich kochen sollte. »Ich? Einen Tee kochen?« Elisabeths Stimme war fast übergeschnappt, so ausgefallen war ihr der Gedanke erschienen.

Heute mußte sie darüber lächeln, denn das Teekochen war ihr ebenso zur lieben Gewohnheit geworden wie das Baden: Sie nahm dabei soviel Kraut aus Rosas Leinenbeutel, wie sie mit Daumen und Zeigefinger fassen konnte, und gab es in eine Tasse. Dann übergoß sie die Kräuter mit kochendem Wasser und deckte alles mit einem kleinen Teller zu. Bevor der Tee kalt wurde, goß sie ihn durch ein feines Sieb, in dem sich alle Pflanzenteile sammelten. Es war wichtig, daß sie das Getränk ungesüßt zu sich nahm, hatte Rosa ihr erklärt. Das Kräutlein für den Tee hatte den schönen Namen »Frauenmantel«, und Rosa hatte ihr erklärt, daß es für alles gut war, was mit weibischen Problemen zu tun hatte. Er schmeckte nicht sonderlich gut, doch nach einigen Tagen hatte Elisabeth sich an das etwas bittere Aroma gewöhnt. Um die ärgerlichen Blicke des Kochs, der es nicht gern sah, daß sein Reich von den Herrschaften betreten wurde, kümmerte sie sich inzwischen auch nicht mehr.

»Wo ein Wille ist, ist auch ein Weg«, wiederholte Elisabeth Rosas Worte nun im stillen. Was sich bei der Heilerin so bestimmt angehört hatte, kam ihr eher zögerlich über die Lippen. Den Willen hatte sie schon, aber ... Sie seufzte. Ein tägliches Bad und eine Tasse Kräutertee – ob das ausreichte? Sollte sie nicht viel mehr Anstrengungen unternehmen? Gleich heute mittag würde sie Rosa fragen, ob es nicht noch mehr Möglichkeiten gäbe, ihren Körper für ein Kind empfänglich zu machen.

Das Badewasser hatte inzwischen seine einlullende Wärme verloren. Mit neuer Tatkraft stieg Elisabeth aus dem Wasser und begann, sich mit dem Öl, das Rosa ihr gegeben hatte, einzusalben. Es war hellgrün und roch nach Zitrone, so daß Elisabeth jedes Mal, wenn sie das Fläschchen öffnete, wohlig aufseufzte. Danach kleidete sie sich an und achtete darauf, die Schnürung ihres Mieders lockerer zu lassen, als sie dies bisher gewohnt war. Rosa hatte gemeint, daß es nicht gut wäre, den Leib so straff einzubinden. Wo sollte denn da ein Kindlein Platz haben, hatte sie augenzwinkernd gefragt.

Ehe Elisabeth mit ihrem Bade- und Salbenritual fertig war, war es fast Mittagszeit und zu spät, vor dem Essen noch den von Rosa ebenfalls empfohlenen täglichen Spaziergang zu erledigen. Wieder einmal stellte sie erstaunt fest, daß die vielen Stunden, die ein Tag hatte, viel schneller vergingen als früher.

26

Als es an Rosas Tür klopfte, hatte sie sich gerade auf ihr Lager gelegt. Ausnahmsweise hatte sie den Riegel vorgeschoben, als könne sie das vor unwillkommenen Besuchern schützen. Mit brennenden Augen schaute sie nun auf die Tür und wünschte denjenigen, der dahinter stand, auf den Mond.

Die halbe Nacht hatte sie bei Elfriede, der Frau eines der Solenachfüller, verbracht. Drei Wochen länger als gewöhnlich hatte deren Kind auf sich warten lassen, um schließlich mit größter Mühe geboren zu werden. Es war eine lange und blutige Angelegenheit geworden, und Rosa war sich nicht sicher, ob das Kind dabei Schaden genommen hatte oder gesund war. Als es endlich herausgekommen war, war sein Gesicht bläulich gewesen. Sie hatte den kleinen Leib mehrmals schütteln und klopfen müssen, bevor er seinen ersten Schrei von sich gegeben hatte. Jetzt war Rosa todmüde und hatte auf einen kurzen Schlaf gehofft, bevor sie nochmals zu der Wochenbettlerin gehen wollte. Dabei war ihr Herz so schwer wie ihre Augenlider, die unwillkürlich zufielen. Wenn das Kind wirklich schwachsinnig war, dann ...

Es klopfte erneut, also fragte sie unwirsch: »Wer ist da?«

»Ich bin's«, flüsterte es.

Rosa wußte gleich, wer *ich* war, und verdrehte die Augen. Statt Elisabeth hereinzulassen, nahm sie ihre Wolljacke vom Stuhl und trat hinaus vor die Hütte. Vielleicht würde sie die Gräfin so schneller loswerden, hoffte sie.

»Komme ich etwa ungelegen? Ich dachte, nun ...« Unsicher brach Elisabeth ab.

Rosa setzte sich auf die Bank und winkte Elisabeth zu sich her. Eine Zeitlang schwiegen beide.

Die Sonne war hier windgeschützt und hatte noch die Kraft zu wärmen. Rosa streckte ihr Gesicht dem gelben Ball entgegen. Wie ein Schwamm saugte sie die Wärme auf, bis langsam ihre Müdigkeit nachließ. Ihre Brust hob und senkte sich mit jedem Atemzug. Fast gelang es ihr, Elisabeth aus ihrem Bewußtsein zu verdrängen.

Die junge Gräfin von Graauw kam inzwischen fast täglich, mindestens jedoch zweimal die Woche zu ihr. Anfangs hatte sie sich verpflichtet gefühlt, ihr allerlei Kräuter und Ratschläge mit auf den Weg zu geben, doch mit der Zeit hatte sie die Besuche einfach hingenommen. Meist war Elisabeth damit zufrieden, zuzuschauen, wie Rosa ihre Salben anrührte. Rosa war die Angelegenheit eher lästig. Viel lieber hätte sie mit einer der Frauen aus der Siedlung Freundschaft geschlossen. Doch die Rehbacher Weiber waren bei weitem nicht so anhänglich, die kamen nur, wenn wirklich Not am Mann war. Und wegjagen wollte Rosa die Gräfin natürlich auch nicht. Elisabeths Magerkeit, die auch durch ihre eleganten Kleider nicht verborgen wurde, rührte sie. Ihre Einsamkeit trug die junge Frau stets wie einen flatternden Mantel mit sich und legte ihn nur ab, wenn sie zu Rosa kam. Ihren Erzählungen nach stammte sie von einem Schloß, auf dem wesentlich mehr Umtrieb herrschte als auf Gut Graauw. Für Rosa hörte es sich an, als ob ihre Besucherin nicht damit zurechtkam, daß sich niemand um sie kümmerte. So tolerierte sie Elisabeths Anwesenheit, wechselte hie und da ein paar unverbindliche Sätze mit ihr, oft auch über deren Kinderwunsch, und ging ansonsten einfach ihrer Arbeit nach. Nur wenn Leute aus dem Dorf kamen, konnte sie Elisabeth wirklich nicht um sich haben. Die junge Gräfin schien das zu spüren, denn kaum tauchte eine Gestalt auf dem Weg zu Rosas Hütte auf, huschte sie in Richtung Hecke davon, ohne daß Rosa etwas zu ihr sagen mußte. Wie sie Magda oder einer der anderen die seltsame Beziehung zwischen der Gräfin und ihr hätte erklären sollen, wußte sie nicht.

Jetzt wandte Rosa sich ihrer Besucherin zu. Ein zarter Schimmer hatte die Totenblässe von Elisabeths Wangen verdrängt, stellte sie zufrieden fest. »Was haben Sie denn heute auf dem Herzen?« fragte sie.

Elisabeths Wangen wurden noch röter. »Ich ... weiß auch nicht.«

»Nehmen Sie Ihre Bäder regelmäßig ein?«

»Aber ja!« antwortete Elisabeth hastig. »Und den Tee trinke ich auch, Schluck für Schluck, wie du es mir gesagt hast.«

Rosa verzog den Mund. Bei jeder anderen hätte sie angesichts solch kindlichen Eifers grinsen müssen. Sie ließ den Gedanken nicht gern zu, aber wenn sie ehrlich war, mußte sie zugeben, daß das Wohlbefinden der Gräfin sie ziemlich wenig berührte. Deren Sorgen erschienen ihr im Vergleich zu den Nöten der Rehbacher Frauen, die von der schweren Arbeit, vom Kinderkriegen und der Armut schon in jungen Jahren krumm waren, geradezu nichtig. Andererseits: Was konnte Elisabeth dafür, daß sie im Herrenhaus wohnte?

»Sie müssen Geduld haben«, sagte Rosa gezwungen und fügte noch hinzu: »Ein Kind zu empfangen braucht bei manchen Frauen einfach seine Zeit! Wunder dürfen Sie nicht erwarten.« Schon hörte sie sich wieder etwas mürrisch an.

»Das tu' ich doch gar nicht.« Elisabeth schüttelte den Kopf. »Ich bin doch so dankbar für alles, was du mir sagst! Es tut so gut, endlich nicht mehr hilfos warten zu müssen, ob das

Schicksal einem eine Handvoll Glück zuwirft. Endlich kann ich selbst etwas tun. Nur – ich möchte noch viel mehr tun!«

Dieser erwartungsvolle Blick! Rosa biß sich auf die Lippen. Hatte Elisabeth nicht zugehört? »Noch sind es die Männer, die die Kinder zeugen«, antwortete sie barsch. »Sie können zwar Ihren Körper darauf vorbereiten, den Samen aufzunehmen, aber spenden muß ihn ein anderer.«

Der hoffnungsvolle Glanz verschwand aus Elisabeths Augen. Sie schaute zu Boden. »Was hat denn Georg mit meinem Problem zu tun?« flüsterte sie schamvoll.

Das hatte sie nun von ihrer Gutmütigkeit, sich mit einer Graauw einzulassen! Was nutzte das ganze Plärren der Kuh, wenn der Bock nicht aufstieg? Ein Weib aus dem Dorf hätte sie einfach danach gefragt, wie oft es zum Beischlaf zwischen ihr und ihrem Mann kam. Und ob das Weib regelmäßig einen Monatsfluß erlebte, hätte sie ebenfalls wissen wollen. Rosa hatte jedoch keine blasse Ahnung, wie sie diese Dinge in angemessener Art gegenüber Elisabeth erwähnen sollte. »Was ich meine, ist« – sie rutschte auf der Bank nach vorn –, »wie oft kommt es zwischen Ihnen und Ihrem Gatten zum Liebesspiel?« Sie kam sich dumm vor bei dieser Wortwahl.

Elsiabeth starrte sie nur an, als wolle sie sich vergewissern, richtig gehört zu haben.

»Georg ist oft müde ...«, kam es schließlich zaghaft. »Die Arbeit frißt nicht nur seine Zeit auf, sondern vielleicht auch seine ... Manneskraft. Es ist nicht so, daß ich nicht bereit wäre!« verteidigte sie sich, obwohl Rosa gar nichts gesagt hatte. »Würde Georg ... wann immer er seine Lust stillen möchte, gebe ich mich ihm hin.«

Und was ist mit deiner Lust? hätte Rosa am liebsten fragen wollen. Ihr kamen dabei die wollüstigen Schilderungen der Salzweiber in den Sinn, die von heftigen Umarmungen, Schweiß und Begierde erzählten.

Noch immer hatte Elisabeth das Wesentliche nicht offenbart. »Es ist auch nicht so, daß Georg nicht Mann genug wäre«, fuhr sie fort, mehr zu sich als zu Rosa. »Nur, nach einem langen Tag ist er so müde, daß ... manchmal, da verläßt ihn die Lust, noch ehe wir ...«

Rosa nickte. Die Klagen kannte sie von einigen Weibern aus der Saline nur zu gut: Todmüde von der Arbeit, die Knochen am ganzen Leib geschunden, hielten die Männer auf dem Strohlager oft nicht, was sie am Wirtshaustisch mit stolz geschwellter Brust versprachen. Dennoch reichte es bei den meisten für mindestens drei Blagen.

Sie versuchte krampfhaft, sich Elisabeths Gatten vor Augen zu rufen, sich vorzustellen, über wen sie überhaupt redeten. Vor seinem Studium in der Fremde hatte sie ihn einige Male beim Ausritt mit seinem Vater gesehen, doch nur aus der Ferne. Ein groß gewachsener Jüngling, dessen Arme nicht mit dem Trab seines Pferdes im Takt schwangen, sondern steif auf und ab gehüpft waren. Ob er dunkle oder helle Haare hatte, ob seine Augen blau oder braun waren – daran konnte sich Rosa nicht erinnern. Was ging sie schließlich der Sohn des Grafen an? Seit er wieder zurück war und die Leitung der Saline übernommen hatte, war er ihr nicht unter die Augen gekommen. Und nach dem, was die Leute erzählten, ließ er sich in der Saline auch nicht oft blicken. Die Sonnwendfeier war der einzige Anlaß im Jahr, an dem alle – die Dörfler, der Salinenarzt, die Graauws und auch Rosa – zusammenkamen, und die war in diesem Jahr bekanntermaßen ausgefallen.

Rosa spürte Unmut in sich auflodern. »Wenn Sie mir nicht sagen können, wie oft Sie mit Ihrem Gatten verkehren, dann kann ich Ihnen auch nicht sagen, wie es um Ihre Empfängnisbereitschaft steht.« Verflixt, sie hatte wirklich Besseres zu tun, als sich mit verwöhnten Adelsblasen herumzuärgern!

»Vielleicht einmal in der Woche?« Elisabeth atmete aus. »Georg wünscht sich doch so sehr einen Nachfolger.«

»Dann sollte er sich aber mehr anstrengen!« platzte Rosa kichernd heraus. »Wie soll er Ihnen ein Kind machen, wenn er mit seinem Lebenssaft so geizig umgeht?« Kaum hatte sie es ausgesprochen, bereute sie schon ihre Forschheit. Sie redeten hier immerhin über den Grafen!

Elisabeth schwieg, die Lippen aufeinandergepreßt.

Krampfhaft suchte Rosa nach etwas, womit sie ihre voreiligen Worte mildern konnte. Sie zeigte mit der rechten Hand auf ein riesiges Spinnwebennetz, das von der Dachrinne bis zum Fenster gespannt war. »Sehen Sie die goldenen Fäden? Man sagt, die Spinnwebfäden in der Altweibersonne kommen aus der Spindel von Frau Holle.« Ihre Simme hatte einen ehrfürchtigen Ton eingenommen.

Elisabeth sah sie gebannt an. »Frau Holle?« flüsterte sie.

Rosa nickte. Ein bißchen Hoffnung hatte noch niemandem geschadet, oder? »Sie webt den Schicksalsfaden aller Menschen. Und wir können nur hoffen, daß sie uns gnädig gestimmt ist.« Mit einem Ruck stand sie auf. »Und jetzt ist genug des Müßiggangs!« Rosa ging zur Hecke, brach einen Haselzweig ab und hielt das Grün, an dem dicke, fast runde Nüsse baumelten, Elisabeth entgegen. »Kennen Sie den Spruch *Wenn Haselnüss g'raten, dann g'raten auch die Kinder?*«

Elisabeth verneinte, horchte jedoch auf wie ein Hund, der seinen Herrn seinen Namen sprechen hört.

Rosa schaute geheimnisvoll drein. Eigentlich hieß es bei den Bauern im Land, daß mit den Haselnüss auch die Huren gerieten, aber für die junge Gräfin erschien es ihr sinnvoller, den Spruch abzuwandeln. »Der Haselbusch ist ein ganz besonderes Gewächs«, erklärte sie ihrer Besucherin. »Unsere Vorfahren nannten ihn sogar *Baum der Verführung*, weil er die Wollust von Männern und Weibern steigert. Kein Wunder, daß im Frühjahr, wenn der Busch zu grünen beginnt, die jungen Leute nichts anderes im Sinn haben, als in die Haseln zu gehen ...« Sie zwinkerte Elisabeth zu und kam sich dabei unendlich alt vor. Die jungen Leute ... was war *sie* eigentlich?

»Jedenfalls« – sie drückte Elisabeth den Haselzweig in die Hand und schob sie sanft in Richtung Hecke – »kann es nicht schaden, das Zweiglein über dem Ehebett anzubringen, auf daß seine Fruchtbarkeit auf sie herabfällt. Überhaupt kann es nicht schaden, ein wenig Zeit in der Nähe eines Haselnußbusches zu verbringen. Vielleicht geht ein wenig von dessen Fruchtbarkeit auf denjenigen über ...«

Erleichtert beobachtete sie, wie Elisabeth den Haselzweig fast andächtig an sich drückte. Sie schien Rosas forsche Bemerkung über Georg nicht übel zu nehmen, Gott sei Dank! Rosa atmete auf. Ärger mit den Graauws konnte sie nicht gebrauchen. Die Hütte, in der sie wohnte, gehörte ihr schließlich nicht.

Elisabeth hatte sich schon verabschiedet und zum Gehen abgewandt, als sie sich nochmals umdrehte. »Jetzt hätte ich das Wichtigste fast vergessen! Die Kirchweih am kommenden Wochenende – wirst du dabeisein?«

»Nein!« Rosa schüttelte aus voller Überzeugung den Kopf. »Sich besaufen, tanzen und feiern, das ist etwas für die anderen. Ich halte es eher mit der Ruhe.« Weil die Mittsommerfeier ausgefallen war, wollte sich dieses Mal die gräfliche Familie die Ehre auf der Kirbe geben – das ganze Dorf sprach über nichts anderes mehr. Doch Rosa hatte bisher noch an keiner einzigen Kirchweih teilgenommen. Welchen Grund sollte es also geben, es gerade dieses Jahr zu tun?

»Warum kommst du nicht wenigstens für kurze Zeit? Georg sagt, er habe vor, jedem einen Krug Wein auszugeben.« Der Stolz in Elisabeths Stimme war nicht zu überhören. »Bitte komm! Es wäre für mich so beruhigend zu wissen, daß du auch da bist. Schließlich ist es doch auch für mich die erste Kirchweih, die ich in Rehbach erlebe«, flehte sie.

»Was brauchen Sie mich?« Elisabeths Anhänglichkeit ging Rosa allmählich zu weit. »Sie haben doch Ihre Familie. Sie würden mich wahrscheinlich gar nicht zu Gesicht bekommen.«

Elisabeths Augen waren voller kindlichem Vertrauen. »Aber der Sinn des Festes ist doch, daß alle gemeinsam feiern! Zumindest hat Georg das gesagt... Gleich, mit wem du zusammensitzen wirst, ich werde dich begrüßen kommen!« versprach sie mit feierlicher Stimme.

Rosa seufzte. Sie mußte wirklich aufpassen, daß die Gräfin ihr mit ihrem romantischen Gemüt nicht doch noch Ärger einbrachte! Wenn das kein Grund war, die Kirchweih nicht zu besuchen...

Als Elisabeth dann endlich gegangen war, setzte sich Rosa noch einmal auf die Bank, obwohl sie dringend zu der Wöchnerin hätte gehen sollen. Doch Elisabeths Besuch hatte sie erschöpft, und sie brauchte einen Moment für sich. Ihr Blick fiel auf das Spinnwebnetz, das jetzt, da die Sonne nicht mehr direkt dahinter stand, nicht mehr golden, sondern eher silbern und kalt aussah. Nicht zum ersten Mal überfiel Rosa plötzlich eine Ahnung von nahenden Veränderungen. Und wie die Male zuvor gelang es ihr auch jetzt nicht, dem Ursprung dieser Gefühle auf den Grund zu gehen. Bisher waren all ihre Vorahnungen ins Leere verlaufen: Nichts hatte sich getan – im Dorf nicht und in ihrer Hütte schon gar nicht. Nichts Gutes, nichts Großes und auch nichts Böses – dem Himmel sei Dank. Und doch – wenn sie die Augen schloß, erschienen Bilder, so verheißungsvoll, daß sie Rosa den Atem nahmen. Nackte Leiber, rot geschwollene Lippen, Schweiß, der wie Tautropfen von glänzender Haut perlte. Sie hörte Frauenlachen – war es ihr Lachen? – und das Lachen von Männern. Was hatte Freya mit ihr vor?

> »Heilige Göttin Erde,
> Gebärerin aller Naturwesen,
> die Du alles erzeugst und täglich fortpflanzt,
> sei gnädig uns und gewähr uns Schutz.
> Spende uns Leben und beschenke uns
> mit deinem Reichtum…«

Als Rosa mit ihrer Fürbitte fertig war, öffnete sie die Augen. Alles war still, der Nachmittag düster durch die untergegangene Sonne. Alles nur Einbildung! Rosa atmete die angehaltene Luft aus und ärgerte sich über sich selbst. Ihre Hand zitterte, als sie eine Haarsträhne aus der Stirn wischen wollte.

Als sie schließlich aufstand und ihre Sachen für den Besuch bei der Wöchnerin packte, war sie erschöpfter als vor ihrer Verschnaufpause. Sie zog die Tür der Hütte hinter sich zu. Da brach plötzlich eine tiefe Verzweiflung über sie herein. Wie allein sie doch war! Es gab niemanden, mit dem sie über ihre seltsamen Gedankengänge hätte reden oder lachen können. Ihre heimliche Sehnsucht nach einer anderen Seele wurde von Tag zu Tag größer.

27

Wie Mitte Juni hatte der Wettergott auch diesmal kein Einsehen mit den festlich gestimmten Rehbachern: Pünktlich zum dritten Wochenende im Oktober hob sich der Herbstnebel, der Himmel wurde dunkel, und es begann zu nieseln. Nicht gerade heftig, aber stetig tröpfelte es in feinsten Rinnsalen auf Mensch und Tier, Haus und Baum herab und reichte aus, um einen Aufenthalt im Freien nach kurzer Zeit unangenehm werden zu lassen. Die Festlaune der Rehbacher war dennoch ungebrochen.

Es war mehr eine Eingebung denn ein durchdachter Gedanke gewesen, die Georg gegenüber dem Salzamtsmaier hatte verlauten lassen, daß er zur diesjährigen Kirchweih den Salinenleuten das Magazin zur Verfügung stellen würde. Angesichts des unsteten Wetters in den letzten Wochen hatte der Salzamtsmaier das Angebot freudig angenommen und an die Sudhausvorsteher weitergegeben, die wiederum veranlaßt hatten, daß die hochgestapelten Salzscheiben aus dem Lager geräumt und für das Wochenende in zweien der Holzschuppen untergebracht wurden. Die langen Holzbänke, die in den Jahren zuvor auf dem Platz rund um den Solebrunnen aufgestellt worden waren, wurden noch vor dem Dauerregen unters schützende Magazindach gebracht. Die Frauen flochten ihre Buchsbaumgirlanden an Ort und Stelle und schmückten dann die grob gezimmerten Wände damit. Als der alte Graf vom Angebot seines Sohnes erfuhr, trug auch er seinen Teil zu den Festvorbereitungen bei, indem er aus dem Wald einige kleine Bäumchen bringen ließ, die mit bunten Papierstreifen geschmückt die langen Tische zieren sollten. Aus den Hütten der Rehbacher wehte schon Tage vor dem Fest der Duft von fettem Speck, gebackenen Rahmbloozen* und Flammkuchen. Götz und die anderen Sudhausvorsteher hatten Mühe, ihre Leute bei der Arbeit zu halten. Zu groß war die Verführung, zwischen Siedepfanne und Soleleitung ein paar Schritte des Hammeltanzes auszuprobieren, der den Höhepunkt aller Tänze darstellen würde. Daß es in Rehbach kein Gotteshaus gab, dessen Entstehung mit dem Kirchweihfest gefeiert werden konnte, störte dabei niemanden. Auch der Wanderpfarrer, der alljährlich pünktlich zu dem Fest eintraf, schien gegen die besonderen Rehbacher Umstände nichts einzuwenden zu haben, sondern hielt seine Predigt einfach im Freien ab. Wann und von welchen ihrer Vorfahren das Fest trotz fehlender Kirche ins Leben gerufen worden war, kümmerte ebenfalls niemanden: Das dritte Wochenende im Oktober war Kirchweih, und daran war nicht zu rütteln. Die Salinenleute, die im Gegensatz zu den Bauern der umliegenden Dörfern kein Erntedankfest zu feiern hatten, hätten lieber Ostern und Weihnachten ausfallen lassen als dieses Fest!

Wer von den Salinenleuten schließlich die Idee gehabt hatte, die von Graauws einzuladen, wußte Georg nicht. Jedenfalls war Götz Rauber einige Tage vor dem Fest zu ihm gekommen und hatte angefragt, ob die Familie den Rehbachern nicht die Ehre ihrer Anwesenheit erweisen wolle. Georg hatte schwer schlucken müssen. Mit seinen Plänen für das Heilbad im Hinterkopf war er sich vorgekommen wie ein elender Verräter, als er dankend im Namen aller die Einladung annahm.

Als Georg nun ringsum in die freudig erregten Gesichter schaute, holte ihn das gleiche Gefühl wieder ein. Er dachte an Martin Richtvogels letzten Brief, in dem dieser mit großem Enthusiasmus von seinem Erfolg berichtete, den ersten Geldgeber für »das Unternehmen Heilbad Rehbach«, wie er es nannte, gefunden zu haben. Wenn die Leute hier wüßten ... Nun, irgendwann würden sie es erfahren müssen. Georg nahm einen großen Schluck Bier, doch der bittere Geschmack in seinem Mund ließ sich nicht wegspülen.

Viola flüsterte Frederick etwas ins Ohr, worauf dieser schallend lachte und etwas entgegnete, was in dem Lärm jedoch unterging. Georgs eigenes Lachen war gequält. Wie gern würde er sich von der guten Stimmung anstecken lassen! Viola hatte sich bei seinem Vater eingehakt. Ihr vom ständigen Aufenthalt im Garten gebräuntes Gesicht wirkte lebhaft und jung. Selbst Dorothea schien guter Laune zu sein – ob dies mit der Tatsache zusammenhing, daß Frederick gerade ihren Damenkrug mit frischem Bier füllte, wußte Georg nicht. Etliche Haarsträhnen, die sich aus ihrem Zopf gelöst hatten, hingen ihr wirr ins Gesicht und erinnerten Georg an vergangene Kindertage, an unbeschwertes Spiel im Wald und an eine Geschwisterliebe, die es nicht mehr gab. Plötzlich fühlte er Dorotheas Blick auf sich ruhen. Als er hochschaute, erschrak er darüber, wie kühl ihre dunklen Augen wirkten, wie distanziert. Er schaute als erster weg.

Die Musiker spielten nun zu einem Tanz auf. Der Rhythmus übertrug sich auf den Dielenboden und vibrierte unter seinen Fußsohlen. Georg drehte sich zu Elisabeth um und zwang sich zu einem Lächeln. »Und? Wie gefällt dir das Fest?«

---

* Gebäck, das in Süddeutschland traditionell zur Kirchweih gereicht wird.

Er bekam ein fahriges Lächeln zur Antwort. Unruhig wanderte ihr Blick dabei durch den Raum. Von ihrem Bier hatte sie noch keinen Schluck getrunken, stellte Georg fest. Warum ihn dies plötzlich ärgerte, hätte er nicht sagen können. Im Gegensatz zu Viola und Dorothea, deren Lachen heiter war und deren Gesichter von der Hitze und vom Gerstensaft leicht gerötet waren, schien Elisabeth weder innerlich noch äußerlich erhitzt zu sein. Hoch aufgerichtet saß sie da, ihr weißer Hals reckte sich schlank und elegant über einem hochgeschlossenen cremefarbenen Kragen. Ihre straff zurückgebundenen Haare glänzten im öligen Licht der Stalllaternen wie ein metallischer Helm, der helle Puder, den sie für ihre Wangen verwendet hatte, erinnerte Georg auf einmal an Kalk.

Die Musik wurde abrupt unterbrochen, und die Tanzpaare blieben stehen. Einer der Musiker zündete eine Kerze an und steckte etwas hinein. Dann übergab er die Kerze einem der Tänzer, und die Musik begann erneut.

»Was machen die da?« flüsterte Elisabeth Georg zu. Fasziniert beobachtete sie, wie die brennende Kerze von Paar zu Paar gereicht wurde, ohne daß die Tänzer dabei aus dem Takt kamen.

»Das ist eine Art Tanzspiel«, erklärte er ihr. Daß seine Gattin von Ritualen sehr fasziniert war, hatte er schon öfter festgestellt – da waren ihre Bäder, ihre Spaziergänge, und erst kürzlich hatte er sie dabei überrascht, wie sie mit grünen Zweigen wedelnd am Fenster stand und etwas murmelte. Auf seine Frage hin, was dies bedeuten sollte, hatte sie nur verschämt gelacht. Er holte Luft und sprach weiter: »In die Kerze wurde eine Münze gesteckt – dieses Jahr habe ich übrigens mehrere Münzen als Preise gespendet –, und die bekommt jenes Paar, das die Kerze hält, wenn ...« Er brach ab.

Götz Rauber steuerte zielstrebig ihren Tisch an. Auch an den umliegenden Tischen verstummten einige Gespräche, als

Rauber vor Dorothea halt machte. Mit einer angedeuteten Verbeugung, die auf ihre Art etwas sehr Herausforderndes hatte, forderte er sie zum Tanzen auf.

Einen Augenblick lang schien jeder am Tisch die Luft anzuhalten. Georg spürte, wie Elisabeth neben ihm erstarrte, als befürchtete sie, selbst auch zum Tanzen aufgefordert zu werden. Auf Dorotheas Gesicht schien das herzhafte Lachen zu versteinern. Ihr Mund öffnete sich, doch es kam kein Ton heraus.

Frederick gab seiner Tochter einen kleinen Schubs. »Was ist? Auf was wartest du? Soll der Bursche hier Wurzeln schlagen, bevor meine Tochter ihm die Ehre gibt?« Sein Spott hatte nichts Beißendes, sondern eher etwas Kameradschaftliches, als er Dorothea mit dem Bierkrug in der Hand anwies, aufzustehen. Wie von seidenen Fäden hochgezogen, folgte sie seiner Aufforderung. Steif reichte sie dem Sudhausvorsteher die linke Hand, die dieser mit festem Griff packte.

Dorothea konnte also tatsächlich rot werden! Amüsiert schaute Georg zu, wie seine Schwester von Rauber mehr auf die Tanzfläche gezogen als geführt wurde. Auch Frederick und Viola schienen sich auf Dorotheas Kosten zu belustigen. Georg hörte seinen Vater etwas wie »Fräulein Hochmut« sagen, woraufhin beide in Lachen ausbrachen.

»Rosa!« Mit einem Ruck schob Elisabeth plötzlich ihren Stuhl nach hinten, stand auf und winkte quer durch den Raum. »Rosa! Hier bin ich!« Ihr aufgebauschter Rock schlug Georg ins Gesicht. Was sollte das? Verärgert schob er mit dem Ellenbogen die Stoffbahnen zur Seite, bevor er sich ebenfalls erhob, um den Grund für Elisabeths plötzliche Aufruhr zu erfahren.

Im nächsten Moment hatte er das Gefühl, als führe ein Blitz durch seine Glieder.

28

»Für einen Augenblick habe ich geglaubt, Sie würden mich wegschicken wie einen Lumpen.« Unbeschwert gestand Götz Dorothea seine Befürchtung ein. Seine Hand lag in Dorotheas Rücken, während sie sich mit den anderen Paaren im Takt zur Musik drehten. Nach den schnellen Klängen des ersten Tanzes spielten die Musiker nun ruhigere Weisen, was Götz nur recht war.

»Und wenn's so gewesen wäre? Du hättest nichts dagegen ausrichten können!« Dorothea reckte ihr Kinn nach oben. Ihre Augen schossen kleine Feuerpfeile auf ihn ab, die auf seinem Gesicht prickelten wie lauwarmes Solewasser. Er grinste, änderte unvermittelt ihre Tanzrichtung und ließ dabei seine Hand nach unten gleiten. Sofort versteifte sich Dorotheas Leib, doch sie entglitt weder seinem Griff, noch kam die giftige Bemerkung, auf die er wartete. Eine Zeitlang wiegten sie sich zu der Musik, ohne daß einer etwas sagte.

Ihr Auftritt erregte die Menge. Götz hörte Tuscheln überall, spürte Blicke unter hochgezogenen Augenbrauen. Daß einer von ihnen es wagte, die Salzbaronin zum Tanz aufzufordern, war noch nie vorgekommen. Dementsprechend groß war die Verwunderung der Leute. Sollte man es Forschheit nennen? Draufgängertum? War dies Raubers Art, sich für etwas Besseres zu halten? Oder wollte er nur für gutes Wetter sorgen?

Hätte jemand eine Erklärung von Götz gefordert, so wäre diese ganz einfach ausgefallen: Ihm war Magdas Zudringlichkeit einfach lästig geworden.

Aus dem Augenwinkel sah er sie schmollend auf ihrem Platz sitzen. Wie alle anderen verfolgte auch sie jeden Schritt. Er wußte längst, daß die Nachtdirne ein Auge auf ihn geworfen hatte. Ein Wink von ihm hätte genügt, und sie hätte erfreut die Beine für ihn breit gemacht. Daß er dies nicht längst ausgenutzt hatte, konnten die andern Männer nicht verstehen. Immer wieder machten Hermann oder einer der anderen entsprechende Bemerkungen. Tatsache jedoch war: Er fand Magda nicht im geringsten anziehend. Sie war zu klein für seinen Geschmack, ihr Gesicht erinnerte ihn an eine Maus, der säuerliche Geruch, der von ihr ausging, ließ ihn die Nase rümpfen. Gewiß, sie war jung, nicht so launisch wie andere Weiber, sondern stets fröhlich. Dennoch ließ sie ihn kalt. Vielleicht war es auch ihr unverhohlenes Interesse an ihm. Ein wenig davon hätte Dorothea allerdings nicht geschadet, ging ihm durch den Kopf, als er auf ihre verschlossene Miene herabschaute.

Der ganze Raum roch nach den mit Kümmel und Speck bestreuten Rahmkuchen, die hoch aufgetürmt in jeder Tischmitte standen. Von hinten wehte immer wieder Biergestank zu ihnen herüber – Hermann hatte beim Faßanstechen einige Schoppen verschüttet. Doch Götz hatte nur den Duft von Dorotheas frisch gewaschenen Haaren, die nach Äpfeln rochen, in der Nase. Über ihre Schultern hinweg sah er die anerkennenden Blicke seiner Kameraden und wie sie sich gegenseitig anstießen. Er drückte seine Brust nach vorn, so daß der Abstand zwischen ihm und ihr geringer wurde. Das Weib fühlte sich nicht schlecht an, lag gut in seinem Arm, auch wenn es fast so groß war wie er. Dorothea hätte sehr hübsch sein können, wenn sie ein wenig mehr Mühe auf ihr Aussehen verwendet hätte, doch die Grafentochter war schmuckloser angezogen als jedes andere Weib im Raum. Bei ihr suchte man vergeblich nach bunten Bändern im Haar, nach Blumen am Ausschnitt, welche den Blick verführen sollten. Auch keinerlei Schmuck hatte sie angelegt. Götz grinste, während sie immer noch schweigend ihre Runden drehten. Entweder war die Junge so von sich eingenommen, daß sie annahm, auch ohne Tand neben jeder anderen bestehen zu können, oder sie war tatsächlich uneitel.

»Was grinst du so dämlich?« Dorotheas Kopf fuhr so abrupt hoch, daß sie an sein Kinn anstieß. »Verzeihung!« zischte sie und versuchte, sich aus Götz' Umarmung zu befreien.

Er lockerte seinen Griff und machte besänftigende Laute wie bei einem verschreckten Tier. Tatsächlich spürte er, daß sie sich etwas entspannte. Die Vorstellung, daß sie davonlaufen und er mit leeren Händen auf der Tanzfläche zurückbleiben könnte, hatte auf einmal etwas Beängstigendes an sich. Deshalb sagte er hastig: »Wäre es möglich, daß Sie in den nächsten Tagen einmal ins Sudhaus kommen? Es gäbe da etwas, was ich vorzuschlagen hätte, um die Pfannen besser zu schonen.«

Sie zog die Augenbrauen hoch. »Da mußt du schon mit Georg sprechen, nicht mit mir.«

Götz stutzte. »Sollte das der Fall sein, dann muß sich aber einiges geändert haben!«

Dorotheas Lachen klang bitter. »Es hat sich tatsächlich einiges verändert. Aber dir ist ja anscheinend nicht einmal aufgefallen, daß ich nicht mehr in die Saline komme«, sagte sie vorwurfsvoll.

Was waren denn das für fremde Töne? Auf einmal wirkte Dorothea so empfindsam! »Und ob mir Ihre Abwesenheit aufgefallen ist!« entgegnete Götz. Dutzende Male war sein Blick zur Tür geflogen. Täglich hatte er mit ihrem Besuch gerechnet. »Natürlich habe ich mich gefragt, was los ist. Daß Dorothea von Graauw nichts mehr vom Salz wissen will, konnte ich mir jedenfalls nicht vorstellen. Vielleicht, so dachte ich mir, nehmen die vielen Festlichkeiten sie einfach zu sehr in Anspruch...« Seine leicht spöttische Art gab nichts von seiner inneren Verunsicherung preis.

Doch Dorothea ging nicht darauf ein. Er glaubte, statt dessen ein Seufzen zu hören. So fröhlich sie ausgesehen hatte, als er sie im Kreis ihrer Familie hatte sitzen sehen, so bedrückt war sie nun in seinen Armen. Er konnte sich nicht vorstellen, was ihren Stimmungsumschwung bewirkt hatte.

»Was ist los?« fragte er sanft.

Dorothea schüttelte fast unmerklich den Kopf. Die Finger ihrer linken Hand umklammerten seinen Arm, so daß ihre Knöchel weiß wurden. Der Blick, den sie ihm zuwarf, war unergründlich. »Wenn's nach Georg geht, wird es bald keine Pfannen mehr geben, die es zu schonen gilt. Und für den Holzverbrauch wird sich dann auch niemand mehr interessieren.« Sie schnaubte verächtlich.

Was redete sie für verwirrtes Zeug? Nun war Götz wirklich beunruhigt. Hatte das Weib zuviel Bier getrunken? Nun, er war das Geplänkel jetzt leid. Mit wenigen Drehungen manövrierte er Dorothea aus der Menge der Tanzenden hinaus. Ohne sich um die Blicke der anderen zu kümmern, nahm er ihre Hand, schnappte im Vorbeigehen eine der Öllampen und strebte Richtung Ausgang. Dorothea folgte ihm widerstandslos.

29

Während sie hinter Götz herstolperte, überlegte Dorothea krampfhaft, was sie tun sollte. Wahrscheinlich war es das Bier und die elende Tanzerei gewesen, die sie so unvorsichtig hatten daherschwätzen lassen! Unruhig beobachtete sie, wie Götz das nächstgelegene Holzlager aufschloß. Was tat sie hier draußen? Allein mit ihm? Sie zog ihr Kleid zurecht. Der graue Leinenstoff kam ihr auf einmal schäbig und schmucklos vor.

Als er mit seiner Lampe in den Schuppen leuchtete, war ein kurzes Rascheln zu hören. Dorothea wollte lieber nicht wissen, woher es rührte.

»Hereingetreten!« Götz machte eine einladende Handbewegung, als bitte er sie in den feinsten Salon. Er stellte die Lampe ab und räumte einige Klafter Holz aus dem Weg.

»Hierher bringst du also die Weiber aus der Saline.« Ein Grinsen überflog ihr Gesicht, doch sogleich erschrak sie heftig. Woher kam plötzlich diese Frivolität? War sie jetzt von allen guten Geistern verlassen? Am Ende bildete sich dieser Rauber noch ein, sie würde ... nein, der Gedanke war selbst für ein solches Großmaul zu abwegig, tröstete sie sich.

»Hierher bringe ich nur die feinen Damen, die anderen landen direkt auf meinem Lager«, antwortete er spöttisch.

Dorothea spürte, wie die Hitze in ihrem Gesicht aufstieg. Das hatte sie davon! »Ich gehe wieder zurück!« sagte sie eisig. Mit Bedacht hob sie ihren Rocksaum und wollte an Rauber vorbeigehen, ohne ihn anzuschauen. Doch als sie auf gleicher Höhe mit ihm war, packte er ihren Arm und zwang sie, ihn anzuschauen.

»Du und ich – wir sind die einzigen, denen das Salz wirklich etwas bedeutet!« sagte er rauh. »Wenn die Saline in Gefahr ist, dann geht es auch mich etwas an!« Sein Gesicht war so nah, daß Dorothea seinen Atem spürte. Kein Schäkern, keine Wortspiele, nicht einmal eine höfliche Anrede hatte er verwendet. Doch obwohl er sie nicht anders behandelte als jede dahergelaufene Magd, fühlte Dorothea sich nicht dadurch beleidigt. Sie hörte nur, was er sagte.

»Rede mit mir!« Er schüttelte sie sanft. »Du weißt doch, daß du mir vertrauen kannst.«

Sie schaute ihn an, als sähe sie ihn zum ersten Mal. Götz Rauber. Seine Familie hatte vor einigen Generationen eine beträchtliche Anzahl Siederechte besessen, die einer von Dorotheas Vorfahren am Rande des Ruins an seine Arbeiter verschleudert hatte. Es war Götz' Urgroßvater gewesen, der sich die Rechte wieder hatte abkaufen lassen – gegen eine jämmerliche Summe, wenn die Zahlen in den alten Büchern stimmten. Götz hätte sich die Siederechte nie und nimmer abjagen lassen, durchfuhr es sie. Die neue Vertrautheit zwischen ihr und Rauber schliff die Einsamkeit der letzten Wochen glatt wie das Quellwasser einen rauhen Kiesel. »Georg will die Saline schließen!« platzte sie heraus.

Kurz und knapp erzählte sie von Georgs Plänen. Sie redete, ohne viel nachzudenken, froh über jedes Wort, das sie loswerden konnte. Sie hörte die Verzweiflung in ihrer Stimme und konnte sie nicht unterdrücken.

Als sie fertig war, schaute sie Götz an.

Er schien aus der Fassung gebracht, um eine Erwiderung verlegen zu sein. Dorothea war froh darüber. Was sie zu sagen gehabt hatte, war so einschneidend, daß es ihr unerträglich gewesen wäre, hätte er mit tröstlichen Platitüden gekontert.

Götz starrte vor sich hin, rieb die Hände an seinen Schenkeln. Dorothea konnte förmlich sehen, wie sich die Gedanken hinter seiner Stirn jagten. Sie hatte wochenlang Zeit gehabt, um sich mit allem auseinanderzusetzen, Götz nur wenige Minuten.

»Und? Was gedenken Sie zu tun?« kam es endlich hölzern.

Weg war das vertrauliche Du, an seine Stelle wieder die förmliche Anrede getreten. Dorothea fühlte sich dadurch seltsam im Stich gelassen. Was war los mit Rauber? Warf er sie mit Georg in einen Topf? »Ich bin mir noch nicht sicher«, antwortete sie. Sie hörte sich hilflos an und haßte sich dafür. »Seit dieser Richtvogel weg ist, überlege ich ständig, wie es weitergehen soll! Aber so einfach ist das nicht. Weder Georg noch mein Vater hören auf mich. Ich bin schließlich nur eine Frau!«

Götz' Miene entspannte sich ein wenig. »Das hat Sie bisher auch nicht abgehalten, sich um die Saline zu kümmern. Wissen Sie eigentlich, was die Leute von Ihnen sagen?« Herausforderung schwang in seiner Stimme mit. »Es heißt, Dorothea von Graauw sei der einzige Mann auf Gut Rehbach!«

Nun mußte sie lachen. »Angesichts der Männer in meiner Familie bedeutet das nicht viel, oder?« sagte sie mit einem Anflug Ironie. »Und was nutzt mir das? Ich kann Georg doch schlecht einfach umbringen, oder?« Noch während sie sprach, stellte sie fest, wie wenig dieser Gedanke sie erschreckte.

»Wann will Ihr Bruder denn zu seiner *Erkundungsreise* aufbrechen?« Boshaft spuckte er das Wort aus.

»Anfang des nächsten Jahres. Ein halbes Jahr wird er weg sein.« Sie schaute ihn an. »Warum fragst du?«

»Die Zeit drängt also.« Götz' Blick war hart. »Wir müssen darüber nachdenken, wie man den Grafen umstimmen kann, bevor er abreist.«

»Das ist nicht die einzige Möglichkeit, die wir haben.« Langsam, fast genüßlich ließ sie jedes Wort von der Zunge rollen. »Vielleicht wäre es sogar besser, ihn abreisen zu lassen. Dann wäre der Weg frei für uns.« In Dorotheas Kopf begannen sich Bilder zu formen, dieselben wie in jener Nacht, als sie beim Essen vom bergmännischen Salzabbau erfahren hatte. Götz und sie? Warum eigentlich nicht? Wenn es Rehbach half, dann würde sie sich eben mit dem Sudhausvorsteher zusammentun. Sie schaute ihn an, strahlend, herausfordernd. »Wenn wir uns verbünden, könnten wir die Saline vielleicht retten. Ich habe einen Plan, der so großartig ist, so ... genial, daß ...« Sie stockte. Sollte sie ihr Pulver gleich zu Anfang verschießen? Ein Kribbeln erfaßte sie, als liefen tausend Ameisen über sie hinweg. »Jedenfalls müssen wir ...«

»Halt!« unterbrach Götz. Sein Blick war skeptisch, fast düster. »Sie reden die ganze Zeit von *wir*. Daß Sie sich für die Saline und die Leute einsetzen wollen, ehrt Sie, aber gestatten Sie mir meine Zweifel. Woher soll ich wissen, daß Sie mir mit der ganzen Geschichte keinen Bären aufbinden? Es könnte schließlich gut sein, daß Sie mich nur gegen Ihren Bruder aufwiegeln wollen ... Und ob ich Ihren Plan für gut befinde, ist auch noch fraglich – dazu müßte ich ihn mir erst in aller Ruhe anhören.« Als Dorothea den Mund öffnete, hob er abwehrend die Hand. »Und weil wir gerade dabei sind: Was würde eigentlich für mich dabei herausspringen?«

»Was sollte denn dabei herausspringen?« fragte sie spitz, ohne auf seine vorherigen Bemerkungen einzugehen. Das sah Rauber ähnlich – nur auf seinen eigenen Vorteil aus zu sein!

Er wich ihrem Blick nicht aus. »Angenommen, Ihr Plan taugt wirklich etwas. Und angenommen, ich halte ihn für durchführbar, dann würde ich Sie unterstützen, wo ich kann. Mein Wort gilt viel bei den Leuten, das wissen Sie. Und es gibt kaum einen, der sich so gut auskennt in der Saline wie ich.«

Natürlich durchschaute Dorothea seine Taktik. Daß sich Rauber nicht einfach in die Tasche stecken ließ, war ihr klar. Nicht umsonst hatten die Arbeiter immer ihn geschickt, wenn es darum ging, in ihrem Sinne zu verhandeln. So wie im Sommer, als es um die Sonnwendfeier gegangen war. Die Erinnerung an damals spornte sie erneut an. Ha, auch sie war eine harte Verhandlungspartnerin! »Wenn die Saline gerettet wird, behältst du deine Arbeit und deinen Lohn. Müßte das nicht Grund genug sein, mich bei meinen Plänen – wie auch immer sie aussehen mögen – zu unterstützen?«

Götz grinste verächtlich. »Hier geht es nicht nur um eine Arbeit in Brot und Lohn, und das wissen Sie am allerbesten.«

Dorothea spürte, wie ihre Wangen heiß wurden. Und ob sie das wußte!

»Hier geht es um etwas ganz anderes«, flüsterte er ihr zu, sein Gesicht keine Handbreit von ihr entfernt. »Rehbacher Salz ist heilig. Meine Vorfahren haben nicht ihr Leben lang dafür geschuftet, daß ein wild gewordener Graauw die Saline einfach schließt. *Ich* werde das nicht zulassen.«

Ein Zittern überkam Dorothea angesichts seiner Heftigkeit. Schlagartig erkannte sie, was sie bisher nur geahnt hatte: Götz Rauber hing mit der gleichen Innigkeit an der Saline wie sie selbst. »Was willst du?« Ihre Stimme war nicht mehr als ein Wispern. Ihr Hände waren eiskalt, ihre Füße spürte sie nicht mehr, doch sie verdrängte das alles. Dieser Mann konnte ihr helfen, Rehbach zu retten! Mit ihm würde sie die Stadt unter der Erde bauen, das wußte sie in diesem Augenblick. Was in Polen gelungen war, würde auch hier in Rehbach möglich sein. Sie war nicht allein mit ihrer Liebe zu Rehbach. Das war es, was zählte. Und ihr war gleich, was er von ihr fordern würde – wenn es sein müßte, würde sie ihm alles geben!

30

Wie vor der Feier vereinbart, hatten sich Georg und Elisabeth mit den ersten auf den Nachhauseweg gemacht – Georg hoffte, die Arbeiter dadurch zu einem gemäßigten Festende animieren zu können. Wenn sein Vater allerdings so weitersoff wie bisher, hätte er sich sein vorbildliches Verhalten schenken können! Er konnte nur hoffen, daß Viola und Dorothea – wo war diese eigentlich? – den Alten würden im Zaum halten können.

»Und dann hat Rosa noch gesagt, ich müsse täglich eine Stunde lang spazierengehen.« Elisabeth kicherte. »Ich weiß zwar bis heute nicht, was ein Gang durch Violas Garten mit... meinem Problem« – hier wurde sie leiser – »zu tun hat, aber wenn Rosa davon überzeugt ist, daß es hilft? Ich tue jedenfalls alles, was sie mir rät, und ich muß sagen, ich fühle mich sehr wohl dabei.«

Georg hörte Elisabeths Wortschwall schweigend zu.

Die Nacht war so dunkel, daß er seine Gattin mehr neben sich fühlen als sehen konnte. Die seitlich des Weges in den Boden gerammten Fackeln spendeten nur in ihrem unmittelbaren Umkreis trübes Licht und verhinderten vielleicht, daß Betrunkene in die Gräben fielen – die Wege selbst erleuchteten sie jedoch nicht. Gott sei Dank. Die Dunkelheit war Georgs einziger Schutz.

»Hörst du mir überhaupt zu?« Elisabeth zog an seinem Ärmel, und er zuckte unangemessen heftig zusammen. In einer hilflosen Geste schlang er die Arme um sich. Er traute seiner Stimme nicht und brachte statt dessen nur ein Brummen heraus.

Mehr brauchte Elisabeth als Aufforderung nicht. »Rosa hat schon vielen Frauen zu einem Kind verholfen. Sie sagt, bei manchen würde es einfach etwas länger dauern, bis die Natur ihren Lauf nimmt.« Sie atmete tief aus. »Und ich habe schon geglaubt, ich sei zu dumm für die natürlichste Sache der Welt! Nun, noch ist es ja nicht so weit, aber ich bin schon jetzt guter Hoffnung – wenn auch nur im übertragenen Sinne.«

Georg wußte, daß nun eine Bemerkung seinerseits dringend angebracht war. Er spürte, wie Elisabeth mit angehaltenem Atem darauf wartete. Mit größter Selbstbeherrschung schob er das verführende Bild in seinem Kopf zur Seite. Selbst auf seiner Haut schien er das fremde Weib zu spüren, tausend kleine Nadelstiche liefen wellenartig seinen Rücken hinab, ohne daß er etwas dagegen tun konnte. »Das ist sehr erfreulich«, sagte er endlich steif und ohne innere Beteiligung.

»Meinst du das wirklich?« Unsicherheit schwang in Elisabeths Stimme mit, doch gleich darauf redete sie unverdrossen weiter. »Rosa sagt, daß die enge Einschnürung meiner Mieder dazu geführt haben kann, daß ...«

Ihre Worte verschwammen, bevor sie seine Ohren erreichten. Elisabeths Redefluß hörte nicht auf. Nun, da sie endlich frei war, über das große Ereignis in ihrem Leben – die Begegnung mit Rosa – zu reden, gab es kein Halten mehr. In ihrem Eifer, Georg all das Gute, zu dem Rosa in ihren Augen fähig war, mitzuteilen, konnte sie nicht mehr aufhören, zu erzählen.

Georg hörte ihre Lobpreisungen, hörte das ungewöhnlich

Lebendige in ihrer Stimme, und doch drang nichts zu seinem Bewußtsein durch. Wie auch? Er war nicht trunken von Elisabeths Offenbarung, sondern von etwas völlig anderem.

Ihm war, als hätte jemand seine Lebensuhr just zu dem Zeitpunkt angehalten, als er Rosa zum ersten Male erblickte. Immer wieder trat der Moment vor sein inneres Auge.

Elisabeth, wie sie heftig winkte und nach Rosa rief.

Er, wie er sich ärgerlich erhob, um herauszufinden, wem seine Frau zurief.

Und dann Rosa.

Rosa, die zögernd näherkam, Zurückhaltung in jedem ihrer Schritte. Es war nicht nur ihre dunkle Schönheit, ihre nachtschwarzen Haare, die wie ein geheimnisvoller Vorhang ihr Gesicht einrahmten – er hatte noch nie eine Frau gesehen, die ihre Haare außer Haus offen trug –, nein, was ihn so aufgewühlt hatte und noch immer aufwühlte, war etwas anderes: Er kannte keine andere Frau, die eine so starke körperliche Ausstrahlung besaß. Allein wie sie roch! So würzig, so erdig – nach frischem Torf vielleicht und nach allerlei Kräutern. Und wie forsch ihre Brüste sich ihm entgegengereckt hatten. Was hätte er darum gegeben, sie im selben Moment berühren zu dürfen! Ob sie sich so prall anfühlten, wie sie aussahen? Unwillkürlich hatte sein Blick die anderen Männer im Raum gestreift. Doch kaum einer schien die Frau wahrzunehmen, sie lachten, tranken und tanzten mit ihren Weibern, als sei nichts geschehen. Ha! Die Erde hatte gebebt! Dann hatte Elisabeth ihm die Heilerin vorgestellt. Statt sie mit ein paar Worten zu begrüßen, hatte er sie nur dämlich angelächelt. Doch Rosa hatte sein Lächeln aufgefangen, es hatte sich auf ihrem ebenmäßigen Antlitz widergespiegelt, ungewohnt, fremd und doch glückselig.

»Wie hast du diese Rosa eigentlich kennengelernt?« Gehörte diese fremd klingende Stimme zu ihm?

»Durch Dorothea!« Elisabeth klang konsterniert, so, als müßte er längst über diese Information verfügen.

»Und was hat meine Schwester mit diesem Weib zu tun?« fragte er blechern. »Meines Wissens nach ist die Kräuterfrau nicht in der Saline angestellt.« Die Geringschätzung in seiner Stimme quälte ihn, sie entsprach nicht im geringsten dem, was er fühlte. Rosa war ihm vorgekommen wie eine Göttin, wie ein Wesen aus der uralten Sagenwelt, wie sie in manchen Büchern in der Bibliothek beschrieben wurde. Eine Göttin der Liebe.

Elisabeth blieb stehen. »Als sie mich das erste Mal zu Rosa führte, kam es mir so vor, als hätten sich die beiden vor nicht allzu langer Zeit erst getroffen. Sehr viel hatten sie allerdings nicht miteinander zu schaffen.« Sie ging weiter. »Du hast doch nichts dagegen, daß ich zu Rosa gehe, oder?« fragte sie schließlich vorsichtig.

Er schüttelte den Kopf, bis ihm einfiel, daß sie das nicht sehen konnte. »Nein, das nicht«, erwiderte er zögerlich. »Es ist nur alles sehr überraschend für mich.« Das war die Wahrheit. »Ich wußte zwar, daß es diese Frau gibt, zu der die Leute gehen, aber ...«, *daß sie einem dunklen Engel gleicht, habe ich nicht gewußt.*

Rosa! Der Name paßte. Sie war wirklich schön wie eine Rose. Nein, sie war schöner als alle Rosen von Viola, mochten sie noch so wohlklingende Namen besitzen, mochten ihre Blüten noch so tiefrote Nuancen aufweisen. Hitze schoß von seinen Füßen hoch bis unter die Stirn, und in seinem Kopf begann es zu summen.

»In den Städten ist es scheinbar gar nicht so unüblich, daß die Damen der feinen Gesellschaft eine Kräuterfrau aufsuchen«, hörte er sich sagen und wunderte sich über seine Fähigkeit, nüchtern und sachlich zu klingen. »Martin hat davon gesprochen. Wer ständig von Zipperlein geplagt werde oder gar ein großes Leiden erdulden müsse, würde nach neuen Heilmethoden greifen wie ein Ertrinkender nach einem Seil.« Er zwang sich zu einem Lachen. »Solange sie dich nicht verhext ...« *Sie.* Rosas Namen auszusprechen traute er sich nicht.

Elisabeth klatschte wie ein Kind in die Hände. »Du weißt nicht, welch ein Stein mir vom Herzen fällt!«

Georg konnte sich nicht daran erinnern, seine Frau je so lebhaft gesehen zu haben.

»Weißt du«, fuhr sie in verschwörerischem Ton fort, »es ist schon seltsam: Mit Rosa habe ich mir mehr zu sagen als mit ...«, hier brach sie ab. »Jedenfalls, Rosa ist fast so etwas wie ... eine Freundin!«

Nein, das ist sie nicht! Die Worte brannten ihm eifersüchtig auf der Zunge, und er schluckte sie im letzten Moment hinunter.

Gut Rehbach tauchte plötzlich vor ihnen auf. Georg starrte auf die hohen Fenster, die gelben Mauern, als sehe er sie zum ersten Mal. Und schlagartig wurde ihm klar, daß sein Leben von nun an ein anderes sein würde: Er würde pausenlos auf der Hut sein müssen.

Es war noch nicht ganz hell, als er am nächsten Morgen aus dem Haus ging. Das vom Nebel und der Nässe schwere Gras sackte unter seinen Schritten zusammen. Wie ein Wilddieb verwischte er nach jedem Tritt die verräterischen Spuren.

31

Statt zu schlafen, schaute Rosa aus dem Fenster. Die ganze Nacht lang. Kein Licht machte sie in ihrer Hütte, um besser nach draußen sehen zu können.

Sie wartete auf Georg. Den Mann, den die Göttin Freya für sie bestimmt hatte.

Den Grafen von Graauw. Dem nicht nur die Saline und das riesige Landgut gehörte, das sicherlich zehn Mal soviel Raum einnahm wie die Siedlung der Rehbacher, sondern dessen Frau zu ihr kam, hilfesuchend. Sie hörte sich stöhnen. Nein, diesen Gedanken wollte sie nicht weiterspinnen. Statt dessen schob sich Georg wieder vor ihr inneres Auge. So groß, so schlank, fast so hellhäutig wie seine Frau. Daß die Göttin der Liebe gerade den Grafen für sie ausgesucht hatte, war ein Rätsel, das sie nicht verstehen mußte, sagte sich Rosa.

»*Als Heilerin braucht man keinen Mann* – ha, wie sehr hast du dich getäuscht, Mutter!« sagte Rosa ins Dunkle hinein. Harriet konnte nicht recht gehabt haben, sonst würde sie sich doch nicht mit jeder Stunde, die sie länger auf Georg wartete, verzehren wie ein Feuer, dem zuwenig Brennmaterial nachgelegt wurde. Bisher hatte sie wirklich andere Liebhaber gehabt: die Einsamkeit, die Stille des Waldes, ihre Träume. Das waren die Gesetze, nach denen Frauen wie sie seit Jahrtausenden lebten. Sie war damit zufrieden gewesen, hatte nicht mehr gewollt vom Leben.

Doch dann hatte Freya ihr verheißungsvolle Bilder geschickt.

Aber Georg kam nicht, und irgendwann fragte sie sich, ob sie sich am Ende alles nur eingebildet hatte. Aber da war Georgs Blick gewesen, und das offensichtliche Verlangen darin, flüsterte eine Stimme eindringlich. Rosa hoffte, daß diese Stimme recht behielt. Als die Morgendämmerung kam und dicker, weißer Nebel die Sicht auf den Weg verschleierte, war sie am Ende ihrer Kräfte. Wozu hatte Freya ihr all die Vorahnungen geschickt, wenn doch keine davon wahr wurde? Wollte die Göttin sie zum Narren halten? Rosa kaute die Haut um ihre Fingernägel herum blutig.

Und dann sah sie ihn. Unsicher in alle Richtungen schauend, als ob er sich seines Weges nicht sicher sei, stolperte er auf ihre Hütte zu. Bevor er anklopfen konnte, hielt Rosa ihm schon stumm die Tür auf. Es gab in diesem Moment, auf den sie die ganze Nacht lang gewartet hatte, nichts zu sagen.

Georg war da.

Sie schaute ihn an, doch in ihrem Blick lag keine Sehnsucht, kein Begehren. All ihre Sehnsüchte waren gestillt.

Georg war da.

Als er seine Arme um sie schlang und ihre rechte Wange an seiner Brust lag, sog sie gierig seinen Geruch ein. Seine Umarmung war fest, aber nicht so fest, daß sie ihr die Luft genommen hätte. Ihr Körper paßte sich seinem an, ohne daß sie sich Mühe geben mußte. Rosa konnte sich nicht daran erinnern, sich je so geborgen gefühlt zu haben.

Irgendwann lösten sie sich voneinander. Georg ließ seine Hände von ihrem Rücken gleiten. Sie hob ihm ihr Gesicht entgegen. »Den ganzen Sommer über« – ihre Stimme war rauh – »hab' ich geahnt, daß etwas... Großes passieren wird.« Tränen brannten unter ihren Lidern, während sie gegen die Hitze ankämpfte, die unaufhörlich in ihr aufwallte und sie zu verzehren drohte.

Georg lachte leise. »Da wußtest du mehr als ich! Mir war, als hätte der Blitz mich getroffen!« Sein Staunen war nicht zu überhören.

Rosa schüttelte den Kopf. »Nein, ich wußte gar nichts. Ein dummes Weib war ich. Aber ich habe darauf gewartet, daß die Liebe zu mir kommen wird.« Es war in Ordnung, Georg gegenüber ihr zweites Gesicht zu offenbaren. Sie lachte befreit auf und warf schwungvoll ihre Haare nach hinten. Ach, wie bewundernd war sein Blick! Sie hätte sich darin für immer aalen können.

Und dann konnten sie nicht länger warten. Mit zwei Schritten war Rosa an ihrem Lager, mit zittriger Hand schob sie die Decke aus zusammengenähten Lammfellen zur Seite. »Komm zu mir!« Die Atemlosigkeit in ihrer Stimme machte sie übermütig, sie winkte ihn mit beiden Händen zu sich. Georg folgte ihrer Aufforderung, Verwunderung lag auf seinem Gesicht. Sie lachte stumm – hatte er etwas anderes erwartet? Waren es die ausführlichen Schilderungen der Salzweiber, die ihr soviel Sicherheit verliehen? Oder kannte einfach jedes Weib das Geheimnis der Liebe? Sie konnte es kaum erwarten, endlich das zu erleben, von dem alle immerzu sprachen. Wie gut sich sein Gewicht auf ihr anfühlte. Seine Beine umschlangen sie, er rieb sich an ihrem Leib, den sie ihm bereitwillig entgegenhob. Ohne Rücksicht auf Bänder oder Knöpfe rissen sie sich die restlichen Kleider vom Leib, bis sich diese wie ein Berg Trophäen zu ihren Füßen türmten. Als Georg in sie eindrang, hörte Rosa sich schreien. Natürlich tat es weh, aber es war ein Schmerz, von dem sie nie würde genug bekommen können, das wußte sie in diesem Augenblick. Sofort wollte er sich zurückziehen, doch sie zog ihn wieder auf sich herab. Woher hätte er wissen sollen, daß es die pure Lust war, die ihre Kehle öffnete?

Rosa erkannte ihren Körper nicht wieder. Waren es *ihre* Brüste, die sich ihm schamlos entgegenreckten? Waren es *ihre* Beine, die sich bereitwillig öffneten und wieder schlossen? Daß so etwas möglich war, hätte sie nie geglaubt. Rosa fühlte sich wie die Königin eines riesigen, fremden Reiches: mächtig, stolz, stark.

Auch nachdem ihr Hunger fürs erste gestillt war, konnten sie nicht voneinander lassen. Ihre Beinen waren verflochten, Rosas Kopf lag in der weichen Rundung von Georgs Armbeuge, seine rechte Hand auf ihrer Brust, unfähig, still zu bleiben. Unentwegt fuhren seine Finger über ihr pralles Fleisch, zupften an den dunklen, in die Höhe stehenden Knospen, bis sie glaubte, sie würden bersten. Mit größter Willenskraft gelang es ihr, ein wenig von ihm abzurücken.

Georg schüttelte den Kopf. »Noch nicht«, flüsterte er. Seine Lippen senkten sich auf ihre Stirn, Küsse so zart wie Schneeflocken fielen auf ihre erhitzte Haut. Rosa schloß die Augen. Noch nie hatte sich etwas so gut und so richtig angefühlt.

Als Georg wieder weg war, blieb Rosa noch liegen. Sie hatte ihn ohne Bedauern gehen lassen, denn sie wußte, er würde wiederkommen.

Bald.

Es war kalt in der Hütte, aber um ein Feuer zu entfachen, hätte sie hinausgehen und Holz holen müssen. Unfähig, einen Schritt zu tun, Tee zu kochen oder etwas gegen das hohle Gefühl in ihrem Bauch zu unternehmen, vergrub sie sich unter ihrer Decke. Sie konnte sich nicht daran erinnern, sich je einen ganzen Tag Müßiggang geleistet zu haben. Immer gab es etwas zu tun. Stets waren Kräuter zu mischen, Salben zuzubereiten, war Leuten aus der Saline zu helfen. Dazu kamen die Arbeiten, für die andere Weiber ihre Männer und Kinder hatten: Holz hacken, Wasser holen, die Hühner und die Ziegen versorgen und tausend Dinge mehr, die sie allein verrichten mußte. In letzter Zeit waren ihr die Tage besonders kurz vorgekommen, denn Elisabeths ständige Besuche hatten viel von ihrer Zeit geraubt.

Elisabeth. *Ich will nicht über sie nachdenken!* durchfuhr es sie heftig. Sie zog mit dem rechtem Zeigefinger die Konturen ihrer geschwollenen Lippen nach. Georgs Küsse brannten noch immer auf der dünnen Haut, dort, wo seine Zähne sich an ihrer Oberlippe festgebissen hatten, war eine wunde Stelle. Als sie daran leckte, kostete sie metallisch schmeckendes Blut. Rosa seufzte und streckte sich. Dann schlief sie ein, tief und fest und traumlos.

Als sie wieder aufwachte, wußte sie für einen langen Moment weder, wo sie war, noch was geschehen war. Draußen war es dämmrig, und sie hörte die Ziegen hinterm Haus. Ihr seltsames Jammern ließ Rosa aufschnellen. Schlagartig war sie wach. Heiße Schauer durchfuhren sie. Es war fast Abend, und sie hatte sich den ganzen Tag nicht um ihre Tiere gekümmert! Im Hemd rannte sie mit nackten Füßen hinters Haus und warf Heu und Körner in den Stall, füllte die Wassereimer auf und war heilfroh, genügend Wasser im Regenfaß zu haben. Ein Gang zum Dorfbrunnen wäre das letzte gewesen, wonach ihr der Sinn gestanden hätte! Als sie sich entleerte, brannte es zwischen ihren Beinen. Rosa lächelte.

Geistesabwesend fütterte sie ihre Tiere, ohne deren vorwurfsvolle Blicke zu beachten. Dann ging sie wieder in ihre Hütte. Inzwischen war es richtig dunkel, und sie mußte sich am Regal entlang tasten, um zu ihrem Kerzenleuchter zu kommen. Was hätte sie darum gegeben, jetzt hinausgehen zu können, in den Wald, zur Birkenlichtung! Doch dazu war es zu dunkel.

Um etwas zu tun, machte sie Feuer und stellte Wasser auf. Zögerlich griff sie erst nach dem einen, dann nach einem anderen und schließlich nach einem dritten Beutel Kräuter, bevor sie eine halbe Handvoll entnahm und ins Wasser warf. Bald zog der belebende Duft von Pfefferminze durch den Raum, und der Nebel vor ihrer Stirn lichtete sich ein wenig.

Rosa setzte sich an den Tisch, holte den Brotlaib aus der Dose und schnitt eine dicke Scheibe davon ab. Lustvoll kaute sie Bissen für Bissen des dick mit Honig beträufelten Brotes. Als der Tee fertig war, trank sie zwei große Becher davon. Körperlich und geistig gestärkt kroch sie wieder tief unter ihre Decke, die noch nach Georg roch.

So traumlos und leer ihr Kopf im Schlaf gewesen war, so übervoll war er nun.

Alles war anders geworden. Ohne Besprechung, ohne Liebesorakel, ohne Zauberspruch war die Liebe zu ihr gekommen. Wie ein Geschenk, das einem jemand in der Nacht vor die Tür legte. Nichts galt mehr von den alten Gesetzen. Rosa lachte leise auf.

Georg. Da hatte sie zuerst seine Schwester treffen müssen, dieses seltsame Weib, das einen anschauen konnte, daß es einem grauste! Und dann Elisabeth, das dumme Lamm! Rosa erschrak über die Distanz, mit der sie an die junge Gräfin dachte. Hätte die nicht immer wieder von der Kirchweihfeier angefangen, wäre sie nie auf den Gedanken gekommen, hinzugehen, rechtfertigte sich Rosa innerlich. Als Elisabeth sie erspäht und ihr über den ganzen Raum hinweg zugewunken hatte, wäre sie am liebsten gleich wieder hinausgestürmt. Was hatte sie schließlich doch dazu bewogen, an den Tisch der Graauws zu treten und die Runde mit einem angedeuteten Knicks und einem Kopfnicken zu begrüßen? Sie wußte es nicht. Doch daran, wie sie sich gefühlt hatte, als sie Georg neben Elisabeth sitzen sah, würde sie sich wahrscheinlich ihr Leben lang erinnern: Ihr Herz hatte zu schlagen begonnen wie nach einem schnellen Lauf, sie hatte sich an der Tischkante festhalten müssen, so schwindlig war ihr auf einmal geworden. Dann hatten sich ihre Blicke getroffen.

Wie würde sie Elisabeth das nächste Mal gegenübertreten? Was würden Georg und sie tun müssen, damit ihre Liebe geheim bliebe? Rosa wußte noch keine Antworten, außer der, daß alles gut werden würde.

Ein Lächeln begleitete sie in den Schlaf. Von nun an würde sie nicht mehr allein sein müssen.

32

Als die Rehbacher wenige Tage später aufwachten und aus den winzigen Fenstern ihrer Hütten schauten, hatte sich der Regen über Nacht in Schnee verwandelt. Wie ein vergilbter Brautschleier lag der auf den Dächern und verwischte die Konturen der kleinen Siedlung. Der Winter war da. Früher als in anderen Jahren, aber unwiderruflich machte er sich wie ein ungebetener Gast breit. Die Bauern aus der umliegenden Gegend hatten ihre Arbeit auf den Feldern und auf dem Hof noch nicht beendet, doch ihnen blieb nichts anderes übrig, als sich ins Haus zurückzuziehen und die Winterarbeit zu beginnen.

Auch die Sudhausvorsteher fluchten: Am Kocherufer lagen Hunderte Klafter Holz mehr recht als schlecht vor den Niederschlägen geschützt und warteten darauf, auf die fünf Lager verteilt zu werden. Diese waren erst zur Hälfte gefüllt – durch das Fest waren Götz und die vier andern Vorsteher zeitlich ins Hintertreffen geraten. Zu lange Zeit waren sie beschäftigt gewesen mit den Vorbereitungen der Feier, wie Tische rücken, Bier besorgen und Girlanden aufhängen, damit alles schön festlich aussah. Nun war Eile angesagt, denn lag der Schnee erst einmal kniehoch oder noch höher, würde der Weg vom Kocherufer bis zu den fünf Holzschuppen den Männern die doppelte Zeit und Anstrengung abverlangen.

So mußte jeder nach getaner Schicht noch mindestens eine Stunde Holz schleppen und aufbeugen.

Götz trieb seine Leute dabei stärker an als jeder andere, er ließ es sich außerdem nicht nehmen, das Befüllen des Holzschuppens selbst zu überwachen. Und das hatte seine Gründe: Hier wollte er sich ein zweites Mal mit Dorothea treffen. Und ein drittes Mal. Ein viertes Mal, und wenn es sein mußte, hunderte Male! Zuvor mußte er jedoch einige Vorkehrungen treffen.

Seit dem Gespräch mit der Grafentochter war es aus mit seiner Seelenruhe. Viel mehr, als daß Georg vorhatte, aus der Saline ein Heilbad zu machen, hatte er aus Dorothea an jenem Abend nicht herausbekommen – als draußen plötzlich Stimmen zu hören gewesen waren, war Dorothea wie ein Schatten davongehuscht. Götz wußte, daß hinter der ganzen Angelegenheit mehr steckte, als die Junge ihm offenbart hatte, und er konnte nur mit größter Mühe abwarten, alles zu erfahren. Seine innere Unruhe machte ihn launisch und ließ ihn ungeduldig mit jedem werden, der für seine Begriffe nicht schnell genug war. Mit dem Instinkt eines geborenen Unruhestifters hatte Hermann Lochmüller die Stimmung seines Vorstehers erspürt und versucht, ihn durch zweideutige Reden herauszufordern. Dem Salzabzieher wäre jeder Anlaß für einen Schlagabtausch – sei er mit Worten oder gar mit Fäusten ausgetragen – willkommen gewesen, doch Götz ging auf keine von Lochmüllers Reden ein. Er hatte genug zu tun, sein nächstes heimliches Treffen mit Dorothea vorzubereiten.

Es war ausgemacht, daß es baldmöglichst stattfinden sollte. Doch dann hatte es sich als schwieriger erwiesen, als Götz angenommen hatte. Dorothea hatte zwar nach dem Fest ihre Besuche in den Sudhäusern wiederaufgenommen und schaute nun täglich bei ihnen vorbei. Statt ihr dabei jedoch Zeit und Ort eines nächsten Treffens zu nennen, hatte er sie jedes

Mal mit einem stillen Kopfschütteln vertröstet. Wahrscheinlich dachte sie inzwischen, er hätte es sich anders überlegt.

Allein der Ort hatte ihm schlaflose Nächte bereitet: Seine Hütte kam als Treffpunkt nicht in Frage. Er wohnte zwar allein, doch die Hütte war winzig, eigentlich waren es lediglich drei Wände, die sich an die Rückwand von Martin Mäuls größerer Hütte anlehnten. Nicht, daß er sich für sein ärmliches Zuhause schämte! Jederzeit hätte er Dorothea mit zu sich genommen. Doch ihre Zusammenkunft mußte heimlich geschehen, und deshalb war ihr Besuch in seinem Heim unmöglich, dort hätte jederzeit einer von den Männern oder Magda, die aufdringliche, hereinschauen können. Genausowenig konnte er sie im Herrenhaus aufsuchen. Endlich war er auf den Gedanken mit dem Holzlager gekommen.

Wäre ihm das gleich eingefallen, hätte er einige Tage Zeit gespart, ärgerte sich Götz nun, als er zwei seiner Männer anwies, die hinterste Ecke des Schuppens leer zu lassen. Er sah sehr wohl ihre hochgezogenen Augenbrauen, hörte beim Hinausgehen ihr Brummen, doch er kümmerte sich nicht weiter darum. Dort hinten in der Ecke wollte er den Tisch aus seiner Hütte aufstellen, und von irgendwoher mußte er zwei Stühle beschaffen. Wenigstens hinsetzen sollten sie sich schließlich können!

Als die letzten Klafter Holz verstaut worden waren, schickte Götz die Männer nach Hause. Er begutachtete kritisch die freie Ecke. So schlecht war ihr zukünftiger Treffpunkt gar nicht: Als Sudhausvorsteher hatte er allein den Schlüssel und somit den Zugang zu dem Holzlager, aus dem ausschließlich sein Sudhaus gespeist wurde. Hier würden sie vor ungewollten Blicken sicher sein, sie mußten lediglich beim Kommen und Gehen aufpassen. Außerdem war es warm, trocken und zugfrei.

Obwohl Dorotheas Eröffnung alles andere als erfreulich

gewesen war, verspürte Götz nicht die geringste Angst vor der Zukunft. Ganz im Gegenteil, er war von einer regelrechten Aufbruchstimmung erfaßt worden. Warum das so war, konnte er sich nicht erklären. Als er gegenüber Dorothea behauptet hatte, er würde Georgs Plan von einem Heilbad zu verhindern wissen, hatte er nicht einfach geprahlt. In seinem Innersten war er davon überzeugt, daß er die Lage nicht nur meistern, sondern zu seinem Vorteil wenden konnte. Er dachte an die Blechdose, die er unter dem Holzboden seiner Hütte versteckt hielt. Jeden übrigen Heller hatte er dort hinein gesteckt, im festen Glauben daran, daß irgendwann die Gelegenheit kommen würde, jene Siederechte zurückzukaufen, die sich sein Großvater in seiner Dummheit hatte abluchsen lassen. Vielleicht würde er nun die Rechte seiner Urväter sogar ohne seine Ersparnisse opfern zu müssen zurückbekommen?

Wie begeistert sie von ihrem Plan gesprochen hatte! Er wußte zwar noch nicht, worum es dabei ging, aber er war sicher, daß sie nicht übertrieben hatte. Das Weib hatte schließlich etwas im Kopf! In Dorothea hatte er die stärkste Verbündete, die er sich vorstellen konnte. Andererseits: Was konnte sie als Weib schon viel ausrichten? Allerdings war sie nicht wie andere Weiber, für Dorothea von Graauw galten andere Maßstäbe. Er wußte nur noch nicht, welche.

Götz grinste. Dringend hatte Dorothea wissen wollen, was er als Gegenleistung für seine Hilfe verlangte. Er war ihr die Antwort schuldig geblieben, so, wie sie ihm ihren Plan vorenthalten hatte. Noch hatte keiner so richtig die Katze aus dem Sack lassen wollen. Einen Augenblick lang hatte er wirklich geglaubt, sie würde sich selbst als Lohn für seine Hilfe anbieten! Er schloß die Augen und versuchte, sich ihren drahtigen Leib nackt vorzustellen. Die Aussicht, Fräulein Hochnäsig völlig entblößt unter sich zu spüren, war mehr als verführerisch. Wahrscheinlich wäre er der erste bei ihr. Würde sie wirklich den Hohenweihschen heiraten, wie man munkelte, dann hätte sie zumindest einmal in ihrem Leben gespürt, wie sich ein echter Mann anfühlte! Nun, es war ja noch nicht aller Tage Abend, sinnierte Götz, während es um ihn herum stockdunkel wurde. Als nächstes würde er eine Lampe herbringen, nahm er sich vor. Er streckte sich und fühlte sich dabei stark und gut. Was auch auf ihn zukam, er würde bereit sein!

33

Im Gegensatz zu Götz bereitete ein zweites Treffen für Dorothea keine Schwierigkeiten. Niemand kümmerte sich darum, was sie mit ihrer Zeit anfing, von ihren Stippvisiten in den Sudhäusern bekam auch niemand etwas mit. Jeden Vormittag verließ sie das Haus und ging in Richtung Saline, und noch kein einziges Mal war ihr dabei Georg oder ihr Vater über den Weg gelaufen.

Auch jetzt war sie mutterseelenallein, als sie sich ihren Mantel überwarf. Aus der Bibliothek drangen Viola und Fredericks Stimmen, doch ansonsten war alles still. Dorothea hatte keine Ahnung, wo Georg sich aufhielt – in seinem Amtszimmer war er jedenfalls nicht –, sie konnte nur hoffen, daß er ihr nicht über den Weg lief! Eine Erklärung dafür zu finden, daß sie sich am späten Nachmittag wie ein Dieb hinaus in die Dunkelheit schlich, würde ihr nicht leicht fallen... Doch zu einem anderen Zeitpunkt konnte Götz nicht kommen, lediglich zwischen der Tag- und der ersten Nachtschicht konnte er etwas Zeit abzwacken. Dies hatte er ihr nicht extra erklären müssen, Dorothea kannte die Aufgaben jedes einzelnen Mannes und Weibes auswendig. Eifersüchtig seufzte Dorothea auf – Götz lebte und atmete Salz, während von ihr erwartet wurde, daß sie sich mit Feinstickarbeiten die Zeit vertrieb!

Sie bemühte sich, ganz am Rand der gekiesten Einfahrt zu gehen, um sowenig Spuren wie nur möglich im Schnee zu hinterlassen. Obwohl sie auf Zehenspitzen ging, spürte sie schon nach wenigen Schritten, daß die Nässe seitlich in ihre viel zu dünnen Lederstiefeletten eindrang. Ihre fellbesetzten Winterstiefel anzuziehen hatte sie nicht gewagt. Für den Fall, daß jemand sie bei ihrer Rückkehr überraschen sollte, konnte sie sagen, sie hätte lediglich ein wenig frische Luft geschnappt.

Als sie in Sichtweite des Holzlagers kam, drang durch die Ritzen der Holzwände trübes Licht. Sofort schaute Dorothea sich um. Wenn *sie* das Licht sah, war es für jedermann zu erkennen! Doch außer ihr war niemand unterwegs, die Rehbacher hatten sich entweder in ihre Hütten verkrochen oder waren bei der Arbeit. Dorothea zitterte und wußte, daß dies nicht von der Kälte kam. Es war ihre innere Zerrissenheit, die ihr zu schaffen machte. Ihr war nicht wohl bei dem Gedanken, gerade Rauber hundertprozentig zu vertrauen. Der Mann war so... Sie fand kein Wort dafür, daß sie sich ihm gegenüber manchmal fast unterlegen fühlte. Doch welche Wahl hatte sie schon? Es war nicht gerade so, daß die Männer Schlange standen, um ihr bei der Durchführung ihres Planes zu helfen. Ein harsches Lachen kroch aus ihrer Kehle: Sogar sich selbst gegenüber hatte sie Mühe, ihre Ideen als Plan zu bezeichnen. Ihr Plan bestand bisher nur aus Stückwerk. Mit dem Zeigefinger strich sie sich die von der Feuchtigkeit kraus gewordenen Stirnfransen glatt, atmete noch einmal durch und klopfte an.

Götz hielt ihr stumm die Tür auf. Den Mantel wie zum Schutz fest um sich gewickelt, trat Dorothea ein. Sie atmete noch ein letztes Mal tief durch und tastete durch ihren dicken Schal nach dem gestohlenen Buch. Die Abhandlung über den bergmännischen Abbau von Salz. Die Beschreibung des polnischen Salzberges Wielickca.

Ihre Begrüßung war steif, sie mußte sich regelrecht ein paar Worte abquälen. Götz machte es ihr nicht leichter, indem er schwieg. Dann fiel ihr Blick auf den Tisch und die zwei Stühle, die in der hinteren Ecke des Lagers standen. In der Mitte des Tisches stand eine Lampe. Der orangefarbene Lichtkegel hatte auf einmal etwas sehr Beruhigendes.

Sie zog einen Stuhl für sich heran und zeigte auf den zweiten. »Vielleicht wäre es besser, wenn du dir meine Pläne im Sitzen anhörst.« Sie gab sich einen Ruck. Besser, Rauber würde gleich erfahren, auf was er sich einließ!

Eine Stunde später war sie mit ihrer Vision nicht mehr allein.

Götz starrte lange auf die Zeichnung, die Dorothea in der zweiten Buchhälfte aufgeschlagen hatte.

»Es könnte funktionieren.« Sein Blick wanderte von dem Querschnitt eines Bohrschachtes, aus dessen Tiefe Salz abgebaut wurde, zu Dorothea.

»Und? Mehr hast du nicht dazu zu sagen?«

Götz' Miene blieb ruhig. »Was erwarten Sie? Es sind viele Fragen offen, auf die man zuerst Antworten finden muß.«

»Ja, aber was hältst du von dem Gedanken an sich?« fragte Dorothea atemlos. »Stell dir doch vor, was das für Rehbach bedeuten würde: Wir bräuchten kein Holz mehr, weil wir nicht mehr sieden müßten! Das Salz einfach so aus dem Stein zu hauen wäre ...« Sie brach ab. Eine halbe Ewigkeit lang hatte sie ihm von ihren Überlegungen erzählt, hatte Seite für Seite aufgeschlagen, Listen offengelegt, Berechnungen und Aufzählungen erklärt. Götz hatte die meiste Zeit geschwiegen, nur hie und da hatte er durch eine gezielte Frage gezeigt, daß er ihren Ausführungen folgte. Warum war er nicht genauso berauscht wie sie? Genau das hatte sie im stillen gehofft, mehr noch, davon war sie fest ausgegangen, sonst wäre sie doch nie ihrem Instinkt gefolgt und hätte ihm gleich zu Beginn ihres Treffens von ihrer Vision erzählt!

Erst da bemerkte sie sein breites Grinsen, das sich in einem unbeobachteten Moment auf sein Gesicht geschlichen haben mußte. »Da muß erst ein Weib auf solch einen Gedanken kommen.«

Noch nie in ihrem Leben war Dorothea so stolz auf sich gewesen. Sie wußte, daß sie nicht nur aufs richtige Pferd gesetzt hatte, sondern auf einen Sieger. »Du machst also mit?« Ihre Stimme zitterte ein wenig. Sie war so erleichtert darüber, daß sie Götz am liebsten umarmt hätte. »Also, ich würde vorschlagen, daß wir beginnen, sobald Georg abgereist ist, und ...«

»Einen Augenblick mal«, unterbrach Götz sie. »Daß wir uns richtig verstehen: *Wenn* wir die Sache durchziehen, dann bin ich es, der den Zeitplan festlegt. Und alles andere auch. Sie glauben doch nicht im Ernst, daß ich mir von einem Weib etwas sagen lasse, auch wenn das Weib die Salzbaronin ist! Ha, da wäre ich bei meinen Leuten gleich unten durch!« Er ließ sie nicht aus den Augen.

Dorotheas erster Instinkt war, ihm übers Maul zu fahren. Doch sie hielt sich im Zaum. Er hatte recht: Götz mußte vor seinen Arbeitern im besten Licht dastehen, um ihnen all das abverlangen zu können, was auf sie zukommen würde. »Nach außen hin könnte das ja so aussehen«, gab sie also zähneknirschend zu. »Aber dir ist ja wohl klar, daß nichts gemacht wird, was nicht meine Zustimmung findet.«

Er zuckte mit den Schultern. »Wir können es auch bleiben lassen. Dann wird Rehbad halt eine große Badewanne. Ich finde auch in Schwäbisch Hall eine Arbeit.« Er stand auf und knöpfte seine Jacke zu.

»Halt!« Dorothea packte ihn am Ärmel. Obwohl sie am liebsten sofort wieder losgelassen hätte, hielt sie ihn krampfhaft fest. »Wo willst du hin? So war das nicht gemeint. Es ist doch nur... ich riskiere schließlich Kopf und Kragen!« Sie hörte sich an wie ein trotziges Kind und hätte sich ohrfeigen können.

Götz lachte rauh, blieb jedoch stehen. »Ich etwa nicht? Falls es Ihnen nicht klar ist: Das, was wir vorhaben, nennt man Verrat. Dafür könnte ich am Galgen landen! Schließlich muß das alles hinter dem Rücken Ihres Bruders geschehen.«

»Ach!« Sie winkte seine Zweifel weg. »Wo kein Richter ist, ist auch kein Henker. Es ist doch Georgs freier Entschluß, Rehbach einfach im Stich zu lassen! Erst für ein halbes Jahr und dann – für immer! Wir nutzen Georgs Abwesenheit dazu, um Tatsachen zu schaffen, an denen mein lieber Bruder einfach nicht vorbeikann.« Sie zwang sich zu einem souveränen Ton. »Daß es mit den ewig steigenden Holzkosten nicht wie bisher weitergehen kann, hat er ja immerhin schon eingesehen. Nur ist seine Idee das letzte, was Rehbach braucht!« Schon bebte sie wieder. »Unser Schacht jedoch – der wird für alle gut sein!« Von der geplanten Heirat mit Hohenweihe sprach sie nicht. Sie hatte das Thema völlig aus ihrem Bewußtsein verdrängt. Ihre Pläne, der Abbau von Steinsalz – das war wichtig. Alexander von Hohenweihe und seine Wälder spielten darin keine Rolle. »Ich bin mir sicher – wenn Georg erst einmal sieht, daß es möglich ist, Salz bergmännisch abzubauen, läßt er seine Pläne fallen wie eine heiße Kartoffel. Dankbar wird er uns sein! Und die Sache mit dem Heilbad – diesen Floh hat ihm doch nur sein unmöglicher Freund ins Ohr gesetzt. Daß der nichts taugt, habe ich auf den ersten Blick gesehen...« Dorothea schüttelte den Kopf. »Nein, um Georgs Rückkehr mache ich mir wirklich keine Sorgen. Was mir Kopfzerbrechen bereitet, ist die Frage, ob sechs Monate ausreichen, um einen so tiefen Schacht zu graben. Wobei wir noch nicht einmal wissen, *wie* tief er sein muß.«

»Es ist einiges zu überlegen, bevor der erste Spatenstich gemacht wird. Sicher gibt es irgendwo Experten für solche Fragen, aber angesichts unserer Lage« – Götz grinste sie schräg an – »können wir schlecht einen Fachmann hierher bestellen. Wir müssen also selbst zurechtkommen. Was die Schachttiefe angeht, habe ich schon gewisse Vorstellungen.«

Ach, es war so gut, jemanden zu haben, der ihre Zuversicht teilte. Allmählich wurde dieser Götz Dorothea richtig sympathisch.

»Aber eines, verehrte Salzbaronin, müssen Sie mir noch erklären...«

Sie runzelte die Stirn. Was sollte der ironische Unterton?

Götz' Blick wurde ernst. »Was wird Ihr Vater zu sagen haben? Georg mag ja nichts mitbekommen, aber Ihr Vater wird unser Vorhaben doch nie und nimmer erlauben...«

34

»... und du wirst eine berühmte Heilerin werden. Von nah und fern werden die feinen Damen zu dir kommen, und deine Kräuter werden so begehrt sein, daß du mit dem Pflücken und Trocknen nicht mehr nachkommst wirst!« Georgs Wangen waren gerötet.

Auf den Ellenbogen gestützt, richtete Rosa sich auf. Wie jedes Mal, nachdem sie ihre Lust gestillt hatten, hatte Georg auch heute mit seinen Träumen angefangen. Sie streichelte über seine hellen Bartstoppeln und ließ ihn erzählen.

Als Rosa das erste Mal von seinem Heilbad erfahren hatte, war ihr angst und bange geworden. »Was wird aus all den Salinenleuten?« hatte sie gefragt. »Die werden auch im Heilbad irgendeine Anstellung finden«, hatte Georg ihre Zweifel eher vage davongewischt, doch sie war damit zufrieden gewesen. Was gingen sie die Rehbacher an, wo sie nackt und satt und zufrieden neben Georg lag? Natürlich hatte er von ihr wissen wollen, was sie von der ganzen Sache hielt. Ihr erster Impuls war gewesen, zu sagen: »Laß alles beim Alten, zu viele Änderungen tun nicht gut!«, aber hätte sie dann nicht wie Harriet geklungen? Oder wie eines der alten Weiber aus der Saline? Sie selbst hatte doch gerade erst erleben dürfen, wie gut Veränderungen im Leben taten! Also übernahm sie seine frohe Laune und begann mit ihm zu träumen. Von rosengesäumten Wegen, die von warmen Solebädern zu eleganten Hotels führten. Von feinen Damen, die zu ihr kamen, um Kräuter zu kaufen, und ihren Rat erbaten. Ob diese Damen in ihre Hütte kommen oder ob sie später woanders leben würde – so weit waren Georgs Träume nicht gediehen, und Rosa fragte nicht, sondern schwelgte mit ihm in schönen Bildern. Nur manchmal, wenn Georg wieder gegangen war, machten ihr diese Träume angst: Das Bild von Rehbach, das er zeichnete, hatte so gar nichts mit dem gemein, was ihr bekannt war! Sie, eine berühmte Heilerin? Sie hörte ein abfälliges Lachen und erkannte, daß es Harriet war. Doch sie verbannte das höhnisches Grinsen ihrer Mutter in den hintersten Winkel ihres Bewußtseins. Lange genug hatte sie ihr Leben bestimmt, ihr von Kindesbeinen an die Einsamkeit eines Einsiedlers auferlegt. Doch nun war Georg in ihr Leben getreten, und alles war anders.

Er erwiderte das Lächeln, das über ihr Gesicht geflogen war. »Du bist so schön«, flüsterte er. »Schöner als jedes Gemälde, und sei der Künstler noch so berühmt. Und so ... warm! Ach ...« Er drückte sie fest an sich. »Ich könnte den Gedanken nicht ertragen, wenn ein anderer Mann dich ebenso berühren dürfte.«

Wie besitzergreifend er war! Rosa lächelte. Gleichzeitig zeigte seine Eifersucht, wie wenig er von ihr und ihrem Leben am Rande der Rehbacher Dorfgemeinschaft wußte. Immer wieder fing er damit an, daß es doch sicher viele Burschen geben mußte, die um ihre Aufmerksamkeit buhlten. Ha! Wo die Rehbacher in ihr doch nur die seltsame Hagezusse sahen.

Er dagegen teilte sein Leben mit einer anderen. Und er hatte sie bisher noch kein einziges Mal danach gefragt, ob sie das schmerzte. »Elisabeth war wieder hier«, sagte sie nun und beobachtete, wie die Unbekümmertheit auf seinem Gesicht verflog.

»Und? Was hat sie gewollt?« Unwillkürlich versteifte sich sein Körper.

Normalerweise wollte sie Georg nicht leiden sehen, deshalb redete sie nicht oft über die Besuche seiner Frau. Manchmal konnte sie es sich jedoch einfach nicht verkneifen. »Was schon?« Ihr Lachen klang bitter. »Einen Kindszauber natürlich.«

Betroffen blickte Georg zu Seite. Sie spürte, wie er sich zurückzog. Schon bereute sie es, ihn aus seinen Träumen gerissen zu haben. Das letzte Mal, als sie etwas über seine Frau und deren Besuche bei ihr gesagt hatte, war Georg fast eine Woche lang nicht wiedergekommen. Es schien, als ob er mit der unglücklichen Konstellation weniger gut zurechtkam als sie.

Natürlich litt auch Rosa unter dem Dreiecksverhältnis. Aber die meiste Zeit gelang es ihr, Elisabeth aus ihrem Kopf zu verdrängen.

Daß die Frau ausgerechnet wegen ihres unerfüllten Kinderwunsches zu ihr kam, machte die Sache allerdings nicht leichter. Den Gedanken, daß Georg mit ihr schlief, konnte Rosa nur schwer ertragen. Als Elisabeth ihr bei einem ihrer letzten Besuche flüsternd gestanden hatte, daß mehrere Wochen ohne Beischlaf vergangen waren und sie sich deshalb die größten Sorgen machte, hätte Rosa vor Freude frohlocken wollen! Statt dessen hatte sie die andere beruhigt und gemeint, eine solche Zeit der Ruhe wäre für ihren Körper sicher sehr erholsam. Diese und andere Lügen entschuldigte sie damit, daß Freya ihr schließlich Georg geschickt hatte. Wenn, dann hatte Freya zu verantworten, daß Elisabeth unter der mangelnden Liebe ihres Mannes litt! Noch nie war sie so blaß, so knochig gewesen – Rosa kam sich gegenüber ihr üppig, ja, fast schon dick vor! Nichts konnte die junge Gräfin mehr aus ihrer unfrohen Stimmung reißen, nicht einmal ihre Besuche bei Rosa schienen noch eine erfreuliche Abwechslung für sie zu bedeuten. Rosa fragte sich, ob Elisabeth womöglich etwas ahnte. Doch Elisabeth war unwissend wie ein Lamm vor dem Osterfest. Ihre Traurigkeit kam aus ihr selbst, und sie wurde von Woche zu Woche heftiger.

Wie schwierig mußte es für Georg sein, mit dieser kühlen Frau zu leben! Wo er selbst so unkompliziert, so sinnesfroh, so lustvoll war. Mit Elisabeth sei er ganz anders, vertraute er Rosa an, als sie ihn einmal auf die Gegensätzlichkeit zwischen seiner Gattin und ihm angesprochen hatte. Es sei ausschließlich Rosas Leib, von dem er nicht genug kriegen könne. Rosa glaubte ihm – Elisabeths Schilderungen bezüglich der Lieblosigkeit ihres Gatten bestätigten schließlich Georgs Aussage. Irgendwie hatte der Georg, von dem die Gräfin ihr erzählte, nichts mit dem Mann zu tun, der neben ihr im Bett lag und mit ihren langen Haaren spielte. Und so hatte Rosa beschlossen, daß sie Georg all das geben wollte, was Elisabeth ihm vorenthielt. Sie wollte für ihn dasein, ohne ständig etwas von ihm zu fordern.

Im gleichen Maße, wie sich Elisabeths Dasein verdunkelte, wurde Rosa glücklicher. Ihr war fast, als schwebe sie eine Handbreit über dem Boden. Obwohl draußen ein eisiger Dezemberwind über die gebückten Dächer fegte, fühlte sie sich warm und geborgen. »Du grinst so dämlich, als hättest du zuviel von deinen tollen Kräutern gefressen«, hatte Ellen Lochmüller erst vor ein paar Tagen gemeint und sie vertraulich in die Seite gestoßen. War ihre Veränderung so offensichtlich? Von da an versuchte Rosa bei den Besuchen der Salinenleute eine ernste Miene zu machen. Sie mußte aufpassen, niemand durfte etwas von Georg und ihr erfahren, weder die Rehbacher noch einer von den Graauws.

Auch Georg selbst war wachsam. Seine Besuche plante er so, daß seine Abwesenheit niemandem weiter auffiel.

Jetzt schaute er auf seine Taschenuhr und setzte sich mit einem Seufzen auf. »Ich muß gehen, es wartet in den letzten Wochen vor meiner Abreise noch viel Arbeit auf mich.«

Wie jedesmal, wenn er von seiner geplanten Reise sprach, spürte Rosa einen Stich im Herzen. Wie sollte sie die Zeit ohne ihn überstehen? Sie sagte nichts.

»Nachher kommt Götz Rauber zu mir«, berichtete er nun. »Ich habe vor, ihn zu meinem Vertreter zu machen, für die Zeit, in der ich weg bin.«

»Wie kommst du gerade auf Rauber?« fragte Rosa

Georg zuckte mit den Schultern. »Das ist eine einfache Angelegenheit. Da Josef Gerber sich das Bein gebrochen hat und nur mühsam durch die Gegend humpeln kann, bleibt mir keine andere Wahl, als einen der Sudhausvorsteher zu benennen. Und von allen fünfen erscheint mir der Rauber als der Tauglichste. Oder?« Trotz aller bemühter Festigkeit klang er eher skeptisch.

»Doch, doch, der Rauber wird dich sicher gut vertreten«, bestätigte Rosa. Daß er sie um Rat fragte, zeigte, wie sehr er ihr vertraute. »Was wirst du ihm eigentlich als Grund für deine lange Abwesenheit sagen?«

Georg zuckte mit den Schultern. »Darüber habe ich mir lange den Kopf zerbrochen, das kannst du mir glauben. Das beste wird sein, wenn ich nur von einer weiteren Studienreise spreche. Alles andere würde die Leute vielleicht unnötig beunruhigen. Und das hat noch Zeit, bis ich zurückkomme.«

Er mußte ihr nicht sagen, daß ihm der Gedanke, den Leuten aus der Saline reinen Wein einzuschenken, äußerst unangenehm war. »Jetzt warten wir erst einmal ab, was deine Reise bringen wird«, sagte sie und strich sanft seine Haare nach hinten. »Du wirst mir so fehlen.«

»Und du mir erst! Am liebsten würde ich dich mitnehmen!« Er schüttelte den Kopf. »Wenn ich dich vor Martin Richtvogels Besuch schon gekannt hätte, hätte ich mich nie auf die ganze Sache eingelassen!«

Angesichts seiner Heftigkeit mußte Rosa lachen. »Ach Georg! Deine Schmeicheleien tun mir zwar gut, aber was du sagst, stimmt doch nicht! Wie oft hast du mir erzählt, daß es dein Traum wäre, ein Heilbad zu bauen, mit dem Rehbacher Solewasser kranken Menschen zu helfen! Nie und nimmer würde ich zulassen, daß du ihn wegen mir verwirfst!«

Sein Adamsapfel hüpfte wild auf und ab. »Ein Traum«, wiederholte er schließlich. »Manchmal kommt es mir so vor, als bestünde mein ganzes Leben aus einem Traum.« Er lachte bitter. »Aus einem Alptraum. Jeder will etwas von mir: Meine Frau will ein Kind« – er schaute weg –, »Vater will, daß alles seinen gewohnten Gang läuft. Dorothea dagegen würde lieber heute als morgen tausendundeine Neuerungen einführen – obwohl ich sagen muß, daß sie mich seit einiger Zeit in Ruhe läßt. Und Martin Richtvogel will, daß ich aus Rehbach ein Heilbad mache.« Er strich Rosa über die nackte Brust. »Du bist die einzige, die nichts von mir fordert. Was ich von dir bekomme, ist umsonst.«

Es war diese kleine Bemerkung, die er flüchtig hatte fallenlassen wie einen abgenagten Apfelbutzen, die Rosa zum ersten Mal stutzen ließ. Angesichts all dessen, was das Leben ihm, dem Grafen von Graauw, schenkte, war Georg eigentlich ziemlich undankbar. Sein Streicheln war ihr auf einmal lästig, und sie mußte gegen die Versuchung ankämpfen, seine Hand einfach abzuschütteln.

35

»Du meine Güte, ich kann's nicht glauben, daß heute schon wieder Heiligabend ist! Wo das Jahr doch g'rad erst angefangen hatte.« Elfriede schlug die Hände zusammen.

»Dabei hast du doch das ganze Jahr über einen Esel zu Hause«, stichelte Ellen. Die anderen lachten.

»Ach, sei doch ruhig«, zischte Elfriede zurück und drehte sich beleidigt um. Sie schulterte die beiden Krucken und verließ das Sudhaus. Ellen blieb an der Perstatt stehen und wartete, bis sie an der Reihe war. Ehe sie zwei weitere Krucken mit Salz würde füllen können, würde noch eine Weile vergehen.

Götz ging zur Siedepfanne und hielt prüfend eine Hand hinein. Nicht heiß genug. »Leg Holz nach, und blas mehr Luft ein, verdammt noch mal!« schrie er seinem für die Befeuerung zuständigen Mann zu.

»Was glaubst du, was ich die ganze Zeit mache?« schrie dieser durch die salzfeuchte Luft zurück. »Bei dem Holz und der Saukälte draußen kriegst du einfach kein ordentliches Feuer zusammen! Und hätt' der Josef nicht soviel Solewasser nachgeschüttet, dann wäre ...«

»Schluß damit! Jetzt fahren wir nur noch zwei Schichten statt dreien pro Tag, und die Arbeit wird auf mehr Hände denn je verteilt, und es gelingt euch immer noch nicht, die

Sole ordentlich am Sieden zu halten.« Verärgert schaute Götz von einem zum anderen.

»Die Arbeit auf mehr Hände verteilt – du sagst es!« Hermann Lochmüller trat auf ihn zu. »Aber warum sagst du nicht auch: Das Geld auf mehr Mäuler verteilt? Ich kann mich nicht daran erinnern, je so wenig wie in den letzten Wochen verdient zu haben! In den letzten Wintern haben wir auch nur zwei Schichten gefahren, aber so wenig Salz wie zur Zeit haben wir noch nie gesiedet!«

Die anderen stimmten ihm zu. Unzufriedenes Gemurmel summte über der Siedepfanne.

Götz verzog den Mund. »Ausnahmsweise hast du recht«, sagte er zu Hermann, der daraufhin verdutzt dreinschaute. »Aber was läßt sich daran ändern?« fragte Götz niemand bestimmten. »Daß das Holz der letzten Lieferung von so minderer Qualität ist, damit hat niemand gerechnet!«

»Dann hätten die Grauuws dieses Klump erst gar nicht kaufen sollen!« Hermann spuckte abfällig auf den Boden.

Sogar Josef, der sich nur selten zu Wort meldete, stimmte ein. »Daß das feuchte Zeug überhaupt brennt, ist ein Wunder.« Sofort schaute er ängstlich zur Tür, ob auch nur ja niemand von draußen seine Kritik mitbekommen hatte.

»Das nennst du brennen?« fragte Magda höhnisch. »Qualmen und stinken würde es eher treffen!« Sie ging zu Götz und zog mit dem rechten Zeigefinger ihr Unterlid nach unten. »Da schau – mein Auge ist feuerrot! In dem Qualm kann man doch nicht arbeiten! Eine Schinderei ist das!« sagte sie vorwurfsvoll.

»Und das gerade heute«, sagte Ellen, die einen Schwung kalte Luft mit hereinbrachte. »Der alte Graf ist wenigstens immer am Heiligen Abend zu uns gekommen, um ein frohes Fest zu wünschen. Heut läßt sich von der feinen Gesellschaft niemand mehr bei uns blicken. Nicht einmal die Salzbaronin kommt vorbei!«

»Da kann ich auch gut drauf verzichten«, erwiderte Lochmüller. »Ein paar Heller mehr im Sack wären mir lieber als alle frohen Wünsche.«

Auf einmal hatte jeder etwas zu sagen, und keiner bemerkte, wie das jämmerliche Feuer schließlich ganz ausging.

Götz stand mit verschränkten Händen da und schwieg. Er konnte die Aufgebrachtheit seiner Leute gut verstehen, zumindest, was das Holz und den mickrigen Lohn betraf. Als er das frische Holz zum ersten Mal genauer angeschaut hatte, hätte er am liebsten die Hände über dem Kopf zusammengeschlagen. Natürlich war er damit zum Grafen gegangen. Der hatte sich seine Beschwerde auch angehört, doch das war's auch schon gewesen. Statt sich Gedanken zu machen, wo und wie man an besseres Holz für die Wintersaison kommen könnte, hatte Georg von seinen Reiseplänen angefangen, und Götz hatte es erst einmal die Sprache verschlagen. Er, der Stellvertreter des Grafen? Das hätte Dorothea nicht besser einfädeln können, schoß es ihm sofort durch den Kopf. Dabei hatte sie bestimmt nichts damit zu tun – das Verhältnis zwischen Georg und ihr war laut Dorothea immer noch sehr gespannt. Im besten Fall gingen sie sich gegenseitig aus dem Weg.

Wie verkrampft der junge Graf versucht hatte, harmlos von seinen »Studien«, die er machen wollte, zu erzählen! Elendes Verräterschwein! Götz spürte, wie die Wut erneut in ihm aufkochte.

Die Versuchung, Georg ins Gesicht zu sagen, daß er von seinen absurden Plänen wußte, war in dem Augenblick groß gewesen. Doch was hätte das gebracht? Statt dessen hatte er ihm versichert, die Interessen der Saline in Georgs Abwesenheit bestmöglichst zu vertreten. Ohne mit der Wimper zu zucken. Und ohne dabei zu lügen. Was Dorothea und er vorhatten, war doch im Sinne der Saline, oder?

Georg hatte nichts dagegen einzuwenden gehabt, daß Götz seinen Leuten selbst von seiner Beförderung erzählte. Während die anderen Mannschaften die Neuigkeit ohne große Regung hinnahmen, war bei seinen Leuten ein kleines bißchen Stolz zu spüren gewesen, daß es gerade ihr Sudhausvorsteher sein sollte, der den Grafen während dessen Abwesenheit vertrat. Selbst Hermann Lochmüller hatte sich mit bissigen Kommentaren zurückgehalten. Im gleichen Maße, wie Götz seitdem in den Augen seiner Leute gestiegen war, verachteten sie allerdings den Grafen für sein offensichtliches Desinteresse an Rehbach. »Der studiert sich noch zu Tode, statt hier nach dem Rechten zu sehen«, hatte Hermann Lochmüller es auf den Punkt gebracht.

Wenn die wüßten, schoß es Götz wie so oft durch den Kopf. Die unmutige Stimmung kam ihm andererseits gar nicht so ungelegen: Je ärgerlicher die Rehbacher jetzt waren, desto williger würden sie im neuen Jahr mit dem Schacht beginnen. Er seufzte. Es würde trotzdem etliches an Überzeugungsarbeit kosten, die sturen Leute zu überreden.

Als die Tür aufging, bemerkte das außer Götz niemand. Er räusperte sich und sagte laut: »Die Salzbaronin! Ein frohes Fest wünsche ich Ihnen!«

Dorothea schaute irritiert von ihm zu den anderen. »Was ist hier los? Warum brennt kein Feuer?« fragte sie anstelle einer Begrüßung.

Feindselige Blicke. Eisiges Schweigen.

Dorothea ging zwischen den Leuten hindurch zu dem Stapel Brennholz und fuhr mit der Hand darüber. »Elendes Zeug!« murmelte sie vor sich hin. In die Runde sagte sie: »Ich kann's nicht ändern!« Dann hob sie entschuldigend die Arme.

»Ja, aber wir sollen's ändern können«, sagte Hermann. Sofort zupfte Ellen an seinem Ärmel. Er schüttelte sie ab wie eine lästige Fliege. »Aus feuchtem Moder sollen wir Brennholz zaubern. Vielleicht zeigt die gnädige Frau uns einmal, wie das geht?« Er machte eine ironische Verbeugung. »Oder Ihr gnädiger Bruder, bevor er wieder hinauszieht in die weite Welt!«

Dorothea schaute zu Götz. Herausfordernd hob er die Augenbrauen. Na los, forderte er sie stumm auf und grinste. Es konnte nicht schaden, wenn sie wußte, auf was sie sich zukünftig einlassen würde. Zumindest würde sie seinen Einfluß auf die Leute dann zu schätzen wissen.

Dorothea wandte sich wieder an die anderen: »Lassen wir für heute Holz Holz sein. Und morgen auch.« Sie machte eine wegwerfende Handbewegung. »Denn ich bin eigentlich gekommen, um euch zu sagen, daß die Pfannen morgen ruhen dürfen, und das bei vollem Lohn.« Sie schaute herausfordernd in die Runde und legte nach: »Und nachdem das Feuer sowieso schon aus ist, macht es keinen Sinn, es für gerade einmal zwei Stunden wieder anzuwerfen, oder?«

Wie weggeblasen war der Ärger der Leute. Ungläubiges Staunen bei den einen, anerkennende Pfiffe von anderen, überraschtes Murmeln bei den meisten. Daß die Graauws doch noch an sie gedacht hatten, damit hatte keiner mehr gerechnet. Daß Dorothea zu ihnen kam und nicht der junge Graf – was spielte das angesichts dieser frohen Kunde noch für eine Rolle?

Götz schaute schweigend zu, wie die Leute ihre Siebensachen zusammenpackten. Wie sehr hatte Dorothea ihren Bruder oder den alten Grafen umgarnen müssen, um das für die Leute herauszuschlagen? Ein gelungener Schachzug, zugegeben, und er hätte in keinem besseren Moment stattfinden können. Keinem fiel mehr ein, etwas zu dem jämmerlichen Holz zu sagen. Die Aussicht auf einen freien, bezahlten Tag war zu verführerisch.

Als Dorothea sich kurz darauf verabschiedete, überschütteten die Leute sie mit den besten Wünschen. Den Türknauf in der Hand, blieb sie stehen. Sie war Götz so nah, daß er ihren Atem, der nach Minze roch, spüren konnte. Ihre Augen funkelten. »Frohes Fest!« *Siehst du, ich kann's auch mit den Leuten*, sagte ihr triumphierender Blick.

Er packte sie grob am Handgelenk und zog sie noch näher zu sich heran. »Es wird nicht immer so einfach werden.«

Sie straffte die Schultern, warf ihren Zopf nach hinten und schaute ihn kühl an. »Vielleicht – vielleicht auch nicht. Womöglich brauche ich deine Hilfe gar nicht? Wo ich immer noch nicht weiß, was du als Gegenleistung verlangst!« Ihre Augen loderten.

Götz wußte nicht, ob er ihr applaudieren oder eine Ohrfeige verpassen sollte. Das Weib hatte eine scharfe Zunge! Aber dafür sah sie ausgesprochen aufreizend aus, wenn sie wütend war. Ihre Lippen waren dann weniger schmal, ihr Blick feurig, und ihre Nasenflügel bebten, als ob sie etwas von tief verborgener Leidenschaft erzählen wollten. »Und ich weiß immer noch nicht, wie Sie Ihren Vater auf Ihre Seite bringen wollen!« entgegnete er ihr.

Plötzlich war ein kleines Lächeln auf ihrem Gesicht erschienen. Fast kam es Götz vor, als würde ihr der Wortwechsel genausoviel Spaß machen wie ihm. Sie zuckte mit den Schultern. Ihr Gesicht war so nahe... Auf einmal hatte er das Bedürfnis, sie zu küssen. Doch der Moment ging vorbei.

»Dann müssen wir uns also doch gegenseitig vertrauen – ob wir wollen oder nicht!« Dorothea ging ohne ein weiteres Wort hinaus, ihren Stolz wie ein flatterndes Cape um sich geschlungen.

36

Trockene, harte Tränen schüttelten Elisabeths mageren Leib, seit sie hereingekommen war und sich auf Rosas Bank fallengelassen hatte. Sie hielt beide Hände an ihren Kopf. Ihr Haar hatte sich gelöst und hing wie ein verfilzter Vorhang über ihr Gesicht.

Zuerst hatte Rosa sie weinen lassen. Manchmal war es das beste, die Leute heulten sich ihr Unglück aus dem Leib, hatten ihre Erfahrungen sie gelehrt. Sie hatte in der Zwischenzeit Wasser aufgestellt. Nun simmerte ein Tee aus Rosenblüten auf dem Feuer und verströmte einen sinnlichen Geruch, der viel eher zu einem schwülen Augusttag gepaßt hätte als zu dem feuchtkalten Heiligabend. Elisabeth schien nichts davon wahrzunehmen. Ihr Atmen hatte etwas Keuchendes an sich, so als verbrauche ihr Leib mehr Luft, als ihm zur Verfügung stand. Von sich aus würde sie sich nicht beruhigen. »Elisabeth!« Vorsichtig rüttelte Rosa an ihrem Arm. Nichts tat sich. Eher wurde ihr Weinen sogar noch heftiger. Seit sie die Hütte betreten hatte, hatte sie noch kein einziges Wort geredet.

Rosa war unruhig. Tausend Gedanken flatterten wie flügge gewordene Küken durch ihren Kopf. Was sie plagte, hätte sie gar nicht genau benennen können. Eigentlich wollte sie nicht mehr, als sich mit einer Tasse Tee hinzusetzen und ihre Ruhe zu haben. Statt dessen bekam sie Elisabeths Unglück aufgedrängt, wie so oft.

Ihr Blick fiel nach draußen. Obwohl es erst kurz nach Mittag war, hatte sie das Gefühl, als dämmere es schon. Am späten Nachmittag wollte Georg noch kommen, er hatte es fest versprochen. »Du glaubst doch nicht, daß ich dich an diesem Tag allein lasse«, hatte er entrüstet gesagt, als sie ihn fragte, ob es nicht zu schwierig werden würde, vom Haus wegzukommen. Von Elisabeth wußte Rosa, daß die Familie eine Fahrt in die Kirche nach Hall sowie ein großes Festmahl geplant hatte.

Als es jetzt an der Tür klopfte, fuhr ihr der Schreck durch die Knochen. Georg! Sie starrte wie gelähmt auf Elisabeth, die jedoch nicht einmal hochschaute, als die Tür aufging.

»Magda!« hörte Rosa sich vorwurfsvoll und gleichzeitig erleichtert sagen.

Die Nachtdirne blieb im Türrahmen stehen. Sofort kroch die nebelfeuchte Luft in die Hütte. Rosa packte Magda am Arm, zog sie herein und schloß die Tür. »Was macht denn die da?« Flüsternd nickte Magda in Elisabeths Richtung.

Rosa zuckte nur mit den Schultern und winkte ab. Was hätte sie sagen sollen? Mußte sie sich dafür entschuldigen, daß die Gräfin hier saß? Wenn es Magda nicht paßte, konnte sie ja wieder gehen. »Was willst du?« fragte sie und fügte im gleichen Augenblick hinzu: »Es ist wieder dein Auge.« Rosa ging zum Regal und begann, ihre Kräutervorräte durchzusehen.

»Es brennt wie Feuer!« rief Magda. »Jetzt hat die Salzbaronin uns den heutigen Tag freigegeben – und den morgigen noch dazu –, und ich kann mich nicht einmal richtig freuen, weil das verdammte Auge so weh tut!« Mißtrauisch schaute sie zu Elisabeth hinüber. »Wenigstens eine aus der Familie hat noch etwas für uns übrig«, flüsterte die Nachtdirne, als Rosa wieder neben ihr stand.

»Woher willst du wissen, daß diese Entscheidung nicht vom Grafen selbst kommt?«

Magda schüttelte den Kopf. »Der würde auf so einen Gedanken doch nicht kommen. Wahrscheinlich ist der gnädige Herr mit seinem Kopf schon sonstwo!« fügte sie in Anspielung auf seine nahende Abreise hinzu. Dann erinnerte sie sich an die andere Besucherin und schlug sich auf den Mund. Doch Elisabeth schien nichts gehört zu haben.

Die Arbeiter hatten recht unterschiedlich auf die Nachricht von Georgs Abreise reagiert: Die einen hielten es mit dem Leitspruch: Je weniger Aufsicht, desto besser. Den meisten aber war es egal – viel hatten sie schließlich bisher auch nicht mit Georg zu tun gehabt. Dafür hatten sie ja ihre Salzbaronin! Rosa konnte nicht verstehen, was die Leute an Georgs Schwester fanden. Gut, sie war wirklich das einzige Familienmitglied, das sich mit den Salzleuten abgab. Es wäre tatsächlich Georgs Aufgabe gewesen, seinen Stand bei den Salinenleuten so zu festigen, daß es nicht den geringsten Zweifel darüber gab, *wer* Rehbach leitete. Doch es war der ewige Papierkram, der ihn daran hinderte, regelmäßig in allen fünf Sudhäusern vorbeizuschauen. »Wenn ich mir täglich noch die Sorgen von einem Dutzend Leuten anhören müßte, würde ich gar nicht mehr mit meinem Tagwerk fertigwerden«, hatte er gesagt, als Rosa ihn einmal darauf angesprochen hatte. »Dorothea – ja, die hat Zeit genug, überall ein paar Worte zu wechseln«, hatte er fast vorwurfsvoll hinzugefügt. Daß Dorotheas Ansehen dadurch bei den Salzleuten ständig wuchs, während er zum »bösen Grafen« wurde, wollte er nicht glauben. »Die Leute wissen schon, wer ihre Heller und Pfennige auszahlt«, hatte er lachend gemeint.

Rosa riß sich zusammen. Schließlich erwartete Magda Hilfe von ihr. »Hast du Honig zu Hause?« fragte sie hastig.

Magda nickte.

»Gut. Dann träufel ein wenig davon dreimal täglich in dein entzündetes Auge.«

»Und das soll helfen?«

»Wenn nicht, kannst du immer noch zum lieben Gott beten. Heute ist schließlich Heiligabend.« Mit diesen Worten öffnete Rosa die Tür und schob ihre Besucherin hinaus. Ihre Bissigkeit war ihr selbst etwas unheimlich, aber ihre innere Unruhe weitete sich gerade aus wie eine Seifenblase, die kurz vor dem Platzen stand. Mit fahrigen Händen schloß sie die Tür und drehte sich um.

Nun mußte sie nur noch Elisabeth loswerden.

Kaum war Magda weg, hob Elisabeth den Kopf.

»Wie soll ich schwanger werden, wenn Georg für ein halbes Jahr weg ist?« fragte Elisabeth mit anklagender, fast wütender Stimme. Auf Magdas Besuch ging sie mit keinem Wort ein.

Rosa seufzte. Genau damit hatte sie gerechnet, doch das machte es ihr nicht einfacher. Natürlich hätte sie fragen können, warum Elisabeth ihren Mann nicht begleitete, was schließlich das Normalste der Welt gewesen wäre. Doch Georg freute sich auf seinen Studienfreund, er war froh, die Reise unter Männern machen zu können. Rosa hätte es ebenfalls nur schwer ertragen, hätte sie Elisabeth an seiner Seite gewußt. Während Rosa das Honigfaß holte, um ihren Tee zu süßen, zermarterte sie ihren Kopf nach etwas trostspendenden Worten für das Weib, was angesichts der nackten Tatsachen nicht einfach war. Wenigstens würde sie während Georgs Abwesenheit Ruhe vor ihr haben, ging es ihr statt dessen ungnädig durch den Kopf.

»Und Sie sind sich gewiß, daß Sie nicht schon schwanger sind?« fragte Rosa, bevor sie über die Worte nachgedacht hatte. Sie spürte plötzlich jenes »Umschweben« in ihrer

Hütte, welches werdende Mütter häufig umgab. Konnte es sein, daß Elisabeth ... Doch als sie ihre Besucherin genauer anschaute, war das Gefühl wieder weg.

Elisabeth schüttelte den Kopf. »Wie auch? Wo er doch höchstens einmal pro Woche meine Nähe sucht!« kam es bitter. »Gleichzeitig läßt sein Vater keine Gelegenheit aus, seinen Wunsch nach einem Enkel kundzutun!«

Rosa atmete auf. Dann sagte Georg ihr also immer noch die Wahrheit. Nicht, daß sie ernsthaft daran gezweifelt hätte.

Dennoch hätte Elisabeths Schwangerschaft vieles vereinfacht: Mit der Erfüllung ihres Herzenswunsches wäre Rosa die Gräfin schließlich losgewesen. So aber hingen sie und ihr Unglück wie Kletten an der Heilerin.

Rosa schöpfte zwei Becher Rosentee und stellte einen Becher vor Elisabeth hin. Mit dem süßen Duft kam die Erinnerung an den Sommer zurück, an vergangene, unschuldige Zeiten. »Heiligabend«, sagte sie. »Der Tag der Geburt Jesu. Heißt es nicht, daß seine Mutter Maria ihn unbefleckt empfangen hat?«

Elisabeth nickte stirnrunzelnd. »Soll ich darauf etwa auch hoffen?«

Die Ironie in ihrer Stimme war nicht zu überhören. Rosa fand es tröstlich, daß Elisabeth wenigstens noch zu einer Art Galgenhumor fähig war. Sie spann ihren Faden weiter. »Es gibt noch andere Arten unbefleckter Empfängnis.« Sie lächelte ironisch. »Als Kind hat meine Mutter viele Abende damit verbracht, mir Geschichten zu erzählen, in denen Männer nicht die geringste Rolle spielten, und die Weiber ihre Kinder allein empfingen.« Schräg schaute sie ihre Besucherin an. »Ich sei auch so entstanden, hatte meine Mutter gesagt.« Sie grinste. »Aber das habe ich schon als Kind nicht glauben wollen. Für mich waren Mutters Erzählungen wie das Garn, das die Weiber in den Lichtstuben verweben. Etwas, womit man sich die langen Abende vertrieb, die Einsamkeit vor dem Haus halten wollte, dem Kinde...« Sie brach ab, als ihr einfiel, daß Elisabeth von Lichtstuben-Abenden noch weniger wußte als sie.

»Aber was hat deine Mutter dir erzählt? Welche Geschichten?« Das Verlangen nach etwas Hoffnung hatte sich in tiefen Furchen in Elisabeths Gesicht gegraben, und ihre Augen waren weit geöffnet.

Rosa trank einen Schluck Tee, der ihr nun zu süß geraten war, und lehnte sich zurück. Sie mußte nicht einmal die Augen schließen, um die Geschichten aus jenen Tagen zurückzuholen: von Kindern, die in Obstbäumen saßen. Von kleinen Fröschlein, die die Kleinen in Teichen und Tümpeln unter riesigen Seerosenblättern versteckt hielten und nur jener Jungfrau übergaben, die sich Zeit nahm, mit den Tieren des Waldes zu reden. Stieg eine solche zum Bad ins Wasser, kam sie schwanger wieder heraus. Mit einem Lächeln auf dem Gesicht erzählte sie Elisabeth davon. »Manchmal kann es einer Frau auch passieren, daß sie sich unter einem Kirschbaum ausruht – oder unter einem Birnenbaum –, und wenn sie wieder aufsteht und ihres Weges geht, ist sie schwanger!« Ein warmer Schauer durchfuhr sie. »Meine Mutter behauptete, daß die Büblein in den Birnbäumen sitzen und die Mädelein in den Kirschbäumen.«

Auch Elisabeth lächelte, und sogleich wirkte ihr Gesicht etwas entspannter. »Das hört sich schön an.« Sie schaute auf ihre Tasse Tee, als sehe sie diese zum ersten Mal, und nahm einen tiefen Schluck. Genußvoll schloß sie dabei die Augen. »Ach, es tut so gut, bei dir zu sein.« Ihre Finger zitterten, als sie die Tasse wieder abstellte. »Du bist die einzige, die sich wirklich um mich kümmert«, sagte sie tief seufzend.

Genau das wollte Rosa nicht hören, es erinnerte sie zu sehr an Georgs Worte. »Du bist die einzige, die nichts von mir will, bei der ich sein kann, wie ich bin!« Plötzlich war die Unruhe wieder da, mit der Rosa an diesem Tag schon aufgewacht war. Um sich abzulenken, beschwor sie Harriets Visionen aufs neue herbei. Kleine Menschlein, die aus Blütenkelchen entstiegen. Oder in Tannenzapfen darauf warteten, einer Erdenmutter in den Leib gepflanzt zu werden. »Vielleicht sind es nur schöne Geschichten – vielleicht aber auch nicht«, sagte sie schließlich. »Eigentlich bin ich mir sogar ziemlich sicher, daß mehr dahintersteckt. Was wären wir Menschen schon ohne unsere Mutter Erde? Was wären wir ohne ihre Kräuter? Was wären wir ohne die Sonne, den Mond, den Wind und die Sterne?« Rosa hob fragend die Hände, doch an Elisabeths Miene konnte sie sehen, daß sie ihre Besucherin verloren hatte. »Natürlich ist die sicherste Weise, ein Kind zu empfangen, immer noch die, sich einem Mann hinzugeben«, fügte sie hinzu, bevor sie sich weiter um Kopf und Kragen redete. Wenn Elisabeth im Herrenhaus von ihren »seltsamen Reden« erzählte, dann könnte das für Rosa böse Folgen haben!

Elisabeth nestelte in den dicken Schichten ihres Umhangs und zog eine goldene Umhängeuhr heraus. »Gleich sechs Uhr. Schon so spät«, sagte sie gleichgültig und blieb sitzen.

Statt dessen sprang Rosa auf, riß ihr fast die Teetasse aus der Hand und brachte diese hinüber zum Spülstein. »Sie müssen gehen. An einem so wichtigen Feiertag erwartet man Sie doch sicherlich zu Hause!«

Endlich erhob sich die Gräfin. »Glaubst du, man merkt das?« fragte sie mit schräg gelegtem Kopf.

»Was?«

»Na, ob man ein Kind erwartet!«

Rosas Augen konnten auf einmal nicht mehr zwischen nah und fern unterscheiden. Elisabeths Mund wurde zu einer roten Masse, die vor ihrem Blick verschwamm.

»Ich meine, spürt man als Frau, wenn man schwanger ist?«

Rosa setzte sich mit wackligen Knien an den Tisch und hielt sich an dessen Kante fest. »Ja, das merkt man«, flüsterte sie heiser. Ihr war so schwindlig! Sie spürte Elisabeths verdatterten Blick. »Gehen Sie jetzt. Mir ist nicht gut.« Mit letzter Kraft winkte sie die Gräfin zur Tür.

Zögernd blieb Elisabeth dort noch einmal stehen. Erst, als Rosa sich ein bemühtes Lächeln abrang, verabschiedete sie sich endlich mit dem Versprechen, am nächsten Tag nach der Heilerin zu schauen.

Kaum war Rosa allein, sank sie auf ihre Knie. Ein Schrei, leise, jämmerlich, füllte die Hütte. Und noch einer. »Nein!!!« Es konnte nicht sein. Es durfte nicht sein.

Doch sie brauchte nicht mehr nachzudenken, um die Ursache für ihre innere Unruhe aufzustöbern. Plötzlich war alles so klar. Sie war schwanger. So einfach war das.

37

Der erste Januar war ein sonniger, recht milder Wintertag. Als die aus Schwäbisch Hall georderte Kutsche vorfuhr, knirschten ihre Räder auf dem Kies der Einfahrt, anstelle über Schnee zu schlittern, wie dies noch vor ein paar Tagen der Fall gewesen wäre. Während Fredericks Jagdhelfer dazu abkommandiert war, Georgs Gepäck aus seinem Zimmer zu holen und in der Kutsche zu verstauen, versammelte sich die ganze Familie vor dem Haus. Die schwere Eichentür stand offen, ständig rannten entweder Viola oder Frederick hinein, um für Georg noch einen Talisman, eine Schachtel Pralinés oder die im Trubel der letzten Tage in Vergessenheit geratene Reiselektüre zu holen. Dorothea und Elisabeth hatten sich etwas abseits aufgestellt. Beider Umarmungen waren steif, als Georg sich zuerst von seiner Schwester und dann von seiner Frau verabschiedete. Elisabeths Augen waren mit einem stillen Vorwurf erfüllt. Er zwang sich zu einem Lächeln. »Bis Juli ist doch keine Ewigkeit«, flüsterte er ihr aufmunternd zu, doch ihr Gesicht verzog sich nicht.

Endlich war die Abschiedszeremonie vorüber, und die Kutsche fuhr los. Mit verkrampfter Miene winkte er seiner Familie noch einmal zu, dann wanderten seine Augen über die nackte Hecke, deren Hagebutten rote Tupfen in die sonst so farblose Landschaft zauberten. Sein Herz klopfte, als sie sich

Rosas Hütte näherten. Er wollte sich jede Kleinigkeit ihrer wundervollen Erscheinung einprägen. Seine Finger gruben sich in den dunkelroten Samtvorhang seitlich des Fensters, und er lehnte sich hinaus. Rosa! Selbst den Klang ihres Namens würde er vermissen.

Doch die Hütte huschte an seinem Fenster vorüber, ohne daß er die Geliebte sah.

Sein Herz rutschte nach unten. Es hätte nicht viel gefehlt, und er hätte losgeheult. Benommen ließ Georg sich auf das abgewetzte Samtpolster der Bank fallen. Warum war sie nicht herausgekommen und hatte ihm zugewunken? War sie krank? Oder was war sonst mit ihr los? Die kalte, muffige Luft in der Kutsche kratzte beim Einatmen.

Schon bei ihrem letzten Treffen vor zwei Tagen war sie sehr seltsam gewesen. Und davor... Ihm war eigenartig vorgekommen, daß sie ihn am Heiligabend gar nicht reingelassen hatte! Durch die Tür hatte sie etwas von Bauchweh und Gliederschmerzen gefaselt, während er draußen gestanden hatte wie ein Depp. Noch am selben Abend hatte er Elisabeth mit vorgespielter Gleichgültigkeit gefragt, wann sie eigentlich das letzte Mal bei der Heilerin gewesen sei. »Am Nachmittag«, hatte seine Gattin geantwortet, ohne aber genauer auf ihren Besuch bei Rosa einzugehen. Hatte er richtig gehört? Georg hatte sich nicht helfen können und sie weiter ausgefragt: Ob sie denn noch in Behandlung bei Rosa wäre. Worauf Elisabeth nur stumm genickt hatte. Über Rosa hatte er an diesem Tag nichts mehr erfahren. Die nächsten Tage war es ihm unmöglich gewesen, sie zu besuchen: Entweder hatten familiäre Feierlichkeiten es verhindert, oder ein Rehbacher war just in dem Moment auf Rosas Hütte zugelaufen, da er es selbst vorhatte. Drei Mal war es ihm so ergangen. Drei Mal war er statt zu ihr notgedrungen zur Saline gegangen, um nicht wie ein unschlüssiger Trottel auf der Stelle kehrtzumachen.

Als er es vor dem Jahreswechsel endlich geschafft hatte, sich unter einem Vorwand unbemerkt aus dem Haus und zu Rosas Hütte zu schleichen, hatte er geglaubt, seine Brust müßte bersten vor lauter Verlangen. Rosas Empfang war um so ernüchternder gewesen. Natürlich hatte sie seine Küsse erwidert. Aber sie waren weniger süß gewesen als die Male zuvor. Natürlich hatte sie sich seiner Umarmung hingegeben. Aber bald darauf hatte sie sich seinen Armen entwunden. Als er sie von hinten umfangen und auf ihr Lager hatte ziehen wollen, hatte sie ihn fast brüsk abgewiesen. Ihr entschuldigendes Lächeln war so kläglich, daß er sie fragend anschaute. »Alles ist in Ordnung«, antwortete sie auf seine stumme Frage. An dem Tag hatte er ihr glauben wollen. Vor allem, als sie sich schließlich doch noch auf ihr weiches Fell legte und ihn zu sich winkte. Ihr Liebesspiel war von der gleichen Heftigkeit erfüllt wie immer, doch es war noch etwas dabei: Der Hunger desjenigen, der die leeren Töpfe einer nahenden Not schon im Geiste vor sich sah. Rosa! Wie sollte er die eisige Kälte des Winters ohne ihren warmen Leib überstehen? Die kahle Landschaft huschte ungesehen an Georg vorüber. Seine Gedanken wanderten erneut zu ihr zurück.

Er hatte sich gerade einreden wollen, daß alles in bester Ordnung war, als sie unvermittelt von Dorothea anfing. Sie erzählte ihm vom Besuch der Nachtdirne und deren Schwärmen über die Salzbaronin. »Daß die Leute einen Narren an Dorothea gefressen haben, ist doch nichts Neues«, hatte er abgewinkt. »Außerdem habe ich sie darum gebeten, in die Saline zu gehen und den Leuten freizugeben!« Nun mußte auch noch Rosa mit so was anfangen, ging ihm durch den Kopf. Zu Hause redeten sie genug auf ihn ein – dafür mußte er nicht hierher kommen. Doch als er Rosas unfrohen Gesichtsausdruck gesehen hatte, war sein Unmut wieder verflogen. Eigentlich war es rührend, daß Rosa sich solche Gedanken machte. »Natürlich wird Dorothea versuchen, sich wieder in der Saline einzumischen.« Beruhigend hatte er Rosas Brust getätschelt. »So gut kenne ich meine Schwester! Ich werde noch keine Meile von Rehbach weg sein, da wird sie sich schon auf die Ertragsbücher stürzen und zu ergründen versuchen, wem von den Leuten sie das Leben schwermachen kann.« Er hatte gelacht – Dorothea hatte er inzwischen im Griff. »Aber was soll's? Wo's mit der Saline eh dem Ende zugeht!«

Georg lehnte sich zurück und versuchte, sich zu entspannen. Er hatte Rauber nicht aus einer Laune heraus zu seinem Vertreter benannt, sondern aufgrund ganz anderer Überlegungen! Ihm war nicht entgangen, daß der Sudhausvorsteher Dorothea gegenüber weit weniger »ehrfürchtig« war als die restliche Belegschaft. Und sie schien ihn auch nicht sonderlich leiden zu können. Ha, wie sie sich geziert hatte, auf der Kirchweih mit ihm zu tanzen! Georg mußte grinsen. Rauber würde sich von Dorothea nichts sagen lassen, soviel war sicher!

Die Pferde hielten ein gleichmäßiges Trabtempo ein. Die Straße war eben, und sogar die Sonne war zwischen milchigen Wolkenflocken aufgetaucht und leuchtete das staubige Innere der Kutsche aus. Georg schloß die Augen, doch seine Lider zitterten so unruhig, daß er sie wieder aufschlug. Warum hatte Rosa ihn nicht verabschiedet? War ihre Enttäuschung darüber, daß ihr ganzes Gerede über Dorothea ihn nicht zum Hierbleiben hatte überreden können, so groß? Statt ihm zu schmeicheln, mißfiel ihm dieser Gedanke auf einmal. Seine Rosa – bockig wie ein junges Pferd? Natürlich liebte er sie über alles, er hatte noch kein Weib kennengelernt, für das er solche Leidenschaften aufbrachte. Aber – und das mußte man so deutlich sagen – sie hatte keinerlei Rechte oder Ansprüche ihn betreffend. Sie war schließlich nicht seine Ehefrau! Er schüttelte den Gedanken an Elisabeth ab und hörte sich seufzen. Rosa brauchte keine Rechte – ihre Liebe stand außerhalb aller Konventionen, sie war frei. Er war auch frei – durch Rosas Liebe. Und das sollte auch so bleiben.

Obwohl die Enttäuschung über Rosas Verhalten wie ein Stein in seinem Magen lag, spürte er doch, daß dieser Stein mit jeder Meile, die die Kutsche zurücklegte, ein klein wenig leichter wurde.

Georg war gespannt, welches Hotelarrangement Martin Richtvogel für ihren zweitägigen Aufenthalt in Stuttgart getroffen hatte. Hoffentlich hatte er eine Unterkunft in der Nähe der lauschigen Weinwirtschaften am Neckar gewählt! Ein wenig Feierlaune, bevor sie in Richtung Österreich aufbrachen, würde ihm sicher guttun.

38

Dorothea und Götz schauten sich an. Ungefähr fünfzig Fuß rechts von ihnen lag der Rehbacher Solebrunnen. »Und?« Sie hielt die Luft an.

Rauber zuckte mit den Schultern. »Könnte gehen«, antwortete er knapp. Er schob seine Stiefelspitze in den Kies, der auf dem runden Platz um den Brunnen herum aufgeschüttet worden war. Der Brunnen selbst thronte in der Mitte, sein kupfernes Dach von der gleichen Rehskulptur gekrönt wie das Herrenhaus. Als Götz einen ungefähr fünf Fuß breiten Kreis freigetreten hatte, schaute er auf. »Warum nicht?« Er grinste breit.

»Warum nicht«, erwiderte Dorothea mit einem ebenso breiten Grinsen. Sie ging um den Kreis herum, so daß der Brunnen direkt vor ihren Augen war. »Ein guter Platz.« Sie grinste erneut. »Der beste.« Sie konnte die riesigen Salzlager unter der Erde durch die Sohlen ihrer geschnürten Lederstiefel regelrecht spüren! Unter dem Wahrzeichen von Rehbach würde das erste Salzbergwerk von ganz Württemberg entstehen!

Seit einer Stunde waren sie und Rauber nun unterwegs. Unter den fragenden Blicken der Salinenleute waren sie um jedes Siedehaus herumgegangen, dann zu den Holzlagern und schließlich zurück zu den auf der Gegenseite liegenden

Härthäusern. Am westlichsten Ende des Salinengeländes waren sie stehengeblieben und hatten sich unterhalten. Fingerzeigend, schulterzuckend, kopfschüttelnd – niemand hatte sich einen Reim darauf machen können. »Zufällig« hatte der eine oder andere gerade dort vorbeigehen müssen. Doch Dorothea und Götz hatten jedem nur kurz zugenickt und waren schließlich weitergegangen, ohne irgendwelche Erklärungen abzugeben.

Die Lage neben dem letzten Härthaus war nicht schlecht, aber der Platz würde nicht ausreichen, um den Schacht zu bauen, hatten sie befunden. Schweigend waren sie um den Brunnen herumgelaufen und hatten einige Meter auf dem Kiesweg Richtung Herrenhaus zurückgelegt, bevor sie wieder umdrehten. Zu weit vom Brunnen weg sollte sich der Schacht auch nicht befinden – die Chance, in der Nähe der Solequelle ein Salzlager zu finden, war größer als auf gewöhnlichem Grund und Boden. Nicht, daß Dorothea Graauwsches Land je als gewöhnlich bezeichnet hätte!

»Es wär' nicht schlecht, wenn wir jemanden hätten, der Probebohrungen macht. Die Erde untersucht und so«, sagte Götz.

Dorothea runzelte die Stirn. »Das weiß ich auch. Aber wir können nun einmal keine Fachleute zu Rate ziehen.« Ein solches Vorgehen würde Wellen schlagen, so weit, daß sie auch Georg erreichen könnten. *Geheim* wäre ihr Schachtbau dann nicht mehr. Nein, sie mußten sich auf ihr bloßes Gefühl verlassen – daran ging kein Weg vorbei. Natürlich wußte sie auch, daß Götz' Zweifel angebracht waren. Wenn sie den Schacht an der falschen Stelle gruben, dann... Doch Dorothea war tief drinnen so von der Richtigkeit dieses Ortes für ihr Unternehmen überzeugt, daß sie jeden Zweifel wegwischte.

»Irgendwie fühle ich, daß wir hier richtig sind«, sagte sie

und spürte sofort Götz' skeptischen Blick. *Weibergefühle!* sagte der. »Glaub, was du willst, aber daß hier unten Salz liegt und darauf wartet, von uns abgebaut zu werden – darauf kannst du Gift nehmen!«

Götz musterte sie, und Dorothea kam sein Schweigen wie eine halbe Ewigkeit vor. War der Mann immer so langsam?

»Ob Sie's glauben oder nicht: Ich bin mir auch sicher, daß hier unten Salz liegt!« erklärte er schließlich. Er schaute von dem Kreis im Kiesbett hoch zu Dorothea. »Hoffentlich habe ich mir von Ihren Visionen nicht schon den Blick für die Wirklichkeit trüben lassen.«

Sie stutzte. Bei Rauber war sie nie ganz sicher, ob er scherzte oder es ernst meinte. Dann sah sie seine zuckenden Mundwinkel und gab ihm einen Schubs. »Ich nehme an, daß dein Blick spätestens dann wieder klar wird, wenn du deinen Lohn einforderst!« sagte sie frostig. Sie würde sich doch nicht durch seine Art in Verlegenheit bringen lassen!

Er kniff die Augen zusammen und schaute sich prüfend um. Hinter dem Brunnen in der Nähe der Siedehäuser war zwar ein reges Kommen und Gehen, doch in ihrer unmittelbaren Nähe befand sich niemand. »Warum eigentlich nicht?« sagte er mehr zu sich als zu Dorothea. »Vielleicht ist der Zeitpunkt gekommen, alles weitere zu besprechen.«

Kurz und knapp teilte er ihr mit, was er für seine Hilfe bei ihrem Unternehmen verlangte.

Nach wenigen Sätzen war es an Dorothea, sich umzuschauen, allerdings hatte ihr Blick etwas Fassungsloses. Sie schaute wie jemand, der nicht glauben wollte, was ihm da gerade geschah. »Du willst *was*?« wiederholte sie verstört. »Die Siederechte deiner Vorfahren wiederhaben?« Der Mann war nicht bei Trost! Kalte Luft drang durch ihren vor Verblüffung offenstehenden Mund und trocknete ihren Hals aus. Sie räusperte sich. Trotzdem mußte sie husten. Als sie sich wieder gefangen hatte, schaute sie ihn hart an. »Das ist der größte Schwachsinn, den ich seit langem gehört habe! Wenn es keine Saline mehr gibt, dann gibt es auch keine Siederechte mehr!« Es konnte sich doch wirklich nur um einen dummen Scherz handeln, oder? Er glaubte doch nicht im Ernst, daß sie auch nur das kleinste Stückchen von Rehbach herschenken würde!

Götz hatte während ihres Hustenanfalls still dagestanden. Er schien von ihrer Beschimpfung ungerührt. »Siederechte, Salzrechte – nennen Sie es, wie Sie wollen. Ich will meinen Anteil am Rehbacher Salz, sonst können Sie Ihren Plan vergessen!« Die Absätze seiner Stiefel knirschten auf dem Kies, als er sich langsam umdrehte. »Denken Sie in aller Ruhe über mein Angebot nach«, warf er ihr über die Schulter zu. »Zwanzig Teile von Hundert – und nicht weniger –, die sollen mein Anteil sein.« Er blieb stehen und drehte sich so weit zu ihr um, daß sie gerade in seinem Sichtfeld war. »Wenn Sie von jemand anderem ein besseres Angebot bekommen...«

Wie gern hätte sie ihn gehenlassen! Hätte sich an seiner Verblüffung darüber gelabt, daß sie nicht auf seine unverhüllte Einschüchterung einging. Einschüchterung – von wegen! Erpressen wollte der Halunke sie! Erpressung – das Wort hallte von ihren Schädelwänden zurück und klang in ihrem Zähneknirschen wieder. Das Bedürfnis, ihn laut mit den übelsten Schimpfwörtern zu bedenken, die sie kannte, wurde immens groß. Doch sie hob ihren Rock eine Handbreit an und schloß im Laufschritt zu Rauber auf.

Inzwischen war er fast an seiner Hütte angelangt. Als er ihren Schatten auf sich fallen sah, drehte er sich zu ihr um. Auf seinem Gesicht war nicht der Hauch von Genugtuung zu sehen, und Dorothea wußte nicht, ob sie das nicht noch wütender machte.

Keinen besseren Ort hätte er wählen können – was konnte

sie hier unter den Augen aller schon gegen ihn sagen oder ausrichten? Und was den Zeitpunkt anging: Ihre Euphorie hatte er ausgenutzt, sie überrumpelt wie eine Bauernmagd. Hundesohn! schoß es ihr durch den Kopf. »Du weißt genau, daß ich deine Hilfe brauche«, sagte sie ohne Umschweife.

»Nicht nur meine«, entgegnete er seelenruhig.

Dorothea winkte ab. »Die der Rehbacher auch, ich weiß. Sollen die auch alle Salzrechte bekommen, oder was?« fügte sie zischend hinzu und bereute ihre Worte schon im selben Augenblick. Damit hatte sie ihn doch nicht womöglich erst auf den Gedanken gebracht?

»Ich red' nicht von den Rehbachern. Wenn *ich* Ihnen helfe, dann helfen alle«, sagte Götz. Sein Blick war düster. »Um die Leute brauchen Sie sich keine Sorgen zu machen, das hab' ich schon oft genug gesagt, und das meine ich auch so.« Er verstummte, weil zwei Pfieseldirnen vorbeigingen, und sprach erst weiter, als sie hinter dem Härthaus verschwunden waren. »Ihren Vater meine ich. Wie sollen wir ohne seine Zustimmung bauen?«

Dorothea spürte, wie etwas in ihr hochstieg, für das sie keinen Namen fand. »Und ich hab' dir schon oft genug versichert, daß du dich darum nicht zu kümmern brauchst«, erwiderte sie spitz und hoffte, daß ihm nicht auffiel, wie sehr sie sich um jedes Wort mühen mußte. »Ich rede mit meinem Vater. Wenn du willst, überrede ich ihn, zu unserem nächsten Treffen mitzukommen – dann kannst du dich höchstpersönlich seines Wohlwollens versichern!« Dabei hatte sie nicht die geringste Ahnung, wie sie ihren Vater zum einen oder anderen überreden sollte.

»Das wär' mir nicht unrecht«, antwortete er ungerührt. »Ich hab' nämlich keine Lust darauf, von irgendwelchen Gendarmen abgeholt zu werden, wenn Ihr Vater sieht, was wir gegen seinen Willen veranstalten.«

Dorothea preßte die Lippen zusammen und versuchte, das Rasen in ihrer Brust zu einer erträglichen Geschwindigkeit zu drosseln. Sie ging ein paar Schritte um Götz herum. »Warum muß es gerade Salz sein?« fragte sie, auf seine Forderung zurückkommend. Sie hatte noch nicht zugestimmt! »Ich zahl' dich, und zwar gut! Von mir aus können sogar die Leute während der Bohrarbeiten mehr Lohn haben«, bot sie ihm an, nicht wissend, wovon sie ihn oder überhaupt irgend jemanden zahlen sollte. Sie war zwar die Tochter des reichsten Mannes weit und breit, aber sie selbst besaß keinen Pfennig. So war das, wenn man ein Weib war, aber das würde sie ihm bestimmt nicht auf die Nase binden! Ein Stich durchfuhr ihren Oberköper, und sie hielt den Atem an, bis der Schmerz vorüber war.

»Mit Geld ist es nicht getan, verehrte Salzbaronin!« Götz hob entschuldigend die Arme. »Das weiße Gold ist das einzige, was zählt, und das wissen Sie selbst am besten. Ginge es mir ums Geld allein, hätt' ich mein Glück längst woanders versucht.«

Dorothea schaute ihn an und wußte, daß er die Wahrheit sprach.

Und sie wußte außerdem, daß sie würde teilen müssen.

39

Als Rosa sich am Heiligen Abend, nach dem ganzen Gefasel über das Kindleinempfangen im Wald, endlich ihre eigene Schwangerschaft eingestanden hatte, hatte ihr das alle Kraft geraubt. Deshalb hatte sie Georg abreisen lassen, ohne ihm von dem Kind zu erzählen, das in ihrem Bauch war. So lächerlich es sich anhörte, aber es hatte sich einfach nicht ergeben. Gleichgültig, wie Georg sich nach ihrer Eröffnung auch verhalten hätte, es wäre über ihre Kräfte gegangen. Zum einen war es natürlich die Tatsache selbst, die sie erschreckte. Sie und ein Kind? Wie oft hatte Harriet ihr klargemacht, daß dies nicht zu einer Heilerin paßte!

Zum anderen erschütterte sie ihre Blindheit, als es um ihr eigenes Leben gegangen war. Bei anderen Weibern reichte ihr ein Blick, um zu wissen, ob ein Samen in ihnen aufging oder nicht. Dabei hätte sie nicht einmal sagen können, woran sie es erkannte. War da etwas in den Augen einer werdenden Mutter? Bewegte sie sich anders? Roch sie anders? Oder war es das alles zusammen, was Rosa gern das »Umschweben« nannte? Dieses Gefühl, das sie am Heiligen Abend in ihrer Hütte wahrgenommen hatte und das sie in ihrer Blindheit Elisabeths magerem Leib zugesprochen hatte...

Sie legte einen Holzscheit nach und sah zu, wie unter ihm tausend kleine Funken in die Höhe stoben. Es war zwar nicht sonderlich kalt – keiner konnte sich daran erinnern, je einen so milden Winter erlebt zu haben –, aber zum ersten Mal in ihrem Leben mußte sie mit Holz nicht sparsam sein: Als die Saline ihr Holz für den Winter bekommen hatte, hatte Georg ihr am hellichten Tag einen ganzen Wagen Brennholz herfahren lassen. Zuerst war Rosa so erschrocken gewesen, daß sie dem Fuhrmann die Antwort auf die Frage, wo er abladen sollte, schuldig geblieben war. Was, wenn jemand vorbeikäme? Welchen Reim würden die Leute sich darauf machen? So sehr sie sich über dieses große Geschenk auch freute – recht war es ihr nicht. Doch Georg hatte ihre Ängste einfach fortgewischt – er wußte ja schließlich nicht, wie die Rehbacher tratschen konnten! »Wenn dich überhaupt einer fragt, dann kannst du immer noch sagen, das sei der Lohn dafür, daß du die Gräfin behandelst!« hatte er augenzwinkernd gemeint und sie in seine Arme geschlossen. »Daß wir beide es auch schön warm haben, würde ich als angenehmen Nebeneffekt bezeichnen!« Sein Flüstern war so sanft wie sein Streicheln gewesen. War das seine Art, sich zu ihr zu bekennen? hatte sie sich im stillen gefragt. Er hatte sie umarmt und nicht mehr loslassen wollen. Ach, wie sie sich danach sehnte! Nachdem sie vom süßen Nektar der Liebe gekostet hatte, fühlte sie sich jetzt erst recht so einsam wie noch nie in ihrem Leben.

Im Gegensatz zu ihr schien Elisabeth sehr gut ohne ihren Gatten auszukommen. Ob es am Hartheu lag, das Rosa ihr gegeben hatte, damit sie sich täglich einige Tassen Tee daraus braute, oder an der Tatsache, daß mit Georgs Abwesenheit auch der Druck, schwanger zu werden, von ihr genommen worden war, wußte Rosa nicht. Tatsache war, daß sie Elisabeth noch nie so frohgemut erlebt hatte! Mit fast religiöser Besessenheit machte sie täglich ihre Bäder, trank ihre Tees und ging in zwei Mäntel gehüllt draußen spazieren – alles Dinge, zu denen Rosa ihr geraten hatte, in der Hoffnung, sie würden ihren verkrampften Leib entspannen und für den männlichen Samen empfänglich machen. Nun, da kein Samen in sie fließen konnte, machten diese Maßnahmen zwar aus Rosas Sicht keinen Sinn, für Elisabeth waren sie jedoch die einzigen Aufgaben, die sie hatte. Sie war außerdem ganz versessen darauf, mehr über die Kräuterheilkunde zu erfahren. Sie bettelte Rosa regelrecht an, ihr Wissen mit ihr zu teilen. Rosas Erzählungen über den Mond, der nicht nur Ebbe und Flut, sondern auch die Fruchtbarkeit der Menschen beeinflußte, hatte es Elisabeth besonders angetan. Immer wieder wollte sie neue Rituale, Reime und Gebete erfahren, die mit dem Mond zusammenhingen. Einige harmlose verriet Rosa ihr. Als sie beim nächsten Vollmond gegen Mitternacht vor ihre Hütte trat, um eine Tinktur zuzubereiten, wie sie es von ihrer Mutter gelernt hatte, hätte sie schwören können, aus dem Garten hinterm Herrenhaus Schritte zu hören. Und tatsächlich gestand Elisabeth ihr am nächsten Morgen, des Nachts unterwegs gewesen zu sein. »Der Mond hat mit mir geredet!« hauchte sie verzückt. »Er hat sogar gelächelt!« Rosa schwieg nachsichtig. Daß sie in ihrer Hütte dem Mond soviel näher war als die feinen Herren und Damen in ihren Schlössern, wunderte sie nicht. Vor lauter Kerzenschein fiel denen doch nicht einmal auf, wenn Vollmond war!

Sie hätte Elisabeth zwar nicht als eine Freundin bezeichnet, aber ihr Verhältnis veränderte sich. Nachdem ihr die Besuche der jungen Gräfin gegen Ende des letzten Jahres fast schon unerträglich gewesen waren, freute sie sich inzwischen geradezu auf ein wenig Abwechslung. Die Salinenleute kamen im Winter, wo statt drei Schichten nur zwei gearbeitet wurden, seltener zu ihr – weniger Arbeitsstunden taten der Gesundheit der Leute so gut, daß viele Beschwerden von selbst verschwanden. Solange Elisabeth da war, mußte Rosa wenigstens nicht darüber grübeln, was aus ihr werden sollte.

Sie, und ein Kind! Noch immer konnte und wollte sie sich mit diesem Gedanken nicht anfreunden. Daß sie nie zuvor an die Möglichkeit, in andere Umstände zu geraten, nachgedacht hatte, war ihr inzwischen unerklärlich. Sie konnte es lediglich der Tatsache zuschreiben, daß sie keinen Monatsfluß hatte so wie andere Frauen. Von ihrer Mutter wußte sie, daß dies bei Heilerinnen oft der Fall war – auch Harriet war von der blutigen Flut verschont geblieben, die anderen Weibern so viel Kraft raubte. Laut Harriet waren Heilerinnen nun einmal nicht wie andere Frauen, sie hatte betont, daß Freya so dafür sorgte, daß weise Frauen kinderlos blieben. Nun, bei ihrer Mutter und nun auch bei ihr selbst hatte Freyas Macht nicht ausgereicht, das Unvermeidliche zu verhindern. Wie auch? In der ganzen Pflanzenwelt gab es kein Kraut, das eine Empfängnis verhindert hätte! Es gab lediglich das eine oder andere Mittelchen, um eine Frucht abgehen zu lassen: Der bittere Wermut, das Hexenmehl, die Samen des Klatschmohns, Bärmutz oder das so unschuldig wirkende Gänseblümchen: Rosa hatte mehr als genug Kräuter, die sie aus einem ihrer kleinen Beutelchen hätte ziehen können. Doch seltsamerweise war ihr dieser Gedanke nur einmal durch den Kopf geflogen. Irgend etwas in ihr sträubte sich bei dem Gedanken, einen Eingriff gegen das Kind in ihrem Bauch zu unternehmen.

»Das Kind in meinem Bauch«, hörte sie sich probeweise laut sagen. Der Satz paßte nicht zu ihr. Weder fühlte sie es in sich, noch brachte sie ihm gegenüber irgendwelche Gefühle auf. Wieviel anders hätte Elisabeth regiert! Diese Ironie des Schicksals! Da hatte sie jedes nur mögliche Mittel aus ihrem Kräuterschatz geopfert, um Elisabeths Leib bereit zu machen, Georgs Samen aufzunehmen. Und was war statt dessen geschehen? Er ging in ihr selbst auf. Wie würde Elisabeth darauf reagieren? Würde für sie eine Welt zusammenbrechen? Und wie würden die Leute im Dorf reagieren? Noch war ihr nichts anzusehen. Wenn sie es schlau anstellte und weite Kittel und Schürzen trug, würde sie die Schwangerschaft noch lange verheimlichen können. Aber irgendwann würde das Kind hinauswollen ...

Abrupt stand Rosa von ihrem warmen Platz am Feuer auf und ging hinüber zum Fenster. Es war beschlagen. Mit den Fingerspitzen wischte sie eine kreisrunde Fläche frei und starrte hinaus. Elisabeth hatte sich für heute angemeldet, und als Rosa eine dunkle Gestalt auf ihre Hütte zurennen sah, nahm sie an, daß es die Gräfin war. Warum hatte sie es wohl so eilig? schoß ihr durch den Kopf. Hatte sie womöglich Nachricht von Georg erhalten? Rosa ging zur Tür und hoffte, daß ihr Gesicht nichts von ihrer inneren Gier verriet, die sie beim Gedanken verspürte, gleich etwas von Georg zu hören. Doch es war nicht Elisabeth, die laut keuchend vor ihrer Tür stand.

»Schnell, komm!« schrie ihr ein junger Mann entgegen, den Rosa nur vom Sehen kannte. Er war Jagdhelfer von Georgs Vater. Soviel Rosa wußte, war er im letzten Jahr aus einem der Nachbardörfer aufs Gut Graauw gekommen und hatte um die Stelle des alten Joachim gebeten, der wegen seiner Hüfte nicht mehr mit dem Grafen ausreiten konnte. Er war ein großer, kräftiger Kerl mit bester Gesundheit, und er hatte sie noch nie besucht, so daß ...

»Verdammt noch mal, Weib! Bist du nicht ganz bei Sinnen, oder warum stehst du hier und träumst?« Er packte Rosa am Ärmel und schüttelte sie grob.

Rosa schaute ihn an und stellte fest, daß es nicht Schweiß war, der über sein Gesicht lief, sondern Tränen. Der Junge weinte! »Pack zusammen, was du brauchst, um einem Verletzten zu helfen!« schrie er Rosa an und stieß die Tür auf. »Der Graf ist vom Pferd gestürzt! Gleich da hinten.« Er zeigte mit dem Arm in Richtung Wald. »Zum Arzt ist's zu weit. Du mußt helfen!«

Ohne ein weiteres Wort warf Rosa ein paar leinene Tücher, die Flasche Arnikatinktur, eine Kamillensalbe und noch ein paar andere Dinge in ihren Kräuterkorb und rannte hinter dem Jungen her. Er war so schnell, daß sie keine Möglichkeit hatte, zu fragen, wie der Unfall geschehen war und in welchem Zustand sich der Graf befand. Würde sie helfen können?

40

Dorothea kauerte neben der alten, gefallenen Eiche, den Kopf ihres Vaters auf ihrem Schoß. Sein Leib war der Länge nach ausgestreckt, er sah entspannt aus, heil, unverletzt. Seine elfenbeinfarbenen Reithosen hoben sich von dem Boden ab, der wegen der vielen Sprünge, die Frederick und seine Jagdgesellschaften darüber gemacht hatten, aufgewühlt und tiefgründig war. Fredericks Gewicht drückte Dorothea in den Boden, der Matsch quoll seitlich an ihren Beinen hoch – es sah aus, als wolle der Sumpf sie verschlingen. Ihr Zopf hing vorn auf ihrer Brust, das Ende war ebenfalls mit Erde verschmiert. Wie durch ein Vergrößerungsglas nahm Dorothea jedes noch so unwichtige Detail wahr, ohne das sie das Unfaßbare begreifen konnte.

Sie hatte eigentlich zur Saline gehen wollen, als sie aus einem plötzlichen Impuls heraus statt dessen den Weg in den Wald eingeschlagen hatte. Dort konnte sie immer besonders gut nachdenken.

Und dann hatte sie ihren Vater gefunden.

Vielleicht sollte sie etwas tun. Jemanden zu Hilfe holen. Sie konnte das Pferd, das seelenruhig neben Frederick graste, dazu nehmen. Wo war eigentlich Fredericks eigenes Pferd? Und wo der Jagdhelfer? Dorothea schaute hinab in das alte, bekannte Gesicht und blieb reglos sitzen.

Dunkle Flecken zeichneten sich dort ab, wo Fredericks Kopf auf ihrem Rock lag. Mit ihrem rechten Zeigefinger fuhr sie an seinem Hinterkopf entlang. Dort, wo die Haut aufgeplatzt war, tauchte er ins offene Fleisch. Hastig zog sie ihre Hand zurück. Es war Blut, was da aus seinem Kopf lief – nur mit Mühe machte sie sich diese Tatsache klar.

Nach einer Ewigkeit tauchte Fredericks Jagdhelfer zwischen den Bäumen auf. Und hinter ihm Rosa, die Heilerin.

»Er ist tot!« Dorotheas Blick streifte Rosa, blieb dann an dem Jungen haften, der wie angewurzelt und mit vor den Mund geschlagener Hand da stand. »Was ist geschehen? Um Himmels willen, was ist hier passiert?«

Der Junge schluckte heftig, sein Adamsapfel hüpfte auf und ab.

Rosa legte ihren Beutel auf den Baumstamm, kniete sich neben den Grafen und hielt dabei soviel Abstand zu Dorothea wie möglich. Als sie mit den Fingern ihrer rechten Hand versuchte, seinen Herzschlag zu ertasten, schob Dorothea sie besitzergreifend weg. »Ich sage doch – er ist tot! Du bist zu spät!«

Zögernd ließ Rosa den Toten wieder los.

Endlich regte sich der junge Jagdhelfer. »Als ich losrannte, um Hilfe zu holen, da lebte er noch! Er... sein Kopf...« Er wischte sich mit der flachen Hand übers Gesicht und schaute von einer Frau zur anderen.

»Warum bist du überhaupt weggelaufen?« herrschte Dorothea den Jungen an. »Wahrscheinlich würde mein Vater noch leben, wenn du ihn nicht im Stich gelassen hättest!« Sie war ungerecht, das wußte sie.

Der Junge öffnete den Mund zu einer Erwiderung, doch kein Ton kam heraus.

»Hilfe zu holen hat doch nichts damit zu tun, jemanden im Stich zu lassen«, antwortete Rosa statt dessen.

Dorothea lachte bitter. »Das mit der Hilfe hat anscheinend nicht geklappt. Vater war ein guter Reiter. Warum ist er gestürzt?« Ein Reitunfall! Auf alles wäre sie gekommen, nur darauf nicht.

Stockend erzählte der Jagdhelfer, was geschehen war: Sie waren noch nicht lange vom Stall weg gewesen, hatten die Pferde gerade erst warm geritten, als sie den Baumstamm ins Visier genommen hatten. Wie jeden Tag hatten sie auch diesmal darübergesetzt – der Graf war der Ansicht, ein Sprung gleich zu Beginn eines Ausritts würde die Pferde wach machen. Die Stute des Jagdhelfers wie auch Jusuff waren willig gesprungen, doch kaum auf der anderen Seite aufgekommen, hatte Jusuff zu bocken begonnen. Der Junge hatte sein Pferd gerade noch abdrehen können, sonst wäre es von den ausschlagenden Hinterbeinen des Hengstes getroffen worden. Der Graf hatte versucht, das Pferd mit Worten zu beruhigen, und es wieder in den Zaum zu kriegen. Vielleicht hatte er dabei die Zügel zu eng an sich genommen, jedenfalls war der Gaul gestiegen und hatte Frederick aus dem Sattel geworfen. »So schnell ich konnte, bin ich abgestiegen und zu Ihrem Vater gelaufen«, versicherte der Jagdhelfer Dorothea, »aber in der Zwischenzeit ist Jusuff auf und davon!«

Ein leises Wiehern ließ sie aufschauen. Der Hengst stand hinter einer kahlen Baumgruppe und wartete darauf, seinen Namen nochmals zu hören. Nun, da er seinen Ausflug beendet hatte, wollte er zurück in den heimischen Stall, wo eine Traufe voller Heu und einige Schöpfer Hafer auf ihn warteten.

Dorothea schaute zu dem Pferd, das mit dem Vorderhuf scharrte und um Aufmerksamkeit bemüht war. Eine Lappalie. Ein Reitunfall, wie er jedem passieren konnte. Sie mußte gegen ein hysterisches Lachen ankämpfen, das sich in ihrer Kehle versammelte.

Frederick von Graauw war tot. Ihr wurde schwindlig.

Nächtelang hatte sie wachgelegen und überlegt, wie sie Fredericks Zustimmung für den Schacht gewinnen konnte. Tag für Tag hatte sie Worte gesucht, Erklärungen geprobt, Zwiegespräche einstudiert. Doch es war ihr nichts eingefallen, was ihr einen Versuch wert erschienen wäre. Vater war ein alter Sturkopf, faul und manchmal etwas begriffsstutzig obendrein – was hätte sie also sagen sollen, um ihm die Idee mit dem Steinsalzabbau schmackhaft zu machen? Und so hatte sie das Gespräch immer wieder hinausgeschoben. Sie war sogar schon Götz ausgewichen, um seinen fragenden Blick wenigstens für einen Tag los zu sein. Beides entsprach nicht ihrer Art und trug nicht dazu bei, daß sie sich wohler fühlte. Wie ein Feigling war sie sich vorgekommen.

Und nun hatte ein lächerlicher, gewöhnlicher Reitunfall ihren Vater das Leben gekostet.

Das Pferd wieherte.

Behutsam legte Dorothea Fredericks Kopf auf den Boden. Sie wischte sich die Handinnenflächen an ihrem Rock ab. Schritt für Schritt ging sie auf Jusuff zu, beruhigende Worte murmelnd. Hocherfreut und mit nach vorn gestellten Ohren kam das Tier auf sie zu. Sie streichelte den schweißverklebten Pferdehals und spürte im selben Moment die ungläubigen Blicke von Rosa und dem Jungen. »Was glotzt ihr so dämlich? Soll ich den Gaul erschießen lassen? Davon wird mein Vater auch nicht wieder lebendig!« schrie sie der Heilerin ins Gesicht. Sie spürte etwas Heißes auf ihren Wangen und stellte erstaunt fest, daß es Tränen waren. Doch sie galten nicht der Trauer um ihren Vater. Es war vielmehr die Trauer um einen Teil ihrer Unschuld, die sie an diesem Tag verloren hatte. Denn Dorothea stellte fest, daß sie nur eines beim Anblick des Toten verspürte: Erleichterung.

Unendliche Erleichterung.

Frederick würde ihren Plänen nicht mehr im Wege stehen.
Sie ergriff die Zügel des Pferdes und ging davon, ohne Rosa oder den Jagdhelfer nochmals zu beachten. Irgend jemand würde schon dafür sorgen, daß der alte Graf nach Hause gebracht wurde.

41

Vier Tage später wurde Graf Frederick von Graauw beerdigt. Da es keine Kirche in Rehbach gab, sollte der Trauerzug vom Herrenhaus aus in Richtung Saline ziehen, dort umkehren und sich danach rund um die Familiengruft am südlichen Ende des Graauwschen Gartens aufstellen. Es war Dorothea, die den Weg festgelegt hatte, so wie sie sich auch um jedes andere Detail gekümmert hatte.

Nachdem festgestanden hatte, daß es unmöglich war, Georg vom Tod seines Vaters in Kenntnis zu setzen, weil sein derzeitiger Aufenthaltsort in Österreich oder Ungarn unbekannt war, hatte Viola nur noch stumm die Hände knetend Totenwache gehalten. Daß Frederick in Abwesenheit seines Sohnes beerdigt werden mußte, daß Vater und Sohn in dieser Stunde nicht beieinander sein konnten, hatte ihr Herz ein zweites Mal gebrochen. Jedes bißchen Leben schien aus ihr gewichen zu sein.

Natürlich war Alexander sofort gekommen und hatte seine Hilfe angeboten, doch Dorothea hatte abgewinkt. Ihren »Zukünftigen« mochte sie jetzt am allerwenigsten um sich haben.

Es war Dorothea gewesen, die die Nachricht zu den Nachbargütern geschickt hatte. Es war Dorothea gewesen, die einen Reiter zu Elisabeths Eltern geschickt hatte und einen weiteren, um den Pfarrer aus der Stadt zu holen. Als der

Gottesmann die Witwe fragte, ob der Tote im geöffneten Sarg zur Gruft getragen werden sollte, damit die Rehbacher Abschied nehmen konnten, hatte diese nur hilflos zu Dorothea geblickt. Nein, ihr Vater werde nicht öffentlich zur Schau gestellt, hatte sie bestimmt.

Am Abend zuvor hatte sie Götz aufgesucht und ihn gebeten, allen Rehbachern – eine Notbesetzung für jedes Sudhaus, die die Feuer am Brennen halten sollte, ausgenommen – für den Vormittag von Fredericks Beerdigung freizugeben.

Keiner hatte gemerkt, wieviel Kraft es Dorothea kostete, alle diese Entscheidungen zu treffen. Dabei war ihr Kopf so voll mit anderen Dingen.

Die Schlange der Abschiednehmenden war lang und bestand zum größten Teil aus Fredericks Jagdkameraden. Alexander von Hohenweihe und sieben weitere Männer jüngeren Alters hatten es sich nicht nehmen lassen, seinen Sarg zu tragen. Es war ein schlichter Totenbaum, für den Alexander eine seiner älteren Eichen hatte fällen lassen – dies war der einzige Gefallen, um den Dorothea ihn gebeten hatte. Der saftige Geruch des frischen Holzes paßte weder zum Anlaß noch zu dem kalten Wintertag, doch diejenigen, die Frederick gut genug gekannt hatten, wußten, daß ihm sein letztes Bett gefallen hätte. Mehr als einmal hatte der Tote – meist nach einigen Krügen Wein – verlauten lassen, daß er viel lieber inmitten seines geliebten Waldes begraben werden wollte statt in der Gruft, in der sämtliche Graauws vor ihm unter einem mit Engel bekränzten Baldachin ruhten. Auch gegenüber Viola hatte Frederick dies geäußert, doch Dorothea hatte auf einer Weiterführung der Familientradition bestanden, und Viola hatte nicht dagegengehalten.

Eingerahmt von Elisabeth und Viola ging Dorothea nun hinter dem Sarg her. Dorothea wußte nicht, wer schwerer an ihrem Arm hing. Die beiden anderen hatten ihre Gesichter schwarz verschleiert, ihre Blicke waren nach unten gesenkt, und es lag an Dorothea, den Leuten aus der Saline, die sich links und rechts entlang des Weges aufgestellt hatten, zuzunicken. Alle hatten sich versammelt: die Solenachfüller, die Salzabzieher, die Pfiesel- und Nachtdirnen, Friedrich Neuborn und alle anderen, die in der Saline arbeiteten, einmal gearbeitet hatten oder arbeiten würden. Die Anwesenheit der Rehbacher verlieh der ganzen Angelegenheit eine feierliche Note, stellte Dorothea fest. Die Gesichter der Leute wirkten verunsichert und angespannt – doch Dorothea wußte, daß dafür weniger die Trauer um den alten Grafen verantwortlich war als vielmehr die Angst, was dessen Tod für sie bedeuten könnte. Daß Georg nicht da war, beunruhigte die Leute ebenfalls. Die Kinder schauten mit großen Augen zu, wie ihre Väter oder Großväter – jeweils der älteste Mann einer Familie – in Salzgefäße griffen und geweihtes Salz auf den Boden warfen, kurz bevor der Trauerzug passierte. Diese Salzfäßchen waren Heiligtümer! In jeder noch so erbärmlichen Hütte hatten sie einen Ehrenplatz und wurden nur zur Geburt eines Kindes hervorgeholt. Es mußte also etwas Wichtiges vorgehen, wenn der Vater so außer der Reihe das weiße Gold verstreute.

Als Dorothea die ersten Salzwölkchen sah, spürte sie, wie ihre Kehle eng wurde. Sie griff an ihren Mantel, um den obersten Knopf zu lösen. Die kalte Luft umspielte ihren Hals, und sie hätte alles darum gegeben, sich den kratzigen Mantel vom Leib reißen zu können. Doch sie konnte das schwere Kleidungsstück so wenig abstreifen wie den plötzlichen Schwermut, der sie angesichts der salzwerfenden Salinenleute überfallen hatte. Auf einmal brannten Tränen unter ihren Augen. Sie reckte ihr Kinn, um besser Luft zu kriegen. Es war das Salz, das zählte, einzig das Salz, sagte sie sich wie im Gebet immer wieder vor.

So passierten sie zuerst Sudhaus fünf, dann die restlichen, bis sie um Sudhaus eins einen Bogen schlugen. Dorothea sah Götz Rauber sofort. Mit seiner Mannschaft hatte er sich vor dem Eingang aufgestellt, breitbeinig, seine Füße so fest in Rehbacher Grund verankert, daß es ihr einen kleinen Stich versetzte. Für einen kurzen Moment verspürte sie heftiges Verlangen danach, ihre Wange an seine Brust zu legen. Wie damals, beim Tanz im Salzlager. Was für ein Blödsinn! schalt sie sich im nächsten Augenblick. Als sie auf seiner Höhe war, nickte sie ihm kühl zu.

Er erwiderte ihr Nicken, und ob sie es wollte oder nicht, fühlte sie im selben Moment eine innere Anspannung von sich abfallen. Götz würde für sie dasein. Er und sie würden den Schacht bauen. Dies und der Tod ihres Vaters standen für sie in so unmittelbarem Zusammenhang, daß sie sich von innen auf die Wangen beißen mußte, um ein triumphierendes Lächeln zu unterdrücken. Das Schicksal wollte es so! Sie hatte eine Aufgabe, und die würde sie erfüllen.

Der Trauerzug zog nun an der Hainbuchenhecke, die Violas Garten einrahmte, entlang. Von dort konnte man das Herrenhaus erkennen. Die Rehskulptur über dem Eingang war mit Trauerflor behangen. Viola, deren Blick ebenfalls von den wehenden schwarzen Seidenbändern gefangen wurde, klammerte sich noch fester an Dorotheas Arm.

Es war in diesem Moment, nicht weit weg von der Stelle, wo sie Rosa im Herbst getroffen hatte, als sie erneut deren Anwesenheit spürte. Sie schaute auf, Violas eiskalte Hand in der ihren, und sah direkt in Rosas Augen. Und wieder war da dieses befremdende Gefühl, als spiegelte sich in Rosas Augen ihr Innerstes wider. Ihr schauderte. Wie das Weib sie anstarrte, gefiel ihr ganz und gar nicht! Als ob sie etwas für den Tod ihres Vaters konnte. Als ob es ihre Gedanken gewesen waren, die Frederick umgebracht hatten.

Als sie an der Familiengruft ankamen, stellten Alexander und die anderen Träger den Sarg davor ab. Mit würdevollen Schritten trat der Pfarrer ans Kopfende und begann mit seiner Litanei.

Dorothea schloß die Augen und betete, daß die Trauerfeier nicht ewig dauern würde. Wenigstens wärmte die Wintersonne ihren Rücken. Neben ihr schluchzte Viola unaufhörlich. Ihr Jammern hatte etwas Unerträgliches an sich.

Mit unbewegter Miene schaute Dorothea zu, wie der Sarg in das geöffnete Tor der Gruft geschoben wurde. Im Grunde genommen hatte ihr Vater es nicht verdient, hier zu liegen. Hier lagen nur Männer, denen die Saline etwas bedeutet hatte.

Sie wußte, daß dies eigentlich der Zeitpunkt war, Abschied zu nehmen, so wie alle anderen es taten. Doch so sehr sie auch in sich hineinhorchte, sie konnte keinen Hauch Wehmut in sich erspüren. Dorothea hatte sich schon vor langer Zeit von ihrem Vater verabschiedet. Im vergangenen Herbst, als der Alte sich von Georg hatte einlullen lassen, und von Martin Richtvogels Hirngespinsten, statt beide zur Raison zu bringen.

Die Bläser hatten sich links und rechts entlang des Eingangs postiert und hoben auf ihren Jagdhörnern zum letzten Halali an.

»Und ist auch alle Brunft vorbei
mit ihren Freuden und Schmerzen,
die Liebe hört doch nimmer auf
in eines Waidmanns Herzen.«

Hätte Frederick nur halb soviel Liebe für Rehbach aufgebracht! Die Gefühlsduselei der alten Männer kratzte Dorothea wie ein dickes Büschel Brennesseln. Wahrscheinlich betrauerten sie hauptsächlich den Wegfall der zahlreichen Jagdeinladungen aus dem Hause Graauw.

Endlich waren alle Gebete gesprochen, alle Sprüche aufgesagt, alle Jagdhörner verstummt. Nach einem bedauernden Blick auf Viola gingen Alexander und ein weiterer Nachbar zu der schweren Tür der Gruft und stemmten sich mit ihren Schultern dagegen.

Violas Weinen hörte sich an wie das Miauen einer ausgesetzten Katze. Elisabeth, die während der Trauerrede um Dorothea herumgegangen war, hielt die Witwe fest, deren Leib wie vom Teufel besessen zuckte.

Dorothea schloß die Augen.

Bald. Bald würde die Erde von Rehbach erneut aufgerissen werden. Doch statt zu nehmen, würde sie dieses Mal geben. Salz.

42

Und dann war es soweit. Am zweiten Februar gingen in allen fünf Sudhäusern die Öfen aus, und alle Salinenarbeiter versammelten sich rund um den Solebrunnen. Götz hatte gerufen, und alle waren gekommen.

Niemand konnte sich vorstellen, um was es eigentlich ging. Gerüchte gab es genug, doch jedes war abenteuerlicher als das andere. Viele nahmen an, daß die Versammlung irgendwie mit dem Tod des Grafen zusammenhing. Seltsamerweise munkelte jedoch niemand etwas von kommendem Übel oder schlechten Zeiten. Statt dessen schwang etwas Verheißungsvolles in den kleinen, weißen Atemwölkchen mit, und die Erwartung heizte sich immer weiter auf.

Es war richtig gewesen, die Versammlung gerade auf diesen Tag zu legen, sagte sich Götz, als er auf die Plattform stieg, die er am Vortag zusammen mit Richard und Josef gezimmert hatte. Wie gut, daß er sich gegenüber Dorothea in diesem Punkt durchgesetzt hatte!

Sie hatte anfangs nicht einsehen wollen, warum Götz auf diesem Termin bestand und damit fast eine ganze Woche verschenken wollte. »Warum können wir nicht sofort zu graben beginnen?« hatte sie am Tag nach der Beerdigung wissen wollen. »Die Zeit drängt, der Boden ist nicht gefroren – was für einen Sinn macht es, bis zum Februar zu warten?« Seine

Erklärung war ihm schwergefallen. Wie sollte sie verstehen, was der zweite Februar – Mariä Lichtmeß – für die Leute aus der Saline bedeutete? Dorothea bildete sich zwar auf ihr Verhältnis zu seinen Leuten wer weiß was ein, aber was wußte sie schon von ihrem Leben? Im Herrenhaus war es immer warm, und es gab Licht zu jeder Tages- oder Nachtzeit. Es würde ihn nicht wundern, wenn die Herrschaften sogar in jedem Zimmer ein eigenes Feuer hätten! Die Rehbacher jedoch sehnten kaum einen Tag so sehr herbei wie Lichtmeß. Von da an waren die Tage so lang, daß wieder drei Schichten gearbeitet würde. In ihren Hütten konnten die Leute wieder ohne die teuren Kerzen auskommen, das Abendlicht, so spärlich es auch war, reichte aus, um das Tagwerk zu beenden. Es hieß nicht umsonst: »An Lichtmeß bei Tag ess', bei Nacht die Kerzen vergess'!« Für die Salzleute war Lichtmeß ein Tag der Freude – an diesem Tag konnte nichts Schlechtes geschehen, war ihre Überzeugung.

Diese frohe Stimmung wollte Götz für sich nutzen. Doch er kannte Dorothea inzwischen gut genug, um zu wissen, daß Verzögerungen nicht ihre Sache waren. Um so erstaunter war er gewesen, als sie ihm nach seiner Ausführung über die Bedeutung dieses Tages ohne weitere Gegenrede zugestimmt hatte. Daß sie am liebsten eigenhändig zu Schaufel und Spaten gegriffen hätte, hatte er ihr angesehen. Wenn er ehrlich war, ging es ihm ja nicht viel anders! Auch er lag Nacht für Nacht wach und grübelte über die nächsten Schritte. Manchmal stand er sogar auf, um in die Zeichnungen, die Dorothea bei ihm deponiert hatte, etwas einzufügen oder abzuändern. Mehr als einmal hätte er sich vor dem einen oder anderen fast versprochen, so schwer war es ihm gefallen, die Sache für sich zu behalten.

Als er sich nun von seinem Podest aus umschaute, sah er Dorothea mit wehendem Mantel den Kiesweg entlang laufen. Er spürte, wie seine Aufregung wuchs. Wie würden die Rehbacher seine Neuigkeiten aufnehmen?

»Wie lange müssen wir noch warten?« rief einer der zuvorderst Stehenden. »Gleich geht's los!« krächzte Götz und räusperte sich mehrmals. Wenn ihm jetzt seine Stimme wegblieb...

Nicht nur über den Zeitpunkt, sondern vor allem auch über die Art seiner Rede hatten er und Dorothea gestritten, doch auch in diesem Punkt hatte er sich durchgesetzt. Nun konnte er nur hoffen, daß seine Vorgehensweise die Leute überzeugen würde.

»Verdammt, ich konnte nicht früher weg!« sagte Dorothea anstelle einer Begrüßung. »Viola hat sich an mich geklammert wie eine Ertrinkende!« Noch ehe Götz ihr eine Hand reichen konnte, war sie ohne Hilfe auf das Podest gestiegen. Unbefangen schaute sie in die Runde, winkte dem einen oder anderen zu und schaute dann Götz so erwartungsvoll an wie alle anderen. »Auf was wartest du noch?«

Er mußte grinsen. Sie verstand ihre Sache! Jeder hatte ihre Ankunft mitbekommen, und doch spielte sie sich nicht in den Vordergrund und überließ statt dessen ihm das Feld.

Ohne daß er die Leute ausdrücklich auffordern mußte, kehrte Ruhe ein. Götz räusperte sich ein letztes Mal.

»Es kommt nicht oft vor, daß die Rehbacher Öfen stillstehen«, begann er und zeigte über die Köpfe der Leute hinweg in Richtung der Sudhäuser. Wie erwartet, erntete er damit einige Lacher. Keiner konnte sich nämlich daran erinnern, daß die Öfen je verwaist gewesen waren.

»Es muß also etwas ziemlich Wichtiges sein, was ich euch zu sagen habe.« Er hatte noch nicht zu Ende gesprochen, da spürte er schon Dorotheas kratzigen Widerstand neben sich. »Ich und die Salzbaronin!« korrigierte er sich, woraufhin neuerliches Lachen die Runde machte. Er wurde lauter: »Ich habe eine gute und eine schlechte Nachricht – welche wollt ihr zuerst hören?«

Stirnrunzelnd schaute Dorothea ihn an. »Was soll das?« zischte sie ihm zu. »Bist du hier zum Schabernackmachen?«

Die Leute redeten durcheinander. »Schlechte Nachrichten?« »Was ist passiert?« »Wieso eine gute und eine schlechte Nachricht?«

»Was wirst du schon für gute Nachrichten haben?« höhnte Hermann Lochmüller, der sich von hinten bis zum Podest vorgedrängt hatte.

»Die schlechte Nachricht ist ...« Götz machte eine Pause und ließ seinen Blick über die Gesichter der Leute schweifen, »daß Georg von Graauw die Saline schließen will!«

So, das war's! Er hatte den Vogel abgeschossen!

Ein Entsetzensschrei ging durch die Menge, Hände wurden vor den Mund geschlagen, Augen, groß und rund, schauten Götz an. Fast hätte er lachen müssen, wäre nicht alles so ernst gewesen: Die Rehbacher waren so berechenbar! Jede Regung konnte er vorhersagen, jede ihrer Antworten. Er schaute Dorothea an und sah erst jetzt die dunklen Halbkreise unter ihren Augen. »Du siehst müde aus!« raunte er ihr zu, unwillkürlich die vertrauliche Anrede benutzend.

»Glaubst du, die letzten Wochen waren eine Erholung für mich?« flüsterte sie, nicht weiter auf seine Vertraulichkeit eingehend. »Mach weiter!« Sie nickte in Richtung Zuhörer.

Mit einer einzigen Handbewegung brachte Götz die Rehbacher zum Schweigen. »Die gute Nachricht ist die« – wieder eine Kunstpause –, »daß wir uns das nicht gefallen lassen werden!« Er streckte seine zur Faust geballte Rechte in die Höhe. Doch statt mitzujohlen, warfen ihm die anderen verunsicherte Blicke zu. »Und die Salzbaronin wird uns dabei helfen!« Er schob Dorothea einen Schritt auf dem Podest nach vorn. Als er spürte, wie verkrampft ihr Rücken war, mußte er gegen den Impuls ankämpfen, ihre Anspannung mit seiner Hand wegzustreichen. Sie war halt doch nur ein Weib, mochte sie auch noch so bärbeißig tun.

»Aber wie?« »Was ist denn eigentlich geschehen?« »Warum will der Graf Rehbach zumachen?« »Was soll aus uns werden?« »Wo ist der junge Graf überhaupt?«

Nun war genug gespielt, beschloß Götz und klärte die Leute mit kurzen, für jeden verständlichen Sätzen über ihre Lage auf: darüber, daß das Holz für die Öfen so teuer geworden sei, daß es sich die Graauws einfach nicht mehr leisten konnten, so weiterzumachen wie bisher. Darüber, daß Georg deshalb Rehbach zu einem Heilbad umbauen wolle und daß sie dann alle ohne Brot und Arbeit wären. »Deshalb ist er verreist, der gnädige Herr!« schrie er in die Runde. »Weil er für seine Idee Geldgeber sucht! Und wenn er die findet, dann ...« Er nickte bedeutungsvoll. Auf einmal sprachen alle durcheinander.

»Seid still, Leute!« Dorotheas Stimme kam für die Versammelten so überraschend, daß sofort wieder Ruhe eintrat. »Es gibt eine Möglichkeit, weiterhin in Rehbach Salz abzubauen! Ich lasse euch nicht im Stich! Und Götz Rauber auch nicht!« Sie machte wieder einen Schritt nach hinten, dabei streifte ihre rechte Hand Götz' linke. Als handele es sich um ein eingespieltes Theaterstück, nahm er ihren Faden auf und erzählte den Rechbachern von ihren Plänen.

Schweigen. Skepsis in großen Augen. Ungläubigkeit. Erlaubte sich Rauber einen schlechten Scherz mit ihnen?

»Einen Schacht bauen und das Salz direkt aus der Erde holen? Wie soll das gehen?« Johann Merkle war der erste, der seine Sprache wiederfand. »Was ist mit dem Solewasser?«

»Es geht«, versicherte Götz ihm. »In Polen macht man das schon seit vielen Jahren so.« Die vereinfachten Erklärungen über den bergmännischen Salzabbau hatte er sich zurechtgelegt, so daß er jetzt nur darauf zurückgreifen mußte. Er spürte, wie Dorothea sich neben ihm etwas entspannte. Daß er so gut vorbereitet war, hatte sie wohl nicht erwartet!

»Und wer soll so einen Schacht bauen? Und wann? Wo doch jetzt wieder drei Schichten gefahren werden!« rief ein anderer.

»Wir alle werden den Schacht bauen!« antwortete Rauber. »Es werden weiterhin nur zwei Schichten gefahren, damit genügend Zeit dafür bleibt.«

»Und was ist mit ihrem Bruder? Was wird sein, wenn der zurückkommt, hä?« Hermann Lochmüllers Miene war abfällig. »Wer verspricht uns, daß wir hier nicht irgendwelchen Hirngespinsten hinterherrennen?« Er zeigte mit dem Kinn auf Dorothea und drehte sich dann zu den Versammelten um. »Heilbad oder Bergbau in einer Saline, wo seit Jahrhunderten das Solewasser fließt!« höhnte er. »Für mich hört sich das eine so verrückt an wie das andere. Außerdem: Sie ist nur ein Weib! Was kann *sie* schon gegen ihren Bruder ausrichten?« fragte er in die Runde. »Wenn wahr ist, was geredet wird, dann heiratet sie doch eh bald den Waldschrat!«

Einige lachten, andere murmelten erschrocken angesichts Lochmüllers Unverfrorenheit.

Götz spürte, wie Dorothea neben ihm erstarrte, und legte besänftigend eine Hand auf ihren Arm. Wenn sie jetzt den Leuten übers Maul fuhr, war niemandem geholfen. Er sagte leise: »Vertrau mir!« Dann wandte er sich wieder an die Menge. »Unsere Salzbaronin – ist sie etwa ein *gewöhnliches* Weib?«

Unwilliges Raunen. Nein, ihre Salzbaronin, die war eine ganz Besondere. Lochmüller war ein frecher Hund! Ärgerliche Blicke trafen den Unruhestifter von überall.

Götz zwinkerte Dorothea kurz zu, und sie antwortete mit einem gequälten Lächeln. »Und wir? Sind wir etwa auch alles nur Weiber? Bist du ein Weib?« forderte er Lochmüller heraus. »Wir müssen schon selbst für uns sorgen!« Nun hatte er die Leute wieder in seinem Bann. »Bis der Graf zurückkommt, vergehen gut und gern noch vier Monate«, rechnete er ihnen vor. »So lange haben wir Zeit, einen Schacht zu graben und zu versuchen, auf diese Weise ans Salz zu kommen. Wenn der Graf sieht, daß es möglich ist, Salz auch ohne Sieden zu gewinnen, warum soll er dann noch seinen verrückten Plan verfolgen?« Er konnte den Leuten regelrecht ansehen, wie es in ihren Köpfen schaffte. »Dann hat er doch gar keinen Grund mehr dazu, oder? Das Salzbergwerk ist dann schon da. Sein Heilbad« – die Ironie war nicht zu überhören – »existiert jedoch nur in seinem Kopf!«

»Was Rauber sagt, stimmt!« schrie nun auch Dorothea in die Menge. »Mein Bruder ist keiner, der seine Pläne mit aller Macht durchzwingt, er ist schwach!« Abfällig zog sie die Nase hoch, und es sah aus, als ob sie sich nur mit Müh und Not noch weitere Bemerkungen über ihren Bruder verkneifen konnte.

Die Leute guckten sich an. Ja, wenn das sogar die Salzbaronin so sah?

»Aber wenn es keine Siedehäuser mehr gibt, sind wir dann nicht ohnehin ohne Arbeit?« schrie der Vorsteher von Sudhaus zwei. »Ohne Sole braucht man doch auch keine Siedemeister, Solenachfüller oder Salzabzieher mehr, oder?«

Götz grinste. Langsam kamen die Leute dahinter. »Leute, die sich aufs Salz verstehen, werden in Rehbach so lange gebraucht, wie das weiße Gold aus der Erde kommt! Vielleicht haben sie dann andere Namen und heißen nicht mehr Salzabzieher, sondern ... Salzheber oder Salzabbauer? In einem Heilbad jedoch ...« Er zuckte vielsagend mit den Schultern.

»Ich glaube, jetzt hast du sie«, flüsterte ihm Dorothea zu. Ihr Atem kitzelte in seinem Ohr.

»Trotzdem, ich weiß nicht so recht: Warum soll es auf einmal nicht mehr rechtens sein, das Salz zu sieden? Wo es doch seit Jahrhunderten nicht anders gemacht wurde«, maulte Hermann Lochmüller erneut. Doch so bestimmt wie zuvor war seine Widerrede nicht mehr.

»Hast du nicht gehört, du Trottel? Es ist wegen dem Holz! Das Holz ist zu teuer geworden!« schrie jemand hinter Lochmüller.

Während Götz noch überlegte, wie er die Sache am einfachsten zu Ende bringen konnte, machte Dorothea erneut einen Schritt nach vorn. Sie lehnte sich so weit vom Podest herab, daß Götz einen Augenblick lang Angst hatte, sie verlöre die Balance. Wieder verstummten die Leute sofort – was die Salzbaronin zu sagen hatte, wollte jeder hören.

Sie flehte nicht, sie bettelte nicht, und sie versuchte auch nicht, die Leute weiter zu überzeugen. Dorothea sagte nur drei Worte, aber sie waren es, die die Leute am Ende überzeugten. »*Salz ist heilig!*«

Natürlich wurde noch weiter hin und her geredet. Veränderungen mochte keiner – denn meist handelte es sich dabei um Veränderungen zum Schlechten. Daß Georg von Graauw die Rehbacher so mir nichts, dir nichts vor die Tür setzen wollte, erfüllte alle mit Wut. Im gleichen Maße, wie sie ihn verachteten, stieg die Achtung für Dorothea, die zusammen mit Götz versuchte, die Fragen der Anwesenden zu beantworten. Der Gedanke, Salz wie einen Brocken Stein aus der Erde zu schlagen, war vielen ungeheuer. Ob die Zeit reichen würde, einen Schacht von mindestens 80 Ellen Tiefe – so viele mußten es laut Rauber sein – zu graben, auch darüber gingen die Meinungen auseinander.

Doch bevor die Rehbacher sich trennten, wurde vereinbart, daß man sich am nächsten Tag zur gleichen Zeit am gleichen Ort wieder treffen wollte.

Zum ersten Spatenstich.

43

Mit der Lichtmeß wurden in diesem Jahr die Tage nicht nur länger, sondern auch lauter. Von diesem Tag an gruben die Rehbacher nämlich ein Loch in die Erde. Die Abmessungen hatte Götz in die Erde gekratzt, es war größer und breiter, als die meisten es sich vorgestellt hatten. Das Kratzen der Schaufeln, das Stoßen der Spaten verfolgte alle von früh bis spät in den Abend.

Auch Rosa konnte dem ungewohnten Lärm in ihrer Hütte nicht entgehen, er verfolgte sie Tag und Nacht.

Gleich am allerersten Tag blieb es nicht aus, daß sich jemand bei der ungewohnten Arbeit verletzte: Statt die Schaufel in den lehmigen Boden zu stoßen, rammte sich einer der Solenachfüller aus Raubers Sudhaus das Werkzeug in den Fuß. Keiner hatte Zeit, ihn zu stützen oder gar zu tragen, also schleppte sich der Mann allein schweißnaß und bleich vor Schmerz zu Rosa. Während sie die heftig blutende Wunde erst auswusch und dann verband, hörte sie dem Mann zu. Wie ein Wasserfall sprudelten die Neuigkeiten aus ihm heraus, zu frisch, zu neu das Ganze, um es ruhig und gelassen wiederzugeben.

Ein Schacht wurde gebaut, um Salz in Stücken aus der Erde zu holen. Dorothea und Götz Rauber machten hinter Georgs Rücken gemeinsame Sache. Soviel zu Georgs Voraussicht, der

Sudhausvorsteher würde Dorothea im Zaum halten können, ging es Rosa durch den Kopf. Wie sagten die Bauern der umliegenden Gegend so treffend? Georg hatte den Bock zum Gärtner gemacht!

»Und keiner findet etwas dabei, den Grafen derart zu hintergehen?« fragte Rosa. So viel Bereitschaft zum Ungehorsam hätte sie den Rehbachern gar nicht zugetraut!

»Wenn hier einer jemanden hintergeht, dann ist es das Grafenbürschelchen selbst! *Er* ist doch unterwegs, um hinter unserem Rücken das Ende von Rehbach zu besiegeln!« sagte der Mann. So ganz unrecht hatte er nicht, gab Rosa ihm im stillen recht. Sie erinnerte sich daran, wie sie sich gefühlt hatte, als Georg ihr von seinen Plänen erzählte. Daß ihm die Rehbacher so wenig bedeuteten, hatte auch sie ein wenig erschreckt. Aber wie weich und warm war seine Umarmung gewesen! Wie feurig seine Worte!

Und nun sah es so aus, als ob seine Schwester alles tun würde, um Georgs Vision zu verhindern.

Als hätte es ein Recht, auch etwas zu sagen, regte sich das Kind in ihrem Bauch. Georgs Bastard. Ihre Hand fuhr an ihren Leib, als wollte sie es zur Ruhe bringen. Ach, wenn Georg nur schon zurück wäre! Irgendwie würde sich dann alles weisen. Er würde sie sicher nicht mit den Rehbachern in einen Topf werfen und nichts mehr von ihr wissen wollen.

Nachdem sie den Fuß des Mannes verbunden hatte, ging sie mit ihm zum Solebrunnen. Sie mußte mit eigenen Augen sehen, was sie sich allein durchs Erzählen nicht vorstellen konnte!

Am Brunnen angekommen, blieb sie wie angewurzelt stehen und sah sich um: Kleine Holzklötze markierten auf dem Boden ein Viereck, vielleicht eine Rute* groß. In dessen Mitte

---

* altes quadratisches Flächenmaß von 1806: 8,21 qm.

waren mindestens fünf Mann gleichzeitig dabei, zu graben, nur noch ihre Oberkörper schauten aus dem Erdloch heraus. Die ausgehobene Erde stellten die Männer eimerweise am Rand des Lochs ab, wo fünf der Nachtdirnen sie entgegennahmen und neben dem Solebrunnen auf einen Haufen kippten. Der war schon so hoch, daß die bronzenen Rehe dahinter verschwanden. Alle schienen perfekt aufeinander eingespielt zu sein, so, als hätten sie nie etwas anderes getan, als Schächte zu graben. Fassungslos atmete Rosa das Aroma kalter, feuchter Wintererde ein. Es stimmte tatsächlich – sie rissen Rehbach auf! Hier also wollten sie auf sagenhafte Weise Salz aus der Erde hauen.

»Magda! Elfriede! Was geht hier vor sich?« rief sie den beiden Nachtdirnen zu, die – jede mit einem Brotkorb in der Hand – auf die Männer in der Grube zusteuerten. Während Elfriede ihr nur zunickte, wartete Magda, bis Rosa sie eingeholt hatte. »Hast du noch nicht gehört, was passiert ist? Der Graf will die Saline schließen! Dann wären wir alle ohne Lohn und Arbeit!«

Rosa wußte nicht, was sie sagen sollte.

Ohne daß es einer Aufforderung bedurfte, erzählte ihr Magda von dem Treffen, das am Tag zuvor stattgefunden und von dem Rosa nichts mitbekommen hatte. Wie der verletzte Solenachfüller, so war auch Magda aufgeregt wie ein kleines Kind. »Alle sind dafür, den Schacht zu graben!« sagte sie fast trotzig. »Wir müssen nur beten, daß der Plan der Salzbaronin auch klappt!«

»Und wenn der Graf nun zurückkommt und gar kein Heilbad mehr bauen will? Vielleicht entscheidet er sich doch noch dafür, alles beim alten zu belassen. Dann wäre eure ganze Schinderei umsonst«, bemerkte Rosa ziemlich lahm.

»Ich weiß auch nicht!« Magdas Blick nach zu urteilen, hätte sie Rosa zu gerne geglaubt. »Die Salzbaronin sagt, daß es nicht beim alten bleiben kann, weil das Holz für die Öfen immer teurer wird. Aber sie sagt auch, daß ihr Bruder seinen Plan aus lauter Bequemlichkeit fallenlassen wird, wenn er erst einmal sieht, daß das mit dem Schacht klappt!« Ihr war anzusehen, daß sie Mühe hatte, Dorotheas Gedankengänge nachzuvollziehen. Sie schaute gehetzt zu den anderen, die Schaufel für Schaufel tiefer gruben. »Ich kann jetzt nicht weiter reden!« Sie drückte Rosas Arm und ging davon. »Der Götz sagt, wir haben keine Zeit zu verlieren!«

Das war also Dorotheas Strategie! Sie wollte vor Georgs Rückkehr Tatsachen schaffen.

Benommen trat Rosa an den Rand des Schachtes, wo Elfriede ihrem Mann Martin eine mit Schinken belegte Scheibe Brot reichte. Als er danach griff, zitterte seine Hand ein wenig.

Rosa schüttelte den Kopf. »Du meine Güte! Du bist ja völlig erschöpft! Ihr beide habt sicher heute schon Schicht gehabt, oder?«

Martin Mäul nickte mit vollen Backen.

Elfriede antwortete: »Was soll's? Glaubst du, wir sind zu alt und krumm, um das da hinzukriegen?« Sie wies mit dem Kinn in den Schacht.

Was waren das für Töne von Elfriede, die sonst keine Gelegenheit ausließ, sich vor der Arbeit zu drücken?

»Außerdem klappt's mit dem Ausheben besser, als wir dachten!« fügte ihr Mann hinzu. »Wir werden das Salz schon herauskitzeln, nicht wahr, Leute?« rief er den anderen zu und lachte.

»Und ob! Das ganze Land wird von Rehbach reden, wenn wir solche Klumpen Salz« – einer der Männer machte eine ausladende Handbewegung – »aus der Erde holen!«

»Ja, und wir werden Arbeit haben ein Leben lang! Wen kümmert da das bißchen Graben?«

»Die Salzgrube wird eine Goldgrube werden!« Lachen. Die Schaufeln schippten schneller.

Rosa traute ihren Ohren nicht. Kein Unmut wegen der Mehrarbeit, keine Skepsis ob der Durchführbarkeit, sondern Begeisterung hallte in jeder Äußerung mit. Die Rede von Rauber und Dorothea hätte sie zu gern gehört – die beiden mußten die Leute verhext haben!

»Mit ein bißchen Graben ist es bald nicht mehr getan!« rief Hermann Lochmüller in den Schacht hinein, der sich ebenfalls mit einer Schaufel in der Hand dazugesellt hatte. Breitbeinig stand er am Rand, die Arme vor der Brust verschränkt. »Noch vier, fünf Ellen vielleicht, dann heißt es die ersten Abstützungen machen. Dann fängt die Plackerei erst richtig an!«

Zum ersten Mal an diesem Tag mußte Rosa grinsen. Wieder einmal war es Lochmüller, der den Leuten die Suppe versalzte. Sein Mißmut wirkte diesmal jedoch eher erfrischend auf sie. Wenigstens einer, der nicht nur nachplapperte, was ihm vorgesagt worden war. »Götz Rauber sagt...« »Die Salzbaronin sagt...« – das war alles, was Rosa bisher zu hören bekommen hatte! Irgendwie hatte sie das Gefühl, etwas tun zu müssen, was in Georgs Sinne gewesen wäre. Aber was sollte sie schon ausrichten? Und was wäre eigentlich in Georgs Sinn gewesen? Ihr fiel auf, wie wenig sie über die Saline, die Leute und das Leben in Rehbach gesprochen hatten. Sie waren sich genug gewesen, hatten die ganze Welt und die Rehbacher noch dazu von ihrer Liebe fernhalten wollen.

Die milchig trübe Wintersonne im Rücken, stand Rosa nur da. Keiner forderte sie zur Mithilfe auf. Keiner schickte sie weg. Sie schluckte. Wie sinnbildhaft das Ganze plötzlich auf sie wirkte! Sie – die Zuschauerin am Rande des Geschehens, und die Rehbacher, die Hand in Hand arbeiteten! Rosa konnte nur staunen. Die ganzen Streitereien und Eifersüchteleien – welches Sudhaus nun besser arbeitete, ob die Nacht- oder die Pfieseldirnen die härtere Arbeit machten und so weiter – spielten anscheinend keine Rolle mehr. Die Leute im Schacht waren stolz auf jede Elle, die sie tiefer gruben, und diejenigen, die aus den anderen Sudhäusern vorbeikamen und die Fortschritte begutachteten, voll des Lobes.

Weder von Dorothea noch von Rauber war etwas zu sehen. Wozu auch? fragte sich Rosa bitter. Eine Graauw mußte sich die Hände nicht schmutzig machen, die hatte schließlich Leute genug, die für sie arbeiteten.

Langsam begriff sie, was hier vor sich ging. Wie die Steinchen eines Mosaiks fügte sich ein Bild in ihrem Kopf zusammen: Georg war weg, der Graf tot – der Alte hätte zu keinem passenderen Zeitpunkt sterben können! –, die Witwe trauerte, und Elisabeth? Was hatte die schon der Salzbaronin entgegenzusetzen? *Das Kind ist besessen. Besessen vom Salz!* Ausgerechnet jetzt fielen Rosa die Worte ihrer Mutter ein. Dorothea wollte Rehbach ganz für sich allein haben. Ja, die Salzbaronin hatte ihren Zeitpunkt gut gewählt – es war keiner mehr da, der etwas gegen ihren Plan hätte ausrichten können. Auf einmal kam sich Rosa dumm und unwichtig vor. Während Dorothea alles in ihrem Leben zu planen schien, ließ sie, Rosa, alles mit sich geschehen! Und noch mehr: Während die Salzbaronin die unsichtbaren Grenzen, die von jeher zwischen dem feinen Herrenhaus und den Hütten der Salinenleute bestanden, einfach verwischte, wurden sie von ihr, Rosa, akzeptiert. Hätte nicht auch sie die unsichtbare Mauer zwischen sich und den Rehbachern überwinden können?

»Na, Kräuterweib! So etwas hast du noch nicht gesehen, was? Bei uns Rehbachern wird geschafft!« Hermann Lochmüller ging so nahe an ihr vorbei, daß er ihren Arm streifte. Saurer Schweißgeruch stieg ihr in die Nase. Rosa machte einen Schritt zurück.

»Der junge Graf!« Lochmüller spuckte auf den Boden. »Das mit dem Heilbad – das sieht ihm ähnlich! Auf so eine Schnapsidee kann nur dieser Weichling kommen!«

Warum wollte der Mann sich nur mit ihr anlegen? Rosa bebte. *Ihr kennt ihn nicht! Er ist kein Weichling, sondern ein Mann mit großen Gefühlen!* wollte sie schreien.

Als sie nicht reagierte, baute sich Lochmüller vor ihr auf. »Was ist? Hat's dir die Sprache verschlagen? Oder wäre dir so ein Heilbad gar nicht ungelegen gekommen?« fragte er so laut, daß andere zu ihnen herüberschauten.

Rosa schüttelte den Kopf. »Wenn du Ärger willst, dann bitte woanders!« sagte sie bemüht barsch. »Aber komm dann nicht zu mir, um etwas für ein blaues Auge oder eine aufgerissene Wunde zu bekommen!« Ihre letzten Worte sprach Rosa nur noch beiläufig. Ein ganz anderer Gedanke drängte in ihren Kopf. Elisabeth! Die Witwe von Graauw! Wußten die beiden eigentlich, was in Rehbach vorging? Wenn nicht, dann war es höchste Zeit, daß sie davon erfuhren. Ohne Hermann eines weiteren Blickes zu würdigen, drehte Rosa sich um und ging davon. Warum dachte sie erst jetzt an das Naheliegendste? Auf der Stelle würde sie zu Elisabeth gehen und sie bitten, an Georg zu schreiben. Dann würde er auf dem schnellsten Wege nach Hause kommen und… Hier verhedderten sich ihre Gedanken ein wenig. Wie würde Georg reagieren? Die Feststellung, daß sie ihn nicht richtig einschätzen konnte, erschreckte sie. Jedenfalls würde er nach dem Rechten sehen können! Und nach ihr. Und dann wäre sie nicht mehr allein.

Rosas Beine begannen bei dem Gedanken, ihn wiederzusehen, zu zittern.

44

Als Georg aufwachte, wußte er für einen Moment nicht, wo er war: Das Leinen seines Bettzeugs, der Geruch der Kammer, die Geräusche, die durch das geschlossene Fenster drangen – alles war fremd, hatte nichts mit seinem Schlafzimmer auf Gut Graauw zu tun.

Marienbad! Die Eindrücke des Vortages kamen wieder und mit ihnen das Entsetzen, das er angesichts der aufgerissenen Erde verspürt hatte: So sah es also aus, wenn ein Heilbad erbaut wurde! Martin hatte angesichts seiner Fassungslosigkeit nur gelacht. »So schlimm wird's in Rehbach schon nicht werden!« Das hatte wohl tröstlich klingen sollen, doch Georg war weit davon entfernt, den englischen Garten zu erkennen, den die Gärtner inmitten der umgewühlten Erde errichten wollten. Wo später einmal grüne Hecken der Ortsmitte Struktur verleihen sollten, lugten heute nackte, hölzerne Triebe aus der Erde. Wo in ein, zwei Jahren Badegäste auf schneeweißen, mit Rosen umkränzten Kieswegen flanieren sollten, watete man heute noch durch schlammigen Lehmboden. Kein Badepavillon, keine Rosengärten, nicht einmal eine Bank zum Ausruhen war weit und breit zu sehen. Ganz Mariánské Láznè, wie die Stadt auf böhmisch genannt wurde, sah aus wie ein Maulwurfshügel. Georg hatte nur den Kopf geschüttelt angesichts der stoischen Gelassenheit, mit der die Bürger

Marienbads die Beschwerlichkeiten, die durch den Bau entstanden, auf sich nahmen – seien es nun Umwege, aufgerissene Straßen oder durch Baumaterial blockierte Brücken. Alle, die Stadtväter, die Bauherren, auch die Bürger waren bester Dinge und bestaunten Tag für Tag die Fortschritte, die in der Ortsmitte gemacht wurden. Fortschritte – Georg wollte gar nicht daran denken, wie das Ganze noch vor ein paar Wochen ausgesehen haben mußte! Für ihn war unfaßbar, daß hier einmal ein Heilbad entstehen sollte, so prächtig und groß wie Karlsbad. Es hieß, daß es über vierzig Quellen in der ganzen Stadt verteilt gab. Deren Heilkraft war zwar schon seit langem bekannt, doch hatte man es versäumt, es der benachbarten Stadt Karlovy Vary gleichzutun und das Wasser in klingende Münze umzusetzen. Doch bald – bald war es soweit: Die Quellen würden der Stadt und ihren Bürgern Reichtum und Wohlstand bringen – davon war jeder überzeugt, und dafür nahmen die Leute einiges auf sich.

Georg drehte sich auf die Seite und schaute auf die Uhr. Es war noch nicht einmal sieben. Sofort begannen seine Schläfen auf beiden Seiten zu pochen. Er stöhnte. Warum war es ihm gestern abend nicht gelungen, bei Wasser und Wein zu bleiben? Warum hatte er sich wieder einmal von den anderen zu einer Runde Becherovka nach der anderen überreden lassen, wo er die Nachwirkungen dieses Teufelszeugs doch schon in Karlsbad hatte erfahren müssen?

Er stand auf, erleichterte sich in der Ecke seiner Kammer im bereitgestellten Nachttopf, ging zum Waschtisch und tauchte ein Leinentuch in die Schüssel mit kaltem Wasser. Nachdem er das Tuch ausgewrungen hatte, ging er zurück ins Bett und legte es sich auf die Stirn. Was hätte er darum gegeben, den ganzen Tag so liegenbleiben zu können!

Es kam selten vor, daß er in all dem Trubel ein paar Minuten Zeit für sich hatte, doch jedesmal, wenn dies der Fall war, schlich sich Rosa in seinen Kopf. Ihr langes, schwarzes Haar, das sie auf ihrem Bett ausbreitete wie feinste Seide. Ihre Brüste, die wie zwei kleine Berge hochstanden, prall und von zwei dunklen Spitzen gekrönt. Kurz huschte ihm das Bild von Elisabeths mageren Brüsten durch den Sinn, die anzufassen ihm noch nie Lust bereitet hatten. Nein, wenn er überhaupt etwas von zu Hause vermißte, dann war es nicht Elisabeth, sondern Rosa. Wie sie ihre Beine um ihn schlang, als wolle sie ihn noch tiefer in sich spüren! So viel Begehren in einer Frau! Er spürte, wie sich seine Manneskraft regte, und seufzte. Vielleicht sollte er doch einmal Martins Beispiel folgen und mit ihm eines dieser »besonderen Häuser« besuchen ...

Eine Stunde später saß er mit Martin Richtvogel in dem kleinen Speisesaal ihres Hotels. Während Martin eine Scheibe Schinken nach der anderen von der Platte auf seinen Teller häufte und mit sichtbarem Genuß verspeiste, mußte sich Georg regelrecht zu einer Scheibe Weißbrot zwingen. Den Kaffee, den ein gut aussehendes Serviermädchen ihnen brachte, wies er zurück und verlangte statt dessen schwarzen Tee.

Martin runzelte die Stirn. »Kann es sein, daß du nicht ganz auf der Höhe bist?«

Georg verzog das Gesicht. »Erspar dir deine Lästerei! Mir ist elendig genug zumute!«

»Vielleicht solltest du es selbst auch einmal mit einer Badekur versuchen!« Richtvogel lachte. »Es ist doch eine Schande! Jetzt waren wir schon in drei Bädern und haben selbst noch kein einziges Mal deren heilsame Wirkung genossen!« Er zuckte mit den Schultern. »Mir ist zwar noch nicht bekannt, daß Mineralwasser gegen einen dicken Schädel hilft, aber wer weiß? Vielleicht sind wir da einer völlig neuen Entdeckung auf der Spur!«

Unwillkürlich mußte auch Georg lachen. Er merkte, wie seine Übelkeit ein wenig nachließ, und nahm nun doch ein Stück von dem Käse, dessen Geruch ihn vor wenigen Minuten noch geekelt hatte.

Martin winkte dem Serviermädchen zu, die unter seinem begutachtenden Blick errötete, und hielt ihr seine leere Tasse hin. »Übrigens, es heißt, daß in Frantiskovy Lá...sznè – schrecklich, diese böhmischen Namen – vor allem das zarte Geschlecht seine Maladaisen auskuriert. Das ist auch der Grund, warum ich die Stadt überhaupt auf unsere Besuchsliste gesetzt habe.«

»Ein Heilbad, das vornehmlich von Damen besucht wird? Ich weiß nicht...« Georg schüttelte den Kopf. »Ich glaube, das würde mir nicht gefallen. Nichts gegen die Damenwelt«, fügte er hastig hinzu, »aber ein Haufen kranker Weiber auf einmal...« Unwillkürlich sah er in seinem Geist Dutzende Frauen, die alle aussahen wie Elisabeth, um den Rehbacher Solebrunnen spazieren, ein Glas Heilwasser in der Hand. »Nein!« sagte er mit Bestimmtheit. »Ein Heilbad für Damen kommt definitiv nicht in Frage!«

Martin Richtvogel zuckte nur mit den Schultern. »Du mußt es wissen. Aber anschauen werden wir es uns trotzdem! Zum einen habe ich eine Verabredung mit einem Kollegen, der eine Abhandlung über das Glaubersalz geschrieben hat, und zum anderen sind unsere Akkomodationen längst gebucht!«

Hörte er Ungeduld in Martins Stimme mitschwingen? Der Gedanke ärgerte Georg auf einmal. Er hatte es allmählich satt, von Richtvogel stets als Anhängsel behandelt zu werden – schließlich bezahlte er doch die ganze Reise, oder? Inzwischen verbrachte Martin jedoch die meiste Zeit damit, sich mit anderen Gelehrten auszutauschen, statt sich um Georgs Belange zu kümmern. Georg sollte währenddessen das jeweilige Heilbad auf eigene Faust erkunden, um »ein Gefühl dafür zu bekommen«, was aus Rehbach einmal werden könnte. Nur: Bisher sagte ihm sein Gefühl lediglich, was er für Rehbach nicht wollte!

»Und weil wir gerade dabei sind ...« Nun war er es, der ungeduldig klang. »Glaub ja nicht, daß ich von Karlsbad sonderlich beeindruckt war!« Als er Martins fassungslosen Gesichtsausdruck sah, holte er weiter aus. »Natürlich ist es grandios – mit seinen eleganten Anlagen und dem Grandhotel Pupp!« Solchen Luxus hatte Georg weiß Gott noch nicht erlebt. Eine Rechnung, wie sie ihnen für gerade einmal zwei Nächte präsentiert worden war, allerdings auch nicht ... »Aber ... unser beschauliches Rehbach hat doch nicht das geringste mit diesem ... Lustbad für russische Zaren zu tun – das mußt du doch zugeben!«

Martin verdrehte die Augen. »Um alles in der Welt – wer hat dir den Eindruck vermittelt, mir schwebe für Rehbach etwas ähnliches vor wie Karlsbad?« Sein Mund verzog sich. »Aber was spricht dagegen, *ein wenig* von Karlsbad abzuschauen? *Das* ist doch der Sinn und Zweck dieser Reise: Eindrücke zu sammeln, um am Ende etwas Eigenes zu kreieren!«

Georg konnte die alte Leier schon nicht mehr hören. »Eindrücke sammeln, schön und gut. Aber was, wenn meine Eindrücke mir sagen, daß sich Rehbach für solchen Pomp nicht eignet?«

Richtvogel seufzte, und Georg kam sich wieder einmal vor wie ein Tölpel – ein Gefühl, das von Martins ausholender Handbewegung noch verstärkt wurde. »Kannst du dich an den Karlsbader Marktplatz erinnern? Und an die Skulpturengruppe, die zu Füßen des ältesten Quellenbrunnens aufgestellt ist?«

Georg nickte ärgerlich. »Ich weiß schon, worauf du hinaus willst: Unser Rehbacher Brunnen mit seinen bronzenen Rehen. Und?«

Martin musterte ihn. »Du willst die Möglichkeiten nicht erkennen, oder? Ich höre schon jetzt im Geiste, wie sich Rehbacher Kurgäste die Geschichten erzählen, die sich um diese Bronzerehe ranken. Das ist es, was die Menschen mögen: Historie, Glanz und Glorie! Rehbach hat das Zeug zu allem, nur siehst du es nicht! Und ich sage dir auch, woran das liegt…« Er legte zur Besänftigung eine Hand auf Georgs. »Für dich sind Rehbach und euer Landgut gewöhnlich, weil du beides ein Leben lang kennst. Weil du damit aufgewachsen bist. Ich jedoch sehe dein Zuhause mit ganz anderen Augen.«

Dorothea fand Rehbach ebenfalls nicht gewöhnlich, schoß es Georg durch den Kopf. Dabei hatte sie ihr ganzes Leben dort verbracht und war im Gegensatz zu ihm noch nie woanders gewesen. Dennoch war sie der Überzeugung, daß es keinen schöneren Ort der Welt gab – Martins Erklärung hinkte also.

Seltsam, während ihres gemeinsamen Studiums war ihm nie aufgefallen, wie unterschiedlich Martin und er viele Dinge betrachteten.

»Jetzt zieh nicht so eine Miene!« Martins Grinsen war schief. »Wir können den Besuch in Marienbad ja etwas abkürzen und uns schneller als geplant auf den Weg nach Bad Pyrmont machen. Ich habe so ein Gefühl, als ob Pyrmont das ist, was dir für Rehbach vorschwebt. Außerdem werden wir dort auf Landgraf Hugo von der Falkenhöhe treffen, den ich unbedingt als weiteren Geldgeber gewinnen möchte!«

Georg öffnete den Mund zu einer Erwiderung, sagte dann aber doch nichts. Zwei Geldgeber für ihr Unternehmen – wie immer es letztlich auch aussehen mochte – hatten sie schon aufgetrieben, wozu noch einen dritten anbetteln? Es wäre ihm nicht unrecht gewesen, hätten sie ihre Erkundungsreise ein wenig abkürzen können. Für seinen Geschmack hatten sie schon genug gesehen. Zumindest wußte er, was er für Rehbach *nicht* wollte: denselben Trubel, den sie tagein, tagaus erlebten!

Daß er sich nach Rosa sehnte, sich nach ihrem Leib verzehrte, in manchen Nächten an seiner ungestillten Lust zu ertrinken drohte, war eine Sache. Die andere war schlichtes Heimweh. Dabei waren es nicht seine Familie und Elisabeth, die ihm fehlten – und die Rehbacher schon gar nicht! –, sondern er vermißte Gut Graauw mit seinen übersichtlichen Grenzen.

Daß er nicht nach Hause geschrieben und die Änderung seiner Reiseroute mitgeteilt hatte, bereitete ihm zudem ein schlechtes Gewissen. Aber als die Poststrecke nach Polen wegen einer Überflutung gesperrt gewesen war und sie sich innerhalb weniger Minuten hatten entscheiden müssen, ob sie die Gelegenheit, in der Kutsche einer Comtesse nach Böhmen zu reisen, wahrnehmen wollten, war einfach keine Zeit zum Briefeschreiben gewesen. Seitdem waren sie unterwegs, von einem Bad zum anderen. Immer, wenn er sich für den Abend vorgenommen hatte, zu schreiben, war etwas dazwischengekommen. Er seufzte.

Kein Wunder, daß sich ein ungutes Gefühl in ihm zusammenbraute und ihm jedes Mal zu schaffen machte, wenn er an daheim dachte!

45

Dorothea konnte sich nicht daran erinnern, je so glücklich gewesen zu sein. Die Arbeit am Schacht ging besser voran, als sie zu hoffen gewagt hatte. Gestern hatten sie eine Tiefe von 40 Ellen erreicht. Vorausgesetzt, das Salz lag wirklich 80 Ellen tief, war also schon die Hälfte geschafft. Und das in gerade einmal vier Wochen, frohlockte sie, als sie mit kräftigen Bürstenstrichen ihre Haare glattstrich. Fasziniert schaute sie in den Spiegel: Sie fühlte sich nicht nur wunderbar, sie sah auch so aus! Selbst Rauber war die Veränderung aufgefallen. »Salz und Brot macht Wangen rot!« hatte er sie gestern geneckt. Wie er sie dabei angeschaut hatte! Ihr war ganz komisch zumute gewesen. Sie grinste. Irgendwie, sinnierte sie, als sie ihre Bürstenstriche wiederaufnahm, war ihr seine Aufmerksamkeit gar nicht so unangenehm.

Hätte jemand sie eitel genannt, wäre Dorothea ihm an die Kehle gesprungen – aber sie mußte zugeben, daß sie froh darüber war, die elenden Furchen, die sich nach Fredericks Tod in ihre Wangen eingegraben hatten, wieder los zu sein. Jeder, der die fast bläulichen Schatten unter ihren Augen gesehen hatte, hatte angenommen, daß es der tödliche Unfall ihres Vaters war, der sie so schwer erschütterte. Die innere Anspannung, die sie Tag und Nacht fühlte, hatte sie gut zu verbergen gewußt. Dabei hatte sie ihr viele Stunden Schlaf geraubt. Würde das Abteufen des Schachtes funktionieren? Würden sie auf Solewasser stoßen? Und ihre größte Sorge: Gab es da unten überhaupt Steinsalz? Nichts davon, nicht den geringsten Zweifel hatte sie je einer Menschenseele gegenüber laut werden lassen. Obwohl ... sie hatte das Gefühl, daß Rauber ihre sorgenvollen Gedanken kannte.

Dorothea ließ die Bürste in den Schoß sinken. Manchmal mußte Götz sie nur anschauen, und sie wußte, daß ihm das gleiche durch den Kopf ging wie ihr. Dann begannen sie zur selben Zeit zu reden, und es kam dasselbe dabei heraus! Oder sie hob an, um einem der Rehbacher etwas zuzurufen, und Götz sprach das Kommando vor ihr aus. Sie schüttelte den Kopf. So ähnlich waren sie sich!

Nur wenn es um die Arbeit am Schacht ging, gingen ihre Meinungen öfter auseinander. Wenn es nach Götz ging, würden sie die meiste Zeit mit unnötigen Schutzmaßnahmen verbringen, statt zu graben. Dabei hatte er keinen Deut mehr Erfahrung beim Schachtbau als sie, ganz im Gegenteil: *Sie* war es, die das Buch über den Salzbabbau im polnischen Berg Wielickca von vorn bis hinten und wieder zurück gelesen hatte! Aufgrund dieser Studien hatte sie die Zeichnungen angefertigt, nach denen der Rehbacher Schacht gebaut wurde. Götz hatte die Zeichnungen für gut befunden, er hatte sich sogar anerkennend darüber geäußert, daß sie als Frau so viel technisches Verständnis aufbrachte. Trotzdem kam er alle paar Tage mit irgendwelchen Änderungen daher, die nichts als wertvolle Zeit und wertvolles Holz kosteten! Dorothea schnaufte. Als ob ihr die Sicherheit der Leute weniger am Herzen lag! Aber man mußte doch auch schauen, daß es weiterging! Daß sie inzwischen vor den Leuten als Schinderin dastand, die immer nur noch mehr Arbeit forderte, während Götz den besorgten Aufseher spielte, paßte ihr ganz und gar nicht.

Inzwischen hatte sie jedoch herausgefunden, daß es am

schnellsten weiterging, wenn sie öfter einmal nachgab und Götz gewähren ließ. Sie schmunzelte vor sich hin. Er war halt doch nur ein Mann, und ihre – wenn auch recht kümmerliche – Erfahrung mit Männern hatte ihr gezeigt, daß die es nun einmal gern hatten, wenn man sie ein wenig hofierte. Sie seufzte. Vielleicht hätte sie ihre Pläne auch bei Vater und Georg durchsetzen können, wenn sie ihnen ein wenig schön getan hätte, statt zu versuchen, sie mit guten Argumenten zu überzeugen? Andererseits: Daß keinem von beiden etwas an Rehbach lag, hatten sie ja mehr als deutlich gemacht ...

Dorothea seufzte, als sie ihre Haare in drei Stränge teilte, um daraus einen Zopf zu flechten. Wie sie allerdings jemals Georg das Papier erklären sollte, auf dem sie Götz Rauber ein Zehntel des gesamten zukünftig geförderten Steinsalzes überschrieben hatte, daran wollte sie nicht einmal denken! Wie sie überhaupt nicht daran denken wollte, daß Georg jemals zurückkam.

Statt sofort aufzustehen und für eine hastige Tasse Tee in den Frühstücksraum zu gehen, blieb sie noch einen Moment lang sitzen. Mit dem Gedanken an Georg war wieder die alte Verspannung in ihren Nacken gekrochen. Sofort begann ihr Hinterkopf zu schmerzen. Sie zwang sich, an all das zu denken, was bisher gut gelaufen war. Und das war eine ganze Menge: Die Arbeit am Schacht ging gut voran, die Leute waren willig. Das Wetter war ideal, weder Schnee noch Eis erschwerten ihre Arbeit, und nun, Anfang März, lag schon der erste Hauch Frühling in der Luft. Alles war gut, alles war unter Kontrolle, sagte sich Dorothea, während sie mit der rechten Hand versuchte, den Knoten in ihrem Genick wegzumassieren. Es lief alles wie geplant.

Ihr Gesicht verzog sich, als sie daran denken mußte, wie ihre Schwägerin versucht hatte, ihr Knüppel zwischen die Beine zu werfen. Sie würde Georg über Dorotheas Treiben in

Kenntnis setzen, hatte Elisabeth ihr mit zitternder Stimme gedroht, kaum daß sie zwei Tage am Schacht gegraben hatten. Und tatsächlich: Noch am selben Tag hatte sie ihren Brief aufgesetzt und einem Depeschenreiter übergeben, damit er ihn zum Weitertransport nach Hall brächte. Dorothea seufzte. Pech nur, daß es sich bei dem Reiter um den Jagdgehilfen gehandelt hatte, der nach Fredericks Tod von Dorothea zum ersten Stallknecht ernannt worden war. Der Brief hatte das Graauwsche Land nie verlassen.

Ausgerechnet von Elisabeth war Widerstand gekommen! Von ihr hatte sie ihn am allerwenigsten erwartet. Noch eher hätte sie damit gerechnet, daß Viola etwas gegen den Schachtbau unternehmen würde. Doch die Witwe war so sehr mit ihrer Trauer beschäftigt, daß sie nichts von dem wahrnahm, was um sie herum geschah. Selbst wenn ihre geliebten Rosen mitten im März zu blühen begonnen hätten, hätte Viola das nicht gemerkt! Tag für Tag war sie dabei, Fredericks Unterlagen zu ordnen, seine Jagdtrophäen umzudekorieren, sein Portrait, das unten im Gang des Hauses hing, mit frischen Buchsbaumgirlanden zu schmücken. Dorothea hatte das Gefühl, als stürze sich Viola mit derselben Besessenheit in ihre Trauer, die sie sonst ihrem Garten vorbehielt. Als Elisabeth am Frühstückstisch versucht hatte, Dorothea zur Rede zu stellen, hatte Viola nur konsterniert daneben gesessen. Dorothea konnte sich nicht mehr genau an den Wortwechsel erinnern, nur noch daran, wie verblüfft sie gewesen war, daß Elisabeth überhaupt mitbekommen hatte, was am Brunnen geschah! Irgend jemand mußte ihrer Schwägerin davon erzählt haben, und da kam eigentlich nur eine einzige Person in Frage: die Hexe, zu der Elisabeth nach wie vor ging. Sie war die einzige, mit der Elisabeth Kontakt hatte. Von den Rehbachern würde keiner auch nur ein einziges Wort mit der Frau des Verräters wechseln!

Dorothea kniff die Augen zusammen und starrte auf ihr Spiegelbild, als erwarte sie von ihm eine Antwort. Was ging das Kräuterweib die Saline an? Eine der Nachtdirnen hatte ihr erzählt, daß Rosa fast jeden Tag am Schacht auftauchte und dann dort herumlungerte. Es war nicht die Rede davon, daß sie die Leute aufwiegelte oder so. Aber daß sie sich überhaupt dort aufhielt, störte Dorothea. Welches Recht hatte sie dazu?

Sie war sich nicht mehr sicher, ob es wirklich eine gute Idee gewesen war, Elisabeth mit der Heilerin bekannt zu machen. Gut, es hatte seinen Zweck erfüllt – seit Elisabeth mit ihren »Empfängnis-Vorbereitungen« beschäftigt war, hatte sie sich aus dem Geschwafel über ein Heilbad herausgehalten. Andererseits hatte dies Georg nicht davon abgehalten, seine Pläne weiter zu verfolgen. Ach, was machte es für einen Sinn, über etwas nachzudenken, das eh nicht mehr zu ändern war, schalt Dorothea sich und stand mit einem Ruck auf. Sie würde es nicht zulassen, daß Rosa sich in irgendeiner Weise in ihr Leben einmischte!

Es war Zeit, am Schacht nach dem Rechten zu sehen.

46

Kaum hatte Götz sie erspäht, kam er auf sie zu. Als er sich aus der Gruppe, die um den Schacht stand, löste, fiel Dorothea wieder einmal auf, daß er größer und kräftiger war als die meisten Männer. Seine Schultern waren so breit, daß sein Kreuz den Eindruck vermittelte, nichts und niemand könne diesen Mann erschüttern. Nicht, daß sie seinen Schutz in irgendeiner Weise brauchte! Aber er sah wirklich sehr gut aus. Und es war doch angenehmer, mit jemandem zusammenzuarbeiten, der manierlich wirkte, als mit einem häßlichen und buckligen Burschen, versuchte sich Dorothea das Flattern in ihrer Brust zu erklären.

»Es sickert wieder Wasser nach. Und zwar mehr als bisher.« Seine Miene war nach außen hin gelassen, doch Dorothea erkannte, daß er sich Sorgen machte. Er sprach so leise, daß niemand mithören konnte. »Glaub mir, es sieht nicht gut aus da unten! Wenn du ein Mann wärst, würd' ich sagen, du solltest dir das Ganze mit eigenen Augen anschauen.«

»Was soll das heißen – wenn ich ein Mann wäre? Glaubst du, ich bin nicht in der Lage, in den Schacht hinunterzusteigen, nur weil ich einen Rock statt Beinkleidern anhabe?« Dorotheas Augen funkelten, und ihr war es gleich, ob jemand mithören konnte!

Inzwischen waren sie am Schacht angekommen. Von unten

waren die abgehackten Schläge der Schaufeln zu hören, die sich ins Erdreich gruben. Erleichtert stellte Dorothea fest, daß gearbeitet wurde. Es war schon mehr als einmal vorgekommen, daß Götz die Arbeit hatte stoppen lassen, um etwas zu prüfen, auszubessern oder abzustützen. Von unten kam das Zeichen, das Seil, das über den hölzernen Überbau geschlungen war, hochzuholen. Dorothea beobachtete, wie zwei der Arbeiter es geübt an der Winde aufrollten – da saß jeder Handgriff! Noch bevor der angehängte Eimer die Bodenhöhe erreicht hatte, griff Dorothea nach ihm und zog ihn zu sich her. Sie schob ihren Ärmel ein wenig nach oben und langte in die Erde. Sie war feucht. Mehr noch, sie war fast völlig mit Wasser gesättigt. Verdammt! Sie schaute Götz an.

»Die Erde da unten ist anders«, sagte er. »Weniger sandig, eher lehmig.«

»Vielleicht ist das schon das erste Anzeichen dafür, daß wir bald auf Salz stoßen werden.« Dorotheas Worte klangen selbst für ihre eigenen Ohren wenig überzeugend. Die schmierige Masse im Eimer hatte nichts mit den im Buch beschriebenen Gips- und Mergelschichten zu tun, zwischen denen die Salzstöcke in der Erde lagern sollten. Sie spürte einen Anflug von Panik. »Ist alles da unten so feucht, oder ist es nur die dem Brunnen zugewandte Seite?«

»Nur die beiden Seiten, die dem Brunnen am nächsten sind«, erwiderte Götz. »Ich vermute, daß irgendwelche Wasseradern dort von der Solequelle abzweigen.«

Inzwischen hatten sich noch mehr Leute um sie herum versammelt und hörten zu.

Dorothea zuckte mit den Schultern. »Das kann sein, muß aber nicht. Die Feuchtigkeit muß auch nicht zwingend mit dem Brunnen zu tun haben, vielleicht ist die Erde in dieser Tiefe einfach so.« Sie langte noch einmal mit dem Zeigefinger in die ausgehobene Erde und berührte ihn dann vorsichtig mit der Zungenspitze. »Keine Spur von Salz!« Sie schaute triumphierend in die Runde. »Die Nässe kommt also nicht vom Brunnen!« Herausfordernd schaute sie auch Götz an, der ihren Blick gerade erwiderte. Sie war zwar »nur« ein Weib, aber logisch denken konnte sie trotzdem!

»Dennoch, mir wäre wohler, wenn wir die Schachtwände von nun an nicht nur abstützen, sondern auch ausmauern.«

Ausmauern? Dorothea glaubte, nicht recht zu hören, und blieb Götz erst einmal eine Antwort schuldig.

»Was ist nun? Können wir weitermachen?« fragte einer der Männer, die in ihrer Nähe standen.

»Ist es gefährlich, da unten zu arbeiten?« fragte ein anderer.

»Was ist gefährlich? Ist etwas passiert?«

Es war, als hätte jemand mit einem spitzen Ast in ein Bienennest gestochen – auf einmal summte und brummte es nur so unter den Anwesenden, jeder tat erschrockener und aufgeregter als der andere. Immer mehr Rehbacher versammelten sich, bis der Platz schließlich so voll war wie bei der von Götz einberufenen Versammlung einige Wochen zuvor.

»Da siehst du, was du angerichtet hast!« Zum ersten Mal seit langem war Dorothea richtig wütend auf Götz. Er wußte doch, wie schnell die Rehbacher zu erschrecken waren! Konnte er da mit seinen seltsamen Befürchtungen nicht hinter dem Berg halten?

»Es ist mir ernst, Dorothea. Die Sicherheit der Leute geht mir vor.«

Dorothea stutzte. Hörte sie etwa aus Götz' Worten eine Drohung heraus? Einen Augenblick lang war sie aus dem Gleichgewicht gebracht. Auf eine Revolte dieser Art war sie nicht vorbereitet gewesen, als sie den mit Forsythienduft überzogenen Kiesweg entlanggekommen war. Doch als sie nun in die Runde starrte, erblickte sie Skepsis und Unwillen auf den Gesichtern der Leute.

»Wenn es gefährlich ist, in den Schacht zu gehen, dann graben wir nicht mehr weiter!« Mit verschränkten Armen brachte Hermann Lochmüller die Meinung der anderen zum Ausdruck.

Elender Unruhestifter! Dorothea hob eine Hand in die Höhe und bemühte sich um eine souveräne Miene. »Also gut. Ich werde euch beweisen, daß es auch weiterhin sicher ist, in den Schacht hinunterzugehen!« Sie ließ ihren Blick über die Menge wandern und versuchte, so vielen wie möglich direkt in die Augen zu schauen. Verdammt noch mal, sie würde nicht zulassen, daß sich auch nur ein einziger in der Menge versteckte! Ohne ein weiteres Wort raffte sie ihren Rock zusammen, ging an Lochmüller vorbei zum Schacht und hangelte mit ihrem rechten Fuß nach dem ersten Tritt der Leiter, die nach unten führte. Sogleich fiel ein Schatten auf sie. Götz. *Wage es nicht, mich zurückzuhalten!* sagte der Blick, den sie ihm zuwarf. Das verblüffte Raunen der Leute ließ sie grinsen – damit hatten sie wohl nicht gerechnet! Ha, wer glaubte, Dorothea von Graauw würde nur dumm danebenstehen, wenn Schwierigkeiten auftraten, der täuschte sich!

Das Eichenkernholz der Leiterholme fühlte sich vom Griff vieler Hände tagein, tagaus weich, fast samtig an. Ohne sich um Götz oder sonst jemanden zu kümmern, machte Dorothea einen Schritt nach dem anderen in die Tiefe. Nach fünf Tritten sah sie nur noch die Füße der Leute, vom sechsten Tritt an waren auch die verschwunden, und sie schaute auf die dunkle Erdwand. Ihr Herz schlug ängstlich gegen ihren Hals, und sie zwang sich, tief durchzuatmen. *Es gibt kein Zurück mehr!* schoß es ihr durch den Kopf. Weder hier und jetzt noch an anderer Stelle. Ihr Vater war tot, Georg war weg, und sie hatte das Ruder in die Hand genommen. Nun mußte sie ihr Schiff führen, ob bei Sturm oder Flaute.

Sie war froh, als sie an der ersten Öllampe vorbeikam, die ein wenig Licht spendete. Daß es hier unten so dunkel sein würde, hätte sie nicht gedacht – Götz hatte also zu Recht um mehr Lampen für den Schacht gebeten. Auch war es einige Grade kühler als oben, wo einem die erste Frühlingssonne schon den Rücken wärmte. Doch nur wenige Tritte später hatte Dorothea sich sowohl an die Dunkelheit als auch an die feuchte Kälte gewöhnt. Sie konnte wieder normal durchatmen. Es roch erdig, aber nicht wie ein frisch umgegrabenes Beet in Violas Garten, sondern mineralischer, salziger. Der Drang, sich mit beiden Händen ins Erdreich zu graben, das salzige Erdgemisch über die Handinnenflächen gleiten zu lassen, wurde fast unwiderstehlich. Warum war sie nicht schon viel früher einmal in den Schacht hinabgestiegen?

Als sie unten angekommen war, zitterten ihre Arme vom Festhalten, und ihre Knie waren auch etwas wacklig – aber sie war unten! War es Einbildung, oder war die Luft hier unten vom Salz so gesättigt wie in den Sudhäusern?

Mit offenen Mündern hatten die beiden Arbeiter, die unten geblieben waren, ihren Abstieg beobachtet und vor lauter Überraschung zu graben aufgehört. Nun klärte Dorothea sie mit wenigen Worten über den Grund ihres Besuches auf.

»Es ist wirklich anders als bisher«, bestätigte der eine und zeigte mit dem Kinn auf die rissigen Erdschichten in der Wand. »An manchen Stellen sticht man mit der Schaufel ein und glaubt, ins pure Wasser zu stoßen. Und an anderen Stellen ist die Erde so bockelhart wie blanker Stein.« Demonstrativ schlug er seinen Meißel an mehreren Stellen in die Wand. Erschrocken wich Dorothea zurück, als einige Spritzer Wasser auf ihrer Brust landeten. Dann fuhr sie mit beiden Handflächen über die Erde. Sie war kalt und rillig. Krampfhaft versuchte sie sich an den Text in Richtvogels Buch zu erinnern. Was stand dort über Wasser geschrieben? In Wielicka gab es ganze Bassins voll mit Wasser, das zwischen den einzelnen Stockwerken aus den Erdschichten in den Schacht eindrang. Darüber, daß davon eine Gefahr ausgehen sollte, war nirgendwo etwas erwähnt, das wußte Dorothea gewiß. »Wäre es möglich, nicht nur nach unten, sondern auch zur Seite weg zu graben?«

Die beiden Männer schauten sich an. »Warum nicht?« Einer zuckte mit den Schultern. »Aber was soll's bringen? Ich denk', da unten liegt das Salz?«

»Das schon, aber hier unten gibt's halt auch Wasser, wie ihr inzwischen gemerkt habt. Dieses Wasser darf unter keinen Umständen in den Schacht gelangen, also muß es umgeleitet werden. Und dazu muß von nun an ein zweiter Schacht gegraben werden.« Noch während sie sprach, hätte Dorothea vor Wut laut losbrüllen können. Das brachte ihren ganzen Zeitplan durcheinander! »Was glotzt ihr so blöd? Drücke ich mich nicht verständlich genug aus?« fuhr sie die beiden an, die unschlüssig dastanden. »Los! Grabt weiter!«

So froh sie gewesen war, am Boden angekommen zu sein, so froh war Dorothea, als sie die Füße der Versammelten wieder sehen konnte. »Wir werden einen Abzweig graben und das Wasser in einen eigenen Schacht ableiten«, sagte sie außer Atem zu Götz, der in der Hocke am Schachtrand auf sie wartete. »Wenn überhaupt Wasser vorhanden ist, denn ich ...«

»Dorothea« unterbrach er sie. »Dorothea ...«

»Es sieht alles bestens aus, es ist nicht der geringste Grund zur Sorge ... Was ist?« Sie stutzte. Auf der vorletzten Stufe hielt sie an und wischte sich den Schweiß von der Stirn.

»Wir haben Besuch bekommen«, antwortete Götz und zeigte hinter sich.

»Alexander! Was tust du denn hier?«

Mit verschränkten Armen stand ihr zukünftiger Ehemann da, ebenso mißtrauisch wie ängstlich beäugt von den Rehbachern. »Ich glaube, diese Frage muß eher ich *dir* stellen.« Sein Gesicht war angespannt, mühsam beherrscht, sein rechtes Auge zuckte.

War es die ungewohnte körperliche Anstrengung? War es der Luftmangel unten im Schacht? Unvermittelt begann Dorothea zu lachen. Sie konnte nicht mehr aufhören. Es war, als stünde sie neben sich selbst. Sie konnte sich nicht daran erinnern, je so kindisch gewesen zu sein. Als sie Götz' hochgezogene Augenbrauen sah, half ihr das auch nicht weiter. Sie krabbelte wenig elegant aus dem Schacht. Als sie ihre Hände auf ihrem Rock abwischte, hinterließ das braune Schlieren, so daß sie es nicht wagte, die Strähnen, die sich aus ihrem Zopf gelöst hatten, aus dem Gesicht zu streichen. Sie brauchte nur wenig Phantasie, um sich vorzustellen, welch »gepflegten« Eindruck sie machen mußte! Ihr Lachen brach nicht ab.

»Dorothea – bist du von Sinnen? Ich bitte auf der Stelle um eine Erklärung!« sagte Alexander mit letzter Beherrschung, dann packte er sie am Handgelenk, riß sie hoch und schüttelte sie.

47

Wie eine mit Stroh ausgestopfte Puppe ließ Dorothea sich von Alexander wegziehen. Ihr liefen immer noch Tränen die Wangen hinab, doch inzwischen ratterten ihre Gedanken wie wildgewordene Wagenräder durch ihren Kopf.

Alexanders Blick, den er ihr über seine Schulter zuwarf, war so eisig, wie sein Griff fest war. Erst, als sie am letzten Sudhaus vorbei waren und durch den noch kahlen Rosenbogen gegangen waren, der einen der Eingänge zu Violas Garten bildete, blieb er stehen. Mit Gewalt schleuderte er ihre Hand von sich.

»Was bildest du dir eigentlich ein, Weib?« Sein Gesicht war rot, und er schnaufte heftig. »Dein Benehmen... mir fehlen die Worte, um es angemessen zu beschreiben!«

Dorothea biß sich auf die Lippen. Gleichgültig, was sie jetzt sagen würde, es wäre immer zu ihrem Nachteil. Sie konnte nur versuchen, den Schaden für sie und vor allem für ihr Unterfangen so gering wie möglich zu halten. Einer Eingebung folgend, entschloß sie sich, die Harmlose zu mimen. »Ich weiß gar nicht, was du hast!« sagte sie mit einem entschuldigenden Lächeln. »Ich hab' doch nur bei unseren Leuten nach dem Rechten geschaut. Georg ist weg, Vater ist tot – wer außer mir soll sich denn sonst um die Leute kümmern?« Sie hielt den Atem an.

Doch nun wurde Alexander erst richtig böse. »Hältst du mich eigentlich wirklich für so blöd, Weib?« schleuderte er ihr zusammen mit kleinen Fetzen Spucke ins Gesicht. »Nach dem Rechten schauen!« Er lachte harsch. »Du hast dir doch nicht im Ernst eingebildet, daß niemand etwas von deiner Verrücktheit erfahren wird? Da kennst du deine Leute nämlich schlecht. Die reden wie Waschweiber. Ich weiß schon längst, was hier vor sich geht.« Er schüttelte den Kopf, als könne er die Tatsachen trotzdem noch nicht ganz fassen. »D'Salzbaronin läßt einen Schacht baue«, äffte er die Sprache der Salzleute nach.

»Und? Warum kommst du dann erst jetzt vorbei?« Weggeblasen war Dorotheas schmeichlerischer Unschuldston. Verdammt, wer von den Rehbachern hatte sein Maul nicht halten können?

»Warum ich jetzt erst vorbeikomme?« Er lachte wieder, ohne einen Hauch Heiterkeit. »Ich habe tatsächlich gedacht, die Leute würden übertreiben, als es hieß, Dorothea von Graauw ließe ein Loch in den Rehbacher Boden graben, um dort nach Salz zu suchen! Ich habe geglaubt, das sei wieder einmal eine deiner verrückten Ideen, die so schnell kommen, wie sie gehen!«

So schätzte er sie also ein! Als ein wankelmütiges Weib, als eine, die man nicht ganz ernstnehmen mußte! Aber vielleicht war das sogar ihr Glück. »Mehr ist es doch auch nicht«, sagte sie zähneknirschend. Wie gern hätte sie ihm statt dessen Fakten aufgezählt. Von Wielickca und von allem, was sie inzwischen über den Steinsalzabbau wußte. »Wir probieren etwas aus, nicht mehr und nicht weniger«, sagte sie. »Du weißt doch, wie das ist: Man muß die Leute beschäftigen, sonst tanzen sie einem bald auf der Nase herum.«

»Als ob es einer wagen würde, dir auf der Nase herumzutanzen. Du bist diejenige, die das mit mir versucht!« Er schaute sie mit dunklen Augen an. Sein Mund zitterte. »Im Gegensatz zu Georgs Heilbad würde dein Salzbergwerk kein einziges Klafter Holz mehr benötigen – so sieht es doch aus. Daß du mich so hintergehen würdest, hätte ich nie gedacht. Und was unsere geplante Hochzeit angeht: Dorothea wird sich schon noch an den Gedanken gewöhnen, dachte ich. Laß ihr Zeit, bedräng sie nicht! Das war meine Devise. Nur deshalb bin ich so selten herübergekommen nach Rehbach. Und was ist der Dank dafür?«

Dorothea wußte nicht, was sie sagen sollte. Hatte Alexander es in der Hand, ihren Schachtbau zu stoppen?

»Kaum ist dein Vater tot, stellst du hier alles auf den Kopf. Du weißt ganz genau, daß er dein Tun nie und nimmer gutgeheißen hätte. Und Georg hintergehst du auch in gemeinster Weise. Von mir ganz zu schweigen! Wie kannst du das mit deinem Gewissen vereinbaren?«

Sehr gut, hätte sie ihm am liebsten entgegnet, denn es entsprach der Wahrheit. »Was hätte ich denn deiner Meinung nach machen sollen?« fragte sie lauter, als sie wollte. »Hätte ich zuschauen sollen, wie Georg unsere Saline in eine große Badewanne verwandelt? Hätte ich zuschauen sollen, wie er über hundert Männer und Frauen heimat- und arbeitslos macht? Unsere Leute, deren Familien seit Jahrhunderten für uns arbeiten? Wäre ich dann ein braves Weibchen gewesen?« schrie sie ihm ins Gesicht. Sie hatte es satt, ewig als die unfolgsame Tochter dazustehen und sich fortwährend verteidigen zu müssen. Sie nutzte Alexanders Schweigen und setzte nach: »Glaubst du, nur weil ich eine Frau bin, taugt mein Kopf weniger zum Denken und Planen als der von Georg?« Sie schnaubte. Natürlich glaubte er das. Sonst würden sie dieses Gespräch nicht führen. »Und wenn ihr es mir alle ausreden wollt: Ich weiß genau, was gut und was schlecht für Rehbach ist!«

Alexander schaute sie nur an, lang und hart.

Sie erwiderte seinen Blick – und ließ in diesem Moment ihre Kampfansage fallen. Ihre zu Fäusten geballten Hände entspannten sich, sie senkte ihre Arme. Sie konnte nicht an allen Fronten gleichzeitig kämpfen. »Ich kann nicht anders.« Ihre Stimme war nicht mehr als ein Flüstern.

Der Mann, der sie hatte heiraten wollen, nickte fast unmerklich. Er hob seine Hand und strich ihr mit einer sanften Geste eine verklebte Haarsträhne aus der Stirn.

Dorothea spürte, wie sich in ihrem Hals ein dicker Kloß bildete. »Es tut mir leid«, sagte sie und meinte es in diesem Augenblick auch so.

Mit einem Seufzen drehte sich Alexander um und ging mit müden Schritten davon.

Dorothea schaute ihm nach. Das war's also. Einen Ehemann würde sie sich nun anderswo suchen müssen. Der Galgenhumor schmeckte wie eine bittere Mandel. Sie mußte gegen den Drang ankämpfen, sich auf den Boden sinken zu lassen, die zitternden Beine auszuruhen und sich ein wenig leid zu tun. Statt dessen atmete sie einmal tief durch, um ihre Brust von dem eisernen Ring zu befreien, der sie umklammerte. Dann ging sie zurück in Richtung Schacht.

Es gab heute noch viel zu tun.

48

»Ich kann's nicht glauben!« schrie Elisabeth leise. »Das hört sich an wie das schlechte Possenspiel einer untalentierten Theatergruppe!«

»Doch! Es ist wahr!« Nun mußte auch Rosa schmunzeln. Es kam selten genug vor, daß sie etwas zu erzählen hatte. Wie ein Lauffeuer hatte sich die Neuigkeit in Rehbach verbreitet. »Dorothea soll aus Schreck, ihren Zukünftigen zu sehen, einen Lachanfall bekommen haben. Der hat sie dann vor allen Anwesenden am Arm gepackt und geschüttelt, als wolle er sie so zur Besinnung bringen. Und dann hat er sie mitgenommen, hat Magda mir erzählt.« Rosa schaute ihre Besucherin neugierig an. »In Rehbach heißt es, der Graf von Hohenweihe mache nicht viel Federlesens um seine Waldarbeiter. Wer nicht spurt, kann sein Bündel packen. So einer läßt sich doch von seiner zukünftigen Gattin auch nichts bieten, oder?«

»Ich möchte mir nicht vorstellen, was Alexander meiner lieben Schwägerin alles an den Kopf geworfen hat. Er ist ja ein gutmütiger Mann, aber was zu weit geht...« Elisabeth seufzte. »Seitdem ist er jedenfalls nicht mehr bei ihr gewesen – das hätte ich ganz sicher mitbekommen!« Sie biß sich auf die Lippen. »Wie kann Dorothea es wagen, ihren zukünftigen Gatten so zu behandeln! Und wenn er sie jetzt nicht mehr heiraten will?«

»Dann bleibt die Salzbaronin Gut Graauw für ewig erhalten!« Rosa lachte. »Ob Dorothea *ihn* jetzt noch heiraten will – das ist die Frage! Oder haben Sie ... hast du immer noch nicht gemerkt, daß es nur eine einzige Person ist, die bestimmt, was in Rehbach geschieht?« Das Du, das Elisabeth ihr schon vor Wochen angeboten hatte, kam Rosa immer noch nicht leicht über die Lippen.

Elisabeth schwieg mit betroffener Miene.

»Was sagt denn die alte Gräfin zu allem? Ich kann einfach nicht glauben, daß sie Dorotheas Treiben tatenlos zusieht!« fragte Rosa bissiger, als sie eigentlich wollte.

Schulterzucken. Seufzen. Ein bitteres Lachen. »Viola! Ich bin schon froh, wenn ich sie jeden Tag dazu bewegen kann, sich anzukleiden und ihr Zimmer zu verlassen. Seit Fredericks Tod ist sie nicht mehr die alte! Ich weiß nicht« – sie schaute Rosa an –, »zu Fredericks Lebzeiten ist mir eigentlich nie aufgefallen, wie sehr sie ihn liebte!«

»Liebe!« wiederholte die Heilerin bitter. Von Liebe wollte sie im Augenblick nichts hören. Hatte es im übrigen mit Liebe zu tun, wenn die Witwe täglich die Marmorsteine der Familiengruft polierte? Hatte es mit Liebe zu tun, wenn sie täglich die Reithosen und Stiefel, die der Tote am Tag seines Unfalls getragen hatte, mit Lederfett einrieb? Oder tat sie dies alles nicht nur zum reinen Zeitvertreib? Ihr kam es so vor, als hätten die Weiber aus dem Herrenhaus einfach zuwenig zu tun.

Sie ging zum Fenster und schaute hinaus, als erwarte sie, die Salzbaronin im nächsten Augenblick zu sehen – so übermächtig war sie in allen Köpfen, so sehr beherrscht war jedermanns Leben von ihr. Nichts mehr war so wie noch vor einem Jahr. Rosas Blick fiel auf einen Erdhaufen, der am Vortag noch nicht dagewesen war. »Wenn die Leute so weitermachen und die ausgehobene Erde einfach eimerweise in der Gegend verstreuen, dann sieht bald ganz Rehbach aus, als würden darunter Hunderte Maulwürfe ihr Werk treiben! Inzwischen stolpert man schon überall über braune Erdhügel!« Plötzlich wurde sie wütend. Sie drehte sich so ruckartig um, daß ihr ein wenig schwindlig wurde. »Hast du immer noch nichts von G... von deinem Gatten gehört? Warum ist er nicht hier und kümmert sich um alles?«

Elisabeths Schulterzucken hatte etwas Gequältes. »Ich habe am selben Tag geschrieben, als die mit dem Schacht angefangen haben! Und vor einer Woche habe ich noch einmal geschrieben, für den Fall, daß der erste Brief ihn nicht erreicht hat. Einen ganzen Abend lang habe ich seine Reiseroute nachgerechnet, um den Brief auch wirklich in den richtigen Ort zu schicken. Aber – nichts!« Sie ließ die Hände in den Schoß fallen. »Es ist, als ob Georg vom Erdboden verschwunden sei. Kein Brief, keine einzige Zeile hat er mir seit Januar zukommen lassen.«

Der Vorwurf in ihrer Stimme war nicht zu überhören. Rosa konnte ihn gut verstehen. Daß Georgs und Elisabeths Ehe nicht glücklich war, war eine Sache. Aber sich monatelang nicht zu melden, eine andere. Daß sich nicht nur seine Gattin, sondern auch sie Sorgen um ihn machte, schien ihn nicht zu kümmern! Dieser Gedanke tat ihr weh, gleichzeitig machte er sie aber auch wütend. Es war gemein von Georg, daß er sie mit ihren ganzen Problemen allein ließ. Sie mußte nicht nur darüber nachdenken, was mit dem Kind in ihrem Bauch geschehen sollte. Sie mußte außerdem seine Frau trösten und die verletzten Rehbacher behandeln, die mit immer mehr Blessuren von der ganzen Arbeit zu ihr kamen.

Rosa war derart in ihre Gedanken vertieft, daß sie nicht bemerkte, wie Elisabeth sich erhob. Als sie plötzlich neben ihr stand, schreckte Rosa richtig zusammen.

Die junge Gräfin zog eine Grimasse. »Siehst du – ich mache alles falsch! Jetzt habe ich dich erschreckt, dabei wollte ich dir nur sagen, wie froh ich bin, zu dir kommen zu können!« Sie griff nach Rosas Hand.

Als Rosa den eisigen Griff der Finger spürte, mußte sie schwer an sich halten, ihre nicht sofort zurückzuziehen.

»Wenn ich dich nicht hätte...«, fuhr Elisabeth fort. »Ich weiß nicht, was ich täte! Auf Gut Graauw ist es noch einsamer geworden, als es eh schon gewesen ist. Georg weg, Frederick tot, Viola...«, sie winkte ab. »Es vergehen Tage, da rede ich mit keiner Menschenseele. Manchmal räuspere ich mich, um zu prüfen, ob überhaupt noch ein Ton aus meiner Kehle kommt!« Sie lachte bitter. »Doch dann spreche ich mit den Bäumen oder den Vögeln, so, wie du es mir gesagt hast. Und dann denke ich wieder: Vielleicht wird doch noch alles gut!«

Wie kindisch sich das aus Elisabeths Mund anhörte! Rosa bereute auf einmal, ihrer Besucherin so viele ihrer geheimen Rituale verraten zu haben. Außerdem wollte sie nichts von Einsamkeit hören! Von Kindesbeinen an hatte sie nichts anderes gekannt und war damit zurechtgekommen. Doch seit Georg in ihr Leben getreten war, war ihr die Einsamkeit zur Feindin geworden. Sie spürte an ihrer linken Seite ein heftiges Klopfen, als wolle das Kind in ihrem Bauch sie daran erinnern, daß ihr Alleinsein bald ein Ende hatte. Und wie so oft in diesen Tagen fragte sie sich: Was sollte nur werden? Wie lange würde sie das Kind noch in ihrem Bauch verstecken können? Was würden die Rehbacher sagen, wenn sie als alleinlebende Frau auf einmal schwanger daherkam?

»Wenn Georg wüßte, was hier vorgeht!«

Elisabeths Worte trafen Rosa völlig unvorbereitet. Ihr war das schlechte Gewissen ins Gesicht geschrieben, als sie ihre Besucherin anschaute. War ihr Bauch doch nicht mehr unsichtbar?

»Was guckst du so, als wüßtest du nicht, wovon ich rede?

Der Schachtbau hat sich zwar irgendwie zu Alexander von Hohenweihe herumgesprochen, aber bis in fremde Länder gewiß nicht!«

Rosa atmete die Luft aus, die sie bis dahin angehalten hatte. »Irgendwie geschieht es deinem Mann fast recht, wenn er bei seiner Rückkehr vor Schreck fast umfallen wird, wenn er die ganzen Neuigkeiten erfährt«, sagte sie bissig und meinte mit dieser Bemerkung nicht nur den Schachtbau. Wenn sie Georg nicht so sehr liebte, würde sie ihn für einen schrecklichen Kerl halten, schoß es ihr durch den Kopf.

Elisabeth öffnete den Mund zu einer Erwiderung, sagte aber nichts.

Elisabeth und sie als Leidensgenossinnen – so weit war es gekommen!

»Vielleicht läge es an mir, etwas gegen Dorothea zu unternehmen? Ja, vielleicht sollte ich wirklich irgend etwas tun. Aber was?« fragte Elisabeth verzweifelt, ohne eine Antwort von Rosa zu erwarten. »Seit ich hier bin, seit meiner Hochzeit mit Georg, habe ich dauernd das Gefühl, als würde etwas von mir erwartet, wozu ich einfach nicht in der Lage bin!« Nun liefen ihr Tränen über die Wangen.

Rosa seufzte. Nicht schon wieder ein Anfall von Elisabeths Traurigkeit! Sie mußte daran denken, mit welcher Leidensmiene die Gräfin gegen Ende des letzten Jahres tagein, tagaus zu ihr gekommen war. Wochen hatte es gedauert, bis der Tee aus Johanniskraut, den sie ihr gegen ihre düstere Stimmung gegeben hatte, endlich angeschlagen hatte.

»Natürlich weiß ich auch, daß eine Ehe in unseren Kreisen nicht soviel mit Liebe zu tun hat, wie ich mir das einst vorstellte. Du meine Güte, wenn ich daran denke, wie naiv ich hierher gekommen bin! Ist das wirklich erst ein dreiviertel Jahr her?« Elisabeth schüttelte den Kopf.

Es waren keine Tränen der Trauer, die Elisabeth übers Gesicht liefen, merkte Rosa auf einmal. Das waren Tränen der Wut!

»Wenn ich heute in den Spiegel schaue, erkenne ich darin nichts mehr von dem jungen Mädchen, das romantische Gedichte las und von der Liebe träumte. Wohin ist es verschwunden? frage ich mich. Dennoch – daß mein verehrter Gatte sich überhaupt nicht um mich schert, daß ihm seine Familie, seine Saline nicht eine einzige Zeile wert sind – das ist nicht richtig! Ja, ich weiß, daß man als Gattin nicht so reden soll, und ich würde es auch vor niemand anderem außer dir tun, aber ich habe für Georgs Verhalten nur eine einzige Erklärung.«

Rosa runzelte die Stirn. So heftig hatte sie Elisabeth noch nicht erlebt. Daß wenigstens ein bißchen Leidenschaft in dieser Frau steckte, fand sie sehr beruhigend. »Und die wäre?«

»Na, das liegt doch auf der Hand! Er amüsiert sich mit anderen Damen! Davon gibt es in den Heilbädern schließlich genügend. Wahrscheinlich ermutigt Martin Richtvogel – dieser Lebemann – ihn noch dazu!«

Rosa war auf den Stich in ihrer Herzgegend nicht gefaßt gewesen. Georg in leidenschaftlicher Umarmung mit einer anderen?

So schnell Elisabeths Ärger gekommen war, so plötzlich war er wieder verschwunden. Nun war sie nur noch traurig und verzweifelt. »Vielleicht findet er bei einer anderen, was er bei mir vergeblich sucht? Vielleicht schenkt eine andere ihm seinen Sohn?« Sie vergrub ihr Gesicht in beiden Händen. »Das würde ich nicht überleben. Alles, nur das nicht!«

49

Obwohl Götz so müde war, daß jeder Muskel, jeder Knochen in seinem Leib schmerzte, war er doch vom Schlafen weit entfernt. Dorothea ging ihm nicht aus dem Kopf. Sie und ihre Art, die er nicht durchschauen konnte. Man mußte nur an ihren Auftritt vor ein paar Tagen denken: Sie war in den Schacht gestiegen, als sei das für ein Weib die natürlichste Sache der Welt! Hatte sie sich wirklich mit eigenen Augen von der Gefahr durch das Wasser überzeugen wollen, oder war der ganze Auftritt dazu bestimmt gewesen, die Rehbacher friedlich zu stimmen? Wenn zweiteres der Fall war, dann war ihr dies jedenfalls gelungen. »Wenn die Salzbaronin in den Schacht hinuntergeht, dann muß er sicher sein!« war die einhellige Meinung. Kein Murren war mehr zu hören, nirgendwo war die Rede davon, daß es gefährlich sein könnte, in den Schacht zu steigen. Wer würde sich nachsagen lassen, feiger zu sein als ein Weib? Götz verzog seine Mundwinkel. Es würde ihn nicht wundern, wenn demnächst einer damit anfing, Dorothea nicht Salzbaronin, sondern *Salzkönigin* zu nennen! Und dann ihr Auftritt vor Hohenweihe! Deutlicher hätte sie nicht zum Ausdruck bringen können, daß sie auf der Seite der Rehbacher stand! Daß sie keine war, die schnell klein beigab, wußte Götz inzwischen, aber so viel Mut hätte er ihr nicht zugetraut.

Er verschränkte die Arme hinter dem Kopf und gab seinen Versuch einzuschlafen auf. Von draußen fiel Mondlicht auf sein Lager. Vollmond. Er setzte sich auf und schob die Fensterläden weit auf, um mehr Nachtlicht und Luft in die Kammer zu lassen. Doch als er sich wieder zurücklehnte, tanzte das Mondlicht in seinen Augen und versprühte silbene Funken. Er stöhnte. Mit einem Ruck stellte er beide Beine auf den Boden, ging hinüber zum Tisch, griff nach der tönernen Weinkaraffe und wollte sich einen Becher nachschenken. Sie fühlte sich verdächtig leicht an. Leer!

»Verdammt!« Er mußte sich nicht umschauen, um zu wissen, daß er keinen Tropfen Flüssigkeit mehr im Haus hatte. Wegen des Vorfalls mit Dorothea und Hohenweihe am Schacht war er am letzten Montag nicht dazu gekommen, seine leeren Flaschen bei dem fahrenden Krämer, der einmal wöchentlich nach Rehbach kam, mit Wein und Most auffüllen zu lassen. Und am Abend hatte er vergessen, frisches Wasser vom Brunnen zu holen. Doch als er sich seine Jacke überzog und nach dem hölzernen Bottich griff, um ihn am Dorfbrunnen zu füllen, war er fast erleichtert, einen Grund zu haben, seine stickige Kammer noch einmal verlassen zu können – schlafen konnte er sowieso nicht!

Er sah sie schon von weitem sitzen. Wie die Figur eines Scherenschnitts hob sich ihr Oberkörper von der mondgebleichten Umgebung ab. Irgendwie fand er es nicht verwunderlich, sie hier am Solebrunnen zu finden. Sie gehörte hierher.

Ohne daß er sich durch ein Räuspern oder laute Schritte bemerkbar machen mußte, drehte sie sich zu ihm um, als habe sie sein Kommen gespürt oder gar erwartet. »Und? Kannst du auch nicht schlafen?« fragte Dorothea, als würden sie sich jede Nacht hier treffen.

Er hob seinen Eimer in die Höhe. »Ich will zum Dorfbrunnen«, erwiderte er. War es der Durst, der ihn so seltsam fühlen ließ? In seinem Kopf surrte es wie in einem Bienenhain. Noch während er darauf wartete, daß sie ihn darum bat, sich für einige Minuten zu ihr zu gesellen, wußte er, daß sie das nicht tun würde. Mit hochgezogenen Augenbrauen schaute sie ihm nach, wie er statt zum Dorfbrunnen zum Salinenbrunnen ging und einige Handvoll Solewasser trank, bis sein schlimmster Durst gestillt war. Fast hätte es ihn geschüttelt. Er konnte sich nicht daran erinnern, wann er das letzte Mal das ekelhafte, salzige Wasser getrunken hatte! »Dein Bruder muß verrückt sein, wenn er sich einbildet, daß irgend jemand dieses Zeugs freiwillig trinken wird!« Er wischte sich den Mund ab und trat wieder zu ihr.

Dorotheas Lachen paßte zu der Nacht: Es war erfrischend, aber nicht kühl. »Er ist dumm – und das ist schlimmer als verrückt zu sein!« Die Verächtlichkeit in ihrem Ton hatte nichts mit ihrem Lachen zu tun und führte Götz aufs neue vor Augen, wie undurchschaubar sie für ihn war. »Kümmert es denn niemanden, wenn du mitten in der Nacht das Haus verläßt?« Er wies mit dem Kinn in Richtung Herrenhaus.

»Wen sollte es kümmern?« kam es bitter.

Götz schwieg. Irgendwie war bei den Grafen von Graauw nichts, wie es sein sollte. Er setzte sich neben sie auf den Boden, der trocken und nicht kalt war. Seine Schulter berührte Dorotheas beinahe, und es wäre so einfach gewesen, seinen Arm um sie zu legen. »Wenn das Wetter weiterhin so mitmacht und auch sonst alles gut läuft, müßten wir die achtzig Ellen in den nächsten zwei Monaten geschafft haben.« Es ärgerte ihn, daß ihm nichts anderes als der Schachtbau einfiel, worüber er mit ihr hätte sprechen können.

»Zwei Monate sind zu lang. Dann wäre Anfang Juni. Was, wenn Georg früher zurückkommt?«

In ihren Augen sah er etwas aufblitzen, das wie panische

Angst auf ihn wirkte. »Hat er sich denn immer noch nicht gemeldet?«

Sie schüttelte den Kopf.

»Selbst wenn er früher zurückkommt – was wäre dann schon?« Götz zuckte mit den Schultern. Ihn konnte diese Aussicht inzwischen nicht mehr ängstigen. Was sollte Georg schon tun? Er würde den Schacht gewiß nicht einfach zuschütten! Den Schacht gab es, das Heilbad nicht – an dieser Tatsache würde auch der Graf von Graauw nicht vorbeikommen.

»Ich will den ersten Quader Salz aus Rehbach holen, bevor Georg wiederkommt.« Dorotheas Stimme klang fiebrig, wie so oft, wenn sie über ihr Vorhaben sprach. »Nie und nimmer lass' ich zu, daß Georg unsere Ernte einfährt!« Ihre Stirn war in Falten gelegt. »Wir müssen auch nachts arbeiten – das ist die Lösung! Im Schacht unten macht es keinen Unterschied, ob es Tag oder Nacht ist, und hier oben wäre es mit ein paar Lampen hell genug genug.«

»Wenn's nach dir ginge, würden die Leute bald gar nicht mehr schlafen. Ich habe sie doch erst letzte Woche zu einer Stunde mehr Arbeit überredet – nochmals wird mir das nicht so leicht gelingen.« Götz war ärgerlich. Es war die alte Leier. Er sollte für Dorothea den Ochsentreiber spielen.

»Und warum nicht?« fuhr Dorothea ihn heftig an. »Für wen, wenn nicht für die Rehbacher, wird denn der Schacht gebaut? Ein bißchen Dankbarkeit wäre durchaus angebracht.«

»Sei nicht ungerecht«, rügte er sie barsch. »Die Leute geben doch schon, was sie können. Du darfst nicht vergessen, daß der zweite Schacht viel Kraft kostet.« Ihm wäre nach wie vor wohler gewesen, wenn sie alle Wände des Hauptschachtes ausgemauert hätten. Aber von dieser wesentlich teureren Lösung hatte Dorothea nichts hören wollen. Götz spürte etwas in sich aufwallen, ein Gemisch aus tausend Gefühlen, für das er keinen Namen hatte.

»Der zweite Schacht«, spuckte Dorothea in die Nacht hinein. Abrupt drehte sie sich zu ihm um. »Mit dem ist jetzt auch Schluß! Ich höre immer nur, daß Wasser durch die Wände zu kommen droht, aber Tatsache ist doch, daß bisher noch kein Wasser in den Schacht gekommen ist. Das bißchen, was sich bisher im zweiten Schacht gesammelt hat, würde in ein Dutzend Eimer passen. Wir haben nicht die Zeit, den Wasserschacht einfach auf Verdacht weiterzubauen!«

»Fordere das Schicksal nicht heraus, Dorothea! Das Wasser sucht sich seinen Weg, diese Weisheit ist so alt wie das Wasser selbst, und *du* kannst nichts dagegen tun!«

Ihr Lachen war verächtlich. »Abergläubisch bist du auch noch? Hat dich die Hexe vielleicht angesteckt mit ihrem ganzen Mummenschanz? Warte nur, es kommt der Tag, da seh' ich mir ihr Treiben nicht länger an – wie sie jeden Tag hier herumlungert ... Ich hätte sie schon längst wegjagen sollen, diese Kräuterhexe!«

»Laß doch Rosa aus dem Spiel. Sie kann nichts dafür, daß uns die Zeit davonläuft.« Nun klang Götz' Stimme verächtlich. »Daß du deine Laune an Unschuldigen ausläßt, steht dir nicht.« Er stand auf. Vielleicht war es besser, sich schlaflos auf dem Lager herumzuwälzen, als sich mit einem launischen Weib abzugeben.

»Bleib noch!« kam es so leise, daß Götz im ersten Moment glaubte, die zwei Worte nur in seiner Einbildung gehört zu haben. Doch als er sich nochmals zu ihr umdrehte, sah er ihre ausgestreckte Hand. Sie trat auf ihn zu wie eine Schlafwandelnde. Zum ersten Mal verbargen ihre Augen nichts vor ihm und gaben ihm doch gleichzeitig neue Rätsel auf: Er sah ihre Einsamkeit und fragte sich, ob es nur die Einsamkeit dieser einen Nacht war. Er sah ihr Verlangen und fragte sich, wonach sie sich so sehnte. Er sah ihre Zerrissenheit und Unsicherheit und wußte nicht, woher sie rührte.

Auf einmal war es nur natürlich, die Arme aufzuhalten. Und sie kam zu ihm, weil nichts anderes möglich war.

50

Wie so oft in diesen Tagen hatte sich Rosa auf einen der frisch aufgeschütteten Erdhügel gesetzt. Von dort aus, keine 30 Ellen vom Schacht entfernt, sah sie den Leuten zu. Der Schacht war eng und dunkel, zu eng für die vielen Leute, die gleichzeitig bohrten und schaufelten. Es würde sicher nicht lange dauern, bis der erste mit einem gequetschten Finger, einem gestauchten Fuß oder einer Platzwunde am Kopf zu ihr kam. Das war der Grund dafür, daß sie hier in der Frühlingssonne saß, redete sie sich ein, doch tief drinnen wußte sie, daß es die Einsamkeit in ihrer Hütte war, die sie nach draußen jagte.

Als Rosa Götz und Dorothea zusammen sah, wußte sie sofort, was geschehen war: Die beiden waren ein Paar geworden. Je mehr sie versuchten, die zwischen ihnen entstandene Vertraulichkeit zu verbergen, desto offensichtlicher erschien sie Rosa. Schon von weitem erkannte sie den durchdringenden Blick, mit dem Dorothea ihrem Geliebten in aller Öffentlichkeit eine Botschaft zukommen lassen wollte. »Ich begehre dich und dein Fleisch«, hieß diese Botschaft, und sie war ihr auf die Stirn geschrieben. Ha! Ging es dem Grafenweib also keinen Deut besser als anderen Weibern, die es nicht erwarten konnten, daß es Nacht wurde. Beim Anblick ihrer verzehrenden Augen wurde Rosa von einer Welle der

Sehnsucht überspült. Die Erinnerung an Georgs Umarmung reichte, um ihr das Wasser in die Augen zu treiben.

Götz selbst gelang es besser, seine Gefühle zu verbergen. Wie er so dastand, am Schachtrand, und den Leuten unten etwas zurief, hatte das etwas Alltägliches an sich, das die Rehbacher weder aufschauen noch hellhörig werden ließ.

Rosa konnte sich ein boshaftes Grinsen nicht verkneifen. Nicht nur die Salzleute, sondern auch Dorothea selbst fiel auf die von Götz zur Schau getragene Gleichmütigkeit herein. Rosa konnte regelrecht zusehen, wie die Salzbaronin von Minute zu Minute unruhiger, unsicherer wurde, wie sie nach einer Bestätigung von Götz lechzte wie ein Hund an einem heißen Sommertag nach einer Schüssel Wasser. Spürte Dorothea denn nicht, daß der Mann nichts anderes im Sinn hatte, als im nächstbesten Moment nach ihr zu greifen und sich zwischen ihren Brüsten zu vergraben? Wie konnte ein Weib so wenig Instinkt besitzen? Oder war es die Liebe, die Dorothea so unsicher machte?

Seit Rosa das Kind im Bauch trug, verlor sie immer mehr von ihren alten Fähigkeiten. Georg, der nicht da war, der Schachtbau, das ewige Klopfen der Schaufeln bei Tag und Nacht, das als ständiges Echo in den Ohren dröhnte, die Frage, was werden würde, wenn das Kind geboren werden wollte – all das ließ sie nicht mehr zur Ruhe kommen. Allmählich konnte sie Harriet verstehen. »Wer wie ein Tölpel dem Leben hinterherrennt, kann nicht erwarten, daß das Leben in ihm selbst stattfindet!« Was sich für ihre Kinderohren wie ein Widerspruch angehört hatte, ergab nun einen schmerzhaften Sinn: Wie sollte es ihr gelingen, ins Zwiegespräch mit Freya oder auch nur einem niederen Naturwesen zu kommen, wo sie an manchen Tagen vor lauter Klopfen und Hämmern der Schaufeln ihr eigenes Wort nicht mehr verstand? Wie sollte die Kraft der zu neuem Leben erwachten

Haselsträucher in sie fließen, wenn sie jedesmal, kaum daß sie sich unter ihrer geliebten Hecke niedergelassen hatte, gestört wurde? Umsonst betete sie in diesem Frühjahr um die Weisheit, welche dieser Strauch demjenigen verleihen kann, der dafür bereit ist. Rosa war nicht bereit. Und sie haßte das Kind dafür.

Sie beobachtete, wie Dorothea und Götz sich in einem vermeintlich unbeobachteten Augenblick an den Händen faßten. Die Salzbaronin und der Salinenmann! Zu welchen Taten hatte sie ihn überredet, nachdem er vom süßen Honig ihrer Jungfräulichkeit hatte kosten dürfen? Wahrscheinlich mußte er wieder einmal sein ganzes Geschick aufbieten, um die armen Leute noch mehr anzutreiben. Tiefer, tiefer, tiefer! Und schneller, schneller, schneller! Um mehr ging es nicht in Rehbach. Dabei schufteten die Rehbacher schon längst, was ihre Knochen hergaben. Rosa kam es so vor, als hätte Dorothea die Leute mit ihrer Besessenheit angesteckt. »Wenn du nicht langsamer machst mit der ganzen Schipperei, kommst du im nächsten Winter morgens gar nicht mehr hoch«, hatte die Heilerin erst am Vortag zu einem der Männer gesagt. Doch er wollte ebensowenig auf sie hören wie alle anderen, auf die sie eingeredet hatte. »Jetzt ist Frühjahr und nicht Winter!« war seine brummige Antwort gewesen. »Wenn ich jetzt nicht grabe, dann brauch' ich im Winter nicht mehr aufstehen, weil ich dann nämlich nichts mehr zu fressen hab'!« hatte er noch nachgeschoben. Und genauso sahen es die anderen auch.

Acht Wochen gruben sie nun schon, und laut Götz würde es mindestens noch einmal fünf Wochen dauern, bis sie an die ersten Salzlager kamen. Salzlager – wie sich das anhörte! Rosa konnte sich nichts darunter vorstellen, doch die Rehbacher sprachen darüber, als hätten sie ihr Leben lang nichts anderes getan, als Salzlager zu erschließen. Je tiefer sie gruben, desto größer wurde die Gier, das Salz endlich mit eigenen Augen in der Rehbacher Erde zu sehen, es mit eigenen Händen anfassen zu können.

Doch so besessen sie auch waren, die Aufbruchstimmung unter den Leuten war nun, Anfang Mai, längst verflogen. Rosa mußte sich sehr anstrengen, um sich daran zu erinnern, wie fröhlich die Rehbacher an ihre neue Aufgabe herangegangen waren. Verbissene Gesichter, zusammengekniffene Münder und vor Müdigkeit kleine Augen prägten jetzt das Bild, das sich ihr täglich bot. Und außer den Schaufeln war noch etwas zu hören: Streit. Der wenige Schlaf machte die Menschen gereizt, schnell wurde aus harmlosem Geplänkel ein handfester Krach. Aber wehe, sie versuchte, ein erhitztes Gemüt zu beruhigen, während sie eine Salbe auftrug oder einen Arm verband! Da war es schon mehr als einmal vorgekommen, daß sie für ihre gutgemeinten Ratschläge beschimpft wurde. »Wenn du so um unser Wohl besorgt bist, dann hilf uns doch graben, statt immer nur blöd zu glotzen!« hatte Elfriede sie erst letzte Woche angegiftet. »Oder wäre es dir in Wirklichkeit viel lieber, der junge Graf würde ein Heilbad bauen, hä? *Du* hättest ja dann Arbeit genug!« Wie eine Natter hatte sie gezüngelt, und Rosa war es richtig bange geworden!

Und so wurde der Schacht immer tiefer und der Wall entlang der Straße in die Stadt, auf den die Leute auf Götz' Anweisung hin den Erdaushub seit einigen Wochen schütteten, immer länger.

Und die Verletzungen und kleinen Unfälle, entstanden durch müde Knochen und müde Köpfe, häuften sich.

Man hätte nicht einmal über besondere Fähigkeiten verfügen müssen, um vorherzusehen, daß diese Plackerei bei Tag und Nacht nicht ewig gutgehen konnte.

51

Dorothea schloß die Augen und atmete tief durch. Es hätte nicht viel gefehlt, und sie hätte laut geseufzt vor lauter Wohlbefinden. Erst hier im Wald merkte sie, wie laut es am Schacht gewesen war, wo ewig das Eisenseil rasselte, wenn die Eimer mit Aushub hochgezogen wurden, wo das stete »Schpp«, »Schpp« der Schaufeln nach oben dröhnte. Das Zwitschern der Vögel kam ihr dagegen vor wie süßester Gesang! Ganz in ihrer Nähe mußte ein besonders begabter Sänger sitzen, dessen Zirpen sie unwillkürlich lächeln ließ. Sie machte die Augen wieder auf, um den kleinen Kerl irgendwo im dichten Blätterkleid zu entdecken. Statt dessen blieb ihr Blick an Götz' Gesicht hängen.

Er zwinkerte ihr zu. »Na, schon genug von hier draußen?«

Sie verzog den Mund. »Lästere du nur! Glaubst du, wir wären schon so weit gekommen, wenn ich mich öfter von dir zu solchen Ausflügen überreden lassen würde? Die Leute schaffen doch nur, wenn einer von uns daneben steht!«

Darauf erwiderte Götz nichts. Er rutschte etwas nach hinten, so daß er sich an einem der dickeren Birkenstämme anlehnen konnte. Einladend öffnete er seine Arme, und Dorothea rappelte sich soweit auf, daß sie sich an ihn schmiegen konnte. »Trotzdem, es tut gut, wenigstens für kurze Zeit etwas anderes zu sehen als schmierige, braune Erde.« Das verdammte

Grundwasser! Immer wieder war es in den letzten Tagen von unten heraufgequollen, und sie hatten alle Mühe gehabt – nein! Sie verbot sich jeden weiteren Gedanken. Wenigstens eine Stunde lang den Schacht vergessen. Eine Stunde lang nicht bangen müssen. Nicht mit Götz streiten müssen, was richtig und was falsch war. Sie seufzte und drückte ihre Wange fester an den rauhen Stoff seines Hemdes.

Götz zupfte ein paar Stengel Gras ab und hielt sie Dorothea hin. »Rotklee. Als Kind habe ich die einzelnen Blättchen ausgerupft und den kleinen, süßen Tropfen ausgesaugt, der in den weißen Böden steckt.«

Dorothea drehte sich zu ihm um. »Das da kann man essen?« Sie schaute auf die struppige, hellviolette Blume. Machte er sich wieder einmal über sie lustig?

Als Antwort begann Götz, die schmalen Blätter der Kleeblüte herauszuziehen. »Versuch's doch!« forderte er sie auf.

Vorsichtig streckte sie ihre Zunge ein wenig hinaus, und er legte ihr einige der zarten Blättchen darauf. »Schmeckt wirklich etwas süß!« Sie zupfte ebenfalls einen Blütenkopf aus dem Waldboden und hielt ihn Götz hin.

Er nahm ihr die Blüte aus der Hand und strich damit sanft über ihre Wangen. »Weißt du auch, daß die Bauern aus den Nachbardörfern zu Christi Himmelfahrt Kränze aus Rotklee binden? Und daß die Mädchen jetzt im Wald nach der Himmelfahrtswurzel suchen?«

Dorothea deutete ein Kopfschütteln an. Hier in Rehbach wurde Himmelfahrt nicht gefeiert, zum Ärger der Salinenleute, die dadurch einen freien Tag und gleichzeitig ein Fest weniger hatten als die anderen Leute in der Gegend.

»Sie legen sich die Blätter dieser Pflanze in die Schuhe und hoffen, dadurch einen Burschen zum Heiraten zu finden. Und schön machen soll dieser Brauch außerdem!«

Dorothea seufzte theatralisch. »Vielleicht sollte ich auch

nach diesen Blättern suchen, jetzt, wo Alexander von Hohenweihe unsere Verlobung schriftlich aufgekündigt hat. Jetzt ist's endgültig aus mit der feinen Heirat.« Sie verzog ihren Mund. »Dabei braucht der sich nichts einbilden! Ich hab' ihn von Anfang an nicht heiraten wollen!« sagte sie mehr zu sich als zu Götz.

»Und nun? Bist du auf der Suche nach einem anderen Grafen?« fragte Götz in einem bemüht scherzhaften Ton. Es war das erste Mal, daß sie ihre nicht standesgemäße Beziehung auch nur andeutungsweise im Gespräch streiften.

»Also, da ich schon eine Salzbaronin bin, müßte es doch mindestens ein Baron, besser noch ein Herzog für mich sein, oder?« Dorothea fiel das Scherzen leichter. Alexander konnte ihr gestohlen bleiben! Er – und sein Holz! »Ich bin ganz froh, daß alles so gekommen ist«, fuhr sie wegwerfend fort. »Nun hat Georg noch weniger gegen mich in der Hand. Jetzt kann er mich nicht mehr zu den Hohenweihschen Hinterwäldlern abschieben! Und vor die Tür setzen kann er mich auch nicht, oder?« Sie lachte befreit auf. »Das heißt, ich werde hierbleiben. Hier, wo ich hingehöre! Ach, ich könnte die Welt umarmen!« Statt dessen umarmte sie Götz. »Und deinen bäuerlichen Aberglauben kannst du auch behalten! Blätter in Schuhe zu stopfen, pah!« Sie drehte kokett ihre Füße mit den dunkelblauen Seidensandaletten hin und her. »Da werfe ich lieber eine Prise Salz über meine Schulter – das bringt mindestens genausoviel Glück! Rituale haben wir Salinenleute schließlich auch.«

»Womit wir wieder bei der Sache wären...« Götz schob sie ein wenig von sich, faßte sie an den Schultern und drehte sie zu sich um. Er grinste, aber sein Blick hätte nicht ernster sein können. »Wenn dir das Salz wirklich so heilig ist«, hob er an, »wie kannst du dann damit leben, daß zukünftig zehn Prozent davon mir gehören werden?«

Sie stutzte. Es war nicht Götz' Art, einen der seltenen trauten Augenblicke zwischen ihnen zu zerstören. Statt zu antworten, dachte sie erst einmal über seine Frage nach.

»Es geht mir nicht ums *Besitzen* – da könnt ihr alle glauben, was ihr wollt!« kam es dann zögerlich und abwehrend zugleich. »Wenn es mir nur um Wohlstand ginge, dann hätte ich auch Alexander heiraten können. Die von Hohenweihe sind um einiges reicher als meine Familie.« Dorothea schaute Götz schräg an. Glaubte er ihr? Doch seine Miene war unergründlich, und so fuhr sie fort: »Du warst es doch, der mir das Märchen vom Salz erzählt hat!« Während sie sprach, fiel ihr auf, wie wichtig ihr dieses Gespräch auf einmal war. Es ging nicht darum, Götz von irgend etwas zu überzeugen, sondern darum, daß sie sich selbst über etwas klar wurde. »Salz ist heilig! Kein Lebewesen, kein Mensch kann ohne das Salz sein, ob er nun Bettler ist oder König. Ohne Salz gibt es kein Leben auf der Welt. Deshalb wird seit Menschengedenken versucht, das weiße Gold zu gewinnen. In einem der Bücher aus unserer Bibliothek habe ich gelesen, daß es die ersten Salinen schon im ersten Jahrhundert nach Christi gegeben hat – damals haben die Menschen das Salz aus dem Meerwasser gewonnen.« Sie schaute ihn an. »Wahrscheinlich haben die das Wasser einfach an der Luft trocknen lassen, oder?«

Götz zuckte mit den Schultern.

Dorothea fuhr fort: »Schon in der Bibel sagt Jesus zu den Christen *Ihr seid das Salz der Erde*. Und außerdem sagt er: *Wenn aber das Salz seine Kraft verliert, womit soll es gesalzen werden? Es taugt zu nichts weiter, als daß es hinausgeworfen und von den Menschen zertreten werde.*« Sie lachte. »Seit ich lesen konnte, hatte Viola mich ermutigt, in der Bibel zu lesen. Und was habe ich getan? Nur nach Stellen gesucht, in denen Salz erwähnt wurde. Du würdest staunen, wie viele es davon gibt!« Langsam begann Dorothea sich warmzureden. »Georg hat mir erzählt, daß er auf einer seiner Studienreisen in einem Mailänder Kloster das Abendmahlbild von Leonardo da Vinci hat anschauen dürfen.« Daß Götz mit dem Namen des berühmten Malers vielleicht nichts anfangen konnte, kam ihr nicht in den Sinn. »Da Vinci hat ein umgestürztes Salzfaß vor Judas gemalt, als Zeichen von dessen Verrat sozusagen. Ach, ich möchte nicht wissen, wie viele Kriege des Salzes wegen geführt worden sind!« Dorothea schloß die Augen und atmete tief durch. Sie fühlte, wie eine weiche, warme Glückswelle ihr ganzes Innerstes überspülte – scharfe Ecken und Kanten, an denen sie sich zeit ihres Lebens gestoßen und verwundet hatte, verschwanden zwar nicht, aber sie wurden glatter. Das Salz gab ihr die Kraft, und sie gab dieselbe Kraft zurück für das Salz – lag darin nicht eine tiefe Poesie?

»Für dich ist Salz doch ebenso heilig wie für mich!« flüsterte sie rauh. Sie hätte in seinen dunklen Augen ertrinken wollen, für immer und ewig. »Wie kann ich da anders, als jedes einzelne Kristall mit dir zu teilen?« Während sie sprach, wurde sie sich über die tiefere Bedeutung ihrer Worte klar. Ja, sie war bereit zu teilen. Mit Götz würde sie alles teilen, ihr Leben, ihre Sehnsucht.

Götz schaute sie an, seine Augen dunkel vor Verlangen. Er hatte seine rechte Hand halb zur Faust geschlossen. Mit der Außenseite strich er Dorothea übers Haar und ihre Wangen. Dorothea hörte sich schluchzen und konnte nichts dagegen tun. Warum fühlte sich ihr Herz auf einmal so weich an? Warum empfand sie überhaupt so seltsame Dinge? Sie hätte nie »Ich liebe dich« über die Lippen gebracht, aber ihr Kopf war voll mit diesen drei Worten.

Stumm begann Götz, Dorotheas Kleid aufzuknöpfen. Als er es ihr über den Kopf streifte, blieb ihr Zopf daran hängen. Ohne Rücksicht auf den schmerzhaften Ruck zog sie ihn aus dem spitzenumrandeten Ausschnitt. Dann legte sie sich zurück auf den weichen Moosboden. Während Götz seine Jacke abstreifte und sie ihr wie ein Kissen unter den Kopf schob, zerrte sie ihr hauchdünnes Unterkleid hoch. Sie gierte danach, die Nachmittagssonne auf ihre Nacktheit scheinen zu lassen, und als die Wärme sich auf ihrer Haut auszubreiten begann, lief ein leichtes Zittern über sie hinweg. Sie hörte sich erneut seufzen, doch diesmal tief aus ihrer Kehle, dunkel, fremd. Kurz bevor sie zu verglühen drohte, legte sich Götz mit seiner kühlen Haut auf sie, und ihr Zittern wurde von einem heftigen Beben abgelöst. Seine Hände vergruben sich erst in ihren Haaren, die sich längst aus ihrem Zopf gelöst hatten, dann griff er nach unten zwischen ihre Beine. Sein Glied war hart, fordernd, drängte sich in ihren Leib, der von der Sonne angewärmt darauf wartete. Sein Mund war nicht weniger fordernd, seine Berührung hatte nichts gemein mit den federleichten Küssen, die er ihr sonst in gestohlenen Augenblicken zuwarf, sondern war eine einzige Besitznahme. Dorotheas Lippen schmerzten, und sie wußte, daß seine Heftigkeit ihre Spuren hinterlassen würde, aber, oh, wie süß war dieses Brennen!

Sie wußte, daß sie nie mehr in ihrem Leben ohne diese Glückseligkeit sein wollte, bei der man die Welt – und Rehbach noch dazu – vergessen konnte. Bisher war es einfach so gewesen, daß ihre Beine zum Laufen da waren, ihre Arme zum Arbeiten, ihre Hände zum Schreiben und Fassen. Sie hatte nie unter Kopfschmerzen gelitten wie Viola und auch nicht unter quälenden Monatsblutungen wie Elisabeth. Ihr Körper war einfach nur nützlich gewesen und hatte ihr nie irgendwelchen Ärger gemacht. Aber daß derselbe Körper Wonnen dieser Art erfahren konnte, ließ sie immer wieder aus der Fassung geraten. Vielleicht lag es an Götz' Erfahrung, daß sie vom ersten Moment an, als sie beim letzten Vollmond mit ihm in seine Hütte gegangen war, nur süßeste Lust verspürt hatte. Wie viele Weiber hatten ihn ihre Leiber erforschen lassen, schoß es ihr jedes Mal eifersüchtig durch den Kopf. Aber sie fügte sich glückselig seinem Takt. Es war gut, so wie es war.

In dem Augenblick, als sie sich beide gleichzeitig mit einem lauten Schrei von ihrer Lust befreiten, fiel ein Schatten über Dorotheas Gesicht. Braute sich ein Unwetter zusammen? So früh im Jahr? Oder war es nur eine hartnäckige Wolke? Unwillig öffnete Dorothea die Augen – und zog erschrocken laut Luft ein.

Vor ihr und Götz stand die Kräuterhexe.

Mit verschränkten Armen, ein wütendes Beben auf dem sonst so ruhig wirkenden Gesicht, schaute Rosa auf sie herab.

Wie lange stand das Weib schon da, fragte sich Dorothea, während sie hastig Götz' Jacke unter ihrem Kopf hervorzog und über ihre Unterleiber legte.

Götz grinste verlegen und räusperte sich.

Rosa machte noch einen Schritt auf sie zu. »Es ist besser, ihr zieht euch an!«

Ihre Stimme war verächtlich, so abfällig, daß Dorothea spürte, wie sich eine unglaubliche Wut in ihr zusammenbraute. Was erdreistete sich die Hexe, sie zu maßregeln? Und würde sie es mit hundert Männern im Wald treiben, ginge es das Kräuterweib nichts an! Sie spürte Götz' sanften Druck auf ihrem Arm, doch sie wollte sich selbst von ihm nicht beruhigen lassen. Sie würde dem Weib schon sagen, was sie ...

»Verdammt noch mal, beeilt euch endlich – es ist etwas Schreckliches passiert!« Rosas Stimme hatte nun eine andere Färbung, eine so blecherne und fremde, daß sie Dorothea innehalten ließ.

»Was ist los? Jetzt red halt endlich, Weib!« herrschte Götz

die Heilerin an. Ohne Scheu war er aufgestanden und hatte begonnen, seine Hose anzuziehen.

»Es ist etwas Schreckliches passiert«, wiederholte Rosa. »Ellen ist tot!«

52

Dorothea auf ihrem Sonnenplatz mitten im Wald! »Was willst du hier? Du bist auf meinem Boden!« hätte sie die Salzbaronin am liebsten angeschrien. Rosa hatte das Gefühl, als würde allein Dorotheas Anwesenheit ausreichen, um den heiligen Ort für immer zu vergiften. War das Moos nicht weniger grün als bisher? Sie schaute sich mit zusammengekniffenen Augen um. Und hatte nicht die rauhe, weiße Rinde der Birken eine graue Färbung angenommen? Sie glaubte sogar, im Gesang der Vögel eine verzweifelte Note herauszuhören, so als ob auch sie sich durch die Salzbaronin gestört fühlten. Gewundert hätte es Rosa nicht. Wie sie jemals wieder hier mit Freya ins Zwiegespräch kommen sollte, daran wollte sie in diesem Augenblick nicht einmal denken.

Mit verschränkten Armen wartete sie, bis die beiden angezogen waren. Sie schaute nicht weg – welchen Grund für Artigkeiten und Feingefühl hätte sie gehabt? Statt dessen musterte sie Dorothea von unten bis oben.

Ihre Haut war blaß, wie das bei einer aus dem Herrenhaus nicht anders zu erwarten war. Doch im Gegensatz zu ihrer Schwägerin war Dorothea erstaunlich kräftig gebaut, ihre Beine muskulös, ihr Becken fast so breit wie das eines Salzweibes. Auch der Busch zwischen ihren Beinen war genauso struppig und dunkel wie bei den Rehbacherinnen, die mit

Rosas Hilfe ihre Brut zur Welt brachten. Es war also nicht »das andere«, was Götz an ihr reizte, denn sie war so gewöhnlich wie jedes dahergelaufene Weib. So sehr sich Rosa auch bemühte, ihr wollte nichts einfallen, was Dorothea liebens- und begehrenswert gemacht hätte.

Der Anblick, wie sie mit Götz dagelegen hatte, unter Rosas Birken, der hatte sie so wütend gemacht! So satt, so zufrieden mit sich und der Welt, während keine halbe Meile weiter Ellen wie eine Ratte ersoff. Da nutzte es auch nichts, daß sie nun ein zu Tode erschrockenes Gesicht machte! Die Tatsache, daß sie hier draußen im Wald herumhurte, während die Rehbacher vor lauter Erschöpfung nicht mehr geradeaus gucken konnten, erzürnte Rosa so sehr, daß sie das Weib am liebsten geschüttelt hätte.

Überall hatten die Leute nach Götz und der Salzbaronin gesucht. Selbst im Herrenhaus war einer gewesen – was nun wirklich nur jedes Schaltjahr einmal vorkam. Wie ein Wurf ausgesetzte Hunde waren sie herumgeirrt, kopflos, mit Augen, die nicht begreifen konnten, was sie gesehen hatten. Dann war Magda zu ihr gekommen und hatte sie atemlos gefragt, ob Rosa eine Ahnung hätte, wo die beiden stecken könnten. Rosa hatte nur genickt. Vielleicht war es einer dieser selten gewordenen Augenblicke, in denen sie mehr sah als andere Menschen. Vielleicht war es auch nur Zufall, daß ihr erster Einfall war, im Wald – einem für Liebespaare schließlich nicht ungewöhnlichen Ort – nach den beiden zu suchen. »Ich bring' euch die beiden« – mit diesem Versprechen hatte sie Magda zu den anderen zurückgeschickt und sich auf die Suche nach der Gräfin und Götz gemacht.

Tausend Flüche gingen ihr nun durch den Kopf, während sie ungelenk hinter den beiden in Richtung Solebrunnen her stolperte. Ausgerechnet heute machte ihr das Kind Ärger. Schon beim Aufwachen hatte sie das Ziehen im unteren Kreuz gespürt. Selbst ein Becher vom Schafgarbentee, wie sie ihn sich seit Monaten allmorgendlich braute, hatte nicht geholfen. Bei jeder Bewegung spürte sie kleine Stiche, mal in der linken, mal in der rechten Seite, dann wieder direkt unter der Brust. Es war, als würde das Kind mit einer Stopfnadel nach ihr stechen. Während Dorothea leichtfüßig und mit einem so sicheren Tritt, als ginge sie täglich über wurzeligen Waldboden, in Richtung Brunnen rannte, kämpfte Rosa mit sich, ob sie nicht etwas rasten sollte. Doch dann siegte – ja, was eigentlich? Ihr Wunsch, zu helfen, wem auch immer? Ellen gewiß nicht, denn laut Magda hatte Friedrich Neuborn nur noch Ellens Tod feststellen können, nachdem man sie aus dem Schacht gezogen hatte. War es simple Neugier, die sie ihre Brüste, die sich bei jedem Schritt schmerzhaft an der schweißnassen Haut rieben, ignorieren ließ? Wollte sie den Moment nicht verpassen, da die Salzbaronin kapitulieren mußte?

Schon am Waldrand war das Stimmengemurmel von hundert Kehlen zu hören. Alle hatten sich versammelt, wahrscheinlich war nicht einmal eine Notbesetzung in den fünf Sudhäusern zurückgeblieben. Jeder, der nicht dabeigewesen war, wollte alles über das Unglück erfahren, und diejenigen, die am Schacht gewesen waren, versuchten zu verstehen, was passiert war.

Als Dorothea und Götz näherkamen, traten die Leute unwillkürlich einen Schritt zurück, um sie durchzulassen.

Rosa sah in bedrückte Gesichter und in solche, in denen die Wut und Fassungslosigkeit deutlich geschrieben stand.

Ellen lag wie aufgebahrt am Rande des Schachtes. Jemand hatte einen dunklen Mantel unter sie geschoben. Vom Schachteinstieg bis zu der Stelle, wo Ellen lag, war der feuchte Boden weggeschabt – wahrscheinlich hatten sie die Tote halb getragen und halb geschleift. Hermann und all ihre fünf

Kinder knieten neben ihr. Keines weinte, sie schauten nur immer wieder von dem stillen Gesicht ihrer Mutter zum Vater, der laut schnaufend und mit verzerrter Miene dasaß. Rosa wußte nicht, was die Kleinen mehr ängstigte: daß ihre Mutter tot war oder daß ihr Vater wirkte wie ein Bulle, der im nächsten Moment alles auf die Hörner nehmen wollte, was ihm unter die Augen kam. Hermanns Wutausbrüche waren nicht nur in der Saline gefürchtet. Er gehörte zu den Männern, die öfter als andere zu Hause zuschlugen, und von den Spuren, die seine Fäuste auf den mageren Leibern seiner Brut schon hinterlassen hatten, konnte Rosa ein Lied singen!

Götz war noch nicht bei der Toten angelangt, als Hermann aufsprang und ihn am Kittel packte. »Du bist schuld! Du und das elende Weib!« Sein Kinn fuhr in Richtung Dorothea. »Wegen euch ist sie gestorben!« brüllte er. Er drängte Götz nach hinten, bis sie bedrohlich in die Nähe des Schachtes kamen.

»Bist du von Sinnen, Mann?« schrie er Hermann an. »Willst du mich umbringen?« Er stieß seinen Angreifer von sich weg. Zwei der Männer, die in der Nähe standen, fingen Hermann auf und hielten ihn an den Armen fest.

»Was ist geschehen?« herrschte Götz den Nächstbesten an. »Wer war mit Ellen unten?«

»Ich.« Martin Mäul war leichenblaß. »Und der Richard, Thomas und Josef. Und dem Josef sein Weib.«

»Ja und? Verdammt noch mal, mach doch dein Maul auf!«

Martin Mäul schaute sich hilfesuchend um. »Es ging alles so schnell! Ich ... eigentlich weiß ich immer noch nicht so recht, wie's kam.« Er schaute die Tote an, als könne er ihren Tod immer noch nicht glauben.

»Die Frau ist ertrunken«, fügte Friedrich Neuborn nüchtern hinzu.

Der Salinenarzt kam Rosa an diesem Tag noch kleiner und

buckliger vor als sonst. Die meiste Zeit saß er in seiner kleinen Kammer, die ihm als Untersuchungszimmer und Schlafraum gleichzeitig diente. Im Dorf ließ er sich nur selten blicken. Warum Harriet stets so schlecht auf dieses kleine, armselige Männchen zu sprechen gewesen war, war für Rosa noch nie nachvollziehbar gewesen.

»Ertrunken? Wieso ertrunken? Ist Wasser in den Schacht gebrochen, oder was?« schrie Götz.

Eine Frau fing an zu heulen. Die Leute starrten mit angstgeweiteten Augen in den Schacht, als erwarteten sie, im nächsten Augenblick von ihm verschlungen zu werden.

»Wasser im Schacht«, wiederholte Josef halblaut.

Aus den Leuten war nicht mehr herauszukriegen, zu tief saß das Entsetzen. »Ich geh' jetzt selbst nach unten und schau nach«, sagte Götz in Richtung Dorothea und hatte schon den Holm der Leiter ergriffen, die nach unten führte.

Bis zu diesem Zeitpunkt hatte Dorothea wie versteinert dagestanden, ihre Augen auf nichts und niemanden gerichtet, gerade so, als ginge sie das Ganze nichts an. Wie eine Schlafwandlerin war sie um die Tote herumgegangen und hatte sich langsam auf den Boden gesetzt. Doch nun schien sie aus ihrer fremden Welt zu erwachen. Sie drängte die Umstehenden zur Seite, warf sich auf den Boden und hielt Götz ihre Hand hin, als würde er ertrinken. »Bleib bei mir. Verlaß mich nicht!« flüsterte sie ihm heiß zu. Doch Götz warf ihr nur einen letzten, eindringlichen Blick zu, dann kletterte er nach unten.

Kaum daß er fort war, wußte plötzlich jeder etwas zu der Ursache des Unglücks zu sagen. Von Grundwasser war die Rede und davon, daß Ellen nicht schwimmen konnte. Es wurde von Übermüdung gemurmelt, und daß es ja so hatte kommen müssen. Vereinzelt hörte Rosa jemanden über den Himmelfahrtstag murmeln, der in Rehbach gottlos begangen wurde. Auch das Wort von der himmlischen Strafe fiel. Je schärfer die Kommentare, desto giftiger waren die Blicke, die Dorothea zugeworfen wurden. Sich offen gegen die Salzbaronin zu stellen wagte jedoch niemand, alle beließen sie es bei gehässigem Getuschel. Dorothea selbst starrte in den Schacht, als hinge ihr Leben davon ab.

Rosa versuchte, sich unsichtbar zu machen. Ihre Hilfe als Heilerin benötigte hier niemand, soviel stand fest. »Was tut ihr allesamt so überrascht?« hätte sie der ganzen Bande am liebsten zugeschrien. »Habe ich euch nicht wieder und wieder gewarnt?« Aber niemandem hätten solche Reden geholfen. Womöglich hätten sich die Versammelten sogar auf sie gestürzt, um ihren Unmut abzuladen.

Es dauerte nicht lange, bis Götz wieder nach oben kam. Er war außer Atem, und seine Hose war bis zu den Schenkeln durchnäßt. Zuerst suchten seine Augen nach Dorothea. »Das Grundwasser ist seit gestern um mehr als zehn Ellen gestiegen, aber mehr auch nicht«, sagte er zu ihr. »Ich versteh nicht, wie einer da unten zu Tode kommen konnte!« Er runzelte die Stirn und schaute zu Martin Mäul hinüber. »Du hattest doch die Aufsicht, was zum Teufel war also da unten los?«

Als Martin Mäul schließlich schilderte, was geschehen war, klang das so unbeteiligt, als erzähle er eine Geschichte vom Hörensagen, als wolle er nicht wahrhaben, daß er mitten drin steckte. »Wir waren gerade eben erst unten, hatten den ersten Eimer noch nicht mit Erde gefüllt, als plötzlich ein eiskalter Schwall Wasser unsere Füße überspülte. Zuerst haben wir uns nicht viel dabei gedacht – das Wasser kommt ja seit einigen Tagen immer wieder mal hoch. Doch dann, auf einmal, begann es auch von der Seite her einzubrechen und nicht nur von unten. Da haben wir uns natürlich beeilt, nach oben zu kommen. Wir wollten dich holen, damit du dir die Sache anguckst.«

»Ihr seid hoch und habt das Weib allein unten gelassen?«

»Natürlich nicht!« Endlich war etwas Abwehr in Mäuls Stimme.

Rosa atmete tief ein. Das hätte Götz und Dorothea gepaßt – dem Solenachfüller einfach die ganze Schuld in die Schuhe zu schieben!

»Ellen war die erste auf der Leiter, und wir hatten die ersten zehn Sprossen schon hinter uns, als sie so plötzlich anhielt, daß Richard ihr fast ins Kreuz gestoßen wäre.« Er schaute zu Richard hinüber, der heftig nickte. Ja, so war es gewesen. »Sie müsse noch einmal nach unten, hat Ellen gemeint und sich an uns vorbeigequetscht, bevor wir sie zurückhalten konnten.«

»Aber was hat Mutter da unten noch gewollt?« schrie plötzlich Ellens ältester Sohn Ullrich. Erschrocken blickten seine Geschwister erst ihn, dann ihren Vater an, der nur mit Mühe von seinen Kameraden festgehalten werden konnte.

Martin Mäul spuckte ein trockenes Lachen aus. »Sie hat ihre Schaufel unten vergessen gehabt.«

Mehr brauchte er nicht zu sagen.

Jeder wußte, wie es bei den Lochmüllers aussah. Es gab kaum einen Monat, wo der Lohn der beiden ausreichte, um alle Mäuler satt zu kriegen. Ob es eine Krucke war oder eine Schaufel – die Familie konnte es sich nicht leisten, ein Werkzeug einfach so zu verlieren.

»Sie hat nicht einmal eine Lampe mitgenommen, hat gemeint, ihre Schaufel würde sie auch so finden. Statt dessen muß sie irgendwie den Halt verloren haben. Wie sie dann geschrieen und nach Luft geschnappt hat, da unten in dem schwarzen Loch – das war unheimlich!« Martin Mäul blickte zu Hermann hinüber. »Richard und ich sind sofort runtergestiegen, doch es war zu spät.« Mit einer hilflosen Geste ließ er beide Hände in den Schoß fallen. »Sie war ersoffen. Wir haben mit der Lampe richtig ins Wasser leuchten müssen, bis wir sie hatten.« Er fuhr sich über die Augen, als wollte er sich von dem schrecklichen Bild befreien. »Eines verstehe ich nicht! Warum ist das verdammte Wasser nicht in den dafür vorgesehenen Schacht geflossen?«

Götz sah aus, als würde er einen innerlichen Kampf darüber führen, welche Antwort er wie geben sollte.

Während ihn alle anstarrten und auf eine Antwort warteten, schaute Rosa zur Salzbaronin hinüber. Doch Dorothea schwieg. Gab es also keine großen Töne mehr zu spucken! Statt dessen ließ sie Götz nicht aus den Augen. Rosa konnte die Beschwörungen, die sie ihm mit ihrem Blick unhörbar zukommen ließ, ablesen, als wären sie in dicken, schwarzen Lettern auf ihre Stirn geschrieben. »Sag nichts, was die Leute noch mehr ängstigt!« »Schweig, wenn die Wahrheit dem Schacht schadet!«

Götz sagte: »Vielleicht war der Wasserschacht nicht tief genug, um das aufsteigende Grundwasser auffangen zu können.« Er spuckte vor sich auf den Boden. »Verdammt noch mal, wenn ich gewollt hätte, hätt' ich da unten im Wasser noch stehen können! So tief, daß einer ersaufen muß, ist es doch gar nicht!«

»Der Schacht war nicht tief genug, ja? Das ist alles, was du mir zu sagen hast?« Götz' zweiten Satz wollte Hermann nicht hören.

Götz wich dem haßerfüllten Blick nicht aus. »Es war ein Unfall. Ein tragischer Unfall. Keiner hat Schuld. Ich weiß, daß es schrecklich sein muß für ...«

»Das war kein Unfall!« schrie Hermann mit hochrotem Gesicht.« Ich kann dir sagen, wer schuld hat am Tod meines Weibes.« Er riß sich los und kam näher. »Die da! Die hat schuld!« Sein Zeigefinger berührte fast Dorotheas Brust. »Einen Schacht sollen wir graben – aber Werkzeug dafür bekommen wir keines!« schrie er. »Wir sollen unsere Schichten in der Saline machen und außerdem noch die halbe Nacht im Schacht verbringen – doch wir bekommen nicht einen Heller zusätzlich für die ganze Schinderei. Wir opfern unsern Schlaf und unsere Gesundheit, wir schippen uns den Buckel krumm – und wofür das Ganze? Ich kann's euch sagen!« Kleine Spuckefetzen flogen durch die Luft und landeten auf Dorotheas Schulter. »Dafür, daß am Ende gar kein Salz da unten sein wird, sondern nur Wasser, Wasser, Wasser!«

Götz zog Dorothea nach hinten und stellte sich beschützend vor sie.

»Der Schacht hat sich Ellen geholt! Der Schacht und das Wasser!« schrie Hermann und schaute beifallheischend in die erschrockenen Mienen der Umstehenden. Die meisten wichen seinem Blick aus.

»Beruhige dich, und geh nach Hause!« sagte Götz barsch. »Los! Geh, bevor noch ein Unglück geschieht!«

Rosa warf einen traurigen Blick auf Ellen. Keiner kümmerte sich um die Tote, statt dessen wurde geschrien und geeifert.

»Ich gehe! Und ob ich gehe!« Ohne sichtbare körperliche Mühe schulterte Hermann die Leiche seiner Frau. Sein Grinsen war gespenstisch. So gespenstisch wie seine nächsten Worte. »Eines schwöre ich euch ...«, sagte er an alle und niemanden gerichtet, »daß Ellen in dem Loch da umgekommen ist, wird nicht ungesühnt bleiben!« Und er verschwand unter den entsetzten Augen der Rehbacher.

53

Als Götz und Dorothea sich in dieser Nacht endlich zum Schlafen auf Götz' Schlafstätte legten, war es fast schon wieder Zeit zum Aufstehen. Endlos hatten sie debattiert, im Kreis geredet, zwischendurch lange geschwiegen, jeder den Kopf voller Gedanken, den Mund voller Fragen, die nicht alle gestellt werden wollten. Hätte er Ellens Tod verhindern können, fragte sich Götz zum hundertsten Mal, während er Dorotheas unregelmäßigen Atemzügen lauschte. Er hob das Leinentuch, das sie im Schlaf von sich gestoßen hatte, wieder auf und deckte Dorothea damit zu. Seine Augen brannten vor Müdigkeit, doch kaum schloß er sie, begannen seine Lider unruhig zu flattern, so daß an Schlaf nicht zu denken war. Er drehte sich zur Seite und starrte in die dunkle Leere.

War es nicht absehbar gewesen, daß sie in dieser Tiefe auf Grundwasser stoßen würden? Hätte er nicht viel nachdrücklicher darauf bestehen müssen, daß sie den verdammten Wasserschacht weitergruben? Noch besser wäre gewesen, er hätte Dorothea davon überzeugen können, den Schacht auszumauern. Dann hätte das Wasser keine Möglichkeit gehabt, einzudringen und ...

Von all diesen Fragen hatte Dorothea nichts wissen wollen. Nachdem sie die Leute nach Hause geschickt hatte, war sie mit versteinerter Miene mit ihm gegangen. Er hatte ihr einen

Becher Wein eingeflößt, und sie hatte Schluck für Schluck getrunken, mechanisch, ohne wahrzunehmen, was sie zu sich nahm – es hätte Essig sein können! Während er haderte und zweifelte und tobte, hatte sie sich völlig zurückgezogen. Ihre Verschlossenheit hatte ihn gekränkt – warum war sie nicht bereit, dieses Unglück gemeinsam mit ihm zu durchleben? Dann war er wütend geworden und hatte begonnen, sie anzuklagen. »Es war nicht richtig, die Leute so zu schinden!« hatte er ihr vorgeworfen. »Vielleicht waren Martin und die anderen einfach zu müde, um die Gefahr richtig einzuschätzen. »Wären sie nicht so panisch nach oben geklettert, sondern hätten auf halber Höhe erst einmal abgewartet, ob das Wasser überhaupt weitersteigt... ach, was rede ich für dummes Zeug!« hatte er sich selbst unterbrochen. »Wenn! Wenn! Wenn! Als ob das schon einmal jemandem geholfen hätte.« Nach kurzer Zeit hob er wieder an: »Ob der Schacht nun eine Woche früher oder später fertig wird – was soll's. Was kümmert es uns, ob und wann dein verdammter Bruder zurückkommt? Das Wohlergehen der Leute – das muß uns kümmern!«

Da hatte Dorothea zum ersten Mal aufgeschaut, mit großen, verwunderten Augen, die fragten: Was redest du da eigentlich? »Wie kriegen wir das Wasser wieder raus aus dem Schacht?« fragte sie. »Es muß doch eine bessere Möglichkeit geben, als es eimerweise auszuschaufeln?« Sie biß sich auf die Lippen. »Wenn wir eine Pumpe hätten...«

»Ist das alles, was dich beschäftigt?« hatte er entgeistert gefragt. Er wußte nicht, ob er nach diesem Unfall überhaupt einen der Rehbacher wieder nach unten in den Schacht kriegen würde! Und das sagte er ihr. »Die Leute sind verstört, die haben Angst! Und Hermanns Reden haben auch nicht geholfen.«

»Götz! Rede nicht so daher! Du mußt alles tun, um die

Leute wieder aufzumuntern!« Es hätte nicht viel gefehlt, und sie hätte sich vor ihm auf den Boden geworfen.

Sein Lachen war bitter gewesen, noch jetzt klang es ihm in den Ohren. »Dieses Mal spiele ich nicht den Rattenfänger für dich!« Jedes Wort hatte wehgetan, doch es mußte gesagt werden: »Ich bin nicht mehr bereit, auch nur einen einzigen in den Schacht zu schicken, solange ich nicht davon überzeugt bin, daß keine Gefahr durch das Wasser besteht.« Und er hatte hinzugefügt, daß er am frühen Morgen als erstes erneut hinuntersteigen wollte, um die Wände auf weitere Durchbruchstellen zu prüfen. »Wenn ich mit einem guten Gefühl wieder hochkomme, dann kann ich mein Glück mit den Rehbachern versuchen. Aber glaub mir, einfach wird es nicht werden!«

Danach hatte Dorothea so lange geschwiegen, daß Götz schon dachte, sie wäre eingeschlafen.

»Es ist die Kapelle. Die Kapelle«, sagte sie schließlich.

Zuerst hatte Götz geglaubt, sich verhört zu haben. Redete sie im Schlaf?

Doch Dorotheas bis dahin verschleierter Blick war auf einmal wieder klar. »Es ist doch kein Wunder, daß die Rehbacher von Gottes Strafe reden«, fuhr sie fort und erzählte ihm von dem Getuschel, das sie hinter ihrem Rücken wahrgenommen hatte, während Götz unten im Schacht gewesen war. »Jedes bäuerliche Gut, jedes Anwesen, das etwas auf sich hält, nennt wenigstens eine Kapelle sein eigen, und wir in Rehbach haben nicht einmal die! Warum ist das so?«

Er hatte nur mit den Schultern gezuckt. Bisher waren die Rehbacher auch ohne Gotteshaus zurechtgekommen. Wer wollte, konnte schließlich jederzeit die Kirche im Nachbardorf besuchen. »In Rehbach ist halt einiges anders als andernorts«, hatte er düster erwidert.

Dann hatte Dorothea ihm erzählt, was sie über die Kapelle

im polnischen Salzberg Wielickca gelesen hatte. »In Wielickca haben sie im Schacht drinnen eine kleine Kirche. Ja, eine richtige Kirche aus Holz, mit einem Kreuz und einer Christusfigur und mit Kerzen, die Tag und Nacht brennen. Und mit einem Pfarrer, der nicht nur die Kirche, sondern den ganzen Berg geweiht hat. Dort arbeiten die Leute mit göttlichem Schutz.«

Götz' Blick war skeptisch geblieben, er hatte immer noch nicht ganz verstanden, worauf sie hinauswollte. Glaubte Dorothea, es fehle ihnen an Gottes Segen? Woher die plötzliche Gottesfurcht? In seinem Leben spielte der liebe Gott keine große Rolle, und er schätzte Dorothea auch nicht so ein.

»Das ist es, was bei uns fehlt. Und das werden wir ändern!« Das erste Lächeln seit ihrem überhasteten Aufbruch im Wald war über ihr Gesicht geflogen.

Ungern erinnerte er sich nun daran, daß auch er hatte grinsen müssen. Verdammt, er konnte dem Weib einfach nicht lange böse sein! »Gibt es eigentlich etwas, wofür du keine Lösung in der Rocktasche stecken hast?« hatte er gefragt. Er war sich nicht sicher, wie ernst er Dorotheas Rede nehmen sollte.

»Bisher noch nicht«, hatte sie ihm geantwortet, doch weder in ihren Augen noch in ihrer Stimme war auch nur ein Hauch von Leichtigkeit gewesen. Statt dessen hatte sie ihre Gedankengänge vor ihm ausgebreitet wie einen Teppich, der sie Schritt für Schritt zum Ziel führen würde.

Und nun schlief sie so seelenruhig, als stünde morgen ein Tag wie jeder andere bevor! Kopfschüttelnd starrte er auf sie hinab. Selbst im Schlaf war ihr Kinn eine Spur nach oben gerichtet. Immer wieder machte sie kleine Geräusche, wie das Miauen einer Katze. Sein Brustkorb war auf einmal zu eng für all seine Gefühle. Einen Augenblick lang war Götz versucht, sie zu wecken, doch natürlich ließ er dies bleiben. Für heute hatten sie genug geredet. Besser war, er versuchte ebenfalls einzuschlafen. Er rieb sich die Augen. Dorotheas Plan war gar nicht so schlecht, das mußte er zugeben. Aber ob er auch durchführbar war? Er schlief ein, ohne eine befriedigende Antwort gefunden zu haben.

Soviel sie in der Nacht geredet hatten – am nächsten Morgen waren sie um so wortkarger. Götz war als erster wach und ging hinters Haus, um seine Blase zu entleeren. Als er wieder eintrat, war Dorothea dabei, ihre Kleider zurechtzuziehen. Sie flocht ihren Zopf, ohne dafür einen Blick in die blinde Spiegelscherbe zu werfen, die an Götz' Schranktür hing. Wieder einmal staunte Götz über ihre fehlende Eitelkeit. Tausend Liebkosungen schossen ihm durch den Kopf, doch er nickte ihr nur stumm zu. Dorothea war keine, die dauernd Liebesschwüre hören wollte.

Sie stellte einen Fuß auf den Schemel und band ihren Schuh zu. »Dem Himmel sei Dank, daß das gute Wetter anhält. Den ganzen Weg nach Hall im strömenden Regen zu reiten, danach hätte mir nun wirklich nicht der Sinn gestanden. Und für die Versammlung heute abend können wir Regen auch nicht gebrauchen.«

»Bist du dir sicher, daß ich nicht mitkommen soll?« Daß sie ihn nicht einmal gebeten hatte, sie zu begleiten, kränkte ihn ein wenig.

Dorothea lächelte. »Wie oft soll ich dir darauf noch antworten?« Sie legte ihm ihren Zeigefinger auf die Lippen, und er griff nach ihrer Hand und küßte jeden Finger. Sanft zog sie die Hand zurück. »Ich muß weg.« Im Türrahmen blieb sie stehen, und auf einmal wirkte sie auf ihn wieder zart und fast hilflos. »Wünsch mir Glück!« flüsterte sie. »Wir brauchen es!«

54

Im Dunst des Morgengrauens öffnete Dorothea unbemerkt die Seitentür zum Herrenhaus. Luise, die alte Magd, war die einzige, die um diese Zeit schon wach war. Dorothea hörte sie hinten in der Speisekammer Gläser oder Flaschen verschieben. Barfuß schlich Dorothea am Küchentrakt vorbei hinauf in ihr Zimmer, wo sie sich hastig für den Ritt umkleidete.

Sie atmete noch einmal tief durch, dann machte sie sich an den nächsten Schritt ihres Unterfangens.

Im Herrenhaus schien sie keiner zu vermissen. Einen kurzen Moment lang versetzte dieses Wissen Dorothea einen Stich in der Brust, doch gleich darauf war ihre Konzentration wieder auf den vor ihr liegenden Tag gerichtet. Gott sei Dank waren Viola und Elisabeth so ahnungslos wie Schafe! Wäre ihr eine von beiden nun über den Weg gelaufen ...

Im Stall angekommen, mußte sie Fredericks ehemaligen Jagdhelfer erst wecken. Hastig und mit schlafverkrusteten Augen zog dieser zwei Pferde aus ihren Boxen, fuhr einmal mit der Bürste darüber und warf zwei Sättel auf.

Endlich konnten sie aufbrechen.

Tausendundeine Fragen gingen Dorothea durch den Kopf, während sie von dem Stallburschen begleitet nach Schwäbisch Hall ritt. So sicher sie auf Götz gewirkt haben mochte

– jetzt, das erste Mal weg von Gut Graauw und Rehbach, war es vorbei mit ihrem Selbstvertrauen.

Die Stadt lag nur dreißig Meilen von Rehbach entfernt, aber – so unglaublich es auch klang – Dorothea war noch nie dagewesen! Hätte ihr Besuch einen anderen Anlaß gehabt, hätte sie sich zumindest von Viola oder Elisabeth einige Ratschläge, Empfehlungen und Wegbeschreibungen geben lassen, so jedoch war sie ganz auf sich allein gestellt.

Sie wußte noch nicht einmal, ob sie überhaupt durchs Stadttor eingelassen werden würde oder ob bestimmte Papiere dafür notwendig waren. So sehr sie Rehbach und Gut Graauw liebte, es war ein Fehler gewesen, es nicht einmal für eine kleine Reise zu verlassen. In Zukunft würde sie auch Dinge unternehmen, die ihr eher fremd erschienen, schwor sie sich, wenn diese Dinge zu ihrer Unabhängigkeit beitrugen.

Würde ihr Vorhaben gelingen? Bei jedem Huftritt stellte sie sich diese Frage erneut, bis sie schließlich ihre Schenkel fester an den schwarzen Pferdeleib preßte und in einen Trab wechselte. Sofort änderte der Stallbursche ebenfalls das Tempo, und sie ritten ein gutes Stück in einem ausholenden Trab. Der morgendliche Luftzug tat so gut, daß Dorothea tief einatmete. Als ihr Rappe nach einigen Meilen von sich aus in einen zockelnden Schritt verfiel, ließ Dorothea ihn gewähren. Der schnelle Ritt hatte ihr gutgetan. Ihre Bedenken waren weggeblasen, und an ihre Stelle eine Zuversicht getreten. Warum sollte sie gerade jetzt anfangen, an sich zu zweifeln, fragte sie sich, während sie ihren Blick über den Wald schweifen ließ, der schon sommerlich grün war. Unwillkürlich mußte sie beim Anblick der dichten Baumkronen an Georgs Heimkehr denken, die immer näher rückte. Doch mehr als einen flüchtigen Gedanken erlaubte sie sich nicht. Sie mußte ihren Kopf freihalten für das, was vor ihr lag.

Sie griff unter den weinroten Seidenschal, den sie zweimal um ihren Hals und ihren Zopf gewickelt hatte. Die Perlenkette und die beiden Colliers aus echtem Gold fühlten sich ungewohnt und knubbelig an. Doch an ihrem Hals waren sie am sichersten. Dorothea konnte nicht riskieren, von einem bösen Buben bestohlen zu werden.

Verdammt, warum hatte sie nicht auch noch ein paar von Violas Ringen mitgenommen! Was, wenn sie weniger für die Ketten bekäme, als sie angenommen hatte? Und außerdem, ein paar Heller zusätzlich würden ihr immer recht kommen. Wer wußte schon, was in den nächsten Wochen noch auf sie zukam! Wieder einmal verfluchte sie ihre finanzielle Situation. Es war schrecklich, kein eigenes Geld zu haben! Sie stieß ein galliges Lachen aus, das den Burschen erstaunt zu ihr hinübergucken ließ. Wenn die Rehbacher wüßten ... Die hatten wahrscheinlich mehr Geld im Sack als sie! Natürlich, als Tochter eines Grafen stand ihr eine stattliche Mitgift zu. Doch Einzelheiten über deren Wert und in welcher Form sie ausgezahlt werden sollte, waren Dorothea nicht bekannt. Nach Fredericks Tod hatte sie eines Nachts seinen ganzen Schreibtisch durchwühlt – irgendwo mußte sich doch ein Dokument befinden, das Aufschluß über ihren »Wert« gab! Aber sie hatte nichts gefunden. Wahrscheinlich hatte Frederick sie per Handschlag an Alexander verscherbelt. Ha, vielleicht war er sogar froh gewesen, seine Tochter vom Hals zu haben. Zornig kniff sie ihre Augen zusammen. Das Spiel war anders gelaufen, als alle gedacht hatten! Unabhängigkeit – gab es ein Wort, das süßer klang? Sie hatte nicht zugelassen, daß andere über ihr Leben bestimmten. Und das sollte sich auch nicht ändern, beschloß sie zufrieden, als im selben Moment die Stadtmauer von Schwäbisch Hall vor ihnen auftauchte.

Keine Wache, kein Kontrollposten stand am Tor, und sie konnten ohne Schwierigkeiten passieren. Kurz danach stieg

Dorothea vom Pferd und übergab dem Burschen die Zügel. Dann steckte sie ihm einige Heller zu und wies ihn an, sich am späten Nachmittag wieder an derselben Stelle einzufinden. Während der aufgeregte Junge sich auf die Suche nach einem Mietstall machte, wo er die Tiere anbinden und tränken konnte, machte sich Dorothea mit ebenfalls klopfendem Herzen auf die Suche nach einem Juwelier, indem sie einfach die Straße weiterging, die durchs Tor in die Stadt führte. Sie schaute in die vielen engen Gassen, die links und rechts abzweigten. Dort wollte sie nicht unbedingt hinein.

Hinter einer Kurve erblickte sie ein Schaufenster, in dem es auffällig funkelte. Und tatsächlich, es war der Laden eines Goldschmieds, der silberne und goldene Ketten, Ringe und Armbänder zum Verkauf ausgestellt hatte. Was für ein gutes Zeichen! Wenn alles so reibungslos verlief, würde sie wahrscheinlich stundenlang auf den Stallburschen warten müssen. Schade, daß Götz nicht da war. In diesem Moment hätte sie sich gern mit ihm zusammen gefreut. Dorothea atmete tief durch und langte nach dem von der Kundschaft abgewetzten Messingtürgriff.

Mittags saß sie am Rande eines Brunnens, in dessen Mitte ein riesengroßer Fisch in drei Fontänen Wasser ausspie. Unentwegt hasteten Menschen an ihr vorbei, wie Ameisen wuselten sie kreuz und quer über den Platz. Mutlos starrte sie auf die Beine, die scheinbar allesamt wußten, wohin ihr Weg sie führte. Dabei hatte der Tag so gut angefangen!

Als sie bei dem Goldschmied, einem Burschen, der kaum älter sein konnte als sie selbst, eine stattliche Summe für die drei Halsketten bekommen hatte, hätte sie laut jubeln können. Nach diesem erfreulichen Anfang war für sie völlig klar gewesen, daß auch ihr zweites Unterfangen schnell und problemlos über die Bühne gehen würde.

Ihr Plan war gewesen, den Pfarrer aufzusuchen, der Frederick beerdigt hatte und der zuvor auch schon zu sämtlichen Anlässen nach Rehbach gekommen war, zu denen man ihn gerufen hatte. Pater Gottlieb war nicht nur im Gespräch ein sehr umgänglicher Mann, sondern auch, was kirchliche Weisungen anging. Es gab sicher nicht viele Pfaffen, die einen Gottesdienst zur Kirchweih abhielten, wo es gar keine Kirche gab! Dorothea hatte nicht im geringsten daran gezweifelt, daß Pfarrer Gottlieb sie nach Rehbach begleiten würde, um den Salzberg zu weihen, indem er ein heiliges Kreuz oder eine Art Schrein darin aufstellte. Sie war auch davon ausgegangen, daß der Pfarrer ihr sagen konnte, wo sie ein Kreuz für den Schacht kaufen konnte. Wie es aussehen sollte, hatte sie auch schon im Kopf gehabt: Es sollte ein prächtiges Kreuz sein, nicht nur eines aus Holz, sondern eines mit metallischen Beschlägen und Schnitzereien und vielleicht einem Besatz aus Edelsteinen. Sein einziger Zweck war schließlich, die Rehbacher zu beeindrucken und sie zum Weiterarbeiten zu bewegen.

Dorothea streckte ihre schmerzenden Füße ein wenig von sich, um sie im nächsten Moment wieder einzuziehen, bevor ein vorbeihastender Passant darauf getreten wäre. Tölpel! Ärgerlich schaute sie dem Mann nach. Allmählich mischte sich in ihre Verzweiflung auch Wut. Warum mußte der Pfaffe ausgerechnet jetzt auf einer Wallfahrt nach Spanien unterwegs sein?

Nachdem sie an der kleinen Kirche zur heiligen Magdalena – die natürlich ganz am anderen Ende der Stadt liegen mußte – von Gottliebs Haushälterin die niederschmetternde Auskunft bekommen hatte, war sie an insgesamt drei weiteren Kirchen gewesen. Alle hatten abseits der großen Straßen gelegen und einen eher schäbigen Eindruck gemacht – mit fehlenden Dachschindeln, einfachem Glas in den Fenstern und lediglich einigen struppigen Büschen oder Bäumen vor dem Eingang. Der Pfarrer einer solchen Kirche hatte sicher nur ein mageres Einkommen, hatte sich Dorothea ausgerechnet, und konnte ein wenig zusätzliches Geld vermutlich gut gebrauchen. So hatte sie ihren ganzen Mut zusammengefaßt und im ersten Pfarrhaus angeklopft. Vergeblich. Es war niemand zu Hause.

Es hatte nicht lange gedauert, bis Dorothea zur nächsten geeigneten Kirche gekommen war – Gotteshäuser schien es in Hall genug zu geben! Dieses Mal hatte sie den Pfarrer angetroffen, aber darauf hätte sie ebensogut verzichten können. Was für ein Ekel! Wie er sie angeschaut hatte, so von oben herab und gleichzeitig irgendwie lüstern – Dorothea war es gar nicht wohl gewesen in ihrer Haut. Trotzdem hatte sie ihr Anliegen vorgebracht und hinzugefügt, daß sie im Namen ihres Bruders, des Grafen von Graauw, hier sei. »Der Graf von Graauw«, hatte der Mann ihre Worte wiederholt. »Um welchen Zwerg handelt es sich dabei?« hätte er genausogut hinzufügen können, so abfällig war sein Tonfall gewesen. Als ob er tagtäglich mit Herzögen und Königen zu tun hatte. Noch jetzt wurde Dorothea wütend, wenn sie an ihr Gespräch dachte. »Einen Bergwerksschacht weihen. Ein Kreuz aufstellen. Wie stellt Ihr verehrter Bruder sich das vor?« Sein Blick war tadelnd und gleichzeitig übertrieben barmherzig gewesen, als wollte er sagen: »Was kann man von einem *Land*grafen schon erwarten?« Mit einiger Überwindung hatte Dorothea ihm erklärt, daß er lediglich für einen Tag mit nach Rehbach kommen mußte und daß sie sowohl für seine Fahrt als auch für seine Bemühungen und das Kreuz zahlen würde. Davon, daß er bei dieser Gelegenheit außerdem eine Beerdigung durchführen sollte, wagte sie erst gar nicht anzufangen. »Und wo soll ich Ihrer Meinung nach ein Kreuz so einfach hernehmen? Soll ich es etwa stehlen?« hatte er von ihr wissen wollen. »Nein, nein. Da müssen Sie sich einen anderen Lakeien suchen. Ich bin doch kein fahrender Händler!«

Sprachlos vor Wut war Dorothea gegangen, ihn im stillen alles heißend, was ihr an Schimpfworten und bösen Reden einfiel.

Nicht, daß es ihr beim nächsten besser ergangen wäre! Der war zwar in seiner Art nicht ganz so schrecklich gewesen, aber er hatte ihr deutlich klargemacht, daß sein Platz hier in der Stadt bei seinen Schäflein sei und daß ein Ausflug aufs Land für ihn nicht in Frage käme, für welchen Lohn auch immer. Dann hatte er sie noch gefragt, warum nicht einfach der Pfarrer aus dem Nachbardorf aushelfen würde, und hatte Dorothea damit in einige Verlegenheit gebracht. Sie wollte nicht, daß sich jemand aus ihrer unmittelbaren Umgebung unnötig in ihre Angelegenheiten einmischte – aber das konnte sie dem Mann doch nicht sagen. Aus demselben Grund hatte sie Götz schließlich auch angewiesen, Hermann Lochmüller zu sagen, daß sie einen Pfarrer für Ellens Beerdigung mitbringen und die Kosten dafür tragen würde.

Allmählich begann das Gewusel um sie herum lästig zu werden. Und laut war es in der Stadt! Dagegen war das Gehämmere am Rehbacher Schacht gar nichts. Nun läuteten auch noch ganz in der Nähe Kirchenglocken. Verdammt, es war schon zwei Uhr! Dorothea spürte, wie ihr Hals eng wurde. Sie mußte weiter. Sie mußte irgendwo einen Pfarrer auftreiben und ein Kreuz noch dazu. Unvermittelt stand sie auf und ging quer über den Platz in Richtung nördliches Stadttor. In dieser Ecke war sie noch nicht gewesen, vielleicht würde sie dort mehr Glück haben.

55

Mit dem letzten Sonnenlicht versammelten sich die Rehbacher am Platz rund um den Solebrunnen und den Schacht. Die Grillen zirpten in den umliegenden Wiesen und verstummten nur, wenn jemand zu nahe an den Rand des gekiesten Platzes trat. Auf den ersten Blick hätte man die Versammlung für den Auftakt eines Dorftanzes halten können, nur sah man weder die jungen Burschen balzen oder die Weiber schäkern. Die Stimmung war eher verhalten und gespannt.

Den ganzen Tag über hatten die Sudöfen stillgestanden. Zum allerersten Mal in der Rehbacher Geschichte hatten die Sudhausvorsteher die Feuer einfach mitten in der Sudwoche ausbrennen lassen. Nicht, daß Götz oder Dorothea den Leuten freigegeben hätten! Die Rehbacher hatten stillschweigend, alle gemeinsam, die Arbeit niedergelegt, ob aus Erschütterung über den Unfall, als Auflehnung gegen die mörderischen Arbeitsstunden oder weil Hermann Lochmüller sie aufgewiegelt hatte, wußte Götz nicht genau. Aber er hatte die Leute gewähren lassen. Als er von Hütte zu Hütte ging und die für den Abend angesetzte Versammlung bekanntmachte, erwähnte er die stillen Öfen mit keinem Wort. Die Rehbacher ihrerseits rätselten daraufhin, ob Götz damit sein stilles Einverständnis mit ihrem Protest ausdrücken wollte oder ob er sich einfach nicht traute, etwas zu sagen. In jedem Haus hatte

Götz sich eine Weile lang aufgehalten, sich unterhalten, beruhigt und die niedergeschlagenen Menschen aufgemuntert. Er hatte außerdem erzählt, daß er am frühen Morgen im Schacht gewesen und daß das Wasser wieder gewichen sei. Die skeptischen Blicke hatte er so gut es ging zu ignorieren versucht. Am Ende seiner Besuche hatte er dann tatsächlich das Gefühl gehabt, die Stimmung im Dorf hätte sich ein wenig verbessert.

Nur bei Hermann Lochmüller waren seine Bemühungen vergebens gewesen, aber nichts anderes hatte Götz erwartet. Es hätte nicht viel gefehlt, und Hermann hätte ihm die Tür vor der Nase zugeschlagen. Er hatte gerade noch seinen Stiefel dazwischenstellen können. Durch den schmalen Spalt hatte er versucht, einen Blick in die jämmerliche Hütte zu werfen, doch Hermanns breites Kreuz hatte das verhindert. Von den Nachbarn hatte Götz erfahren, daß Lochmüller jedes Angebot, die Totenwache mit ihm zu teilen, barsch abgewiesen hatte. Niemand fand es richtig, daß die Hinterbliebenen allein bei der Toten saßen. Hermann war sowieso schon wie von Sinnen, und die Leute befürchteten, daß der Witwer sich noch mehr in seine Trauer steigerte. Aber was hätte Götz daran ändern können? So hatte er Lochmüller lediglich mitgeteilt, daß Dorothea darauf bestand, die Kosten für Ellens Beerdigung zu übernehmen. Und daß sie außerdem wollte, daß nicht der Pfarrer aus dem Nachbarsdorf, sondern der aus der Stadt Ellen die letzte Ehre gab. Als er erwähnte, daß die Salzbaronin persönlich in die Stadt geritten sei, um den Pfarrer, der viel schöner reden konnte als der Dorfpfarrer, zu holen, glaubte er ein leises Flackern in Hermanns düsterem Blick zu erkennen. Doch er hatte genau hinschauen müssen, um Hermanns Nicken zu erkennen, mit dem er seinem Vorschlag, Ellen am nächsten Tag durch den Stadtpfarrer beerdigen zu lassen, zugestimmt hatte. »Ellen soll den Pfaffen aus der Stadt haben«, sagte Hermann mit versteinerter Miene. »Das hat sie verdient. Aber glaub nicht, daß dadurch etwas gutgemacht wird!« Und Götz fiel die seltsame Drohung wieder ein, die der Witwer am Tag zuvor ausgestoßen hatte ...

Als sich Götz von seiner erhöhten Plattform aus umschaute, hatte er das Gefühl, diesen Augenblick schon einmal erlebt zu haben: die Leute, die in kleinen Gruppen herbeiströmten, das leise, erwartungsvolle Gemurmel, die auf ihn gerichteten Augen. Damals im Februar war es wie heute darum gegangen, die Rehbacher von etwas zu überzeugen. Götz stieß einen müden Seufzer aus. Wieviel Wasser war seitdem den Kocher hinabgeflossen! Schweigend überblickte er die Anwesenden – Lochmüller und ein paar andere fehlten noch. Und Dorothea. Er hatte keinen Plan für den Fall, daß sie nicht rechtzeitig zurückkommen würde. Er war den ganzen Tag zu beschäftigt gewesen, überhaupt an diese Möglichkeit zu denken. Nun fragte er sich, was er den Leuten erzählen sollte oder ob er sie nicht besser gleich nach Hause schickte und auf morgen vertröstete.

Gerade, als die ersten unruhig zu werden begannen, sah er sie: Mit wehenden Haaren kam Dorothea angaloppiert, hinter ihr ihre zwei Begleiter. Sie war so schön! Götz war froh, daß sie wieder heil zurückgekommen war.

Kurz bevor der Weg in den Brunnenplatz mündete, zügelten die drei ihre Pferde und hielten an. Dorothea sagte etwas zu den beiden.

Götz kniff die Augen zusammen. Das war doch nicht derselbe Pfarrer, der Dorotheas Vater beerdigt hatte? Der war doch wesentlich älter gewesen. Und ... irgendwie würdevoller. Der Mann, der neben Dorothea ritt, sah eher aus wie ein Bettler oder Herumtreiber. Er beobachtete, wie der Fremde ihr einen unförmigen Sack überreichte, den er auf seinem

Rücken getragen hatte. Kurz sah es so aus, als würde Dorothea das Gleichgewicht verlieren, doch dann hatte sie den Sack quer vor sich über den Sattel gelegt. Götz atmete durch. Das zumindest hatte sie geschafft! Er wußte, was sich in dem Sack befand, und konnte durch den gedehnten Leinenstoff die eckigen Konturen ausmachen. Während die beiden Männer zurückblieben, ritt Dorothea mit angehobenem Zügel quer durch die Menge auf das Podest und Götz zu. Unter sehr spärlichen Begrüßungen taten die Leute einen Schritt beiseite, um die Salzbaronin durchzulassen.

Ihre Augen hatten einen fast fiebrigen Glanz, als sie Götz triumphierend anblickte. »Siehst du, ich hab's geschafft!« sagte sie mit zittriger Stimme. Als sie vom Pferd direkt auf das Podest stieg, gaben ihre Knie für einen Moment nach, und sie mußte sich am Sattel festhalten. Sofort griff Götz unter ihren Arm, um sie zu stützen, doch sie winkte ihn weg.

»Du bist ja völlig erschöpft. Soll ich die Leute wegschikken? Mir fällt schon etwas ein, was ich ihnen sagen kann.«

»Bist du von Sinnen? Ich bleibe hier, und wenn ich nachher tot umfalle!« Der Blick, den sie ihm zuwarf, sollte wohl scherzhaft sein, doch Götz sah das Glühen, das hinter ihrer Stirn brannte. Das Weib war am Ende seiner Kräfte, und das fiel nicht nur ihm auf: Die Leute, die am nächsten standen, begannen zu tuscheln und auf die dunklen Schweißränder unter Dorotheas Armen zu zeigen. Ein anderer stieß seinen Nachbarn an und wies mit dem Kinn nach unten. Unwillkürlich folgte Götz der Geste mit seinem Blick. Dorotheas dünne wildlederne Stiefel waren dort, wo die Steigbügel gewesen waren, völlig durchgewetzt, die Haut schaute rötlich durch.

Dorothea nickte den Umstehenden zu, als wäre nichts Ungewöhnliches an der ganzen Situation. »Und? Was ist im Schacht unten?« fragte sie Götz derweil leise.

Götz konnte nur staunen. Kein Jammern über die Qualen ihres Tages oder darüber, daß ihr Unterfangen schwieriger gewesen war, als sie angenommen hatte. Außer, daß sie zugab, daß der Ritt beschwerlich gewesen sei, erlaubte Dorothea sich nicht die geringste Schwäche. Er mußte sich regelrecht zusammenreißen, um genauso sachlich und nüchtern zu sein wie sie. Spätestens am Abend würde er erfahren, was wirklich in der Stadt geschehen war, tröstete er sich. Während die Menge vor Spannung fast zu brodeln begann, berichtete er ihr in knappen Worten über die erfreuliche Lage, die er unten im Schacht vorgefunden hatte. »Das Wasser scheint zum größten Teil wieder von alleine versickert zu sein – wohin auch immer«, schloß er.

Sofort entspannte sich Dorotheas Gesichtsausdruck. »Dem Himmel sei Dank! Dann müssen wir nicht unnötig Zeit zum Auspumpen opfern!« Sie atmete tief aus. »Das ist die schönste Nachricht des ganzen Tages!«

Götz konnte ihre Erleichterung nur zu einem Teil nachfühlen. Daß er nicht wußte – und wahrscheinlich auch nicht herausfinden würde –, welche Wege das Wasser in dieser Tiefe nahm, machte ihm die Entscheidung, ob er die Rehbacher getrost wieder nach unten schicken konnte, nicht einfach. Andererseits: Er konnte schlecht gegen das Weiterarbeiten reden, nur weil *vielleicht* eine Gefahr bestand. Völlige Sicherheit gab es schließlich nirgendwo im Leben, oder? Doch jetzt war nicht der richtige Zeitpunkt zum Nachdenken. »Was für einen komischen Kauz von Pfarrer hast du da mitgebracht?« fragte er statt dessen.

»Pater Gottfried ist auf einer Pilgerreise. Deshalb habe ich einen seiner Kollegen gebeten, uns zu helfen«, antwortete sie knapp und mit einem Blick, der keine weiteren Nachfragen zuließ. Für den Augenblick beließ Götz es dabei.

Und dann ergriff Dorothea das Wort.

Ihre ersten zwei, drei Sätze verloren sich noch im allgemeinen Gebrabbel, doch dann hatte es sich bis ans hinterste Ende der Versammlung herumgesprochen, daß die Salzbaronin etwas zu sagen hatte.

»... haben wir gemeinsam die letzten Monate geschuftet und uns geschunden. Wir sind noch vor dem Morgengrauen aufgestanden und haben mit dem Mondlicht weitergearbeitet, bis uns jeder Knochen weh tat. Und ich weiß, wovon ich rede! Denn ich war bei euch!«

Ein paar Leute nickten. Ja, die Salzbaronin war eine von ihnen geworden. Statt im feinen Herrenhaus zu sitzen und andere schuften zu lassen, hatte sie schließlich mit angepackt. Vielleicht war das nicht immer so gewesen, aber das Gedächtnis der meisten war zu kurz, um sich noch an andere Zeiten zu erinnern.

»Nun ist der Schacht bald tief genug, um ans erste Steinsalz zu gelangen. Große Platten Salz, glänzende, salzige Brocken, die wir gemeinsam aus der Erde holen werden. Vielleicht ist der Graf zurück, wenn es soweit sein wird – vielleicht auch nicht.« Sie hob lässig die Schultern. »Georgs Rückkehr wird an unserem Schacht nichts mehr ändern. Schon immer haben die Rehbacher und meine Familie vom Salz gelebt. Und ich werde alles dafür tun, daß das so bleiben wird!«

Die Menge hörte mucksmäuschenstill zu. Ja, gegen dieses Weib – und gegen alle Versammelten – würde der Graf wirklich nicht viel ausrichten können!

Götz schmunzelte. Wie hatte sie gestern nacht ihren Plan zu erklären versucht? »Wenn du die Leute dazu bringen willst, auf die weite See hinaus zu fahren, dann mußt du ihnen nicht Holz und Werkzeug für ein Boot geben, sondern die Sehnsucht nach dem Ozean in ihnen wecken.« Und verdammt – genau das tat sie nun! Er war richtig stolz auf sie. Aber wann würde sie etwas über Ellen sagen, fragte er sich.

Dorotheas Augen loderten, sie schien Feuer an ihrer eigenen Glut gefangen zu haben, während sie ausführte, wie wichtig der Schacht für alle war.

Und dann, auf einmal, schien dieses Feuer zu erlöschen. Sie senkte ihre Augen, schaute zu Boden, wurde ganz still. Und die Rehbacher folgten ihrem Blick, wobei die zuvorderst Stehenden nicht umhin konnten, abermals Dorotheas Füße in ihren durchgewetzten Stiefeln zu bestaunen. Jemandem, der sich die Hacken wund lief, dem mußte man einfach glauben.

Sie schüttelte den Kopf, ihre Lippen aufeinandergepreßt. »Wir alle wissen – es gibt im Leben nichts umsonst. Eine von uns hat mit dem Leben für unseren Schacht zahlen müssen.«

Würde sie mit dem Von-uns-Gerede durchkommen? fragte sich Götz. Die Leute konnten doch nicht einfach vergessen haben, wie sehr Dorothea sie in den letzten Wochen und Monaten geschunden hatte. Doch niemand muckte auf. Und Lochmüller, dem es am ähnlichsten gesehen hätte, etwas wie: »Du bist keine von uns, auch wenn du es noch so oft behauptest!« zu antworten, war nicht anwesend. Götz hatte den ganzen Platz mit den Blicken nach ihm abgesucht.

»Doch soll ihr Tod nicht umsonst gewesen sein, er soll uns vielmehr ein Ansporn sein für die Zukunft. Für immer und ewig. Er *darf* nicht umsonst gewesen sein! Er soll der Grund dafür sein, daß wir von jetzt an unter Gottes Schutz arbeiten werden.«

Stirnrunzeln. Hochgezogene Augenbrauen. Gekräuselte Lippen. Wovon redete die Salzbaronin?

Als hätte sie diesen Moment ein dutzend Mal geprobt, öffnete Dorothea mit einem Ruck den Leinensack zu ihren Füßen und zerrte ein Kreuz daraus hervor. »Dieses Kreuz wird uns in Zukunft beschützen. Uns – und den Schacht!«

Die Menge hielt den Atem an. Mit offenen Mündern bestaunten die Rehbacher das Kunstwerk, das Dorothea ihnen entgegenhielt. Finger zeigten auf die erhaben geschnitzte Jesusfigur, auch Götz konnte nicht anders, als die feine Schnitzerei zu bewundern. Er fing einen kurzen Blick von Dorothea auf, traute sich jedoch nicht, ihr fast unmerkliches Zuzwinkern auf gleiche Art zu beantworten. Dorotheas Plan schien zu funktionieren, die Leute waren ganz offensichtlich beeindruckt. Es wäre töricht gewesen, die Wirkung des Kreuzes durch »heimlich« ausgetauschte Vertraulichkeiten aufs Spiel zu setzen.

In der Zwischenzeit hatte Dorothea den Stadtpfarrer herbeigewinkt, der von nahem noch heruntergekommener aussah als auf den ersten Blick. Mit großen Worten und viel Drumherum stellte Dorothea ihn vor und teilte den Leuten mit, daß er am kommenden Tag nicht nur Ellen beerdigen würde, sondern daß er außerdem einen Gottesdienst direkt am Schacht abhalten würde, um das Kreuz zu weihen, welches danach unten an der Schachtwand angebracht werden würde.

Das zustimmende Kopfnicken hätte nicht heftiger sein können. Die Leute tauschten Blicke untereinander aus. Auf die Salzbaronin war Verlaß! Auf einmal begannen alle durcheinander zu reden. Es waren ja auch wirklich große Neuigkeiten, die sie erfahren hatten.

Götz erwartete schon, daß Dorothea ihre Rede beenden und sich verabschieden würde, doch sie hielt beide Hände hoch. Augenblicklich wurden alle wieder still.

»Ich weiß nicht, wie lange es dauern wird, bis wir auf Salz stoßen. Lange kann es eigentlich nicht mehr sein,« sagte sie. »Unter Gottes Schutz werden wir jedoch graben, bis es soweit ist.« Ihr Blick war eisern, als sie ihn über jedes Gesicht wandern ließ. »Und dann...« Sie atmete tief aus und schloß kurz die Augen, als könne sie nur so etwas sehen, was allen andern verborgen blieb. »Wenn das erste Steinsalz verkauft ist und die Kosten für das ganze Stützholz und Baumaterial abgezahlt sind – wenn das alles unter Gottes Schutz geschehen ist...«

»Mach's nicht so spannend, Salzbaronin!« rief Götz ihr zu. Die Leute lachten.

Dorothea grinste Götz an. »Mußt dich halt wie alle gedulden, Götz Rauber!« gab sie lachend zurück.

»... dann werde ich mit Geld, das wir durch das Steinsalz verdienen, eine Kapelle bauen lassen! Eine Kapelle mit einem weiteren Kreuz darin. Und einer Marienfigur. Und bunte Fenster soll sie haben. Alles nur für die Rehbacher! Ich verspreche euch: Bei der nächsten Kirchweih gibt es tatsächlich etwas zu weihen!«

56

Das Morgenlicht fiel in einem Kegel in den Frühstücksraum und tauchte einen Teil des Tisches in grüngelbes Licht. Obwohl es erst acht Uhr früh war, stand die Sonne schon so hoch am Himmel, daß man sie selbst durch die hohen Fenster nicht mehr sehen konnte. Schon längst waren die schweren Samtvorhänge, die im Winter vor Zugluft schützten, den leichten, durchsichtigen Seidenschals gewichen, durch die das Sonnenlicht in den Raum scheinen konnte, ohne diesen zu erhitzen. Draußen zwitscherten Hunderte von Vögeln. Die frisch erblühte Kletterrose, die sich an einem Spalier an der Hauswand emporrankte, parfümierte den ganzen Raum mit einem Duft nach Vanille und Pfirsichen. Daß das Zimmer ohne jeden Blumenschmuck war, wäre einem Besucher bei dem betörenden Duft, der durch die offenen Fenster drang, vielleicht gar nicht aufgefallen. Für Elisabeth war dies jedoch ein weiterer Beleg dafür, daß nichts mehr so war wie noch vor einem Jahr.

Kein Blumenschmuck. Keine Besucher. Keine Jagdgesellschaften.

Nichts.

Kein Georg.

Dafür Wut.

Der Morgen hätte eine unbeschwerte Leichtigkeit haben können, wenn ... Bitter schaute Elisabeth über den Tisch. Wie selbstgefällig Dorothea dasaß und in ihren Kuchen biß, als würde sie den ganzen Tag nichts anderes mehr kriegen! Wahrscheinlich kam sie vor lauter Herumkommandieren wirklich nicht zum Essen. Es fehlte nur noch, daß Dorothea sich ans Kopfende des Tisches gesetzt hätte. Eigentlich ein Wunder, daß sie diesen Platz nicht schon längst für sich beanspruchte.

»Und? Geht es voran mit deinem Schacht? Oder ist womöglich noch so ein *lästiger* Unfall dazwischengekommen?« Elisabeth konnte nichts gegen den bösen Ton in ihrer Stimme machen und wollte es auch gar nicht. »Hat es womöglich noch irgendein dummer Kerl gewagt, einfach zu ertrinken oder auf andere Art in diesem dunklen Loch zu Tode zu kommen?«

Ungerührt biß Dorothea von ihrem Kuchen ab. »Wie kommt es, daß du dich auf einmal für den Schacht interessierst?« Sie wischte sich mit der Hand ein paar Krümel aus dem Mundwinkel. »Ach, ja!« fügte sie in einem theatralischen Anfall plötzlicher Erkenntnis hinzu, »dein Spitzel ist schon seit Tagen nicht mehr am Schacht gewesen – deshalb bist du wohl nicht mehr so gut mit Nachrichten versorgt wie sonst. Was ist?« herrschte sie Elisabeth an. »Hat die Hexe endlich eingesehen, daß sie am Schacht nichts verloren hat? Oder ist es das heilige Kreuz, das sie fernhält?«

»Du und dein ewiges Schandmaul! Ich weiß, warum du Rosa nicht leiden kannst!« spie Elisabeth ihr entgegen. Sie mußte ihre Hände unter den Tisch nehmen, um ihr Zittern zu verbergen. Rosa eine Hexe zu nennen! »Es paßt dir nicht, daß Rosa sich von dir nicht für dumm verkaufen läßt, so wie die Salzleute.«

Dorothea lachte abfällig, dann wandte sie sich dem kleinen Stapel Briefe zu, den Luise wie immer neben ihr Gedeck gelegt hatte. »Glaub doch, was du willst«, tat sie Elisabeths Bemerkung ab, während sie mit dem Nagel ihres Zeigefingers den ersten Brief öffnete.

Elisabeth biß sich auf die Lippen. Nein, sie würde nicht nach einem Brief von Georg fragen. Wenn einer dabei wäre, würde Dorothea ihn ihr doch geben müssen, oder?

»Georg. Ist ein Brief von Georg dabei?«

Sowohl Elisabeth als auch Dorothea schauten erstaunt zu Viola hinüber. Es kam selten vor, daß sie sich an einem Gespräch beteiligte, und wenn, dann waren ihre Einwürfe meist etwas zusammenhanglos, so daß man nie sicher sein konnte, wieviel sie mitbekommen hatte von dem, was um sie herum geschah. Elisabeth bemühte sich meist, geduldig zu antworten oder nachzuhaken, wenn sie sich wieder einmal nicht zusammenreimen konnte, was Georgs Stiefmutter von ihr wollte. Dorothea hingegen machte sich diese Mühe erst gar nicht, sie ignorierte sie einfach. Dieses Mal antwortete sie: »Wartest du noch auf Wunder?« Sie hielt die Umschläge hoch. »Hier ist nichts von Georg dabei.« Sie zuckte mit den Schultern. »Hier ist gar nichts für dich dabei.«

Der eigene Schmerz in der Brust wurde noch bohrender, als Elisabeth Violas verletzte Miene sah. »Du bist so gemein«, flüsterte sie heiser. »Merkst du denn nicht, daß du mit deiner Art unser ganzes Leben ruinierst?« Sie zeigte auf die spärliche Post. »Was glaubst du denn, warum wir keine Post bekommen? Warum uns niemand mehr besuchen kommt? Das haben wir doch alles nur dir zu verdanken!« Während sie sprach, fühlte sie, wie gut es tat, endlich einmal alles loszuwerden. Sie spürte sehr wohl Violas große, runde Augen auf sich ruhen, aber dieses Mal tat sie, als merke sie es nicht. »Schau dich doch um, was aus allem hier geworden ist, seit du das Ruder so hinterhältig an dich gerissen hast. Nichts ist mehr, wie es war. Salz, Salz, Salz! Das ist alles, woran du denken kannst. Nicht einmal am Grab deines Vaters warst du bisher. Für Viola hast du auch keine Zeit. Ha!« Sie kniff die Augen zu, als wäre Dorothea keines vollen Blickes wert. »Du hast es sogar geschafft, den einzigen Mann, der dich überhaupt haben wollte, zu verjagen! Alexander von Hohenweihe weiß wahrscheinlich gar nicht, wie glücklich er sich schätzen kann.« War das wirklich sie, die solche Reden führte? Sie mußte ihre Spucke hinunterschlucken. »Schau dich doch an, wie schrullig du geworden bist!

Für einen Augenblick schien es Dorothea tatsächlich die Sprache verschlagen zu haben. Elisabeth nutzte den Moment, um noch ein Geschütz aufzufahren. »Und als ob das alles noch nicht genug wäre, hast du nun auch noch den Tod einer redlichen Frau zu verantworten. Zu Tode geschunden hast du sie – so nenne ich das!« Sie schüttelte den Kopf. Ihre Augen brannten. »Daß du nachts überhaupt noch mit ruhigem Gewissen schlafen kannst … Oder ist's mit dem Schlafen nicht mehr weit her, seit du dich mit diesem … ungehobelten Kerl eingelassen hast, dem Georg in seiner Gutmütigkeit sein Vertrauen schenkte?«

»Ach, das ist es, was dich stört? Daß ich einen Mann habe, während deiner in der Welt herumreist und dich alle paar Monate mit ein paar Zeilen abspeist?«

Elisabeth schaute auf den Tisch, um ihre Augen vor Dorothea zu verbergen. Sie würde nicht mehr zulassen, daß ihre Schwägerin den Schmerz darin erkannte. Ja, es stimmte, daß Georg lediglich ein einziges Mal geschrieben hatte, seit er weg war. Der Brief, der aus einer Seite bestand, war erst vor zwei Wochen angekommen. Außer, daß er sich auf dem Weg nach Bad Pyrmont befand, dort eine Woche bleiben und dann heimkommen wolle, hatte er nichts geschrieben. Kein Wort über seine Pläne für ein Rehbacher Heilbad. Nichts darüber, was er bisher auf seiner Reise gesehen hatte. Und erst recht nichts darüber, daß er sie vermißte oder sich auf ihr Wiedersehen freute.

Nach ihren Berechnungen mußte Georg nun jeden Tag heimkommen, doch Elisabeth wußte nicht, ob sie sich auf seine Rückkehr freute oder nicht. Längst konnte sie sein Verhalten nicht mehr entschuldigen, auch wenn sie dies keiner Menschenseele gegenüber zugeben würde. Aber machte ein Unrecht ein anderes wett? Mußte sie Dorotheas schlechtes Verhalten gutheißen, nur weil ihr Bruder auch nicht untadelig war? Das würde sie gewiß nicht tun.

»Und weil wir gerade dabei sind...« Dorothea beugte sich über den Tisch und zeigte mit ihrem Buttermesser auf Elisabeth. »Wer ist denn schrulliger von uns beiden? Du mit deinen Gedichten, deinen Bädern und deiner Mondanheulerei, als wärst du eine Wölfin! Mehr als einmal hab' ich dich draußen im Garten herumschleichen sehen.«

Elisabeth schluckte. Auf einmal fiel ihr nichts mehr ein, was sie Dorothea hätte entgegensetzen können. Der Mond... wo war der letzte Nacht gewesen? Warum hatte der Tee sie so unruhig gemacht? Rosa! Sie mußte zu Rosa. Vielleicht hatte sie etwas falsch gemacht bei der Zubereitung der Kräutermischung. Kam daher der Schwindel hinter ihren Ohren? Dorotheas Redeschwall prasselte wie ein Wasserfall auf sie herab, es dröhnte so laut in ihren Ohren, daß sie Mühe hatte, den einzelnen Worten Sinn zuzuordnen.

»Du machst es dir ein bißchen einfach, findest du nicht? Mich zu beschimpfen *ist* ja auch einfach, denn ich bin da! Ich kümmere mich wenigstens um die Rehbacher, während dein lieber Gatte sich um sein Vergnügen kümmert.«

»Aber es ist nicht deine Aufgabe, dich um die Rehbacher zu kümmern!« schrie Elisabeth sie an. Sie mußte sich am Tisch festklammern, so sehr begann der Boden auf einmal zu schwanken.

»Und wer legt fest, was zu meinen Aufgaben gehört?« Dorothea schaute sich um. »Ich sehe niemanden!«

Das war ja das Problem. Verzweifelt rang Elisabeth um eine Antwort. »Du bist nicht der Graf, so einfach ist das.«

Dorothea lachte. »Der Graf bin ich nicht, aber die Salzbaronin. Und als solche habe ich mehr für die Rehbacher getan, als mein lieber Bruder je tun wird. – Und außerdem: Was sind das für Regeln, nach denen ich deiner Meinung nach leben soll?« fragte Dorothea anschließend in einem so ruhigen Ton, daß dies in Elisabeth sofort Skepsis hervorrief. Was kam denn nun schon wieder?

»Es sind alte Regeln, zugegeben. Die besagen, daß ich als Tochter nicht mehr wert bin als ein Pfand, das jemand zu seinem Besten weiterreicht. Regeln, die besagen, daß nicht der bessere, der geeignetere Nachkomme die Geschicke einer jahrhundertealten Familie bestimmen darf, sondern derjenige, der männlichen Geschlechts ist.«

Elisabeth war sich nicht sicher, ob Dorothea nun zu ihr oder inzwischen mehr zu sich selbst sprach.

»Aber nur, weil diese Regeln viele Jahre gegolten haben, müssen sie noch lange nicht richtig sein, oder?« Dorothea schaute so verwundert, als käme der Gedanke ihr zum ersten Mal. »Ich lasse mich nicht verheiraten oder verschachern, weder an Alexander noch an sonst jemanden. Ich will selbst bestimmen, wie ich lebe. Schau *dich* doch an: Georg hat dich doch auch nur wegen deines Titels und eurer ach so wertvollen verwandtschaftlichen Beziehungen nach Stuttgart geheiratet. Was bist du denn für ihn? Du sollst ihm einen Nachkommen gebären, um mehr geht es ihm doch nicht. Hat dich denn je ein Mensch gefragt, was *du* willst? Oder nimm Viola hier!«

Viola guckte wie ein Kaninchen, das aus seinem Bau aufgeschreckt wurde. »Frederick war ein guter Mann. Ein sehr guter Mann.«

»Ja, den du nur bekommen hast, weil er nach dem Tod meiner Mutter jemanden brauchte, der uns Kinder umsorgt.«

Ein leises Wimmern war Violas einzige Antwort.

»Wie kannst du nur so böse sein?« Es hätte nicht viel gefehlt, und Elisabeth hätte ihrer Schwägerin eine Ohrfeige verpaßt. »Laß Viola aus dem Spiel, ich warne dich«, sagte sie mit äußerster Beherrschung und so leise, daß nur Dorothea sie hören konnte. Gott sei Dank hatte das Schwindelgefühl so weit nachgelassen, daß sie wieder klarer denken konnte.

Dorothea winkte ab, als sei ihr dieses Thema sowieso zu unwichtig. »Ich bin hundertmal fähiger, Rehbach zu leiten, als Georg! Ganz gleich, ob ich nun eine Frau bin oder nicht.«

Elisabeth lachte kurz auf. »Du drehst doch alles hin, wie du es gebrauchen kannst. Auf der einen Seite schimpfst du darüber, daß Georg die Tradition mißachtet, wenn er die Saline schließt. Und auf der anderern Seite können die Traditionen dir selbst auch gestohlen bleiben.«

»Tradition – ein gewichtiges Wort. Aber was ist das eigentlich? Es ist Tradition, daß sich das Familienoberhaupt der Graauws um die Rehbacher kümmert. Es sind unsere Leute. Mit dieser Tradition ist nicht zu brechen. Nur: Wer bestimmt denn, daß immer nur der Sohn das Familienoberhaupt werden kann? Und daß der Rehbacher Boden dazu da ist, Salz zu spenden – auch das ist eine Tradition, mit der nicht zu brechen ist!« Nun zitterte Dorotheas Stimme. »Georg ist derjenige, der unser Erbe in Frage stellt, nicht ich.«

Darauf wußte Elisabeth nichts zu sagen.

»Die alte Regel, mit der ich nicht mehr leben will, besagt lediglich, daß ich meine Zeit mit Blumenstickereien verbringen und schweigend zusehen soll, wie Georg jede andere, jede wichtige Tradition über den Haufen wirft, die unserem Hause je etwas bedeutet hat.«

»Und dazu ist dir jedes Mittel recht, nicht wahr?« Elisabeth spürte, wie sich wieder die alte Verzweiflung in ihr breitmachte. Gegen Dorothea war kein Ankommen möglich. Sie mochte sich noch so gut mit Worten gegen sie wehren – am

Ende war doch sie es, die mit einem dumpfen, unglücklichen Gefühl zurückblieb, während Dorothea davonlief, als wäre nichts gewesen. Dieses Mal würde jedoch *sie* das Gespräch beenden. Sie stand auf.

»Ich habe genug von dem ganzen Gift, das du verspritzt! Und falls es dich interessiert: Ich gehe jetzt zu Rosa. Die ist nämlich in der Tat seit Tagen nicht mehr am Schacht gewesen. Weil sie krank ist und nicht, weil sie sich von dir hat einschüchtern lassen. So weit wird es nämlich nie kommen!«

»Ja, geh nur zu deiner Hexe! Kümmere dich um sie! Jeder rennt weg, ohne sich um Rehbach und das, was uns wirklich etwas angeht, zu kümmern. Das ist es doch, was diese Familie zerstört, nur merkt ihr das in eurer Blindheit nicht!« schrie Dorothea ihr nach.

Während Elisabeth mit zittrigen Beinen den Raum verließ, konnte sie sich nicht des Gefühls erwehren, daß Dorothea vielleicht ein kleines bißchen recht hatte – neben ihren ganzen Gemeinheiten, die sie von sich gegeben hatte.

57

Nachdem Elisabeth gegangen war, hatte sich auch Viola mit einem stillen Kopfnicken verabschiedet.

Seufzend schaute Dorothea zur Tür. Wegrennen, das konnten sie. Die Augen zumachen, wenn es Schwierigkeiten gab. Darauf hoffen, daß andere diese Schwierigkeiten für sie lösten. Das war Violas und Elisabeths Art. Eine war verrückter als die andere.

Daß ihr selbst auch manchmal zum Wegrennen zumute war, auf diesen Gedanken kam jedoch niemand! Dazu taten sich Elisabeth und Viola viel zu sehr leid. Da hockten sie und bemitleideten sich gegenseitig, statt auch nur einmal auf die Idee zu kommen, daß alles, was sie tat, vielleicht auch ihnen zugute kommen würde! Sollte es mit dem bergmännischen Abbau von Salz funktionieren, dann wäre der Lebensunterhalt für viele Generationen von Graauws gesichert – so sah es doch aus.

Sollte der bergmännische Abbau funktionieren ... Bis vor kurzem hätte sie keinen Satz derart angefangen. Noch vor ein, zwei Wochen hatte für sie außer Frage gestanden, daß sie Salz finden würden. Doch je tiefer sie gekommen waren, desto mehr Zweifel hatten sich in ihren Kopf eingeschlichen. Und in ihren Bauch. Sie spürte wieder das altbekannte Krümmen in der Magengegend, als ob sich ihre Eingeweide verknoteten und dadurch kein Blut mehr fließen konnte. Was, wenn alles umsonst gewesen wäre?

Jetzt waren sie schon zweiundachtzig Ellen tief, und immer noch war kein Salz zu sehen. Dafür wurde Georg jeden Tag zurückerwartet. Dorothea wollte sich nicht vorstellen, wie es sein würde, wenn er heimkam, bevor ihr Unternehmen mit Erfolg gekrönt worden war. Alles, nur nicht das! Sie hörte sich stöhnen und schaute sich erschrocken im Zimmer um. Niemand war mehr da, der sie hätte hören können. Sie setzte sich aufrechter hin. Verdammt, sie durfte nicht zulassen, daß die Ungewißheit ihr derart an den Nerven zerrte! Nachts konnte sie nicht mehr schlafen, und es war nur ihrer eisernen Disziplin zu verdanken, daß sie Götz nicht in ihre einsame Grübelei einbezog, sondern ihn ruhen ließ. So war wenigstens einer von ihnen morgens ausgeschlafen. In manchen Nächten hatte sie regelrechte Haßgefühle entwickelt, wenn er wieder einmal friedlich schnarchend neben ihr lag, während sie ihre verspannte Bauchdecke massierte.

Dabei konnte sie seinem Gesicht ansehen, daß auch er sich Gedanken machte.

Inzwischen verbrachte Götz die meiste Zeit des Tages unten im Schacht. Er wollte die Fortschritte mit eigenen Augen überwachen, hatte er ihr erklärt. Manchmal fragte Dorothea sich allerdings, ob er nicht einfach auf diese Art seine wachsenden Zweifel vor ihr verbergen wollte. Immerhin beruhigte seine Anwesenheit die Leute und hielt sie davon ab, sich einen faulen Lenz zu machen. Anfangs hatte es auch sie beruhigt, ihn da unten zu wissen. Doch inzwischen graute es ihr vor dem Augenblick, wo er die Leiter hochkam und nur den Kopf schüttelte. Wieder kein Salz.

War der unnütze Streit mit Elisabeth schuld an der bleiernen Schwere, die sie auf einmal in ihren Beinen spürte? Am liebsten wäre sie wieder nach oben in ihr Zimmer gegangen.

Oder in den Stall, um ein Pferd zu holen und mit ihm den Wald zu durchstreifen. Oder einfach hier sitzengeblieben. Alles, nur nicht in die feindseligen Gesichter der Rehbacher schauen, die sich Tag für Tag lauter fragten, wofür die ganze Schinderei eigentlich gut war. Sie hatte auch keine Lust darauf, eine fröhliche Miene zu machen und die anderen aufzuheitern. Wie die Leute sie immer anglotzten, als müßte sie vorhersagen können, wann sie auf Salz stoßen würden! Doch keiner wagte es, die Frage laut auszusprechen, zumindest nicht ihr gegenüber. Auch zwischen Götz und ihr war dies ein ungeschriebenes Gesetz, von dem Dorothea jedoch jeden Tag weniger wußte, ob sie es noch lange würde einhalten können. Letzte Nacht hatte sie es nicht gewagt, mit zu ihm zu gehen, aus lauter Angst, sie könnte anfangen zu jammern und nicht mehr aufhören. Statt dessen war sie ins Herrenhaus geschlichen und hatte dort eine schlaflose Nacht verbracht.

Sie gönnte sich noch einige Minuten Aufschub, indem sie eine Tasse Tee trank, nach der ihr eigentlich gar nicht der Sinn stand. Dann stemmte sie sich mit beiden Händen am Tisch hoch. Es war an der Zeit, zu Götz zu gehen.

Mit müden Schritten ging sie den Kiesweg entlang, als sie ein Juchzen hörte, das so gar nicht zu ihrer Gemütslage paßte. Sie schaute sich um, als erwartete sie, die Hexe im Gebüsch sitzen zu sehen. Ihr fiel Elisabeths flüchtige Bemerkung ein, daß Rosa krank war, und sie fragte sich, woran das Weib wohl litt, das ihre Kräuter nicht heilen konnten. Dorothea blieb stehen, weil ein kleiner Kieselstein sich in ihren Seidenschuh verirrt hatte. Schwankend schüttelte sie den Stein aus, als der Wind erneut ein Lachen zu ihr herübertrug. Sie verlor die Balance und mußte ihren nackten Fuß abstellen.

Dann hörte sie einen Schrei.

Und noch einen.

Hastig knotete sie das Seidenband ihres Schuhes zu. Die Geräusche wurden lauter, und sie kamen vom Brunnen!

Dorothea fühlte, wie ihr Herz schneller zu schlagen begann. Die Ader an ihrer linken Halsseite pochte. Sie begann zu rennen.

Als sie die Salzleute rund um den Schacht stehen sah, lachend und scherzend, hatte sie schon eine scharfe Rüge auf den Lippen. Doch dann sah sie Götz auf sich zukommen. Er trug etwas in der Hand.

Er grinste bis über beide Ohren.

Dorothea spürte einen dicken Kloß in ihrem Hals. Sie liebte diesen Mann! Wie sehr sie diesen Mann liebte! schoß es ihr durch den Kopf. Dann starrte sie auf das Etwas in seiner Hand.

War das... War das wirklich... Es konnte doch nicht sein, daß... Ihre Lippen öffneten sich, ihr ganzer Mund zitterte.

»Es ist geschafft, Dorothea.« Götz' Stimme war rauh. Er hielt ihr das Etwas hin, und es dauerte einen Augenblick, bis sie erkannt, daß es ein Stück Steinsalz war.

58

Als es an Rosas Tür klopfte, wurde sie gerade von einer Welle des Schmerzes davongespült. Der Schweiß lief ihr übers Gesicht, und sie hörte sich laut laut stöhnen. Sie mußte sterben! Bevor sie einen wortähnlichen Laut zustande gebracht hatte, öffnete sich die Tür, und Elisabeth trat ein. Rosa wußte nicht, ob sie sich freuen oder ob sie weinen sollte.

»Rosa! Um Himmels willen – was ist denn? Du siehst schrecklich aus!« Mit einem Satz war Elisabeth an ihrem Lager und ergriff ihre Hand. Doch Rosa zog sie wieder weg, damit sie ihren Bauch halten konnte, von dem sie glaubte, er würde im nächsten Augenblick zerreißen. Tränen liefen über ihre Wangen. Sie war so erleichtert, nicht mehr allein zu sein! »Ich...« Bevor sie etwas sagen konnte, war sie wieder da, die elende Welle, die sie in immer kürzer werdenden Abständen überrollte.

Elisabeth schaute sich im Zimmer um, als suche sie einen Fluchtweg.

So sehr Rosa sich bemühte, sie konnte sich in diesem Augenblick einfach nicht ihrer Besucherin zuliebe zusammenreißen. Der Schmerz war stärker.

Die ganze Nacht hatte sie gekämpft. Hatte sich auf ihrem Lager hin und her geworfen, war auf allen vieren durch die Hütte gekrochen, um sich einen Tee aus Himbeerblättern und Wanzenkraut zu brauen. Doch das Säckchen mit den getrockneten Kräutern lag immer noch ungeöffnet neben dem Wassertopf. Sie war zu schwach gewesen, um aufzustehen. Mit letzter Kraft hatte sie sich zurück auf ihre Decken schleppen können.

Die Krämpfe waren so kurz und heftig, wie es der Fall war, wenn ein Kind falsch im Bauche steckt. In all den Jahren, in denen sie den Rehbacher Weibern geholfen hatte, ihre Kinder auf die Welt zu bringen, war dies nur zwei Mal vorgekommen. Einmal war es Rosa gelungen, das Kleine im Leib der Mutter zu drehen, das andere Mal ... sie wollte nicht daran denken. Doch während sie mit schmerzverzerrtem Gesicht an die nachtdunkle Decke starrte, war ihr immer wieder Sieglinde in den Sinn gekommen. Sie war das Weib eines Salzabziehers gewesen, der Rehbach nach ihrem Tod verlassen hatte. Fast drei Tage lang hatte die Frau im Sterben gelegen. Ihr ganzer Unterleib war durch die vielen kurzen Krämpfe bis aufs äußerste gedehnt gewesen, und doch hatte das Kind nicht kommen wollen. Was hatte Rosa nicht alles getan, um ihr irgendwie zu helfen! Sie hatte ihr löffelweise Tee eingeflößt, ihr den Rücken glattgestrichen und einen warmen Heublumensack auf ihren Bauch gelegt, damit dieser die Schmerzen vertreibe. Nichts hatte geholfen. Sie war hinausgegangen in den Wald, hatte zu Freya gesprochen, ihre Hilfe erbeten, während eine der Nachbarinnen bei Sieglinde Wache hielt. Rosa hörte sich stöhnen. So viel unerfüllte Hoffnung. Lavendel! Eine Abreibung mit lauwarmem Lavendelöl hatte sie Sieglindes geplagtem Unterleib geben wollen. Damit und mit Freyas Hilfe würde das Kind schon schlüpfen, hatte sie gehofft. Doch ein Blick in das Gesicht der Gebärenden hatten ihr gereicht, um zu wissen, daß kein Öl dieser Welt und auch keines der nächsten helfen würde. Eine Stunde später war das Kind dann zur Welt gekommen. Nachdem es den Unterleib seiner Mutter zerrissen hatte, hatte es gerade mal zehn Atemzüge getan, dann war es eingeschlafen. Und Sieglinde war verblutet wie ein Vieh.

Rosa wimmerte. Sie wollte nicht sterben. Nicht jetzt und nicht so jämmerlich wie Sieglinde.

»Rosa! Sag mir doch, wie ich dir helfen kann! Ich tue alles für dich!« Elisabeth schluchzte laut. »Ich will, daß es dir wieder gutgeht!«

Für einen Moment war Rosa so klar im Kopf, daß sie Elisabeth erklärten konnte, wie sie aus den bereitstehenden Kräutern einen Tee zubereiten sollte. Während die Gräfin sich abmühte, ein Feuer zu entfachen, versuchte Rosa, gleichmäßig und nicht zu tief durchzuatmen. Was nun?

Sie war nicht allein. Das war gut. Aber wenn Elisabeth ihr helfen sollte, dann mußte sie ihr genau sagen, was sie zu tun hatte. Das bedeutete, daß sie sich sehr schnell überlegen mußte ... Die nächste Wehe übermannte sie.

Sie mußte die Zeit zwischen dem Schmerz besser ausnutzen. Ja, das mußte ihr gelingen. Ihr Stöhnen ließ Elisabeth herüberschauen. »Komm her«, flüsterte sie. Fast ängstlich näherte Elisabeth sich ihrem Bett, als hätte sie Angst, von einer Seuche angesteckt zu werden.

Rosa holte Luft. Es mußte sein. »Ich bekomme ein Kind.« Sie hob ihre Hand, was so unendlich viel Kraft kostete, daß sie einen Augenblick glaubte, es nicht zustande zu bringen. »Frag nichts. Ich erkläre dir alles später. Du mußt mir helfen. Die Geburt wird schwer. Nicht wie bei anderen Weibern. Ich ...« Der Schmerz riß ihr den Rest des Satzes aus dem Mund ...

»Du bekommst ein Kind«, wiederholte Elisabeth. Ihre Augen waren groß und verwundert. »Du bist im Wald schwanger geworden. Wie du es mir erzählt hast.« Ihr Lächeln war so selig und entrückt, daß Rosa Zweifel kamen, ob es überhaupt einen Sinn machte, Elisabeths Hilfe zu beanspruchen.

Aber Zeit, um eine der Rehbacherinnen holen zu lassen, hatte sie nicht. Und ob die sich besser angestellt hätte ... »Geh und öffne alle Schubladen. Und die Tür. Nur einen Spalt!« wies sie ihre Besucherin an.

Elisabeth tat, was Rosa ihr aufgetragen hatte, ohne zu fragen warum. Rosa war zu schwach, um ihr zu erklären, daß ein Kind sich auf dem Weg in diese Welt nicht in einer geschlossenen Tür oder einer Schublade verheddern durfte. »Jetzt geh zum Kräuterschrank, und greife ins oberste Fach. Ja, das ist das Kraut, das ich brauche. Gib es mir, das ganze Bündel!« Als Elisabeth an ihr Bett trat, riß Rosa ihr das Büschel Beifuß fast aus der Hand und hielt es sich vor die Nase. Der würzige Duft stieg hoch in ihre Stirn. Freya schickte den Weibern dieses Kraut, damit es sie während der Geburt beschütze. Es war alles, was Rosa jetzt noch hatte.

Nie und nimmer hatte sie geglaubt, daß das Kind so früh auf diese Welt drängen würde! Der nächste Vollmond, den sie als Geburtstermin berechnet hatte, lag noch fast drei Wochen vor ihnen. Noch nicht einmal ihr Bettstroh hatte sie vorbereitet, und außer etwas Thymian und Labkraut war nichts in der Hütte, was sie zu einem Frauenbündel hätte binden können. Sie war einfach noch nicht bereit, das Kind zu kriegen. Ihr Kopf war nicht bereit, ihr Herz war nicht bereit und ihr Körper auch nicht.

Sie hatte genügend Geburten erlebt, um zu wissen, daß sie nicht fühlte wie andere Gebärende: Spätestens zu dem Zeitpunkt, wenn sich das Wasser, welches das Kind im Leib umhüllte, aus einer werdenden Mutter ergoß, wurde diese vom innigsten Wunsch erfaßt, ihr Bündel auf die Welt zu bringen. Die einen konnten es nicht abwarten, herauszufinden, ob sich ein heißersehnter Junge oder nur ein Mädchen einstellte, die anderen wollten die Geburt einfach so schnell wie möglich hinter sich bringen, um nicht allzu lange von der Arbeit wegzubleiben. Es gab sogar welche, die es schön fanden, ein Kind zu kriegen. »Wenigstens etwas gibt es auf dieser Welt, das nur wir Frauen können und die Männer nicht«, hatte Elfriede bei der Geburt ihres letzten Kindes gesagt und es fast wollüstig aus ihrem Leib gepreßt. Rosa wollte das nicht! Sie wollte nicht, daß dieses Kind zur Welt kam.

Aber das Kind war bereit.

Inzwischen war es Elisabeth tatsächlich gelungen, ein Feuer zu entfachen. Mit rotem Gesicht rannte sie zwischen der Ofenstelle und Rosas Lager hin und her, drückte ihre Hand und rührte gleich darauf wieder den Tee herum. Rosa wies sie an, ihre tönere Kräuterschale zu holen und einen Teil des Beifußes darin zu verbrennen. Kaum stieg der hellgraue Rauch aus der Schüssel empor, spürte sie, wie sich ihre Eingeweide ein wenig entkrampften. Vielleicht würde doch noch alles gut werden.

Auch Elisabeth holte tief Luft und atmete wieder aus. Ihre Brust hob und senkte sich so heftig, als ertrüge sie selbst die Wehen.

Mit wenigen Worten versuchte Rosa, ihr zu erklären, was als nächstes geschehen würde. »Die Schmerzen – vielleicht kann ich nachher nicht mehr reden.« Jedes Wort kostete Kraft.

Elisabeth hörte aufmerksam zu und nickte. Aus ihrem Atmen war ein Keuchen geworden. Eine steile Falte hatte sich zwischen ihren Augen gebildet.

Verstand das Weib, daß es auf sich alleine gestellt sein würde? fragte sich Rosa bang.

»Ich pass' auf dich auf. Auf dich und mein Kind«, hörte sie Elisabeth sagen. »Nie und nimmer lass' ich euch sterben, das schwöre ich dir!«

Hatte sie sich verhört? Hatte Elisabeth »mein« Kind gesagt, fragte sich Rosa, bevor die größte aller Wellen sie hinabriß in die Bewußtlosigkeit.

59

Immer wieder wachte Rosa aus ihrer Bewußtlosigkeit auf, schrie mit krampfverzerrtem Gesicht, nur um kurze Zeit später wieder ohnmächtig zu werden. Gegen Mittag war eine solche Bruthitze in dem kleinen Raum, daß Elisabeth nur noch in kleinen Zügen Luft holen konnte. Sie fühlte, wie der Schweiß zwischen ihren Brüsten hinabronn und auf ihrer Haut eine kalte Spur hinterließ. Mit ungeübten Fingern rüttelte sie am Fenstergriff, bis es endlich einen Spalt weit offen war. Doch kaum war Rosa wieder wach, erfüllte ihr gellender Schrei den Raum, und Elisabeth machte das Fenster hastig wieder zu. Das letzte, was sie jetzt brauchte, waren neugierige Blicke von Zaungästen. Gierige Blicke. Von Leuten, die ihr das Kind wegnehmen wollten. Sie überlegte, ob sie nicht noch die Fensterläden schließen sollte.

Kaum war die Luftzufuhr abgeschnitten, tropfte der Schweiß wieder von Elisabeths Stirn auf Rosas zuckenden Leib. Ihr Kleid – es wurde immer enger, immer enger. Sie riß so lange an der spitzenbesetzten Manschette, bis sie sich von dem Ärmel löste. Das Geräusch tat Elisabeth in den Ohren weh. Sie krempelte den dünnen Stoff bis zur Armbeuge hoch. So war's besser. Ein kurzer Blick auf Rosa. Weggetreten, noch immer kein Lebenszeichen. Hastig begann Elisabeth, zwei ihrer insgesamt vier Unterröcke erst aufzubinden und dann über die Beine zu streifen. Endlich Abkühlung für ihr erhitztes Fleisch. Sie lachte auf. Nun brachte sie es vielleicht fertig, Holz nachzulegen, um das mager gewordene Feuer wieder anzufachen. Einen Moment lang spielte sie mit dem Gedanken, Luise, das Dienstmädchen, zur Hilfe zu holen. Aber das ging natürlich nicht. Elisabeth suchte in dem kleinen Holzstapel nach einem großen Scheit. Hastig zog sie ihre Hand zurück, als eine Spinne aufgeschreckt quer durch den Raum lief und unter dem Schrank verschwand. Vorsichtiger zog sie ein kleineres Holzstück heraus. Sie würde mindestens drei Töpfe heißes Wasser brauchen, hatte Rosa gesagt. Erst einer stand bereit. Um ihren Leib abzuwaschen. Und das Kind.

Ein Lachen klang durch den Raum. Es hörte sich seltsam an. Wie von einem Geist. Elisabeth schaute sich um. Niemand. Nichts. Sie schloß daraus, daß das Lachen aus ihrem Mund gekommen sein mußte! Sie lachte wieder, dieses Mal befreiter. Es gab nichts, wovor sie Angst hatte. Sie wußte zwar nicht mehr über Geburten, als das, was Rosa ihr in abgehackten Sätzen erzählt hatte, bevor sie ohnmächtig geworden war, aber sie würde alles richtig machen.

Rosa würde ihr Kind zur Welt bringen! Ein Wunder! Es war wirklich ein Wunder. Das also hatte hinter den ganzen Maßnahmen gesteckt, die Rosa ihr auferlegt hatte! Oder war sich Rosa selbst nicht sicher gewesen, auf welche Art Elisabeth zu ihrem Kind kommen würde? Daß es in ihrem, in Rosas Leib zur Welt kommen würde, damit hatte sie wahrscheinlich nicht gerechnet...

Auf einmal wurde ihr schwindlig. Die Kräuterbüschel, die Rosa an der Decke aufgehängt hatte, verschwammen vor ihren Augen. Es wurde immer heißer hier drinnen. Elisabeth setzte sich für einen Moment.

Warum hatte Rosa ihr nicht früher von dem Kind erzählt? Dann hätte sie sich doch auf den heutigen Tag viel besser vorbereiten können. Vielleicht hätte sie sogar Maman benachrichtigt und sie gebeten, zu kommen! Nein, das hätte sie nicht getan. Das hier ging nur sie beide etwas an.

Als Elisabeth aufstand und zu Rosa hinüberging, schwankte sie etwas. Sie hatte noch nie gehört, daß eine Frau für eine andere ein Kind zur Welt brachte.

Prüfend hielt sie ihr rechtes Ohr an Rosas Gesicht. Deren Atemzüge waren nun gleichmäßig und nicht mehr so flach wie zuvor. War das der Zeitpunkt, von dem sie gesprochen hatte? Elisabeth legte den Kopf schräg und hörte weiter Rosas Ein- und Ausatmen zu. Dann gab sie sich einen Ruck, ging zum Feuer und tauchte beide Hände gleichzeitig in den Topf mit Wasser, der direkt über dem Feuer stand. Als sie sie zurückzog, hatte sie kurz jedes Gefühl verloren. Waren das ihre Hände, diese aufgequollenen, roten Prügel? Sie lachte. Sie lachte sehr viel an diesem Tag. Aber es gab ja auch Grund genug zum Freuen. Sie trat an Rosas Fußende. Fort war ihre Heiterkeit. Sie mußte sich konzentrieren. Sie spreizte Rosas Beine, besann sich noch kurz und faßte dann mit ihrer rechten, feuerroten Hand in die weiche Öffnung. Sofort stieß sie auf einen Widerstand, eine feuchte, heiße Wand. Wo war das Kind in dieser dunklen Höhle versteckt? Sie mußte das Kind finden! Mit Überwindung zog sie ihre Hand nicht zurück, sondern schlängelte sich weiter oben entlang von Rosas Bauchdecke. Da! Ein Bein. Oder ein Arm? Sie tastete weiter. Ihr Atem dröhnte in ihren Ohren und vermischte sich mit Rosas Heulen, das sich anhörte wie das einer Wölfin. Dann der Kopf. Wie Rosa gesagt hatte, an der Seite, unter ihren Rippen.

Während Elisabeth mit ihrer linken Hand Rosas Schenkel noch weiter auseinanderspreizte, versuchte sie ihre rechte Hand unter den Kopf des Kindes zu legen. Unentwegt summte sie beruhigende Laute, lachte zwischendurch auf, flüsterte

Rosas Namen, die zuckte und bei jeder Bewegung Elisabeths schrie und wimmerte. Mein Kind! Elisabeth wußte nicht, welche Bewegung letztendlich zum Erfolg geführt hatte, aber es gelang ihr, das Kind so weit in Rosas Leib zu drehen, daß sein Kopf aus der geweiteten Öffnung schaute. Platz! Das Kind brauchte den Platz für sich allein. Vorsichtig, ganz vorsichtig, zog Elisabeth ihre Hand heraus. Den blutigen Schleim wischte sie achtlos an ihrem Rock ab.

»Rosa! Wach auf!« Plötzlich verspürte Elisabeth eine nie gekannte Energie. Dies war endlich der Tag. Ihr Kind. Die Geburt. Sie rüttelte die Ohnmächtige an der Schulter, klopfte ihre Wangen. »Es ist soweit.«

Rosa öffnete ihre Augen, schien aus einer anderen Welt zu kommen. Lebte sie überhaupt noch? Elisabeth spürte, wie ihr ein eisiger Schauer über den Rücken lief, der nichts mit den Schweißbächen zu tun hatte. »Wach jetzt sofort auf! Du mußt mithelfen. Es ist soweit!« befahl sie Rosa mit fremder Stimme. Wenn es sein mußte, würde sie die Heilerin wachprügeln. Das Kind. Ihr Kind.

»Ich kann nicht...«, kam es schwach aus Rosas Mund. »Wo bist du? Hilf mir...« Und nur noch ein Flüstern: »Ge...g!«

»Nein, es ist nicht genug!« schrie Elisabeth, packte Rosa unter den Achselhöhlen und zog sie mit ungeahnten Kräften nach oben, bis ihr Oberkörper halbwegs an der Hüttenwand lehnte. Sie zögerte kurz. Dann sprang sie zu dem Eimer, der noch kaltes Wasser enthielt. Mit dem nächstbesten Becher, den sie greifen konnte, schüttete sie Rosa einen Schwall kaltes Wasser ins Gesicht. Ihre Brust bebte.

»Und jetzt bringst du das Kind auf die Welt!«

60

Es war gegen neun Uhr abends, als Georgs Kutsche vor dem Herrenhaus hielt. Die Sonne hatte sich schon vor einer Stunde hinter den Hügel auf der anderen Seite des Kochers zurückgezogen, und es war mit dem letzten Rest Tageslicht, daß er den Kutscher bezahlte und seine Koffer aus dem Fach unter dem Personenabteil entgegennahm.

Endlich zu Hause! Er konnte es nicht erwarten, alle wiederzusehen. Ein bißchen war ihm bange zumute, er hoffte, daß er nicht mit Vorwürfen überschüttet werden würde, kaum daß er einen Schritt durchs Portal machte. Er wußte selbst, daß er öfter hätte schreiben müssen. Öfter, ha! Aber er würde schon erklären können, warum er nicht dazu gekommen war. Und außerdem: Er hatte schließlich gute Nachrichten mitgebracht. Das mußte doch auch etwas zählen, oder?

Er holte tief Luft. Er hatte vergessen, wie verschwenderisch Violas Rosen ihren Duft verströmten. Vielleicht hatte Martin von Anfang an recht gehabt: Rehbach und Gut Graauw eigneten sich wirklich gut für erholungssuchende Kranke und Ruhebedürftige.

Erst in Bad Pyrmont war es seinem Freund gelungen, ihn endgültig zu überzeugen. Das liebliche Heilbad, in dem der Dichter Goethe vor Jahren sage und schreibe fünf ganze Wochen verbracht hatte, hatte es ihm wirklich angetan. Was hatte ein anderer Dichter – er konnte sich nicht mehr an den Namen erinnern – über Pyrmont gesagt? »Ich bin jetzt in der schönsten, romantischsten und kühnsten Gegend von ganz Deutschland!« Ha! Der Mann hatte Gut Graauw noch nicht gesehen!

Stolz ließ Georg seinen Blick über das nachtschwarze Haus und den dahinterliegenden Garten schweifen – er würde sich erst noch daran gewöhnen müssen, Violas Garten einen »Park« zu nennen.

Niemand im Haus schien sein Kommen bemerkt zu haben. Auch als die Kutsche mit quietschenden Rädern auf dem Kiesrondell wendete und in Richtung Hall zurückfuhr, streckte keiner seinen Kopf aus der Tür oder kam mit offenen Armen angelaufen. Georg kräuselte die Stirn. Hatte sich Elisabeth womöglich schon zur Nachtruhe gelegt? Er verbat sich jeden Gedanken an Rosa. Morgen. Morgen würde er zu Rosa gehen. Bevor sein Blick sehnsüchtig in Richtung ihrer Hütte streunen konnte, packte er seine beiden Koffer und ging die Treppe zum Haus hinauf. Noch immer kam ihm niemand entgegen. Seltsam.

Es war so ruhig hier! Nach dem ganzen Trubel war er die Stille einfach nicht mehr gewöhnt. Es schien keine Jagdgesellschaft stattzufinden, sonst wären mehr Räume als nur das Speisezimmer beleuchtet gewesen. Georg überlegt kurz: War es Freitag oder Samstag? Mit zugekniffenen Augen versuchte er, im Nachtdunkel die fünf Rauchwolken über den Sudhäusern zu erkennen. Nichts. Also mußte es Freitag sein.

Sein Blick fiel auf die bronzene Rehskulptur über der Tür, die er mit Schwung öffnete. »Ich bin wieder hier!« Seine fröhliche Begrüßung hörte sich lächerlich an und verstärkte plötzlich sein schlechtes Gewissen nur. Er stieß Fredericks Bürotür auf. Es überraschte ihn nicht, daß drinnen alles dunkel war. Es hätte ihn eher gewundert, wenn sein Vater um diese Zeit noch gearbeitet hätte.

Mit ausholenden Schritten ging er den Gang entlang und nickte jedem Ahnenbild zu. Nur aus dem zweitletzten Zimmer drang Licht, doch nirgendwo hörte er Stimmen.

Georg öffnete die Tür und erstarrte.

»Viola! Was sitzt du hier fast im Dunkeln? Wo sind die anderen? Wo ist Vater? Ich bin wieder zu Hause«, fügte er überflüssigerweise noch hinzu.

Violas Blick war unkonzentriert. »Georg?« fragte sie.

»Ja, ich bin's wirklich!« Während er lachte, spürte er, wie etwas in ihm hochstieg, das er lange nicht mehr empfunden hatte. Verzweiflung, das Gefühl von Unzulänglichkeit. Das Gefühl, einer Situation nicht gewachsen zu sein.

Er war wieder zu Hause.

Doch etwas war hier nicht in Ordnung. Ganz und gar nicht in Ordnung. Sein Blick fiel auf den Tisch, der nur drei Gedecke aufwies. Auf zweien davon kräuselten sich drei vertrocknete Scheiben Schinken, neben denen ein Klecks Senf braun und runzelig wurde. Der Geruch von hartgekochten Eiern hing im ganzen Raum und verscheuchte seinen Hunger, den er auf der Fahrt hierher mit Bildern von aufgeschnittener Rauchwurst, frischem Weißbrot und eingelegten Salzgurken gepflegt hatte.

Georg kniete sich vor Viola hin und schaute sie an. Sofort flatterte ihr Blick durch den Raum, hilfesuchend.

»Was ist hier los?« Unsanft rüttelte er Viola an der Schulter. Wenn jemand krank war oder sonst etwas, dann hatte er ein Recht darauf, es zu erfahren! »Viola! So sprich doch mit mir. Ich will auf der Stelle wissen, was los ist!«

Viola lachte. Zumindest nahm er an, daß die Grimasse ein Lachen sein sollte. Hatte seine Stiefmutter den Verstand verloren? Georg versuchte noch ein paar Mal, etwas aus ihr herauszubekommen. Vergebens. Mit einem Streicheln über ihre faltig gewordene Wange verließ er den Raum.

Er ging von Zimmer zu Zimmer. Stieß alle Türen auf. Rief nach Frederick. Nach Dorothea. Nach Elisabeth. Er fand niemanden. Keine Familie, keine Dienstboten. Wo waren sie alle, Herrgott noch mal?

Ihm blieb nichts anderes übrig, als im Gesindehaus nachzuschauen. Luise, die würde ihm sagen können, was los war. Wahrscheinlich lag allem eine simple Erklärung zugrunde, versuchte er sich zu beruhigen. Wahrscheinlich waren alle zu Alexander von Hohenweihe gefahren.

Er blieb abrupt stehen. Er hatte doch wohl nicht Dorotheas Hochzeitstermin verpaßt? Nein, das konnte nicht sein. Und warum saß die alte, verwirrte Frau, die Viola war, unten im dunklen Speisezimmer?

Er zog die Haustür hinter sich zu und schaute sich um. Keine Menschenseele. Statt ums Haus herum ging er in Richtung Saline. Er würde Götz Rauber aufsuchen. Der Gedanken war noch nicht zu Ende gedacht, als er ihn wieder verwarf. Es sähe doch zu dämlich aus, wenn er so einfach mitten in der Nacht nach einem halben Jahr Abwesenheit bei seinem Vorsteher eintrudeln und sich nach seiner Familie erkunden würde. Er drehte auf dem Absatz um.

Rosa. Es blieb nur Rosa übrig.

Sein Herz machte einen Hüpfer, dem seine Füße zu folgen versuchten. Um schneller bei ihr sein zu können, ging er quer durch den Garten. Den Schleichweg durch die Lücke in der Hecke hätte er mit verbundenen Augen gefunden.

Als er Licht in der kleinen Hütte brennen sah, war er so erleichtert, daß er einen kleinen Juchzer ausstieß.

Er lachte breit und öffnete die Tür.

Da traf ihn fast der Schlag.

Elisabeth stand vor ihm, mit einem Säugling auf dem Arm, der eher aussah wie ein Vögelchen, das viel zu früh aus seinem Nest gestoßen worden war.

»Georg!« sagte sie, als habe sie ihn erwartet. Ihre Augen glänzten fiebrig.

Er versuchte, einen Blick in die Hütte zu werfen, und sah Rosa schlafend auf dem Lager liegen.

»Georg«, wiederholte Elisabeth. Sie hielt ihm das Kind hin. »Wir haben einen Sohn.«

In dem Moment glaubte er, den Verstand zu verlieren. Und im selben Moment nahm er den Geruch zum ersten Mal wahr.

61

Dorothea wußte selbst, daß es lächerlich war, doch sie konnte nicht zu Götz unter die Decke kriechen, ohne vorher das Stück Salz auf den kleinen Tisch neben ihrem Lager gestellt zu haben. Schon vor längerer Zeit hatte sie einige Öllampen von zu Hause mitgebracht – das spärliche Licht in der kleinen Hütte störte sie mehr als alles andere –, und gegen eine solche war jetzt der Salzbrocken gelehnt. Obwohl Götz bereits über ihren Rücken strich, konnte sie sich nicht dazu bringen, die Lampe auszumachen und sich ihm zuzuwenden. Wie schön die Kristalle glänzten! Nicht silbern, wie man es vielleicht bei dem grauen Salz erwartet hätte, sondern golden schimmerten sie. Dorothea lachte.

»Was ist denn nun schon wieder?« fragte Götz lächelnd.

»Der Schacht wird eine Goldgrube werden!« erwiderte Dorothea.

»Na, warten wir's ab«, antwortete er. »Vielleicht ist's mit dem Segen bald wieder vorbei. Außerdem: Ohne Gold kann man leben – ohne Salz jedoch nicht.«

Als Dorothea sich umdrehte, ihre Stirn in eine steile Falte gelegt, sah sie, daß er grinste. »Du widerlicher Kerl! Warum mußt du mich immer wieder auf den Arm nehmen? Bei dir weiß ich manchmal wirklich nicht, ob du Spaß machst oder Ernst!« Sie zog scherzhaft an seinem Ohr.

»Und das ist gut so! Nein, das ist sogar mehr als gerecht. Ich weiß schließlich auch nicht immer, woran ich mit dir bin.«

»So, bei was zum Beispiel?« Dorothea zog die Brauen hoch. Sie hatte einen ernsten Ton zwischen Götz' Worten herausgehört. Und tatsächlich, er setzte sich aufrecht hin. Immer, wenn sie sich bei etwas nicht einig waren oder über etwas stritten, setzte Götz sich erst einmal hin. So, als ob er ihr auf dem Rücken liegend nicht gewachsen sei. Dorothea konnte sich ein Lächeln nicht verkneifen.

»Zum Beispiel ... bin ich mir nicht sicher, wie ernst du es mit der Kapelle gemeint hast.«

Das beschäftigte ihn also! »Rehbach bekommt ein eigenes Gotteshaus. Du glaubst doch nicht, ich stelle mich vor alle hundert Rehbacher hin und verkünde die Unwahrheit, oder?« sagte sie leicht gereizt. »Glaubst du, ich habe Ellens Tod so einfach vergessen?«

»Nein, nein, so war es nicht gemeint. Aber es hätte ja auch sein können, daß du deine Meinung in der Zwischenzeit geändert hast.«

Dorothea schüttelte den Kopf. »In manchen Dingen ändere ich meine Meinung nie, das solltest du inzwischen wissen.«

Götz schwieg.

Sie drehte ihm erneut den Rücken zu und starrte noch eine Weile lang auf den erleuchteten Salzblock.

Es war geschafft. Sie atmete tief aus. Das Lächeln, das sie schon den ganzen Tag begleitet hatte, verließ auch jetzt ihr Gesicht nicht. Sie war so froh!

Bis zum Abend hatten sie mit den anderen Rehbachern gefeiert, und die Feierlaune hielt zumindest in Dorothea noch an. Vielleicht lag es auch ein wenig an dem ganzen Wein, den die Leute aus ihren Hütten angeschleppt hatten und von dem sie auch eine ganze Menge getrunken hatte. Während sie mit den anderen lachte, trank und dicke Brotscheiben mit Butter und frischem Bärlauch aß, malte sie sich im Geiste immer wieder aus, wie es sein würde. Morgen. Wenn sie das Salz hochholten.

Sie war so erleichtert! So glücklich! So …

Götz warf sich neben ihr auf die andere Seite, daß die Holzdielen krachten.

Immer noch lächelnd stieß sie ihn an. »Was ist los mit dir? Freust du dich denn gar nicht über unseren Erfolg?«

»Natürlich. Aber soll ich deswegen die halbe Nacht den Salzbröckel anstarren?«

Dorothea preßte die Lippen aufeinander. Irgendeine Laus war ihm über die Leber gelaufen, so gut kannte sie Götz inzwischen. Zuerst hatte sie nicht die geringste Lust, herauszufinden, was ihn beschäftigte. Doch der Unwille löste sich auf wie ein Zauberknoten, als sie sich zu ihm umdrehte und in sein Gesicht sah. »Habe ich heute abend versehentlich das Salzfaß umgestoßen? Oder was geht dir sonst gegen den Strich?« Sie fuhr ihm durch die struppigen Haare.

»Kannst du auch mal über etwas anderes reden, oder hast du wirklich nur Salz im Kopf? Da wundert es mich, daß du nicht schon längst einen Kropf hast!«

Dorothea wich zurück, als hätte sie eine Ohrfeige bekommen. Götz' Erwiderung hatte nichts mit den neckischen Wortgefechten zu tun, die sie sich sonst lieferten. Er war gemein, und sie verstand nicht im geringsten, warum.

Zu ihrem großen Schrecken stellte sie fest, daß ihr plötzlich Tränen übers Gesicht liefen. Und ehe sie sich's versah, wurde ihr ganzer Oberkörper von einem Heulkrampf geschüttelt. Es war, als ob sich die ganze Anspannung der letzten Monate in einem Schwall aus ihr ergoß.

Der Besuch dieses schrecklichen Richtvogels. Wie sie gebettelt hatte um Georgs Gehör. Der Streit mit ihrem Vater.

Dann Fredericks Tod im Wald. Die Schufterei. Das ewige Schippen. Ellens Tod. Lochmüllers Drohung, Rehbach werde dafür büßen müssen.

Auf einmal tat sie sich selbst leid. Es war einfach alles zuviel gewesen. Sie schluchzte erneut auf. So viele Kämpfe.

»Dorothea!« Sanft rüttelte Götz an ihren Schultern. »Ich weiß selbst nicht, was in mich gefahren ist. Ich...« In einer hilflosen Geste ließ er beide Hände fallen. »Vielleicht habe ich einfach nur Angst, dich zu verlieren.«

Dorothea schluchzte so laut und heftig, daß sie sich nicht sicher war, richtig gehört zu haben. Sie spreizte ein wenig die Hände, die sie vors Gesicht geschlagen hatte, und warf ihm einen prüfenden Blick zu. Götz sah so zerknirscht und unglücklich aus, daß sie fürchtete, er würde ebenfalls zu heulen beginnen. »Mich verlieren? Was redest du für einen Blödsinn?« kam es barscher als gewollt.

Götz seufzte. »Das liegt doch auf der Hand! Jetzt, wo der Schacht fertig ist, habe ich doch schließlich meine Schuldigkeit getan, oder? Ich habe die Leute so weit gebracht, wie du sie haben wolltest. Nun...« Er verzog den Mund, um Worte verlegen. »Von nun an geht alles seinen gewohnten Weg, so wie in der Saline zuvor auch. Wir werden das Salz hochholen, deine Familie wird es verkaufen. Und dann kommt Georg zurück...«

»Glaubst du das wirklich von mir? Daß ich zurückgehe in den Schoß der Familie, als ob nichts gewesen wäre?« fragte sie. Und als er nicht gleich antwortete, schob sie nach: »Willst du das? Willst du mich vielleicht loshaben?« Auf einmal bekam sie es mit der Angst zu tun.

Unwirsch warf Götz den Kopf zu Seite. »Ich will wissen, was ich dir wert bin – das ist doch nicht zuviel verlangt, oder?«

Sie konnte ihren Blick nicht von ihm abwenden. Sie konnte auch nicht ihre Hand von seinem Arm nehmen, aber sie spürte, daß er mehr im Moment nicht zulassen würde. »Ich verstehe deine Zweifel, aber ich teile sie nicht«, sagte sie leise. »Du glaubst, daß uns jetzt, wo wir unser Ziel erreicht haben, nichts mehr verbindet.« Als er dazu schwieg, bemühte sie sich, das in Worte zu fassen, was ihr gerade erst klar wurde. »Verdammt noch mal, es ist nicht nur das Salz, das uns verbindet!« sagte sie rauh. »Vielleicht war das am Anfang so!« Sie wagte nicht, es auszusprechen, aber immer wieder gingen ihr dieselben drei Worte durch den Kopf: Ich liebe ihn. Gott, wie sie diesen Mann liebte! Ob der Schacht nun viel oder wenig Salz liefern würde, ob Georg nun heute oder morgen zurückkäme, ob er sie aus dem Haus jagen oder ihre Leistung, ihre Arbeit anfechten würde – alles schien plötzlich gleichgültig. Wenn es sein mußte, würde sie mit Götz hier in dieser elenden Hütte leben. Natürlich würde es dazu nicht kommen, raunte sogleich eine kleine Stimme in ihr Ohr. Selbst wenn Georg sie ohne einen Heller *verstoßen* würde, hätten sie immer noch die zehn Prozent, die sie Götz schriftlich zugesichert hatte. Die Unterschrift eines von Graauws war bindend, Georg würde nicht zurücknehmen können, was sie unterschrieben hatte. Ja, sie würde sich zu wehren wissen. Mit Götz an ihrer Seite würde sie sich zu wehren wissen. Aber ohne ihn? Ohne ihn war nichts etwas wert.

»Kennst du das Märchen vom König und dem Salz?« Ihre Stimme war nicht mehr als ein Flüstern.

Er schaute sie aus dunklen Augen an, wachsam, innig.

»Ich liebe dich mehr als das Salz«, sagte sie, bevor sie der Mut wieder verließ.

Götz nahm sie in den Arm, drückte sie fest an sich, doch er antwortete nichts.

Wollte er sie nicht? Machte sie sich lächerlich mit ihren Gefühlswallungen? Dorothea mußte schlucken. Doch der Kloß in ihrem Hals verschwand dadurch nicht.

Nichts, kein Augenblick in ihrem bisherigen Leben war so wichtig gewesen wie dieser hier, erkannte sie. Sie spürte, wie ihr Herz gegen seine Brust schlug, heftig, fordernd. Es hätte nicht viel gefehlt, und sie hätte ihn geschüttelt. Sie mußte Bescheid wissen. Sie hatte nicht mehr die Kraft, zu warten.

»Ich liebe dich auch. Und ich werde einen Teufel tun, dich je wieder wegzulassen!« Er schob sie von sich weg und grinste übers ganze Gesicht. »Wie hat meine Mutter immer zu meinem Vater gesagt, wenn er morgens seine müden Knochen nicht erheben wollte? Liebe ist nicht, wenn man sich verliebt anglotzt, hat sie gemeint. Sondern wenn man gemeinsam in eine Richtung guckt. Damit hat sie ihn jeden Tag trotz seines kaputten Kreuzes dazu gebracht, nicht aufzugeben, sondern mit ihm zusammen dem Tagwerk nachzugehen.« Götz hob Dorotheas Kinn ein wenig an. »Werden wir auch weiterhin in die gleiche Richtung schauen?« fragte er.

Und Dorothea nickte. »Und ob!«

Ihre Umarmung war innig. Es gab nur Dorothea und Götz. Ihr Universum war das grob gezimmerte Bett, ihre Liebe war Tag und Nacht, Sonne und Mond zugleich. Ihre Rundungen schmiegten sich an seine Kanten, sie ergänzten sich, und jeder spiegelte sich im anderen.

Doch dann, nach einer viel zu kurzen Ewigkeit, hoben beide gleichzeitig den Kopf, wie Tiere, die eine nahende Gefahr witterten. Sie schauten sich an. Zwischen den Schweiß und die Leidenschaft, die die Luft in der Hütte bestimmten, hatte sich etwas gedrängt, das nicht hineingehörte: Rauch, der Geruch nach brennendem Gebälk.

Aufgescheucht schwang Dorothea die Beine auf den Boden. Zum Fenster brauchte sie nur drei Schritte. Dort drehte sie sich um, hölzern wie eine Marionette. »Götz! Der Schacht brennt!«

62

Rosa wußte, daß sie aufstehen mußte. Und doch wollte es ihr nicht gelingen. Seit Tagen schon nicht. Auf ihrem Lager war sie sicher vor all den Entscheidungen, die sie treffen mußte. Doch selbst hierher, zwischen die zerwühlten Decken und dem prall mit Gänsedaunen gefüllten Kissen, verfolgte sie die Frage: »Wie soll es weitergehen?«

Sie rief sich Georgs Gesicht vor Augen. »Georg.« Sie stellte erstaunt fest, daß ihr Herz aufgehört hatte, zu flattern, wenn sie seinen Namen laut aussprach. Sie versuchte es erneut. »Georg.« Ihr einsamer Ruf prallte ohne Echo von den Wänden ihrer Hütte ab.

Erst heute früh war er wieder bei ihr gewesen.

Seit seiner Rückkehr war er jeden Tag gekommen. Aber so sehr sie sich auch bemühten, die alte Vertrautheit wiederherzustellen – es war doch nicht mehr, wie es war. Seine Umarmungen waren immer noch weich und warm, und Rosa ließ sie über sich ergehen. Aber sie war innerlich nicht beteiligt. Statt dessen wurde sie aufgefressen von all den ungeklärten Fragen, die in der Luft hingen.

Dabei hatte sie ihn so sehr vermißt! Sein liebes Gesicht. Seinen sehnigen Körper, der kräftiger war, als es den Anschein hatte. Seine Hände, die jede Faser ihres Leibes zum Vibrieren bringen konnten. Es hatte während Georgs Abwesenheit Tage gegeben, an denen das Verlangen nach ihm sie zu zerschmettern drohte.

Von diesen Momenten hatte Georg jedoch nichts wissen wollen. Nicht an diesem Morgen und auch nicht an den Tagen davor. Statt dessen hatte er erzählt. Belangloses, von seiner Reise, den Heilbädern, seinem Freund. Als ob sie das interessiert hätte! Bald war sein Redefluß versiegt, wie ein Rinnsal, das nicht zu einem Bach gelangte, sondern irgendwo zwischen den Wiesen versickerte. Was nun? hatte die betretene Stille geschrien. Vor Georgs Abreise hatten sie den größten Teil ihrer gemeinsamen Zeit stets damit verbracht, den Körper des anderen zu erforschen, zu kosen, zu streicheln, zu schmecken. Ohne die Wollust und die Verliebtheit war das frühere Muster von Georgs Besuchen nichts mehr wert. Rosas Körper war von der schweren Geburt geschunden, sie verlor immer noch Blut, so daß ihr der Sinn wahrhaftig nicht nach körperlicher Liebe stand.

Statt dessen mußte sie jetzt häufig an die Gräfin von Graauw denken. Elisabeth war seit der Geburt nicht mehr bei ihr gewesen. Sie hatte das Kind genommen und war verschwunden. Zurück in ihr feines Haus, wo es wahrscheinlich zwischen seidenen Laken gebettet lag und mit einem Silberlöffel Milch eingeflößt bekam. Rosa versuchte das Stechen, das von ihren geschwollenen Brüsten ausging, zu ignorieren. Wenn sie das Kind nicht bald anlegte, würde der Milchfluß versiegen.

Es hatte einen Zeitpunkt gegeben, während der Geburt, da hatte Rosa nicht mehr daran geglaubt, von den Händen der verwirrten jungen Frau gerettet zu werden. Und doch: Elisabeth hatte es geschafft, das Kind in ihrem Leib zu drehen und herauszuziehen. Wieviel Kaltblütigkeit mußte eine haben, um in solch einem Augenblick die Fassung zu bewahren? Oder hatte Elisabeth in ihrer Verwirrtheit gar nicht mitbekommen, daß Rosas Leben auf des Messers Schneide stand? Und wieviel Kaltblütigkeit mußte eine haben, um das Kind mitzunehmen und nicht wiederzukommen?

Es war nicht so, daß Rosa sich viel auf die Beziehung, die sich in den letzten Monaten zwischen ihr und Elisabeth entwickelt hatte, einbildete. Tief drinnen hatte sie immer gewußt, daß sie für die junge Gräfin nicht viel mehr als ein Zeitvertreib war. Warum also, fragte sich Rosa, fühlte sie sich dennoch so von Elisabeth im Stich gelassen?

Sie spürte, wie ihre Kehle eng wurde und etwas in ihr aufwallte, das sie nicht beherrschen konnte. Sie war noch nicht bereit. Vorsichtig, als müßte sie sich selbst schützen, schob sie den Gedanken an Elisabeth und das Kind zur Seite. Für jetzt.

Es gab genug anderes, was durchdacht werden wollte.

Natürlich hatte Georg ihr auch von dem Schachtbrand erzählt und davon, wie er Hand in Hand mit den Rehbachern und Götz und Dorothea versucht hatte, das Feuer unter Kontrolle zu kriegen. Rosa hatte Mühe, sich das vorzustellen. Da hatte Dorothea mehr als sechs Monate nichts anderes getan, als den Rehbachern zu erzählen, welch böser Mensch ihr Bruder sei, und kaum war er zurück, öffneten sie ihren Kreis, damit er sich einreihen konnte! »Wie soll ich je die Menschen verstehen? Oder gibt es im Angesicht einer Katastrophe nichts zu verstehen, weil keine Regeln mehr gelten?« Rosa seufzte. Vielleicht war das der Grund für ihre Not. Keine Regeln.

Er habe keine Zeit gehabt zu fragen, was das Loch neben dem Solebrunnen zu bedeuten hatte. Aber die Aufregung der Leute, ihre angstverzerrten Gesichter hätten ausgereicht, daß er sich in ihre Schlange einreihte, die Wassereimer weiterreichte, vom Brunnen zum Schacht und leer wieder zurück. Er habe Dorothea gesehen, die breitbeinig und an der Seite von Götz Rauber an vorderster Stelle stand – dort, wo die Flammen am heißesten emporschossen –, aber es sei ebenfalls nicht der richtige Zeitpunkt gewesen, um Fragen zu stellen. Das alles hatte er Rosa mit so betretener Miene erzählt, als ob er es tief drinnen gar nicht mehr für nötig hielt, irgendwelche Fragen zu stellen. Als ob ihm längst alles klar war – zumindest was seine Schwester und Götz anging.

Es war natürlich Hermann Lochmüller gewesen, der das Feuer gelegt hatte. Nicht, daß dies zu beweisen gewesen wäre. Brandstifter brüsteten sich nicht am nächsten Tag mit ihrer Tat, sondern suhlten sich im stillen in den verkohlten Überresten ihres Schaffens. Oder sie verschwanden. So wie Lochmüller. Laut Georg war alles weg: seine wenigen Habseligkeiten, seine Kinder, er selbst. Seine Hütte so leer wie Rosas Bauch. Lochmüller hatte zwar einen Brand gelegt, aber er war nichts im Vergleich zu dem Feuer, das in den Rehbachern brannte! Bei diesem Gedanken wurde es Rosa zum allerersten Mal seit langer Zeit ein wenig leichter ums Herz. All die alten Streithammel, vereint und friedlich. Die ganze Nacht und den nächsten Morgen hatten sie gebraucht, doch dann war die Feuersbrunst gebannt gewesen, und der Schacht ein schwarzes, stilles Loch. Wenn überhaupt, dann hatte Lochmüllers Fluch die Rehbacher noch enger zusammengebracht, als dies durch den Schachtbau schon geschehen war.

Und Georg? Wo paßte der hinein? Natürlich dort, wo Dorothea ihn in ihrem Plan vorgesehen hatte: Als das Feuer gelöscht gewesen war, war sie so schnell davongerannt, daß er ihr nur noch dumm hatte nachschauen können. Wie sich herausstellte, war sie nicht vor ihm geflüchtet, was er im ersten Moment angenommen hatte.

Kurz darauf sei sie nämlich schon wieder zurückgekommen. Georg habe noch am selben Platz gestanden, voller Fragen, die ihm bislang keiner beantwortet hatte. Aber die Blicke der Rehbacher seien bei weitem nicht so feindselig gewesen, wie er dies erwartet hätte. Ein Stück Steinsalz hätte Dorothea ihm dann hingehalten und ihm vor allen anderen erzählt, wie es dazu gekommen war. Was war ihm übrig geblieben, als staunend und sprachlos die Neuigkeiten aufzunehmen? Sie war aber auch ein Teufelskerl, seine Schwester!

»Du bist eine dumme Kuh, Rosa! Du solltest dich eigentlich freuen, daß Georg seine eigenen Pläne den Rehbachern zuliebe verwirft!« Rosa lachte bitter, ihr fiel vor lauter Sorgen gar nicht auf, daß sie ihre alte Gewohnheit, mit sich selbst zu sprechen, wiederaufgenommen hatte. Dafür war er nun ein halbes Jahr durch die Welt gereist. Dafür hatte er sie zurückgelassen. Sie und ... das Kind, das sich schon wieder in ihre Gedanken einschlich. »Noch nicht, mein Sohn, noch nicht!« Sie wußte nicht, ob sie die Worte nur dachte oder flüsterte.

Die Rehbacher jedenfalls konnten sich freuen, sie würden von nun an für alle Zeiten bei ihrem Grafen in Lohn und Arbeit stehen. Fast war es Rosa so vorgekommen, als hätte Stolz in Georgs Stimme gelegen, als er ihr am Morgen von seinem Entschluß erzählt hatte. Ha, welchen Grund hatte er, stolz zu sein? Rosa erschrak vor ihrer plötzlichen Kälte ihm gegenüber.

Zur selben Zeit, als Dorothea ihr Salz aus der Rehbacher Erde gebrochen hatte, hatte sie ihr Kind zur Welt gebracht. War dies ein Zeichen? Harriet wäre die erste gewesen, die versucht hätte, die Gleichzeitigkeit dieser beiden Ereignisse zu deuten. Rosa nahm sie einfach nur hin. Schicksal – nicht mehr und nicht weniger. Dennoch konnte sie sich die Erinnerung daran verdrängen, daß es vor vielen Jahren schon einmal eine bedeutungsvolle Gleichzeitigkeit von Ereignissen gegeben hatte: den Tag von Dorotheas und ihrer Geburt, an dem Dorotheas Mutter sterben mußte, weil Harriet zur selben Zeit ihre Tochter Rosa zur Welt brachte. Schicksal.

War das, was Georg von ihr verlangte, eine Art Wiedergutmachung? Sollte sie ihm das Kind dafür geben, daß ihm vor vielen Jahren die Mutter genommen wurde?

Sie hatte den Jungen bis heute nicht gesehen. Den Jungen, den Elisabeth Max nennen wollte und um den sie sich aufopferungsvoll kümmerte.

Elisabeth bilde sich auf seltsame Art ein, Rosa habe das Kind für sie zur Welt gebracht, hatte Georg ihr verlegen erklärt.

Wenn das Kind wirklich für Elisabeth bestimmt war, warum empfand sie, Rosa, dann nicht Erleichterung darüber, es hinter sich gebracht zu haben? Warum fühlte sich ihre Armbeuge dort leer an, wo ein Kinderkopf Platz hatte? Warum klopfte es in ihrer Brust, wenn sie an das Kind dachte, aber nicht, wenn sie an seinen Vater dachte?

Ganz am Ende seines letzten Besuchs, kurz bevor er wieder gegangen war, hatte Georg damit angefangen, nach dem ganzen Gerede vom Schacht und vom Salzabbau, den er nun betreiben wolle. Da hatte er endlich die Sprache auf *ihr* Kind gebracht. So, als ob alle anderen Dinge wichtiger waren.

Rosa war so müde. »Bald mein Sohn, bald, bald!« Wie ein Wiegenlied summte es in ihrem Kopf, und sie hatte Mühe, nicht einzuschlafen. Ihre Gedanken drifteten wieder ab, wie Treibholz, das am Rande des Kochers angeschwemmt wurde.

Seltsam, daß es gerade Dorothea war, die in der ganzen Katastrophe ihr Glück gefunden hatte. Ihr hätte es Rosa am allerwenigsten zugetraut. Und doch: Sie mußte sich nicht anstrengen, um Dorotheas Lachen zu hören, das immer wieder über die Hecke in ihr geöffnetes Fenster drang. Dorotheas Lachen, in das Götz einstimmte wie ein Narr. Wie ein Mann, der liebt.

Georg behauptete, er würde sie noch mehr lieben, wenn sie ihm und Elisabeth das Kind ließ.

Wie er wohl aussah, der kleine Graf?

Die Luft war immer noch schwer von dem Geruch jener Nacht. Der Kalk an ihren Wänden war grau, in jede Ritze war der Rauch gekrochen, alles war unrein. Aber war es das nicht schon vorher gewesen? »Gleich und gleich gesellt sich gern – es ist nicht recht, dieses Gesetz zu brechen«, tönten von irgendwoher Harriets Worte.

»Du jammerst einfach zuviel!« Rosa gelang es, sich soweit aufzusetzen, daß sie aus dem Fenster schauen konnte. Niemand, der zu ihr kam.

Tatsache war – sie hatte sich mit dem Grafen von Graauw eingelassen. Warum auch nicht? Der Trotz, den sie auf einmal verspürte, war eine angenehme Abwechslung zu all ihrer Weinerlichkeit. Auch Dorothea hatte die Standesgrenzen durchbrochen, und ihre Liebe zu Götz Rauber bewies doch, daß Harriet unrecht gehabt hatte mit ihren Reden, oder?

Dorothea und Götz. Georg und sie.

Doch Georg war nicht wie seine Schwester. Er hielt sie nicht lachend an der Hand, und er küßte sie nicht vor den Augen der anderen auf den Mund. Noch immer wollte er seine Liebe verbergen. Kam nur zu ihr, wenn niemand es sah. Hatte das nur mit der Tatsache zu tun, daß er verheiratet war?

Was, so fragte sich Rosa, hatte sich eigentlich verändert seit der Zeit, als ein kleines Mädchen am Feuer stand, mit brennenden Armen Salbe rührte und hinüberstarrte, über die Hecke? Sie sank wieder hinab auf ihr verschwitztes Lager. Die Sehnsucht war nicht weniger geworden, ganz im Gegenteil: Wenn es überhaupt möglich war, dann war ihre Einsamkeit größer denn je.

Dorothea, die Salzbaronin, hatte nicht nur Götz, sondern auch noch ihren ganzen Rehbacher Hofstaat. Und sie, Rosa? Was war ihr geblieben? Ein Geliebter, von dem sie noch nicht wußte, ob sie ihn überhaupt wiederhaben wollte.

Doch da war noch etwas. Rosa hatte das Gefühl, als würde sie jemand unaufhörlich in die Seite stoßen, um sie auf etwas aufmerksam zu machen, was eigentlich offensichtlich war.

Ihr Sohn. Der junge Graf!

Auf einmal spürte sie, daß etwas Spannung in ihren Leib zurückkehrte. Sie setzte sich wieder auf.

Ihr Sohn!

Sie würde ihren Sohn holen. *Ihren* Sohn, der *nicht* Elisabeth gehörte. Der *nicht* Max heißen würde. Sondern Nathan.

Er würde ihre Sehnsucht stillen.

Sie würde für ihn dasein.

Mit ihm würde sie alles teilen: ihre Hütte, ihre Liebe, ihr Leben. Sie würde ihn mit in den Wald nehmen. Und sie würde ihm von Freya erzählen. Sie würde jedoch auch dafür sorgen, daß er mit den Rehbacher Kindern spielen durfte. »Und wenn ich sie alle mit Honigbällen bestechen muß!« sagte Rosa grimmig. Keine sehnsüchtigen Blicke über die Hecke. Keine Einsamkeit. Nicht für Nathan.

Das Kind hatte einen Namen!

Eine Welle der Traurigkeit schwappte über Rosa, als sie an die Aufgabe dachte, die vor ihr lag: Sie würde Elisabeth das Herz herausreißen müssen. Nun, Elisabeth durfte ihn besuchen. Hin und wieder. Vielleicht würde der Verlust das verwirrte Weib endgültig in den Wahnsinn treiben. Rosa hoffte es nicht, doch wenn es so war – sie konnte es nicht ändern.

Sie stand auf. Nichts würde sie davon abhalten können, ihren Sohn heimzuholen. Sie hatte schon zuviel Zeit verloren.

Nathan wartete auf sie.

ENDE

Personenliste zu *Die Salzbaronin:*

Die Familie von Graauw:

- Frederick von Graauw
- Viola von Graauw
- Dorothea
- Georg
- Elisabeth, Gattin von Georg, geborene Löwenstein, stammt vom Schloß Leutbronn in Vaihingen an der Enz

- Luise, das Dienstmädchen

- Alexander von Hohenweihe,
  Nachbar der Grafen von Graauw, Waldbesitzer

Salinenarbeiter (auch Salzleute oder Rehbacher genannt):

- Friedrich Neuborn, der Salinenarzt
- Josef Gerber, der Salzamtsmaier

Im ersten Sudhaus:
- Götz Rauber, der Aufseher
- Josef, Solenachfüller
- Richard, Solenachfüller
- Hermann Lochmüller, Salzabzieher
- Magda, Nachtdirne
- Elfriede Mäul, Nachtdirne
- Ellen, Hermann Lochmüllers Frau, Nachtdirne
- Martin Mäul, Solenachfüller und Elfriedes Ehemann

Im dritten Sudhaus:
- Johann Merkle, Solenachfüller
- Edwin Maurer, Sudhausvorsteher

Außerdem:
- Rosa, die Heilerin
- Martin Richtvogel, Freund von Georg

Der neue Bestseller der Autorin der Zuckerbäckerin!

Lauscha, ein kleines Glasbläserdorf im Thüringer Wald im Jahre 1890: Der Glasbläser Joost Steinmann stirbt und die drei Töchter Johanna, Marie und Ruth stehen völlig mittellos da. Als aber der amerikanische Geschäftsmann Woolworth auf seiner Einkaufstour zufällig auf die schönen gläsernen Christbaumkugeln aus Lauscha aufmerksam wird, gibt er eine Großbestellung für Amerika in Auftrag. Die couragierte Marie wittert ihre Chance: Sie bricht mit allen Regeln und wagt es, als Frau kunstvolle Christbaumkugeln zu kreieren. Es sind die Schönsten, die je in Lauscha produziert wurden, und auch Mr Woolworth scheint von ihnen angetan ...

Petra Durst-Benning
Die Glasbläserin
Roman

»Eine großartige Familiensaga.«
Coburger Tageblatt

List Taschenbuch

Der berühmteste Thriller der Bestseller-Autorin

Die attraktive Sarah Jensen, der Shooting-Star der Londoner Finanzwelt, nimmt einen gefährlichen Undercoverauftrag des Geheimdienstes an: Als Devisenhändlerin wird sie in eine Bank eingeschleust, die im Verdacht steht, in illegale Machenschaften verwickelt zu sein. Tatsächlich stößt sie bald auf Unstimmigkeiten, die auf Mafia-Kontakte schließen lassen. Und dann ist da auch noch ihr neuer Vorgesetzter, der undurchsichtige Dante Scarpirato, dessen Interesse an Sarah nicht nur mit ihren Erfolgen im Börsengeschäft zusammenhängt ...

Linda Davies
Das Schlangennest
Roman

ULLSTEIN TASCHENBUCH

Eine Hymne auf das Leben, die Hoffnung und die heilende Kraft der Liebe

Sarah hat es sich so sehr gewünscht wie noch nie etwas in ihrem Leben: Endlich stimmt ihr Mann Gavin zu, eine richtige Familie zu gründen! Als sie schwanger wird, ist sie glücklich wie nie zuvor. Doch dann geschieht ein schrecklicher Unfall, der Sarahs Welt in ihren Grundfesten erschüttert ...

Ein großartiges und aufwühlendes Romandebüt – Sie werden unter Tränen lächeln!

Amy Yurk
Die Macht der Liebe

Roman
Deutsche Erstausgabe

ULLSTEIN TASCHENBUCH